Ines Thorn wurde 1964 in Leipzig geboren. Nach einer Lehre als Buchhändlerin studierte sie Germanistik, Slawistik und Kulturphilosophie. Sie lebt und arbeitet in Frankfurt am Main. Bei rororo sind bereits ihre historischen Romane «Die Pelzhändlerin» (rororo 23762), «Die Silberschmiedin» (rororo 23857), «Die Wunderheilerin» (rororo 24264), «Unter dem Teebaum» (rororo 24484), «Die Verbrechen von Frankfurt. Galgentochter» (rororo 24603) und «Die Kaufmannstochter» (rororo 24766) erschienen.

Ines Thorn

Die Verbrechen von Frankfurt
HÖLLENKNECHT

HISTORISCHER ROMAN

ROWOHLT TASCHENBUCH VERLAG

Originalausgabe
Veröffentlicht im Rowohlt Taschenbuch Verlag,
Reinbek bei Hamburg, September 2009
Copyright © 2009 by Rowohlt Verlag GmbH,
Reinbek bei Hamburg
Umschlaggestaltung any.way, Cathrin Günther
(Fotos: akg-images)
Karte auf S. 7 Germanisches Nationalmuseum, Nürnberg
Satz New Baskerville Postscript (PageOne)
Gesamtherstellung CPI – Clausen & Bosse, Leck
Printed in Germany
ISBN 978 3 499 24942 6

INES THORN • HÖLLENKNECHT

Flugblatt: Der Mord an dem Juwelier Jacob Spohr und die Zerstückelung der Leiche, Halle an der Saale, Juni 1605. Gedruckt in Leipzig, 1605. (Nürnberg, Germanisches Nationalmuseum, Graphische Sammlung)

PROLOG

Frankfurt, im Sommer 1532

Obwohl die Sonne längst hinter dem Taunus versunken war, schwitzte die Stadt noch immer. Das Pflaster und die Wände glühten, in den Häusern lagen die Menschen schlaflos in ihren Betten und ächzten bei jeder Bewegung. Aus den Abfallgräben und Kloaken stieg übler Geruch, vermischte sich mit den Ausdünstungen der Menschen und Tiere, mit Kadavergestank, Weindunst und leisem Kräuterduft zu etwas, das sich besser kauen als atmen ließ. Die Luft lastete wie ein Deckel auf der Stadt, ließ Reiche wie Arme leiden. Der Himmel war sternenklar, nur hin und wieder zogen ein paar Wolkenfetzen am beinahe vollen Mond vorüber.

Ein gedämpftes Klappern stieg an den Hauswänden auf, drang durch die offenen Läden in die Schlafkammern und schmiegte sich in schweißnasse Träume.

Ein Mann führte ein Pferd, dessen Hufe mit Lappen umwickelt waren, durch die stillen Gassen. Er trug trotz der Hitze einen schwarzen Umhang und hatte die Kapuze tief in die Stirn gezogen. Sein Gesicht war zugesperrt wie ein Verlies, die Augen waren schmale Schlitze, die Lippen ein dünner Strich. Von den Fackeln und Laternen hielt er sich fern, wich dem Licht aus, das durch die offenen Türen von

Schankwirtschaften und Herbergen auf die Straßen fiel, entglitt sogar dem Mondschein, der die Gassenmitte erhellte.

Immer wieder sah er sich um, während er von einer engen Gasse in die nächste schlüpfte. Einmal erschrak das Pferd, wollte wiehernd aufsteigen, doch der Mann drückte auf die empfindlichen Nüstern des Tieres. «Pssst», flüsterte er. «Halts Maul!»

Quer über den Pferderücken festgezurrt hing eine Rolle. Der dünne Ballen schien ungewöhnlich lang. In der Nische unter dem Erker des Kaufmannshauses reckte eine Gestalt vorsichtig den Kopf, immer bemüht, im Schatten zu bleiben. Sie blickte dem Mann nach, der das Pferd weiterzerrte, atmete tief ein und aus und eilte dann wie ein Hase im Zickzack dem Fremden und seinem beladenen Pferd nach.

Sie waren vom Trierer Platz die Töngesgasse entlanggekommen, weiter durch die Bornheimer Pforte die Friedberger Gasse hinauf. Das Friedberger Tor hatten sie passiert und waren in den Wald eingetaucht, der kurz hinter der Stadt begann. Im Mondlicht glänzte etwas auf dem Weg. Und wieder, ein paar Ellen weiter. Der Verfolgte bückte sich und befühlte die glänzenden Stellen auf dem staubtrockenen Pfad. Schaum. Dem Pferd tropfte vor Anstrengung Schaum vom Maul, stob in Flocken zu Boden. Die Last musste sehr schwer sein.

Zwischen den Bäumen fiel es der Schattengestalt leichter, den Mann zu verfolgen. Während unter den Schuhen des Pferdeführers Zweige und Zapfen knackten, schlich der Verfolger barfuß im Schutz der Stämme den Weg entlang. Er atmete so flach es ging, trocknete sich in einem fort den Schweiß von der Stirn und wischte sich auch die Achseln trocken, um sich nicht durch seinen Geruch zu verraten.

Nach einer kleinen Weile hielt der Mann das Pferd am Rande einer Lichtung an, band es an einen Baum und klopfte ihm den Hals. Aus der Umhangtasche holte er einen schrumpligen, übriggebliebenen Winterapfel und gab ihn dem Pferd. Während es fraß, tropfte der Saft zwischen seinen langen Zähnen hervor.

Der Verfolger hielt sich hinter einem Gebüsch verborgen und spähte zwischen Blattwerk und Zweigen auf die Lichtung. Gerade eben zog eine Federwolke am Mond vorbei. Dann war sie vorüber, und der Mond erhellte mit seinem harten Glanz die Lichtung.

Der Mann legte seinen schwarzen Umhang, der ihn mit der Nacht vermählt hatte, ab und krempelte sich die Ärmel des Leinenhemdes bis zu den Ellbogen auf.

Dann löste er die Packriemen, zerrte die Last vom Pferd und ließ sie zu Boden fallen. Schon hatte die Nacht das dumpfe Geräusch verschluckt. Mühsam zerrte der Mann die lange Rolle auf die Lichtung. Er richtete sich auf und wischte den Schweiß von der Stirn. Sein schwerer Atem klang bis hinter das Gesträuch. Er bückte sich, packte mit beiden Händen zu und holte tief Luft. Schließlich gab er dem Ballen einen Stoß, sodass der sich auf die Lichtung abrollte. Es war in der Tat ein Teppich.

Als die letzte Stoffrundung umgeschlagen war, kam ein lebloser menschlicher Körper zum Vorschein. Ein schmaler Mann mit großer Nase, schütterem Haar und einer großen Stirnwunde, die von Blut verkrustet war.

Der Beobachter im Gesträuch erschrak nicht, sondern schlug lediglich ein Kreuzzeichen, als hätte er nichts anderes erwartet.

Der Mann richtete sich auf, betrachtete den Leichnam, strich sich seufzend über das Kinn. Schließlich schien er gefunden zu haben, wonach er suchte. Er holte einen Spaten aus der Satteltasche und begann zu graben.

Der Verfolger hörte ihn schwer atmen bei der Arbeit. Dann stieß der Spaten mit einem dumpfen Poltern auf Widerstand. Kurz darauf legte der Mann den Spaten beiseite, bückte sich, ruckelte an etwas, zerrte und brachte schließlich eine große, aus Holz geschnitzte Truhe ans Licht.

Hastig sah er sich um, aber die Nacht blieb still. Auch sein Beobachter regte sich nicht hinter dem Gebüsch, bis sich der Mann endlich wieder der Kiste zuwandte.

Der heimliche Zeuge nickte. «Das machst du schlau», wisperte er. «So können die Wildschweine den Toten nicht wittern und fangen nicht an zu graben. Sehr schlau.» Er lächelte und beobachtete weiter das Geschehen auf der Lichtung.

Mit einem leisen Quietschen öffnete sich der Truhendeckel. Der Mann packte den Toten bei den Füßen und zerrte ihn zur Kiste. Keuchend versuchte er, den Leichnam zu verstauen. Obwohl die Totenstarre noch nicht eingesetzt hatte, gelang es ihm nicht. So viel er auch zerrte, drückte, presste und bog, es war vergebens. Mal hingen die Füße aus der Kiste, dann ein Arm, da der Kopf. Wieder seufzte er, blickte auf, als erwarte er Hilfe vom Himmel. Doch der Mond schien ungerührt, und einzig ein Käuzchen ließ sich in der Ferne vernehmen.

Unterdrückt fluchend ging der Mann wieder zu seinem Pferd. Diesmal holte er aus der Satteltasche ein Beil. Die Gestalt im Schatten hielt die Luft an. Tatsächlich, der Mann legte die Leiche auf den Waldboden, gerade so, wie man vor 1500 Jahren Jesus Christus ans Kreuz geschlagen hatte!

Dann sauste das Beil nieder, fuhr mit leisem Knirschen in die Schulter des Toten.

Ein Schauder überflog den Zeugen, er zuckte zusammen und presste die Hand an seine Kehle. Ein Würgen stieg in ihm auf. «Dafür krieg ich dich», flüsterte er. «Dafür wirst du bezahlen.» Es klang wie ein Fluch. Doch der Mann auf der Lichtung hatte es nicht gehört. Zu vertieft war er in seine Arbeit. Wieder zuckte das Beil.

KAPITEL 1

Es war der heißeste Sommer seit Jahren.
Fassweise hatten die Bauern Wasser auf die Felder gebracht, aber es half nichts. Bereits im Juni war das Korn auf den Feldern verbrannt, das Gras auf den Weiden verdorrt, die Wege aufgerissen wie mit tiefen Wunden.

Die Mägde, die sich allmorgendlich beim Brunnen einfanden, mussten von Mal zu Mal die Eimer tiefer hinunterlassen, um an das Wasser zu kommen. Dafür trockneten die Laken auf den Bleichwiesen unten am Ufer schneller, als die Wäscherinnen es je erlebt hatten.

Der Main führte Niedrigwasser. Kaum ein Schiff kam nach Frankfurt durch. Einzig der Marktkahn fuhr weiter regelmäßig zweimal die Woche nach Mainz und zurück, aber auch er wurde vorsichtshalber nur leicht beladen.

Der Gestank, den die Stadt ausschwitzte, wurde von Tag zu Tag unerträglicher. Von den Fleischbänken auf dem Markt und aus dem Viertel der Schlächter und Metzger drang Verwesungsgeruch in die umliegenden Gassen und Häuser. In den Abfallgräben vermoderten Küchenreste und verbreiteten einen sauren Gestank. Tote Vögel lagen an den Straßenrändern, anderswo tote Katzen, Hunde und Ratten. Grün schillernde Fliegen bedeckten nicht nur Kadaver und Exkremente, sondern auch die schweißnassen Rücken der Auflader, Hafenarbeiter, Brunnengräber, Kloakenreiniger und sogar das Kreuz, welches ein Benediktiner einer Prozession vorantrug. Zwei Ministranten liefen nebenher, schwangen ihre Weihrauchfässer, dahinter liefen betende Mönche und Nonnen, die Gott laut um Regen baten und mit Geißeln stellvertretend für die Sünden der Stadt büßen wollten.

Die Menschen schleppten sich mit geduckten Schultern und schweren Schritten in die kühlen Kirchen, hockten sich dort auf die Bänke und verschnauften im Angesicht des Herrn. Dann zündeten sie Kerzen an und murmelten matt Gebete. Die Pfarrer und Priester mahnten von den Kanzeln: «Wie im ersten Buch Mose, Kapitel acht, geschrieben: ‹Solange die Erde steht, soll nicht aufhören Saat und Ernte, Frost und Hitze, Sommer und Winter, Tag und Nacht.›» Nach der Kirche schleppten sich die Menschen wenig getröstet und mit einem verzweifelten Blick hinauf zum milchblauen Himmel die übelriechenden Gassen entlang in ihre Häuser, in denen sich die Hitze ebenfalls eingerichtet hatte wie ungebetener Besuch.

Auch Hella Blettner litt. Sie saß im Lehnstuhl am offenen Fenster, die Beine ausgestreckt, und hoffte, dass sich ein Lüftchen regen mochte. Das sollte ihr unter die Röcke fahren.

Ihre Arme hingen an den Seiten herab, den Kopf hatte sie nach hinten gelehnt. Ihr Atem ging schwer, und auf ihrer Stirn hatten sich winzige Schweißtropfen gebildet.

Ungeduldig wartete sie, doch der Knecht schien und schien das Haus verlassen nicht zu wollen. Endlich klappte die Tür.

Nun nahm sie die Haube ab, steckte ihr Haar im Nacken auf und schlüpfte aus dem schweren Oberkleid mit den langen, bestickten Ärmeln, legte das enge Mieder ab und lief im dünnen Unterkleid barfuß durch das Haus. In der Küche kühlte sie ihre heißen Fußsohlen auf den Fliesen, schöpfte Wasser aus einem Eimer, benetzte die Handgelenke, den Nacken, das Gesicht. Sie stöhnte wohlig auf, goss sich aus einem Krug gekühlten Sud aus frischer Minze in einen Tonbecher und trank gierig. Sie wischte sich mit dem Handrücken über den Mund und atmete tief aus. Doch sogleich zog sich ihre Stirn in Falten. Sie nahm ein Wams ihres Mannes vom Stuhl, welches er nach dem Mittagessen dort vergessen hatte, klopfte es aus und schüttelte missbilligend den Kopf. «Ich mag nicht mehr», brummte sie vor sich hin. «Ich mag einfach nicht mehr.»

Sie ließ das Wams fallen, schaute stattdessen in die Töpfe, die die Magd bereitgestellt hatte. Kalte Gurkensuppe mit Dill und Dickmilch. Enttäuscht ließ sie den Deckel wieder auf den Topf fallen. Sie ging ins Wohnzimmer, strich mit der Hand über die polierte Tischplatte, trat ans Fenster, sah auf die menschenleere Fahrgasse hinunter, seufzte, schleppte sich in ihr Schlafzimmer, tupfte sich zwei Tropfen Pfirsichkernöl hinter die Ohren, strich über die glatte Bettdecke, seufzte wieder und wusste selbst nicht, wohin mit sich.

Endlich hörte sie, wie sich die Haustür öffnete und schloss. Ihr Mann kam heim! Hella Blettner atmete auf und stürzte die Stiege hinab.

Doch als sie vor ihm stand, war ihr das Lächeln schon wieder verlorengegangen.

«Wo kommst du so spät her?», fragte sie missmutig.

«Es ist doch nicht spät. Jedenfalls nicht später als sonst», erwiderte ihr Mann und gab ihr einen Kuss. Ärgerlich wischte sich Hella über die Lippen. «Du stinkst nach Wein.»

«Wein stinkt doch nicht, Liebes. Ich habe mit dem Schreiber in der Ratsschänke eine Kanne geleert und gehört, was man sich so erzählt in der Stadt.»

Jetzt stemmte Hella die Hände in die Hüften. «Ach, was man sich so erzählt in der Stadt. Bist du vielleicht ein Waschweib?»

Heinz Blettner ließ sich von der schlechten Stimmung seiner Frau nicht beeindrucken. «Ich bin Richter. Und als solcher muss ich wissen, was in der Stadt vorgeht. Manchmal kann man so ein Unglück verhindern.»

«So, wie du das Unglück des armen Hurenmädchens Agnes verhindert hast, was?» Hellas Miene war beinahe schon feindselig.

Heinz streckte die Hand nach seiner Frau aus, vermied es aber, sie zu berühren. «Was ist denn nur mit dir? Ich weiß ja, dass es dir schwerfiel, in dem Mädchen, das eine Hure, einen Priester, einen Gewandschneider und einen Patrizier umgebracht hat, das Böse zu sehen. Aber warum du seither so gereizt bist, verstehe ich nicht.»

«Das ist es ja», erwiderte Hella. Ihre Stimme klang weinerlich. «Genau das ist es ja. Du verstehst nichts, gar nichts.» Von einem Augenblick auf den nächsten wirkte sie wie ein verlassenes und ganz und gar unglückliches Mädchen.

Heinz Blettner zog sein Weib in die Arme. «Was hast du nur? Schon seit ein paar Wochen scheint es, dass du mit nichts zufrieden bist und ich dir überhaupt nichts recht machen kann. Manchmal sitzt du da und schaust ins Leere, dann wieder bist du ungeheuer geschäftig. Und ich höre auch, dass du nachts hin und wieder weinst. Also. Was ist?»

Hella seufzte und sah zu ihm auf. In ihren Augen schimmerten Tränen. Hilflos streichelte Heinz ihr den Rücken. «Sprich mit mir», bat er. «Ich bin doch dein Mann.»

Hella schüttelte den Kopf. «Ich weiß ja selbst nicht, was mit mir ist. Es ist nur so, dass alles irgendwie anders ist, als ich mir das gedacht hatte.»

«Was meinst du?»

Hella hob die Arme. «Ich weiß nicht. Alles einfach.»

«Unsere Ehe? Unser Haus? Unser Leben?»

Sie nickte.

«Ich?», fragte der Richter leiser nach.

Wieder nickte Hella.

Heinz Blettner seufzte. «Was ist mit mir? Was passt dir nicht an mir?»

Hella zog die Schultern hoch. «Ach, ich weiß auch nicht. Es ist immer dasselbe. Wir stehen jeden Morgen auf, dann gehst du zur Arbeit, kommst am Abend zurück, am Sonntag gehen wir in die Kirche und hin und wieder zu meiner Mutter und Pater Nau ins Pfarrhaus zum Essen. Du bist ansonsten mit deinen Fällen, dem Stadtrat und vor allem in der Ratsschänke beschäftigt.»

«Was ist daran schlimm? Alle Männer tun ihre Arbeit, und viele erholen sich danach bei einem Schöppchen oder einem Krug Bier.»

«Dass ich dabei nicht vorkomme in deinem Leben. Außer am Sonntag beim Kirchgang und beim jährlichen Ball des Rates.»

«Wie?» Heinz Blettner rieb sich ratlos das Kinn. «Du bist doch immer da, oder nicht?»

«Ja, schon, aber du siehst mich nicht.»

«Wie bitte? Was sagst du da?»

«Ich sagte: Du siehst mich nicht.»

Richter Blettner starrte seine Frau fassungslos an.

«Aber erlaube mal, natürlich sehe ich dich. Du stehst doch vor mir und siehst richtig appetitlich aus in deinem Unterkleid und mit den aufgesteckten Haaren.» Heinz Blettner lächelte und zog seine Eheliebste näher an sich heran, doch die schlug ihm auf die Hand, begann zu schluchzen und lief in die Küche.

Der Richter blieb im Flur stehen und seufzte. Er holte ein Schnupftuch aus seiner Rocktasche und wischte sich damit den Schweiß von der Stirn. Es ist wirklich unbarmherzig heiß, dachte er. Wenn es bloß bald regnen würde. Kühlt sich die Stadt ab, wird sich auch Hellas Zorn abkühlen.

Er verstaute das Tuch ordentlich in seiner Tasche und ging in die Küche, um sich die Gurkensuppe schmecken zu lassen. Das Essen verlief beinahe stumm. Nur hin und wieder war ein Räuspern zu hören, oder ein Löffel klapperte. Beide hatten den Blick fest auf den Teller gerichtet, taten, als sei das Gegenüber Luft. Und doch lauerten Hella wie Heinz auf jeden Lidschlag, jedes Lippenkräuseln. Peinlich höflich baten sie einander um Brot, schenkten sich gegenseitig Minzsud nach.

Später saßen sie gemeinsam im Wohnzimmer. Hella hatte alle Fenster aufgerissen. Auch die Tür stand offen. Die Vorhänge bauschten sich, doch der Luftzug war noch immer so warm, dass er den Schweiß auf der Haut nicht trocknete. Hella pustete sich hin und wieder eine Haarsträhne aus der Stirn und mühte sich mit dem verhassten Stickrahmen.

Heinz sah ihr dabei zu. Zu gern hätte er den Satz gesagt, den er sonst immer anbrachte, wenn er Hella sticken sah: «Du sollst den Stoff nicht an den Rahmen fesseln», doch er wusste, dass sein liebevoller Spott heute nicht den gewünschten Erfolg haben würde.

Noch glänzte die Sonne über dem Taunus, und das Horn des Nachtwächters blieb einstweilen still. Doch die Blettners gingen zu Bett. Sie kehrten einander beim Ausziehen die Rücken zu, krochen mit abgewandten Gesichtern ins Bett, wünschten sich höflich eine gute Nacht.

Hella war zufrieden, dass sie Heinz ihren Unmut gezeigt hatte. Aber unzufrieden war sie auch. Irgendetwas fehlte. Sogar beim Schweigen fehlte etwas.

Heinz lag lange wach. Er hatte die Hände unter dem Kopf verschränkt und starrte an die Decke. Noch immer drang keine Abkühlung durch die offenen Fenster. Er schob die dünne Bettdecke bis zu den Hüften hinunter, doch als er kalte Schultern bekam, zog er sie wieder hinauf. Dafür streckte er die Füße ins Freie. Er drehte sich auf die linke Seite, aber das Kissen wärmte sein Gesicht so, dass er sich flugs wieder auf den Rücken legte.

Immer wieder zupfte und zerrte er an seiner Bettdecke. Lag er darunter, war ihm zu heiß, lag er darauf, fand er auch keine Ruhe. Er seufzte, wandte sich zur Seite und betrachtete Hella. Heinz wusste, dass sie nicht schlief. Ihr Atem ging ruhig und gleichmäßig, zu gleichmäßig aber und zu flach für eine Schläferin.

Die Decke hatte sie bis zur Nase hochgezogen, und Heinz konnte nur ahnen, wie heiß ihr darunter war.

«Magst du zu mir kommen?», fragte er, doch Hella tat weiter so, als schliefe sie fest, und reagierte nicht. Da stand er auf, zog den dünnen Morgenrock über, überlegte es sich anders, legte die Nachtsachen ab und stieg in seine Tageskleider.

«Was hast du vor?», hörte er Hella fragen, als er eben die Schlafkammer verlassen wollte.

«Ich kann nicht schlafen. Ich bin einfach nicht müde.»
Er kehrte zurück, setzte sich auf den Bettrand. Obwohl nur das Mondlicht ins Zimmer schien, erkannte er den kummervollen Ausdruck auf Hellas Gesicht.

Er strich ihr mit zwei Fingern sanft über die Wange. «Es wird alles wieder gut, mein Herz. Du wirst sehen. Du musst nur Geduld haben. Mir dir und mit mir.»

Sie nickte, dann schmiegte sie ihr Gesicht für einen Augenblick in seine Hand und war bald darauf wirklich eingeschlafen. Wie ein Kind sieht sie aus im Schlaf, dachte Heinz. Wie ein kleines Mädchen. Und nicht wie eine Frau von einundzwanzig Jahren. Vielleicht bin ich ja doch zu alt für sie. Zehn Jahre, das ist kein großer Unterschied. Aber in manchen Dingen zeigt es sich eben doch, dass ich der Ältere bin. Und es ist nicht nur schlecht. Ganz im Gegenteil. Wie oft hat sich meine Bedachtsamkeit schon ausgezahlt! Heinz Blettner lächelte kurz. Aber, dachte er, manchmal ist bedächtig sein auch eher störend. Er schluckte, dachte an die schönen Abende, die er gemeinsam mit seiner Frau im Bett erlebt hatte, und fragte sich ernsthaft, ob tatsächlich nur er diese Abende als schön empfunden hatte. Allmählich ergriff die Nacht die Macht über ihn, zog ihn an den Busen des Schlafes. Er sank neben seiner Frau ins Bett, schmiegte sich an ihren Leib und schlief ein.

Plötzlich klopfte es an der Haustür. Hella und Heinz fuhren erschrocken hoch. Es klopfte zum zweiten Mal. Heinz küsste Hella auf den Scheitel, stand auf und beugte sich aus dem Fenster. «Wer da?», rief er hinaus. Ein Büttel stand vor dem Haus, sah nach oben. Hella hörte undeutliche Worte.

«Was ist?», fragte sie.

Heinz wandte sich um.

«Es ist der Stadtknecht. Ich fürchte, es gibt ein neues Verbrechen.»

«Was ist geschehen?»

«Ein Arm. Jemand hat einen Arm auf dem Römerberg gefunden, sagt der Büttel. Einen Arm ohne einen Körper daran.»

Heinz' Schritte waren gerade verklungen, als auch Hella aus dem Bett sprang. Sie schlüpfte in ihre Kleider und war schon auf der Straße, kaum dass Heinz um die nächste Ecke gebogen war. Obwohl der Morgen eben erst heraufdämmerte, waren die Straßen voller Menschen. Lehrjungen liefen hin und her, ein Mädchen trieb eine Ziege vorüber, Dienstmägde trugen duftende Brote in die Häuser ihrer Herrschaft, Bettler wischten sich den Schlaf aus den Augen und begaben sich zu ihren Stammplätzen in der Nähe der Kirchen.

Hella lief die Fahrgasse hinunter bis zur Schnurgasse. Hier hatten die Kürschner ihr Zunfthaus, hier wohnten auch die meisten von ihnen. Prächtige Bauten standen neben einfachen Bürgerhäusern, reiche Kürschnerfrauen legten ihre Betten in die Fenster, schüttelten Felle aus, mit denen Truhen und Bänke bedeckt waren. Ständer mit Umhängen, Mänteln und Schauben wurden von Lehrjungen über die Gasse geschoben, es roch leicht nach Gerblohe und stark nach nassen Tierfellen. In den offenen Werkstätten sah man Gesellen an großen Holztischen mit groben Kämmen Pelze striegeln. Ein gutgekleideter Mann ließ sich ungeachtet der frühen Stunde von einem verschlafenen Meister einen Mantel anmessen.

Hella hatte für all dies keinen Blick. Hastigen Schrittes bog sie in die Neue Kräme, lief an den offenen Schaufenstern der großen Krämer und an den Kontoren der Kaufleute vorüber, erschnupperte den Geruch seltener Gewürze, wich Fuhrwerken aus, sprang über ein rollendes Fass, stieß beinahe mit einem Auflader zusammen, der einen Sack über der Schulter trug, ließ sich vom Glitzern des Tandes in den Auslagen nicht ablenken und gelangte schließlich auf den Römerberg. Sie hielt sich im Schutz der Hauswände und betrachtete die Gruppe, die mitten auf dem Römer direkt neben dem Brunnen stand. Bei ihrem Mann standen der Henker, zwei Büttel, der neue Leichenbeschauer Eddi Metzel und ein Schreiber. Dahinter hatte sich eine dichte Menschenmenge versammelt. Langsam ging Hella näher, blieb auf der Höhe des Hauses der Alten Limpurg stehen, schlüpfte durch das Gedränge und sperrte ihre Ohren auf.

«Bissspuren», hörte sie den Henker mit tiefem Bass sagen. «Am Arm sind Bissspuren.»

Wie ein Lauffeuer ging die Nachricht durch die Menge. Eine Frau schrie, eine andere schluchzte auf. «Ruhe!» Der Büttel schrie. «Packt euch. Oder soll ich euch Beine machen?» Aber die Menge drängte näher und näher heran.

«Vielleicht ein Tier, ein streunender Hund oder so», hörte Hella den anderen Büttel sagen. Nun stand sie nahe genug, um auch den Blick des Richters zu sehen, der den Stadtknecht zum Schweigen brachte.

Schmerzhaft bohrte sich ein Ellbogen in ihre Seite. Hella stöhnte auf. «Ich bitte Euch sehr um Vergebung», sprach ein Fremder zu ihr. Er hatte einen Akzent, den Hella noch nie gehört hatte. Sein Aussehen zeigte auf Anhieb, dass er kein Bürger des Heiligen Römischen Reiches Deutscher Nation war. Er hatte dichtes, dunkles Haar, das ihm bis auf die Schulter reichte. Seine Haut leuchtete im satten braunen Ton von frischem Zimt; er hatte hagere Züge und einen scharf gezeichneten Mund. Obwohl er frisch rasiert war, schimmerte die Haut um das Kinn blauschwarz.

Seine Augen, dachte Hella, sind wie Schwarzkirschen.

Der Fremde lächelte sie an und schob sich an ihr vorbei, so nahe, dass sie seinen Duft einatmen konnte. Es war ein Geruch, der ihr fremd und vertraut zugleich war. Wonach roch er nur? Hella grübelte. Feiertag, dachte sie, er riecht nach Feiertag. Nach Feiertag und nach Abenteuer. Nach Weihrauch und Sandelholz? Nach Geheimnissen und Geborgenheit.

Sanft, aber bestimmt bahnte der Fremde sich einen Weg durch die Menge. Hella folgte ihm, als würde sie an Fäden gezogen. Gleichzeitig achtete sie darauf, nicht von den Männern am Brunnen gesehen zu werden. Zum einen schickte es sich nicht, einem Mann zu folgen. Aus welchen Gründen auch immer. Mochte sein Duft anziehend sein, eine Frau von Hellas Stand tat so etwas nicht. Und zum Zweiten wollte sie auf gar keinen Fall von ihrem Mann oder einem Stadtknecht gesehen werden. Sie hielt es für eine himmelschreiende Ungerechtigkeit, dass der Rat beschlossen hatte, alle Criminalia vor ihr und ihrer Mutter Gustelies geheim zu halten, weil Verbrechensermittlungen nun mal Männersache seien. Und das, obwohl schon mehr als ein Bösewicht nur mit Hilfe von Gustelies' und Hellas Ermittlungsarbeit gefasst worden war. Trotzdem hatte sie Heinz versprechen müssen, sich nicht mehr in seine Angelegenheiten zu mischen. Das fiel ihr schwer. Sehr schwer sogar. Deshalb hatte Hella auch nur versprochen, sich zu bemühen. Nun, das tat sie. Und manchmal gelang es eben besser, ein anderes Mal schlechter.

Sie hörte, wie der Orientale zu ihrem Mann sagte: «Verzeiht meine Einmischung, aber ich bin sicher, dass der Arm nicht an diesem Ort vom Körper getrennt worden ist.»

Als Heinz herumfuhr und den Fremden in Augenschein nahm, verbarg sich Hella hinter dem Rücken eines Hafenarbeiters, der neben ihr stand. Sie stellte sich vor, wie Heinz sie ansehen würde. Er würde den Finger heben und ihr drohen. Vor allen Leuten. Womöglich würde er sie sogar dem Fremden vorstellen. Nein, das wollte Hella verhindern. Um jeden Preis. Sie hätte zu gern gehört, mit welchen Worten ihr Heinz dem Sarazenen die Einmischung in seine Arbeit verbat, aber stehen zu bleiben und zuzuhören wagte sie nicht.

Vorsichtig wich sie nach links aus, bewegte sich immer weiter von der Mitte des Geschehens fort. Schon war sie am Steinernen Haus, bog in die Mörsergasse ab und machte sich auf dem schnellsten Weg hinauf zum Pfarrhaus am Liebfrauenberg.

Pater Nau öffnete und betrachtete seine Nichte, als hätte er sie noch nie zuvor gesehen.

«Lass mich rein, Onkel Bernhard, schau nicht so.»

«Deine Mutter ist nicht da. Schon wieder einmal nicht. Ich möchte wissen, wo die Frau sich immer herumtreibt. Aber was soll's? Was nützt alles Klagen und Lamentieren? Die Erde ist nun mal ein Jammertal und das Leben ein Graus.»

«Ich weiß, Onkel Bernhard», nickte Hella. «Ist Mutter auf dem Markt?»

Der Pastor hob die Schultern. «Was weiß ich? Mir sagt doch nie jemand etwas! Jeden Tag was Neues, nur nichts Gutes.»

Hella verbiss sich ein Kichern und erwiderte: «Lerne zu leiden, ohne zu klagen.»

«Komm rein, du freches Gör», sagte Pater Nau und drohte Hella mit dem Finger. «Und untersteh dich, meine Sprüche gegen mich zu verwenden.»

Er ging voran und führte Hella in sein Arbeitszimmer. «Bruder Göck ist bei mir», teilte er ihr mit. «Wir haben einen Disput über den Teufel. Du darfst danebensitzen und zuhören, bis deine Mutter sich wieder an den Platz erinnert, auf den Gott sie gestellt hat. Vielleicht lernst du ja sogar etwas dabei. Also, Bruder, wo waren wir?»

Bruder Göck, in das schwarze Gewand der Antoniter gehüllt, das ein blaues Tau auf dem Rücken zierte, hob einen Finger und erwiderte: «Du hast die Frage nach dem Teufel gestellt.»

«Ach ja. Genaugenommen fragte ich dich, was geschieht, wenn der Teufel alle seine Sünden bereut.»

«Wie bitte?» Hella glaubte, sich verhört zu haben, aber Pater Nau wiederholte ungerührt seine Frage.

Bruder Göck versteckte die linke Hand im rechten, die rechte Hand im linken Ärmel seiner Kutte und schnaubte verächtlich.

«Du willst die Antwort auf diese Frage gar nicht wissen, mein Lieber», behauptete er. «Du willst einfach nur beweisen, dass es den Teufel als gefallenen Engel nicht gibt. So ist das. Deine Frage ist schierer Unfug. Was soll schon sein, wenn der Teufel seine Sünden bereut? Gar nichts. Er wird es nämlich nicht tun, sonst wäre er nicht der Teufel.»

«Ha!», rief Pater Nau und griff nach dem Krug mit dem verdünnten Wein. Als er bemerkte, dass dieser leer war, schob er ihn wortlos seiner Nichte hin, die aber so tat, als wüsste sie nicht, was diese Geste bedeuten sollte.

«Meinst du nicht, Antoniter, dass es wenig Teuflischeres gibt als einen Teufel, der seine Sünden bereut? Wem, frage ich dich, nützt es, wenn der Teufel seine Sünden bereut?»

Der Antoniter griff jetzt ebenfalls nach der Weinkanne, warf einen Blick hinein und sah Hella enttäuscht an. «Der Wein ist alle», sagte er vorwurfsvoll.

«Das ist schade», erwiderte Hella, machte aber noch immer keine Anstalten aufzustehen.

«Verstockt wie ihre Mutter», murmelte Pater Nau.

Da erst erhob sich Hella, fragte: «Ist es möglich, dass ihr gern hättet, dass ich euch eine neue Kanne Wein hole?»

Pater Nau verschränkte fromm die Hände vor seinem Bauch. «Ja, Kind, du hast es erraten.»

Der Antoniter murmelte weniger fromm: «Dass ich das noch erleben darf!»

Aber Hella nahm noch immer nicht die Kanne und ging damit in den Keller, sondern fragte herausfordernd: «Und wie sagt man, wenn man etwas möchte?»

«Was?», fuhr der Pater hoch.

«Wie?», wollte Bruder Göck wissen.

«Bitte sagt man, wenn man etwas möchte. Und Danke sagte man, wenn man etwas bekommen hat.»

Die beiden Geistlichen sahen sich an, als wäre ihnen gerade der Leibhaftige erschienen. Pater Nau schnupperte gar in der Luft.

«Riechst du Schwefel?», fragte Hella, lachte, nahm die Kanne und ging.

Als sie fort war, beugte sich der Pater über den Tisch. «So ist es, mein Lieber, wenn man mit Weibern Umgang hat. Ein bisschen was von der Hölle ist immer dabei.»

Der Antoniter nickte ernst und sah besorgt durch die offene Tür. «Vielleicht sollten wir in ihrer Gegenwart nicht so offen vom Leibhaftigen reden. Man weiß ja nie.»

Auch Pater Nau nickte.

Als Hella zurückkam und den Männern die Becher vollgoss, fand sie sie ins Gespräch über den neuesten Klatsch vertieft. «Und dann hörte ich, wie die Burger Katharina der Senftnerin ein freches Maul anhängte», erzählte Bruder Göck. «Aber die Senftnerin ließ sich das nicht gefallen, nahm sich ihre Magd zur Zeugin und rief nach dem Büttel. Jetzt, so heißt es, muss die Burgerin für einen Tag an den Schandpfahl.»

«Und du, Richtersweib, was sagst du dazu?», fragte ihr Onkel.

«Zur Burgerin?», fragte sie zurück.

Die Männer nickten.

Hella lächelte den Antoniter milde an und strich ihrem Onkel sanft über die Hand. «Ich dachte, nur Frauen tratschen.»

«Tratschen! Was ist denn das für ein Ausdruck», empörte sich Bruder Göck. «Wir sind Seelsorger, wir sorgen uns um die, die uns der Herr anvertraut hat. Jede noch so unwichtige Begebenheit in dieser Stadt kann Folgen haben.»

«Aha!», erwiderte Hella.

«Jawohl», bestätigte Pater Nau. «Du ahnst gar nicht, wie wichtig Nachrichten sind in einer Zeit, die so schlecht ist wie die unsere. Ich sag's ja immer. Das Leben ist ein Graus und die Erde ein Jammertal.»

Er holte tief Luft und wollte sich weiter über die Schlechtigkeit der Welt auslassen. Da quietschte die Pfarrhaustür in ihren Angeln und fiel kurz darauf krachend ins Schloss. Ein Keuchen erklang, und schon stand Gustelies in der

Tür, mit ihr ein Schwall schwüler Sommerluft. Ihr Gesicht war hochrot, ein paar Haarsträhnen hatten sich unter der Haube hervorgestohlen und klebten auf ihrer Stirn. Auf der Oberlippe glitzerten kleine Schweißperlen, und ihr Busen hob und senkte sich so heftig wie eine Karavelle auf hoher See. Gustelies ließ sich auf den nächsten Schemel fallen und presste eine Hand auf ihr Herz.

Pater Nau wollte gerade unauffällig die Weinkanne unter dem Tisch verschwinden lassen, doch Gustelies hatte schon danach gegriffen. Sie goss sich einen Becher voll und trank ihn in einem Zug leer. Dann verkündete sie mit Grabesstimme: «Bei den Gebeinen der heiligen Hildegard: In Frankfurt geht der Teufel um!»

KAPITEL 2

«Heinz! Mach den Lärm weg! Draußen brüllen die Vögel!»

Hella zog sich ein Kissen über den Kopf.

«Soll ich sie vielleicht mit einem Katapult abschießen?»

«Tu, was du willst. Aber mach sie weg», klagte Hella weiter.

Heinz lachte leise. Er mochte es, am Morgen vom Gesang der Drosseln, Amseln, Finken, Stare und Spatzen geweckt zu werden. Er lag auf dem Rücken, die Hände unter dem Kopf verschränkt, gähnte und sah aus dem offenen Fenster auf die gegenüberliegenden Dächer, hinter denen sich der violette Himmel allmählich aufhellte.

Er drehte sich zu seiner Frau, die ganz und gar unter Kissen und einer Decke verschwunden war. Er griff nach einer hervorlugenden Haarsträhne und zupfte sanft daran. «Schläfst du noch?», fragte er.

«Hmmm.»

«Dann komm ich jetzt zu dir.»

Hella tat, als ob sie wieder eingeschlafen war.

Heinz schlüpfte unter Hellas Bettdecke und schmiegte sich an den Rücken seiner Frau. Er drückte seine Nase in ihren Nacken und schnupperte daran. Langsam schob er ihr Nachthemd nach oben und streichelte ihren warmen Bauch.

Hella knurrte unwillig. «Lass mich!»

Aber Heinz hörte nicht auf sie. Er tastete sich langsam zu ihren Brüsten vor. Mit der anderen Hand strich er über ihren Oberschenkel. Er wartete darauf, dass sie in seinen Armen weich und nachgiebig wurde und seiner Hand Einlass gewährte, doch Hella machte sich steif wie ein Brett.

«Bist du noch so müde? Ach, Schatz», raunte Heinz und biss ihr leicht in den Nacken.

Hella fuhr auf. Sie stieß ihren Mann von sich und fauchte: «Ich will jetzt nicht mit dir schlafen, Herrgott noch eins.»

«Ist ja gut», brummte Heinz gekränkt, wand sich aus Hellas Bett und stand auf. Er warf sich den Morgenmantel über und tat so, als bemerkte er Hellas Schluchzen nicht. Am liebsten hätte er geradeheraus gesagt, wie ihm ihre Übellaunigkeit aufs Gemüt schlug, doch er schwieg, ging ohne sich umzudrehen aus der Schlafkammer und die Stiege hinunter in die Küche. Die Magd hatte schon Wasser geholt, das Feuer im Herd brannte, und darauf brodelte ein Topf mit Grütze. Heinz nahm sich einen Eimer mit Wasser und ging in die kleine Waschkammer, die sich neben der Küche befand. Bald darauf saß er gewaschen, rasiert und gekämmt am Frühstückstisch und löffelte seine Hafergrütze.

Als Hella erschien, blickte er nicht auf, sondern aß weiter, als hätte er sie nicht bemerkt.

Sie setzte sich ihm gegenüber und griff nach seiner Hand. «Es tut mir leid», flüsterte sie. «Ich weiß nicht, was mit mir ist. Verzeih mir, bitte.»

Blettner nickte. Er mochte seiner Frau nicht böse sein, hasste Streit wie nichts sonst auf der Welt.

«Es ist gut», erwiderte er. «Ich weiß ja, dass es dir leidtut.»

Dann, als das Schweigen zu schwer wurde, fragte er: «Was hast du heute vor?»

«Ich will auf den Markt. So früh wie nur möglich, denn da sind die Sachen am frischesten. Ich möchte dir einen kräftigen Rindfleischtopf mit Zwiebeln und Rotwein machen.» Sie lächelte ihrem Mann aufmunternd zu, aber der erwiderte ihr Lächeln nicht. «Dein Lieblingsessen», erklärte Hella mit Nachdruck. «Ich brauche dafür ein schönes Stück Rind, vielleicht eine oder zwei Beinscheiben. Dann nehme ich sechs Zwiebeln, ein Stück Roggenbrot und einige Lorbeerblätter, dazu vielleicht ein wenig Senf und natürlich reichlich Pfeffer. Ich werde alles so machen, wie meine Mutter es mir beigebracht hat. Zuerst werde ich das Fleisch in guter Butter anschmoren, dann die Zwiebeln dazugeben, mit Rotwein auffüllen und würzen. Ich lasse das Fleisch in aller Ruhe köcheln, bis es so weich ist, dass es auf der Zunge zergeht. Danach bröckle ich das Roggenbrot in die Soße, koche alles einmal hoch, bis es schön eingedickt ist, gebe Pfeffer dazu, und schon ist der Rinder-Zwiebel-Topf fertig. Na, was sagst du dazu?»

Hella sah ihren Mann lobheischend an, aber Richter Heinz Blettner winkte ab. «Mach dir keine Mühe. Ich werde heute in der Ratsschänke essen. Außerdem interessiere ich mich nicht für Kochrezepte, sondern nur für das Essen.»

«In der Schänke? Wieso das denn? Du isst doch sonst immer so gern zu Hause. Und wenn meine Mutter den Rindertopf macht, schwelgst du schon drei Tage im Voraus.»

Der Richter sah auf. Nichts in seinem sonst so freundlichen Gesicht lächelte. Die Augen nicht, die Lippen nicht. «Ich habe keinen Appetit», antwortete er knapp. Er wischte sich mit der Serviette den Mund ab und wollte aufstehen, doch Hella legte ihm eine Hand auf die Schulter. «Halt», bestimmte sie. «Hiergeblieben. Erst sagst du mir, was mit dir ist!»

Heinz Blettner seufzte. Dann fragte er leise: «Weißt du eigentlich, wie oft es in den letzten Monaten Rindertopf gegeben hat?»

Hella schüttelte verblüfft den Kopf.

«Acht Mal!» Heinz Blettner hielt acht Finger in die Höhe.

«Acht Mal», wiederholte er. «Und weißt du wenigstens, wann es den Rindertopf immer gegeben hat?»

Hella senkte den Kopf, aber Heinz hatte genau gesehen, wie ihr die Röte in die Wangen geschossen war. Das hinderte ihn nicht daran weiterzusprechen. «Immer, wenn du mich im Bett abgewiesen hast, gab es einen Rindertopf. Immer, wenn du mich nicht küssen wolltest, gab es Eierpunsch. Und immer, wenn du am Samstag nicht mit mir in den Badezuber steigen wolltest, machtest du mir anschließend eine Süßspeise.»

Hella fuhr mit einem Finger die Maserung der Tischplatte nach und schwieg. Auch Heinz sagte nichts. Schließlich seufzte er, nahm seine lederne Aktenmappe und bemerkte beim Hinausgehen: «Auf die Art und Weise mag wohl kein Mann sein Lieblingsgericht. Mir wären Fischabfälle auf dem Tisch und eine liebende Frau lieber als ein Rindertopf und eine Nacht ohne Küsse.»

Damit ging er und zog die Tür nachdrücklich ins Schloss.

Hella ließ sich auf die Küchenbank sinken, rührte gedankenverloren in der Grütze, die Heinz stehengelassen hatte. Als die Magd in die Küche kam und fragend schaute, nahm Hella den Weidenkorb, der auf dem Schemel hinter der

Tür stand. «Ich gehe zum Markt», sagte sie und eilte aus dem Haus, als wäre der Leibhaftige hinter ihr her.

Zuerst ging sie zu den Fleischbänken. Strich unruhig zwischen den einzelnen Ständen umher, in Gedanken noch bei ihrem Mann. Einmal blieb sie stehen, betrachtete die blauen Ochsenzungen in der Auslage, die hellroten, mit Bläschen durchsetzten Stierlungen, die grünen Pansen, das graue Hirn und die ferkelfarbenen Kuheuter, ohne sie wirklich zu sehen. Der Metzger stand dahinter und bewegte träge die linke Hand, um die grünschillernden Fliegen zu verscheuchen. An einem Fleischerhaken hinter ihm hing ein ausgeweidetes Schaf, daneben eine Schweinehälfte. Die Augenhöhle war bis auf den Knochen ausgeschabt, eine große Fliege tummelte sich darin. Hinter dem Stand befand sich ein Abfallhaufen. Eine alte Bettlerin wühlte darin herum, brachte blutige Hahnenkämme, gekrümmte Hühnerkrallen und einen Lammschädel zum Vorschein, lud die Abfälle in einen Korb und trottete von dannen, eine dünne Blutspur hinter sich herziehend.

Am nächsten Stand wartete eine Hausfrau. In ihrem Korb türmten sich Zwiebeln. Gespannt sah sie dem Metzger zu, der sein Beil schwang. Mit einem Schlag spaltete er den gehäuteten Schafskopf vor ihm. Die Knochen knackten und kippten in zwei säuberlich getrennten Hälften nach rechts und links. Mit einem großen Löffel schabte der Metzger das Gehirn aus dem Schädel und warf es auf eine blutverschmierte Waage. Befriedigt nickte er und fragte: «Die Augen auch?»

Die Hausfrau nickte. «Aber ja. Es gibt nichts Besseres für die Suppe.»

Obwohl Hella dergleichen schon oft gesehen hatte, verursachte der Anblick der toten Leiber ihr heute Unbehagen. Der Geruch von warmem Blut und entleerten Därmen, dazu der Schweiß des Metzgers, machte, dass ihr übel wurde. Rasch ging sie von den Fleischbänken fort, vergaß sogar das Rindfleisch, das sie für das Abendessen hatte kaufen wollen. Aber das machte nichts, dachte sie, als sie es bemerkte. Wahrscheinlich würde sie ihrem Mann nie wieder einen Rinder-Zwiebel-Topf machen können, ohne sich dabei schuldig zu fühlen. Hatte er nicht überdies gesagt, er wolle in der Ratsschänke essen? Hella seufzte. Was wollte sie dann hier? Unschlüssig schlenderte sie weiter von Stand zu Stand. Hinter einem Ecktisch stand ein junges Mädchen, dem die beiden oberen Schneidezähne fehlten. Um ihr rechtes Auge schimmerte ein prächtiges Veilchen. Mit schriller Stimme pries sie ihre Ware an: Kerzen und kleine, geschnitzte Heiligenfiguren. Zwei Stände weiter stopfte ein Junge die Eingeweide eines ausgenommenen Huhns gelangweilt in dessen aufgerissenen Leib zurück und kratzte sich dann an einem haarigen Leberfleck an seinem Hals. Ein Bettler mit leeren Augenhöhlen tastete sich mit einem Stock vorwärts und bat mit quietschender Stimme um Almosen. Dabei stieß er an den mit Eiern gefüllten Weidenkorb einer Bäuerin und bekam von ihr einen Schlag mit einem Knüppel direkt auf die Schulter, sodass er seinen Stock fallen ließ und gegen einen beleibten Herrn taumelte. Eine junge Gauklerin mit langen Haaren und rotzverschmiertem Kleinkind an der bloßen Brust griff einem Gemüsehändler zwischen die Beine. «Na du», säuselte sie. «Hast du was für mich, wenn ich was für dich habe?» Angeekelt stieß der Mann sie weg, direkt vor den Stand der Vogelhändlerin, die vor sich auf dem Holztisch an den Füßen zu Paaren zusammengebundene Turteltäubchen liegen hatte.

«Hallo, junge Frau», rief sie Hella zu. «Wollt Ihr nicht meine Täubchen probieren? In Mandelmilch gesotten und mit Rosenblättern garniert bringen sie jeden Mann um den Verstand.» Hella schüttelte stumm den Kopf und hastete weiter. Als sie am Rande des Marktes angelangt war, atmete sie auf. Ihre Augen schmerzten, sie hob die Fäuste und rieb die Augenlider. Neben ihr tuschelten zwei Handwerksweiber. «Hast du schon gehört», fragte die eine. «Es heißt, man hat einen Arm gefunden. Einen einzelnen Arm. Zähne haben daran genagt. Große, starke Zähne. Ganze Batzen Fleisch sollen sie herausgerissen haben.»

«Ja», erwiderte die andere. «Davon habe ich auch gehört. Die Leute sagen, dass ein Sarazene am Tatort war. Heißt es von denen nicht, dass sie ihre Toten auffressen?»

Die beiden schüttelten sich in wohligem Grausen, während Hella sich hochmütig abwandte und zu einer kleinen Bude gegenüber dem Steinernen Haus ging. Dort hatte Jutta Hinterer, die Freundin ihrer Mutter, ihre Geldwechselstube.

«Guten Morgen, Hintererin», grüßte Hella und stellte ihren noch immer leeren Einkaufskorb vor sich auf den Boden.

Die Geldwechslerin hatte die Arme auf ihre Ladentheke gelegt. Sie sah aus wie eine zufriedene Hausfrau, die beim Ausschütteln der Federbetten eine Pause macht, um das Treiben auf der Gasse zu betrachten. Mit prüfendem Blick musterte sie Hella.

«Du hast schon besser ausgesehen, meine Liebe», stellte sie fest. «Blass bist du immer, aber heute hat deine Haut einen gräulichen Schimmer. Die Augen sind auch nicht so klar wie sonst, sogar deine Lippen haben an Farbe verloren. Was fehlt dir?»

Hella errötete. «Es kann nicht jeder Tag ein guter Tag sein.»

«Ha!» Jutta schrie es beinahe. «Diese Worte aus dem Munde einer jungen Ehefrau. Ich fasse es nicht. Was soll werden, wenn schon ihr jungen Frauen herumlauft und ein Gesicht zieht wie andere nach zwanzig Jahren Ehe? Das Menschengeschlecht wird aussterben, jawohl! Und die Männer zuallererst.»

Sie lehnte sich zurück, zupfte an ihrer Nase und dachte einen Augenblick nach. «Eine Welt ohne Männer. Wie wäre das, na?»

Hella zuckte mit den Achseln.

«Es gäbe keine Kriege, keine Ehebrecher, keinen Schnaps, keine herumliegenden Stinkestrümpfe. Dafür überall Ordnung und Kuchen. Und Tand und Putz in Hülle und Fülle. So wäre das. Aber ich sehe schon, ihr jungen Frauen habt immer weniger Spaß an der Ehe.»

Hella zog empört die Augenbrauen nach oben. «Woher wollt Ihr denn wissen, dass es die Ehe ist, die mir zu schaffen macht?»

Jutta Hinterer lachte. «Weil ich schon drei Mal verheiratet war, mein Herzchen. Jedes Mal mit dem falschen Mann, jawohl. Wie eine mit ihrer Ehe unzufriedene Frau aussieht, weiß niemand in dieser Stadt besser als ich. Das kannst du mir ruhig glauben.»

«Ich kenne Euch nur gut gelaunt», widersprach Hella.

«Natürlich tust du das. Du kennst mich ja auch nur als Witwe! Und eine Witwe hat immer gut lachen. Der beste Stand, den eine Frau haben kann, ist der Witwenstand. Als Jungfrau hat man noch so viele Träume, die einer nach dem anderen zerplatzen. Als Ehefrau hast du den ganzen Tag zu tun und musst obendrein noch die Wünsche deines

Gatten erfüllen. Meist gibt es da auch noch Kinder, die beständig ihre Rotznasen an deiner Schürze abputzen. Als Witwe aber geht es endlich einmal nur um dich. Keine Befehle, keine Sonderwünsche, keine Aufträge, Aufgaben, Pflichten. Das verstehe ich unter Freiheit. So, und jetzt erzähl mir, was es Neues gibt.»

Hella seufzte. Sie kannte die Hintererin seit ihrer Kindheit, denn Jutta war die beste Freundin ihrer Mutter Gustelies. Sie wusste, dass die Geldwechslerin mit beiden Beinen fest auf der Erde stand und zu jedem Thema dieser Welt eine eigene, unverwechselbare Meinung hatte. Auch geizte Jutta Hinterer nicht mit Rat und Tat, selbst wenn dies weder erforderlich noch erwünscht war. Sie hielt es einfach für ihre Aufgabe, Frauen vor dem Unglück, welches sie unweigerlich mit Männern haben würden, zu warnen.

«Was hat er angestellt, der Deine?», bohrte sie weiter.

«Säuft er, spielte er, hurt er, schlägt er?»

«Aber nein, ganz und gar nicht. Wie kommt Ihr nur darauf?»

«Na gut, was ist dann? Was tut oder unterlässt er?»

Hella sah zum Boden, kratzte mit der Spitze ihres Schuhes auf dem Pflaster herum und seufzte. «Er sieht mich nicht.»

«Bitte, was?»

«Heinz sieht mich nicht, wie ich bin. Er sieht die Frau, die vor ihm steht, sieht ihr Kleid, ihre Brüste, meinetwegen noch ihr Haar, aber mein Inneres, meine Seele, die sieht er nicht.» Hella sah Jutta kläglich an, wartete auf Bekräftigung, auf Zuspruch, auf Trost oder wenigstens ein Schimpfwort wider die Männer, doch nichts davon geschah. Jutta Hinterer warf den Kopf in den Nacken und lachte lauthals.

Verwirrt sah Hella sie an. «Was gibt es da zu lachen?», fragte sie.

«Du hast ihm das bestimmt genau so gesagt, nicht wahr?» Hella nickte. «Selbstverständlich.»

«Selbstverständlich», prustete Jutta und wischte sich die Tränen aus den Augen. Dann wurde sie ernst. «Hör mal, Mädchen. Männer können mit solchen Sätzen nichts anfangen. Sie sind Männer, deshalb. Du musst klare Botschaften formulieren, am besten in Befehlsform. ‹Heb deine Strümpfe auf›, zum Beispiel, oder ‹Gib mir Haushaltsgeld› oder auch ‹Küss mich›. Aber Sachen, die mit Gefühlen zu tun haben, begreifen Männer nicht. Und weil sie ahnen, dass sie solche Dinge nicht begreifen, werden sie entweder ärgerlich, oder sie machen sich lustig über die Frauen. Verstehst du?»

Hella nickte. «Trotzdem. Es ist irgendwie alles anders, als ich es mir vorgestellt hatte», flüsterte sie.

«Hmm», erwiderte Jutta.

Hella erschrak. Wenn selbst Jutta nichts einfiel, war ihre Lage bestimmt genauso hoffnungslos, wie sie sich anfühlte.

«Hmm», wiederholte Jutta. «Das geht allen jungen Ehefrauen so. Irgendwie scheint ihr alle zu denken, dass euch der Honigmond ewig leuchtet, oder?»

Sie sah Hella prüfend an, aber die bohrte noch immer mit ihrer Schuhspitze zwischen den Pflastersteinen herum.

«Ist es das, was dich quält?», fragte Jutta weiter.

Hella hob den Kopf. «Ich weiß es nicht», sagte sie. «Irgendwie ist es so, als gäbe es nichts mehr, worauf ich mich freuen könnte. Die ganze Zeit meiner Jugend lang habe ich darauf gebrannt, endlich verheiratet zu sein, ein eigenes Haus, einen Haushalt, eine Familie zu haben. Jetzt habe ich das und ... und ...»

Sie brach ab, und Jutta Hinterer vollendete den Satz: «... und es ist dir, als wäre dein Leben schon vorbei, obwohl du dich noch so jung fühlst und das Leben bisher nicht gehalten hat, was es einst versprach.» Jutta schob die Unterlippe nach vorn. «So oder so ähnlich, stimmt's?»

Hella sah auf. «Ja, genau so ist es», bestätigte sie aus ganzem Herzen.

Die Geldwechslerin nickte und schwieg. Das war so ungewöhnlich für sie, dass Hella erneut erschrak. «Man kann nichts dagegen tun?», fragte sie bang.

Jutta wiegte den Kopf. «Liebe lässt sich nicht erzwingen», sagte sie. «Sie kommt und geht, wie sie mag. Nicht einmal dem menschlichen Willen beugt sie sich.»

Hella fuhr hoch. «Nein, das ist es nicht», begehrte sie auf. «Ich liebe Heinz. Jawohl, das tue ich. Daran besteht absolut kein Zweifel. Ich bin ihm eine so gute Ehefrau, wie ich es nur sein kann. Ich liebe ihn. Ich liebe ihn, so wahr mir Gott helfe.»

Jutta Hinterer nickte. «Dann ist es ja gut», erwiderte sie gleichmütig. «Die Frage lautet dann aber, warum du mit ihm nicht glücklich bist.»

Hella zog die Unterlippe zwischen die Zähne. «Vielleicht», sagte sie sehr leise, «vielleicht reicht Liebe allein nicht aus, um glücklich zu sein.»

Die Geldwechslerin sah, dass der jungen Frau das Gespräch unangenehm wurde. Schnell wechselte sie das Thema: «Sag mal, stimmt es, dass ein einzelner Arm gefunden worden ist?», fragte sie nun.

Hella nickte. «Ja, in der Nacht hat ihn der Wächter entdeckt. Am Abend zuvor war noch nichts zu sehen gewesen.»

«Weißt du mehr?»

Hella schüttelte den Kopf. «Woher denn? Heinz verschließt sein Zimmer vor mir. Den Schlüssel trägt er an einem Lederband um den Hals.»

Die Geldwechslerin winkte ab. «Das hat dich noch nie gestört. Tu nicht so. Ich weiß genau, dass du dir einen Nachschlüssel hast machen lassen. Also, was weißt du darüber?»

«Nicht mehr als Ihr. Das könnt Ihr ruhig glauben.»

Ein Kaufmann in fremdländischer Kleidung trat an die Geldwechselstube und drängte Hella zur Seite. «Ich habe Goldflorin, die ich in Frankfurter Geld umtauschen will. Wie steht der Kurs?», fragte er barsch und trommelte ungeduldig mit den Fingernägeln auf das Auslagebrett. Jutta strich sich die langen roten Haare unter die Haube, die wie immer schräg und äußerst nachlässig auf ihrem Kopf saß. «Wollt Ihr Frankfurter Mark oder Gulden?» Sie sprach weiter, ohne die Antwort abzuwarten. «Die Frankfurter Mark besteht aus einem Albus oder Weißpfennig. Der Frankfurter Gulden hat siebenundzwanzig Albus oder Weißpfennige. Ein Albus hat acht Pfennige, was dem sarazenischen Denar entspricht. Zugleich gibt es aber auch den Schilling, der neun Pfennige wert ist. Ein Gulden macht gleichsam vierundzwanzig Schillinge.»

Der fremde Herr zog die Stirn kraus und kratzte sich am Kinn. Dann knurrte er: «Ihr macht mich ganz närrisch mit Eurem Geschwätz, Geldwechslerin. Ich habe zehn Florin und möchte dafür Frankfurter Geld, Herrgott. Wollte ich etwas über Schillinge und Weißpfennige und Denare wissen, so wäre ich Geldwechsler geworden wie Ihr.»

Jutta zwinkerte Hella zu. Dann sah sie den Mann beflissen an. «Sogleich, Herr», und holte ihre Rechenmaschine hervor. Mit flinken Händen schob sie die Kugeln hin und her, sodass sie auf ihren Metallstangen klackten. Gerade wollte sie dem Mann einen Kurs für seine Goldflorin nennen, da verabschiedete sich Hella.

«Denk nicht mehr an das, was ich gesagt habe», rief Jutta ihr hinterher. «Es wäre nicht das erste Mal, dass ich mich täusche.»

Hella nickte, aber getröstet war sie nicht. Sie ahnte, dass Jutta recht haben könnte, aber sie wollte um keinen Preis darüber nachdenken. Hella überkam das Bedürfnis, ihrem Heinz eine Freude zu machen. Sie wollte das so unbedingt, dass kein anderer Gedanke mehr Platz hatte in ihr. Ohne lange zu überlegen, drehte sie um und ging zurück zu Jutta Hinterer. Sie musste sie fragen, wo es hier auf dem Markt den besten Wein gab. Einen ganz besonderen Wein, der so gut schmeckte, dass Heinz den Wein in der Ratsschänke vergaß. Zwar hätte Pater Nau ihr in dieser Hinsicht bestimmt mindestens ebenso gut Auskunft geben können, doch der Pater war in der Kirche oder im Pfarrhaus und Jutta Geldwechslerin hier auf dem Markt.

Als sie an den Stand kam, war der fremde Kaufherr bereits fort. Auf Juttas Gesicht saß ein sattes Lächeln.

«Ihr habt also ein gutes Geschäft gemacht, wie ich sehe», stellte Hella fest.

«Natürlich, das ist mein Beruf. Meine Mutter, die in Geschäftsdingen sehr viel tüchtiger war als mein Vater, sagte jeden Morgen: ‹Auch heute steht wieder jemand auf, der sein Geld auf die Straße wirft. Gib, lieber Gott, dass ich daneben stehe, wenn es geschieht.›»

Sie lachte. Dann fragte sie: «Hast du etwas vergessen?»

Hella nickte und wollte gerade den Mund öffnen, als die Trompete vom Balkon des Römers erschallte. Der Stadtpfeifer gab den Bütteln das Zeichen, mit den neuesten Nachrichten aufzubrechen.

«Was ist denn?», fragte Hella.

«Keine Ahnung, wir werden es gleich erfahren.»

Eilig verließ Jutta ihre Stube, schloss ab und hastete mit Hella zum Brunnen auf dem Römerberg. Dort stand schon ein Büttel und gab die neuesten Nachrichten bekannt: «...zeigt Euch der Rat der Stadt an, dass hinter dem Roten Hof ein Bein gefunden wurde. Ein jeder Mann und ein jedes Weib möge Obacht walten lassen und den Stadtherren berichten, wenn ihnen etwas Ungewöhnliches auffällt.»

Die Menge stand stumm und glotzte. Als der Büttel sein Pergament zusammenrollte und mit einem Lederband verschnürte, kam langsam Leben in die Umstehenden. «Sind wieder Bissspuren daran?», rief einer.

Der Büttel zog die Stirn kraus. «Das weiß ich nicht», erwiderte er. «Hier im Pergament steht nichts davon.»

«Ist das Bein abgehackt oder abgerissen?», wollte ein andere wissen.

«Herrgott, Leute, das weiß ich auch nicht. Ich bin nur der, der die Angelegenheit verkündet», sprach der Stadtknecht und sah zu, dass er weiterkam.

Ein Bauarbeiter, der eine Kiepe mit Ziegeln auf den Schultern trug, ließ seine Last zu Boden gleiten, wischte sich den Schweiß von der Stirn und erzählte: «Ei, ich kumm gradewechs vom Rode Hoff. Ich han es Bein gesehe. Noch vor dem Rischter und dem sei Henker. Aagebisse wor es. Ich han es gaanz gnau gesehe, mit meine eichene zwei Auche. E Biss hier und e Biss do. Wie von an Bär. Oder so. Kann aach sei, dass es der Teuwel selbst war. Oder sonst e Menschefresser.»

«Ein Kannibale!» Das Wort machte die Runde, wurde geflüstert, gewispert, getuschelt, als fürchteten sich die Menschen davor, es laut auszusprechen.

Ein kleines Mädchen, das an einem Kringel gelutscht hatte, zog seine Mutter am Arm und fragte ganz laut: «Was ist ein Kabinnale?»

Die Umstehenden bekreuzigten sich, sahen das Mädchen mit leiser Abscheu an. Nur Hella bückte sich und strich dem Mädchen mit dem Zeigefinger einen Zuckerkrümel von der Wange. «Kannibale heißt so viel wie Menschenfresser. Viele glauben, dass es ganz, ganz weit weg Leute gibt, die andere Leute aufessen.»

Das Kind nickte ernsthaft. «So wie der Schwarze Mann, ja? Der kommt, wenn die Kinder böse sind. Und dann steckt er sie in seinen Sack und nimmt sie mit. Zur bösen Hexe. Die ist seine Mama, die kocht ihm die Kinder. Und brät sie zum Abend, nicht wahr?»

Hella wollte antworten, doch die Mutter funkelte sie wütend an und zerrte das Mädchen mit sich fort.

«Ich habe gehört», sagte Jutta Hinterer, «dass das eigene Fleisch für Menschen nicht essbar ist. Man kann nur fremde Leute auffressen. Vielleicht noch den Bruder oder die Mutter. Aber niemals einen Teil des eigenen Körpers.»

Hella zuckte mit den Achseln. «Das mag sein. Einmal hat mir die Buchdruckerin Angelika von einem Buch erzählt, welches von Christoph Kolumbus handelte, dem Mann, der Amerika entdeckt hat. Er hat erzählt, dass er dort im fremden Land auf Menschen gestoßen sei, die ihre Toten aufgegessen haben, um ihnen damit Achtung und Ehre zu erweisen. Die nannten sich Kannibalen. Wenn ich nur daran denke, muss ich speien.»

Jutta winkte ab. «Ach, was, das ist alles Unfug. Achtung und Ehre, dass ich nicht lache. Kannibalen gibt es überall. Auch bei uns.»

Die Umstehenden unterbrachen ihre Gespräche und

wandten sich der Geldwechslerin zu. Eine Frau stellte ihren Korb auf den Boden und verschränkte die Arme bequem vor der Brust, eine andere riss ein Stück ihres warmen Brotes ab und biss herzhaft hinein.

«Jawohl, Unfug», wiederholte Jutta. «Wie oft habe ich in heißen Sommern schon Ratten gesehen, die ihre eigenen Jungen gefressen haben! Auch in diesem. Jawohl! Ihr braucht nur mal runter zum Hafen zu gehen. Dort wimmelt es von Ratten. Aber auch Hühner können giftig werden. Ich habe schon erlebt, dass sie einander so heftig anpicken, bis eines stirbt.»

«Oder Schweine», warf eine Frau ein, die an ihrer Kleidung als Bäuerin zu erkennen war. «Auf unserem Hof habe ich erlebt, wie eine Sau ihrer Schwester Ohren und den Schwanz abgefressen hat.» Sie nickte mehrmals bestätigend mit dem Kopf und fügte hinzu: «Mag sein, dass die Sarazenen oder die Schwarzen sich gegenseitig auffressen. Christenmenschen würden so etwas aber niemals tun.» Nach diesen Worten sah sich die Bäuerin mit stolzgeschwellter Brust um und registrierte mit Genugtuung die Zustimmung der anderen.

Hella biss sich auf die Unterlippe. Dann räusperte sie sich. «Auf dem ersten Kreuzzug», sagte sie, «vor rund fünfhundert Jahren, gab es eine große Hungersnot bei Maarat an-Numan. Dort, so berichtet Albert von Aachen, haben die guten Christenmenschen nicht nur Hunde, sondern auch Muselmanen gegessen. So steht es jedenfalls in der Chronik. Die Buchdruckerin hat's mir erzählt.»

Die Umstehenden verzogen ungläubig die Gesichter. Die Bäuerin spuckte Hella sogar vor die Füße. «Verleumdung ist das. Kein Christenmensch würde jemals so etwas tun.» Hella zuckte mit den Achseln und blieb eine Antwort schuldig. Ein junger Mann, an seiner Kleidung als Studiosus zu erkennen, zwinkerte Hella zu und wandte sich an die Bäuerin: «Wie oft, gute Frau, habt Ihr schon zu Euerm Sohn, als er noch ein Säugling war, gesagt: ‹Ich könnte dich auffressen.› Oder gar: ‹Ich habe dich zum Fressen gern.›»

Die Bäuerin wand sich. «Das kann man doch nicht vergleichen. Ein Wort ist noch keine Tat.»

«Aber vor der Tat steht das Wort», gab der Student zu bedenken. «Am Anfang war immer das Wort. Denkt nur an die Heilige Schrift.»

«Pfft», machte die Bäuerin und wandte sich ab. Die Menge tuschelte noch ein wenig, war gerade im Begriff, sich zu zerstreuen, als ein ohrenbetäubendes Gezeter über den Platz hallte.

«Was ist denn das für ein Lärm?», wollte Hella wissen und stellte sich auf die Zehenspitzen, während Jutta sich ihrer Ellbogen bediente, um einen großen Mann, der ihr die Sicht versperrte, beiseite zu drängen.

Zwei Männer, der Kleidung nach einfache Arbeiter oder Tagelöhner, hatten einen strampelnden jungen Mann bei den Armen gepackt und zerrten ihn hinter sich her, während der junge Mann fürchterlich schrie. Er war ungefähr fünfzehn Jahre alt, hatte große runde Augen, die vor Angst ganz dunkel und starr waren. Seine Nase war breit und platt, der weit aufgerissene Mund volllippig. Sein Körper war gedrungen. Er stieß unverständliche Laute aus, die eher von einem Tier als von einem Menschen zu stammen schienen. Sein Körper wand sich in den Griffen der Männer. Er heulte, in seinen Mundwinkeln bildete sich Schaum.

Eine Frau lief händeringend hinter ihnen her, wurde

von einem weiteren Mann am Arm festgehalten. «Er hat nichts getan. Mein Junge ist kein Menschenfresser. Ihr seht doch selbst, ihr guten Leute, dass er ein Tölpel ist. Im Kopf hat er nichts als Grütze, kennt kein Gut und kein Böse, kann sich nicht einmal allein anziehen. Ein Narr ist er, ein krankes Geschöpf, aber von Gott geliebt und vom Pfarrer getauft. Er hat nichts getan. So war mir Gott helfe, ihr lieben Leute, er hat nichts getan!»

Die Rufe der Frau waren so laut und wurden immer wieder vom schrillen Geheul des Jungen unterbrochen, dass die Leute erneut ihre Körbe abstellten, die Hände vor der Brust verschränkten und auf ein neues Spektakel warteten. Nur Jutta Hinterer hielt nicht still. Dicht gefolgt von Hella, bahnte sie sich rüde einen Weg durch die Menge und schnitt der Gruppe den Weg ab. Die Hände in die Hüften gestemmt, baute sie sich vor den Männern auf. «Was soll denn das werden?», fragte sie. «Was hat das zu bedeuten? Was habt Ihr mit dem armen Jungen vor?»

Einer der Männer, die den Jungen hielten, riss an dessen Händen, die mit Blut besudelt waren. «Hier», schrie der Mann. «Blut. Da seht Ihr es. Das ist der Beweis. Das hier ist der Kannibale von Frankfurt.»

«Nein, nein!», kreischte die Mutter des Jungen dazwischen. «Er hat niemanden gefressen. Wie sollte er auch! Es liegen ja nicht auf Schritt und Tritt Menschenarme und Menschenbeine in der Gegend herum.»

«Also, was ist geschehen?», donnerte Jutta Hinterer so laut, dass der Junge erschrocken verstummte. Sie lächelte ihn kurz an, dann sah sie dem Mann in die Augen.

«Wir haben ihn unten gefunden. An der Heilig-Geist-Pforte.» Der Mann hob den Finger und nickte seinem Kumpan zu. «Und er war gerade dabei, einem Kätzchen den Kopf abzubeißen! Als wir kamen, lief ihm das Blut noch übers Gesicht.»

Die Menge schrie auf. Eine Frau griff in ihren Einkaufskorb, holte ein Ei heraus und warf es dem Jungen an den Kopf, sodass er erneut aufheulte. Eine andere trat näher und spuckte ihm ins Gesicht, eine dritte kreuzte Finger, ein Zeichen, mit dem man Dämonen abhielt. Die Mutter wollte hinzu, doch zwei andere Männer hatten sich gefunden und hielten sie so fest umklammert, dass sie sich nicht rühren konnte.

«Er weiß es nicht besser», schrie sie. «Er ist ein Schwachkopf, aber kein Menschenfresser.»

«Wer einem unschuldigen Kätzchen den Kopf bei lebendigen Leibe abbeißt, der ist noch zu ganz anderen Dingen fähig», befand der Mann und zerrte den Jungen ein Stück weiter.

Die Menge murmelte zustimmend. «Mit einem Kätzchen fängt es an, dann ist es ein Hündchen und am Ende ein Kindchen», schrie eine junge Frau, beide Hände schützend auf ihren schwangeren Bauch legend.

«Was habt Ihr mit ihm vor?», wollte die Geldwechslerin wissen.

«Wir übergeben ihn der Stadtwache», erklärte der Mann. «Soll der Richter entscheiden, was mit ihm geschieht. Auf jeden Fall werden die grausigen Funde jetzt aufhören. Die Meine traut sich ja kaum noch aus dem Haus.»

Eine Frau lachte. «Ich kenne die Deine», schrie sie hämisch. «Sähe ich so aus wie sie, traute ich mich auch nicht hinaus.»

Die Menge lachte, und der Junge begann erneut zu heulen. Er hing zwischen den Männern, hatte die Augen geschlossen und stieß mit weit aufgerissenem Mund ein Geheul aus, das ihn wie einen Wolf klingen ließ.

Hella trat zu Jutta. «Ihr solltet Euch nicht einmischen», sagte sie leise. «Lasst die wilden Männer den armen Kerl zum Richter schleppen. Ich bin sicher, mein Mann wird ihm nichts tun.»

Sie warf noch einen Blick auf den Jungen, dem der Sabber aus dem Mund lief und der irre um sich blickte. Dann winkte sie dem Stadtknecht, der mit umgehängter Hakenbüchse den Eingang des Rathauses bewachte. Nur zögernd folgte er ihrer Aufforderung. «Ich bin die Blettnerin», erklärte sie dem Stadtknecht. «Die Frau des Richters.»

Der Büttel nickte. «Ich kenne Euch, und ich sage Euch gleich, dass ich Euch keine Auskunft geben darf.»

Hella verdrehte die Augen. «Nicht diese alte Leier, Büttel. Die ganze Stadt weiß inzwischen, welche Anweisungen Ihr habt. Aber wisst Ihr auch, wer den letzten Mordfall gelöst hat, hm? Die Morde an der Hure, dem Pfarrer, Gewandschneider und Patrizier? Ich war das. Das könnt Ihr mir ruhig glauben. Gemeinsam mit meiner Mutter.»

Der Büttel nickte. «Trotzdem darf ich Euch nichts über die Criminalia der Stadt verraten.»

Hella winkte ab und sah den Mann, der kaum älter war als sie, verächtlich an. «Jetzt geht es um etwas anderes. Seht Ihr dort den Jungen, der von den Männern herbeigeschleift wurde? Ich beschwöre Euch in Gottes Namen, nehmt ihn in Haft. Ich befürchte, die Menge hält ihn sonst für den Menschenfresser von Frankfurt und meuchelt ihn.»

Der Büttel zögerte, sah unstet zwischen dem Jungen und Hella hin und her.

«Was ist?», schrie ein zahnloser Mann in der ärmlichen graubraunen Kleidung eines Beisassen. «Nehmt Ihr den

Dreckskerl mit, oder müssen wir selbst für Recht und Ordnung in dieser Stadt sorgen?» Er presste mit dem Daumen ein Nasenloch zu und rotzte herzhaft auf das Pflaster.

Hella schüttelte sich. «Da, seht Ihr es? Wollt Ihr schuld sein, wenn dem Verrückten etwas zustößt?»

Der Büttel seufzte. Hella legte ihm eine Hand auf den Unterarm. «Hört zu, wenn Ihr deswegen Ärger bekommt, schiebt alles auf mich. Sagt einfach, ich hätte solch ein Theater gemacht, dass Ihr um des Richters guten Ruf gefürchtet und deshalb den Jungen mitgenommen habt.»

Der Büttel grinste. «Eine gute Ausrede habt Ihr Euch da ausgedacht. Jeder wird mir glauben.»

Das war Hella zwar auch wieder nicht recht, aber endlich schritt der Büttel zur Tat.

«Mein Mann ist wohl nicht mehr im Malefizamt?», rief sie ihm hinterher.

«Er ist mit dem Henker am neuen Fundort», rief der Büttel zurück und schlug sich gleich darauf erschrocken auf den Mund. «Aber das wisst Ihr nicht von mir.»

«Keine Sorge», rief Hella zurück, winkte Jutta Hinterer einen Gruß zu und eilte davon.

Gustelies stand in der Küche und musterte ihre Vorräte. «Die Möhren sind noch frisch», sprach sie vor sich hin. Sie sah in den Korb mit den Eiern, zählte sie in Gedanken, dann hob sie den Deckel des Butterfässchens hoch, überprüfte auch den Stand der Sahne in der Kanne und war zufrieden. «Es ist eine Plage, jeden Tag auf den Markt zu gehen. Die Händler werden immer unverschämter. Na, heute muss ich nicht. Heute muss sich Pater Nau mit einem süßen Weckenauflauf zufriedengeben, zumal ich noch vier Eierwecken von gestern übrig habe.»

Sie nahm zwei Eier aus dem Korb und trug sie zum frisch gescheuerten Küchentisch. Dann holte sie eine Pfanne, gab einen ordentlichen Klecks frische Butter hinein, schnitt die Wecken in Scheiben und briet sie, bis sie knusprig braun waren. Dann mahlte sie ein halbes Pfund Mandeln, verrührte sie mit zwei großen Bechern frischer Sahne, gab zwei Eidotter und zwei Löffel Butter hinzu, rührte alles schön geschmeidig und erwärmte die Mischung vorsichtig auf dem Feuer. Ganz behutsam rührte sie mit dem Holzlöffel in der Masse herum. Als es an der Tür klopfte, zuckte sie zusammen und rief: «Gleich. Ich komme gleich. Jetzt nicht. Sonst gerinnt mir das Ei!»

Sie hörte von draußen ein helles Lachen, zog den Topf vom Feuer und öffnete.

«Ach, du bist es», sagte sie und nahm ihre Tochter in die Arme.

«Hmm, Mutter, es riecht gut. Was hast du im Backrohr?»

«Och, nichts weiter», wiegelte Gustelies ab. «Nur einen süßen Weckenauflauf. Das heißt, ich bin gerade dabei, ihn fertig zu machen. Komm rein.»

Sie ging schnurstracks zurück in die Küche, Hella eilte hinterher.

Gustelies schnitt die Wecken in Scheiben, legte sie in eine gefettete Form und goss die warme Mandelmilch darüber. «So, die Wecken müssen sich jetzt schön vollsaugen, dann kann ich sie ins Backrohr schieben.»

«Kannst du nicht», widersprach Hella. «Die Wecken müssen warten.»

Gustelies richtete sich auf und blies sich eine Haarsträhne aus der Stirn. «Sag bloß, es gibt schon wieder einen Mord.»

«Ob es Mord ist, weiß ich noch nicht. Jedenfalls wurde

nach dem Arm auf dem Römerberg nun auch noch ein Bein in der Gasse hinter dem Roten Hof gefunden. Wir müssen hin.»

Ohne Widerworte zog sich Gustelies die Schürze aus, stülpte sich die Haube über und verließ mit Hella das Haus.

Obwohl die Glocke der Liebfrauenkirche noch nicht einmal die zehnte Morgenstunde geschlagen hatte, flimmerte die Hitze bereits über dem Pflaster des Liebfrauenbergs. Gustelies hielt Hella am Arm fest, als sie gemeinsam über den Rossmarkt hasteten. «Nicht so schnell, Kind. Meine Füße sind noch von gestern ganz geschwollen. Und die Puste bleibt mir auch allmählich weg.» Inzwischen waren sie am Komödienplatz angelangt, bogen von dort in die Große Bockenheimer Gasse und sogleich nach links hinter den Roten Hof. Schon von weitem sahen sie das Grüppchen stehen. Der Henker, ein Hüne von bald sieben Fuß Körpergröße, ragte aus der Menge heraus. Als sie näher kamen, erkannte Gustelies überdies noch ihren Schwiegersohn, den Richter, daneben den Stöcker, einen Stadtmedicus, einen Feldchirurgen und zwei Unbekannte, davon einer mit fremdländischem Aussehen. «Oh, welch seltener Besuch ist denn da an das Mainufer geschwemmt worden?», fragte sie und reckte den Hals. «Und wer ist der Glatzkopf da?»

«Der Glatzkopf, wie du ihn nennst, heißt Eddi Metzel. Er ist der neue Leichenbeschauer.»

«Aha. Und wo kommt er so plötzlich her?»

Hella kicherte. «Es heißt, er wäre eigentlich als Stadtmedicus vorgesehen gewesen. Der Landgraf hat ihn empfohlen. Aber er kann kein Blut sehen. Deshalb ist er Leichenbeschauer geworden. Tote bluten nicht.»

«Das kann doch nicht wahr sein. Und wer ist der Sarazene?»

Hella erwiderte nichts, hielt plötzlich inne.

«Glaubst du an Kannibalen?», fragte sie ihre Mutter, ohne auf deren Fragen einzugehen.

Gustelies schüttelte den Kopf. «Kann sein, dass es anderswo welche gibt. Aber warum sollte hier jemand einen anderen Menschen auffressen? Der letzte Krieg ist lange her, die Ernte im vorigen Jahr war gut, die Speicher und Kontore der Handelsherren und Kaufleute sind gut gefüllt. Die Preise auf dem Markt sind nicht höher als gewöhnlich. Ganz im Gegenteil. So preiswert wie zurzeit war Fleisch schon lange nicht mehr. Warum also sollte jemand beispielsweise seinen Nachbarn auffressen?»

«Aus Liebe vielleicht?», fragte Hella, selbst ganz erstaunt über ihre Antwort.

Gustelies sah sie mit gerunzelter Stirn an.

«Die Leute reden solchen Unfug», behauptete Hella schnell und flüchtete vor dem Blick ihrer Mutter. «Aber ich glaube nicht, dass es Liebe ist, wenn man einem anderen Schmerzen zufügt.»

«Natürlich reden die Leute Unfug», behauptete Gustelies felsenfest. «Aber in diesem Falle stört es mich nicht einmal. Je mehr Aufsehen dieser Fall erregt, umso mehr Gaukler und Spielleute kommen in die Stadt. Und vielleicht sehe ich auf diese Art sogar Tom wieder.»

Gustelies sah lächelnd auf ihre Tochter und dachte an den schönen Lautenspieler, den sie im Frühjahr bei einem anderen Mordfall kennengelernt hatte. Damals war sie in Tom verliebt gewesen, doch er wollte sich nicht von seiner Truppe, von seinem Broterwerb trennen. Gustelies hatte ihm viele Nächte nachgeweint und sich schließlich damit abgefunden, auch weiter allein zu bleiben und ihrem Bruder den Haushalt zu führen.

«Glaubst du wirklich?», fragte Hella zweifelnd und verzog den Mund.

Gustelies seufzte. «Nein», sagte sie leise und mit einem Seufzen. «Nein. In Wirklichkeit glaube ich nicht daran. Ich werde Tom nie wiedersehen.» Einen Augenblick schweifte ihr Blick in die Ferne und verlor sich im Blau des Horizonts. Aber ich werde nie aufhören, an ihn zu denken und mir vorzustellen, wie es mit uns geworden wäre, dachte sie. Sie seufzte noch einmal, rückte ihr Mieder zurecht und sagte: «Mal sehen, um was es dieses Mal geht. Ich könnte jetzt schon wetten, dass wir es nicht mit einem normalen Mordfall zu tun haben.» Sie stürmte auf die kleine Gruppe zu.

Hella folgte ihr auf dem Fuß. Doch je näher sie kam, umso langsamer wurde sie.

Gustelies bemerkte nichts davon. Sie war unterdessen bei den Männern angekommen, blieb hinter dem Henker und dem Stadtmedicus stehen und sah den Orientalen mit aufgerissenen Augen an. Noch nie, so schien ihr, hatte sie einen schöneren Mann gesehen. Gustelies suchte seinen Blick, blieb an ihm hängen wie eine Fliege am Honigtopf. Wie von selbst begannen ihre Lippen zu lächeln. Ohne sich dessen bewusst zu sein, fuhr sie sich mit der Hand über das Kleid und warf den Kopf ein wenig nach hinten. Dann senkte sie den Blick, aber nur kurz, und schaute gleich darauf von unten den fremden, schönen Mann an. Und dieser betrachtete sie, als hätte er etwas ausgesprochen Schönes und Wertvolles vor Augen, etwas, das ihn überraschte. Sein Gesicht wurde ganz weich, die Lippen kräuselten sich, in den Augen entstand ein Glanz, und der ganze Mann wirkte plötzlich gestrafft. Er ging einen Schritt auf Gustelies zu, und fast schien es, als wolle er eine Hand nach ihr ausstrecken.

Der Richter drehte sich um und räusperte sich. «Das ist meine ... ähem ... meine Schwiegermutter», sagte er. «Gustelies Kurzweg, Schwester und Haushälterin unseres Paters Nau.»

Der Fremde lächelte, nahm ihre Hand in seine beiden warmen Hände und sagte mit dunkler, leicht rauer Stimme: «Ich bin Arvaelo Garm. Ich freue mich, Euch kennenzulernen.»

Gustelies nickte und spürte, wie ihr das Blut in die Wangen stieg. Sie drehte sich um und schaute nach Hella, doch hinter ihr war niemand mehr. Nur ganz hinten, an der Ecke zur Großen Bockenheimer Gasse, sah sie einen Kleiderzipfel um das Gemäuer wehen.

KAPITEL 3

Hella wurde erst langsamer, als sie auf dem Rossmarkt angekommen war. Sie blieb stehen, schöpfte Atem und setzte dann gemächlich ihren Weg zur Katharinenpforte fort. Als sie am Haus zum Heißen Stein vorbeikam, rümpfte sie die Nase. Der Heiße Stein war das öffentliche Spielhaus. Hier trafen sich jeden Abend Handwerker, Gesellen und andere Männer, um Karten oder Würfel zu spielen. Frauen war dieser Ort selbstverständlich verboten. Auch jetzt kamen zwei junge Männer mit einer Gesellennadel am Wams durch die Katharinenpforte geschlendert, genau auf das Spielhaus zu.

Wenn Heinz wenigstens spielen würde, dachte sie und erschrak über ihre eigenen Gedanken. Warum sollte Heinz etwas tun, was einer Ehefrau Grund zur Klage gab?

Damit, antwortete Hella sich selbst, nicht immer ich es bin, die etwas falsch macht, die undankbar ist und niemals zufrieden. Nie macht Heinz einen Fehler, es gibt gar nichts, was ich an ihm aussetzen könnte. Er ist großzügig, verständnisvoll, treu und ohne Laster. Und ich? Ich bin so unvollkommen. Es vergeht kein einziger Tag auf Gottes Erde, an dem ich nicht irgendetwas falsch mache. Mal schnüffle ich in seinen Criminalia, mal verfärbe ich die Wäsche, ein anderes Mal brennt mir das Essen an. Ich wische gedankenlos über meine Lippen, die Heinz gerade geküsst hat, oder verweigere ihm ganz und gar das Bett. Ich bin unfreundlich, launisch, habe an allem etwas auszusetzen und benehme mich ganz so wie eine Frau, welche man nach der Frau des Sokrates Xanthippe nennt. Und Heinz? Was immer auch geschieht, er ist und bleibt der vollkommene Ehemann, um den jede andere Frau mich beneiden würde.

Hella seufzte. Trotzdem konnte sie im Augenblick nichts daran ändern, dass er ihr furchtbar auf den Geist ging. Es gab Stunden, da konnte sie es nicht ertragen, ihn neben sich atmen zu hören. Oder ihm beim Essen zuzusehen. Oder seinen Duft zu riechen, seine Haut zu spüren. Alles in ihr strebte weg von ihm. Gleichzeitig schalt eine Stimme in ihrem Kopf sie und beklagte ihren Undank, ihr Unverständnis.

Hella eilte durch die Katharinenpforte, als wolle sie vor ihren eigenen Gedanken fliehen. An der Ecke, wo Töngesgasse und Fahrgasse aufeinanderstießen, versperrten ihr zwei Straßenköter den Weg. Die Hündin stand mit zitternden Lenden und tropfenden Lefzen da, während der Rüde auf ihrem Hinterleib hing. Dann ließ er von ihr ab und schnupperte am Straßenrand an einem welken Kohlblatt. Die Hündin legte sich hin, leckte sich, stand auf und trottete gleichmütig weiter.

Hella betrachtete dieses Schauspiel wie gebannt. Sie hatte schon oft kopulierende Hunde gesehen, aber niemals war sie so unangenehm berührt davon wie jetzt. Sie schüttelte sich und lief weiter bis zu dem Haus, in dem sie seit ihrer Heirat mit Richter Heinz Blettner vor knapp drei Jahren wohnte. Erst als sie die Haustür hinter sich geschlossen hatte, bemerkte sie, dass ihr Kleid auf dem Rücken von Schweiß durchtränkt war. Auch ihr Nacken und ihre Achseln waren feucht. Kaum stand sie in der Küche, riss sie sich die Haube vom Kopf und warf sie auf den Tisch. Sie setzte sich und wischte sich mit dem Ärmel über die Stirn.

Die Magd stand am Spülstein und erledigte den Abwasch. Als sie Hella sah, trocknete sie ihre Spülhände an der Schürze ab: «Möchtet Ihr einen Becher Brunnenwasser, Herrin?»

Hella war so durstig, dass sie nur nicken konnte. Sie sah zu, wie die Magd einen Becher füllte und die Tür, die von der Küche in den Innenhof führte, öffnete. Dort pflückte sie einige Minzeblätter und gab sie in das Wasser hinein. Dankbar trank Hella. Als sie den Becher absetzte, sah sie im Innenhof die Hündin, die ihr vorhin über den Weg gelaufen war. Eine unerklärliche Wut auf das Tier überkam sie. Sie stand auf, fuchtelte mit den Händen herum. «Hau ab», rief sie. «Mach, dass du fortkommst.»

Die Magd sah sie erstaunt an. «Das ist Putzi. Sie kommt jeden Tag und holt sich die restliche Grütze vom Morgen ab.»

Hella hielt inne. «Du kennst die Töle?»

«Natürlich.»

«Dann sorge dafür, dass sie sich niemals wieder hier sehen lässt.»

«Aber Herrin, warum denn das? Sie hat noch nie einem Menschen etwas zuleide getan.»

«Mag sein. Aber vorhin erst hat sie sich einem Rüden mitten auf der Straße hingegeben.»

«Nun ja», erwiderte die Magd. «Sie ist eine Hündin und läufig dazu. Sie tut das, was die Natur von ihr verlangt.»

«Was die Natur von ihr verlangt?» Hella konnte es nicht fassen.

Die Magd nickte und warf einen liebevollen Blick auf die Hündin. Einen Augenblick lang fragte sich Hella, was die

Natur wohl von ihr verlangte, aber sie wollte die Antwort besser doch nicht wissen. Sie erinnerte sich an den guten Wein, den sie hatte kaufen wollen, nahm zum zweiten Mal an diesem Tag den Weidenkorb und sagte der Magd, dass sie auf dem Markt zu finden sei.

Wie an jedem Donnerstag, fand auch heute der Gerichtstag vor dem Rat der Stadt Frankfurt statt. Der Rat bestand aus drei Bänken. In der ersten hatten die Patrizier Platz genommen, die gleichzeitig auch als Schöffen auftraten. Nicht ganz zufällig gehörten diese zumeist der Ganerbschaft der Alten Limpurg an. Auf der zweiten Ratsbank saßen die Patrizier der anderen Gesellschaften, die dritte wurde von den Zunftherren gefüllt. Vor all diesen einflussreichen Männern stand nun Richter Heinz Blettner. Während er die Criminalia der vergangenen Woche vorlegte, hoffte er insgeheim, dass er sich bei dem grauslichen Fund heute Morgen keine Flecken auf sein Wams geholt hatte. Und während er sprach, kratzte er mit dem rechten Fuß auf dem linken herum im Versuch, mit dem Schuhabsatz den Straßenschmutz zu beseitigen.

Der erste Fall war eine Bitte um Ehescheidung.

«Laut Ratsprotokoll Nummer 307 Schrägstrich Buchstabe F von 1530», erklärte Blettner dem Rat, «gibt es für eine Ehescheidung, wie sie hier die Emilia Krüger verlangt, nur zwei Gründe. Zum einen ist das Ehebruch, zum anderen das böswillige Verlassen. Emilia Krüger beschuldigt den Ihren, Ottomar Krüger, des mehrfachen Ehebruchs.»

Heinz Blettner hielt inne und ließ seinen Blick über die Versammlung schweifen. Der Ratsherr Rohrbach hatte seine Hände auf dem Bauch gefaltet. Das Kinn war ihm auf die Brust gesunken, und der Richter glaubte, leise

Schnarchgeräusche zu hören. Eine Reihe weiter hinten tuschelten mehrere Ratsherren miteinander, und ganz oben unterhielten sich ein paar Zunftleute prächtig. Heinz seufzte. Es würde schwer werden, heute rasch zu einem Ratsbeschluss zu kommen. Er räusperte sich und fuhr mit erhobener Stimme fort: «Im letzten Jahr wurde besagter Krüger wegen erstmaligem Ehebruch zu zehn Gulden Strafe verurteilt, dazu kam ein Gulden für den Henker, der auch Schmähgulden genannt wird. Vor vier Monaten musste Krüger wegen erneutem Ehebruch zwanzig Gulden nebst zweier an den Henker bezahlen. Nun schlage ich – dem Gesetz entsprechend – vor, ihn mit Auspeitschen zu bestrafen und der Stadt zu verweisen.»

Einer von der obersten Zunftbank meldete sich zu Wort. «Ist das nicht wie eine Scheidung?», fragte er mit einem dreisten Lächeln. «Aus den Augen, aus dem Sinn, heißt es doch.»

Gelächter brandete auf. Sogar die Ratsherren auf den vorderen Bänken konnten ein Lächeln nicht unterdrücken.

«Nennt es, wie Ihr wollt», erlaubte Blettner freundlich. «Hier geht es aber um das Gesetz. Erst, wenn die Krügerin geschieden ist, kann sie sich neu verheiraten.»

«Ach, darum geht es also», schrie der erste Mann. «Ihr Mann muss untreu sein, damit sie sich neu verheiraten kann. Warum verweisen wir sie nicht der Stadt?»

Wieder ertönte vereinzeltes Gelächter. Dann rief einer von der zweiten Bank. «Wo kommen wir denn hin, wenn ein gesunder Mann, der gut im Saft steht, mit nur einer Frau auskommen soll? Was, wenn die eigene immer Kopfschmerzen oder einen trockenen Schoß hat? Soll der Mann sein Lebtag lang leiden? Sollen wir uns den Saft aus den Rippen schwitzen, nur weil die Holde keinen Gefallen an der Natur findet?» Er lachte meckernd, aber als Heinz Blettner ihn ins Auge fasste, hörte er auf.

Der Zweite Bürgermeister und Schultheiß Krafft von Elkershausen stand auf und klopfte mit einem Holzhammer auf sein Pult. «Ich bitte um Ernsthaftigkeit», ermahnte er. «Wir sollten zu einem Urteil kommen. Zuerst entscheiden wir über die Strafe des dritten Ehebruchs. Zum Scheidungsantrag lasst uns die Syndici befragen. Sollen die sich mit der Kanzlei des Erzbischofs von Mainz herumärgern.»

Er setzte sich wieder. Dann wies er mit der Hand auf den Richter und hieß ihn fortfahren.

Heinz Blettner stellte dem Rat noch die neuesten Gebote und Verordnungen vor, die sich mit dem Recht und Gesetz der Mainstadt befassten. «Ab sofort wird verboten, die Fußdecken auf der Pfingstweide am Grindbrunnen auszuklopfen, weil somit nämlich das weidende Vieh zu Schaden kommen kann.» Die Klage auf Schadensersatz eines Nachtwächters, der beim letzten Gewitter auf seinem Rundgang einen Blumentopf auf den Schädel bekommen und seither Kopfweh hatte, wies er ab. «Ich glaube nicht, dass eine neue Verordnung, die das Aufstellen von Blumentöpfen auf den Fensterbänken untersagt, zu unser aller häuslichem Frieden beiträgt», ließ er verlauten und erntete laute Zustimmung. Damit war die Sitzung geschlossen. Der neue Fall um Arm und Bein steckte noch mitten in den Ermittlungen und kam deshalb vorerst dem Rat nicht zu Ohren.

Richter Blettner sammelte seine Akten zusammen und überlegte, ob er es vor seinem Treffen mit dem seltsamen Orientalen, der sich so unverblümt in die Ermittlungen eingemischt hatte, noch schaffen würde, in der Ratsschänke einen Achtelkrug mit Wein zu leeren, als Krafft von Elckershausen zu seinem Pult trat.

«Richter, ich habe etwas mit Euch zu bereden», setzte er an. Der Schultheiß zog eine ernste Miene und sah zwei Zunftmeistern nach, die plaudernd und lachend den Ratssaal verließen.

«Worum geht es?», fragte Blettner.

«In einer Woche beginnt die Messe. Viele Kaufleute sind jetzt schon in der Stadt. Stündlich werden neue Warenkolonnen erwartet. Es geht nicht an, dass zur gleichen Zeit ein Kannibale hier in unserer Stadt sein Unwesen treibt.»

Heinz Blettner nickte verständnisvoll. «Ihr habt recht, das ist wahrlich unangenehm.»

Der Schultheiß kam ganz dicht an den Richter heran. «Mehr als unangenehm», raunte er ihm ins Ohr. «Mehr als das. Tut, was Ihr könnt, um diesen Spuk so schnell wie möglich zu beenden. Immerhin seid Ihr mein bester Mann.»

Der Richter zog die Schultern hoch: «Ich werde mein Bestes geben, aber ich fürchte, damit komme ich nicht weit.»

Der Zweite Bürgermeister runzelte die Stirn. «Was soll das heißen, Richter?»

«Ein schwerer Fall ist das. Wie soll ich ermitteln, wenn ich weder weiß, wem Arm und Bein gehören, noch ob derjenige tot oder lebendig ist, noch wer er überhaupt ist oder war? Ich fürchte, Bürgermeister, hier will gut Ding Weile haben.»

«Papperlapapp», fuhr der Schultheiß dazwischen. «Weile können wir uns nicht leisten. Der Ruf der Stadt steht auf dem Spiel.»

Und deiner, mein lieber Schultheiß, dachte Heinz Blettner und legte den Kopf ein wenig schief. Natürlich wusste der Richter ganz genau, dass Krafft von Elckershausen auf den Posten des Ersten Bürgermeisters spekulierte. Außerdem mühte er sich seit Jahr und Tag um Aufnahme in die vornehme Gesellschaft der Alten Limpurg. Als Erstem Bürgermeister konnte man ihm die Mitgliedschaft nur schwerlich vorenthalten.

«Ich habe einen Einfall», sprach der Richter vor sich hin und kratzte sich am Kinn. «Es wäre vielleicht möglich, aber ach ... nein ... vergesst, was ich gesagt habe.»

«Nein, nein, ich möchte hören, was Ihr denkt, Richter. Jeder Einfall kann uns nützlich sein.»

Richter Blettner verzog das Gesicht, als schäme er sich dessen, was er gleich sagen würde.

«Jetzt lasst Euch nicht alles aus der Nase ziehen, Herrgott», rief Krafft von Elckershausen. «Es geht um mehr, als Ihr Euch vorstellen könnt.»

Über das Gesicht des Richters huschte ein leises Lächeln, als er sagte: «In der Stadt hält sich gerade ein Fachmann auf, ein Anatom sozusagen, der uns in diesem Falle sicher weiterhelfen kann.»

«Gut. Also. Worauf wartet Ihr noch?»

Heinz Blettner holte tief Luft. «Es gibt da ein Problem. Der Mann ist ein Muselmane.»

«Ein was?» Dem Bürgermeister fiel die Kinnlade nach unten.

«Ein Muselmane. Ein Sarazene.»

«Kein frommer Christenmensch also.» Krafft von Elckershausen seufzte und verzog den Mund.

«Ihr sagt es.»

Heinz Blettner wartete geduldig und las im Gesicht des Schultheißen. Er sah Angst darin, aber auch Hoffnung, Verachtung und Ausweglosigkeit, Zweifel und Verzweiflung. In der Stadt hieß es überall, der Vater des Krafft von Elckershausen wolle demjenigen seiner Söhne das gesamte Erbe vermachen, der am Tag seines Todes erfolgreicher sei. «Wo Täubchen ist, scheißt Täubchen hin», lautete sein Motto. «Ich denke nicht daran, einem Versager noch Geld hinterherzuwerfen.» Bisher hatte Krafft es als Zweiter Bürgermeister noch nicht weit genug gebracht. Sein Bruder war immerhin schon ein hoher Bediensteter am Hofe des hessischen Landgrafen und mit einem Freifräulein verlobt, während er noch nicht einmal eine reiche Bürgerstochter vorweisen konnte. Er brauchte unbedingt Erfolge. Selbst wenn er die einem Sarazenen zu verdanken hatte. Leider wusste Heinz Blettner nicht viel über dessen Ausbildung zu sagen. Schließlich entschied sich der Schultheiß.

«Also gut, Richter. Wenn es sein muss. Wenn Ihr gar keinen anderen auftreiben könnt, nehmt in Gottes Namen den Muselmanen. Aber passt auf, dass er uns die Bürger nicht mit seinen Irrlehren vergiftet.»

Der Richter schüttelte den Kopf. «Oh, Bürgermeister, da habt Ihr nichts zu befürchten. Die Muselmanen glauben ebenso an Gott wie wir, nur dass der ihrige eben Allah heißt. Sogar etwas Ähnliches wie die Zehn Gebote haben sie.»

«Hmm», brummte der Schultheiß nicht ganz überzeugt und verließ nachdenklich den Ratssaal. Heinz Blettner folgte ihm mit höchst zufriedener Miene.

Er verließ den Römer, in dem der Rat getagt hatte, und stand am Rande des belebten Marktplatzes. Die Sonne blendete ihn, sodass er die Hand schützend über die Augen legte. Am liebsten hätte er sich auch noch die Nase zugehalten, aber gegen den Gestank der in der Hitze verderbenden Lebensmittel hätte es kaum geholfen.

Ich werde, dachte der Richter, ganz schnell Käse kaufen und sogleich nach Hause eilen. Dort wollte er Arvaelo treffen.

Er warf einen Blick auf die Uhr am Römer, erschrak ein wenig, stellte fest, dass das Gespräch mit dem Schultheiß ihn um sein vormittägliches Achtelchen Wein gebracht hatte, und machte sich auf zum nächsten Käsestand, um sich mehrere Viertelpfundstücke eines Hartkäses zu kaufen, so wie Arvaelo es ihm gestern aufgetragen hatte.

Doch zuvor nahm er die Hand von den Augen und zog ein wenig an seinem Leinenhemd, um sich Kühlung zu verschaffen, als ihn jemand am Ärmel zupfte. Heinz Blettner wandte sich um, und auf seinem Gesicht erschien ein Lächeln, das Überraschung und große Freude ausdrückte.

Als Hella Heinz' Gesicht sah, als sie dieses strahlende Lächeln bemerkte, fühlte sie einen Stich in ihrem Herzen und schluckte. Sofort presste sie ihre Hand auf die Brust, doch sie konnte den Blick nicht von ihrem Mann abwenden. Sie trat zwei Schritte zur Seite, verbarg sich hinter der Plane eines Geflügelhändlers und spähte weiter zum Eingang des Römers.

Dort stand ihr Heinz, und vor ihm eine Frau, die er mit wonniger Seligkeit ansah. Jetzt legte er ihr sogar eine Hand auf den Unterarm. Und sie lachte! Sie warf den Kopf in den Nacken, lachte herzhaft und zeigte dabei alle Zähne. Ihr Körper bog sich Heinz entgegen, ihre Hand strich leicht über seinen Oberarm. Hella zuckte zusammen, als hätte sie einen Schlag erhalten. Sie beugte sich ein wenig nach vorn und studierte das Gesicht der Frau, das ihr bekannt vorkam. Die Frau trug das Haar ordentlich unter einer Haube. Nirgendwo hatte sich eine vorwitzige Strähne unter dem

Stoff hervorgewagt. Ihr Gesicht war schmal und blass und wirkte sehr verletzlich. Die Augenbrauen waren sanft geschwungen, und die Augen strahlten groß und hell. Die Nase war klein und fein, und Hella schien es, als könne sie bis in ihr Versteck sehen, wie die zarten Flügel leise bebten. Der Mund war schmallippig, aber nicht verkniffen. Alles in allem sah die Fremde eher wie eine Elfe denn eine Frau aus. Sie hatte etwas Zartes, Zerbrechliches an sich, das die meisten Männer dazu bringen musste, in ihrer Gegenwart zu flüstern. Selbst Hella fühlte bei ihrem Anblick den Drang, sie zu beschützen. Jetzt lachte die Frau wieder und legte dabei sogar eine Hand auf Heinz' Brust. Hella durchfuhr es heiß. Nun beugte er sich zum rosigen Ohr der Frau und flüsterte etwas. Sie wirkten so vertraut wie ein Ehepaar oder wie Geschwister, wenigstens aber wie sehr gute Freunde. Aber wann war schon einmal ein Mann mit einer Frau befreundet gewesen? Hella schüttelte den Kopf. So etwas gab es nicht. Männer und Frauen waren dafür viel zu unterschiedlich. Das sagten jedenfalls ihre Mutter und Jutta Hinterer. Vertrauen könne man einzig den Frauen. Davon waren sie fest überzeugt.

Jetzt drehte sich die Elfe halb herum, sodass Hella ihr Gesicht ganz sehen konnte. Nun fiel ihr auch wieder ein, wer sie war: Felicitas von Brasch, die jüngste Tochter des großen Weinhändlers, dessen Kontor am Schweizer Platz bis über die Stadtgrenzen hinaus bekannt war. Hella stockte der Atem. Und als Heinz beide Hände der schönen Felicitas in seine nahm, sogar noch ihre rechte küsste, schossen Hella die Tränen in die Augen.

Heinz hatte gerade den Käse in die Küche getragen, als Arvaelo eintraf.

«Nun, mein Freund», fragte der Sarazene. «Hast du alles besorgt?»

«Wie du gesagt hast. Käse. In Viertelpfundstücke geschnitten.»

«Gut, dann lass uns hineingehen. Ich bin sehr gespannt, wie unser kleines morgenländisches Experiment funktioniert.»

Doch zuvor führte Heinz Blettner den Mann in die Küche und ließ von der Magd verdünnten Wein bringen. Die Magd zog ein missbilligendes Gesicht und machte Heinz hinter Arvaelos Rücken mehrfach Zeichen. Schließlich winkte sie ihn in den Flur. «Aber Herr, soll ich denn den Wein nicht in der Wohnstube auftragen? Das wäre der Herrin sicher nicht recht so, in der Küche.»

«Mach dir keine Sorgen, Minna, der Herr ist nicht zu Besuch ins Haus gekommen. Wir werden gleich gemeinsam im Garten arbeiten. Es wäre Unfug, für die Dauer eines kleinen Trunkes hinauf in die Wohnstube zu gehen.»

Den ersten Becher, zurück in der Küche, trank Blettner in einem Zug, dann holte er ein Tuch aus seiner Tasche und wischte sich damit über Gesicht und Nacken. «Du scheinst die Hitze ja gewöhnt zu sein, aber unsereiner hat Mühe, nicht zu zerlaufen.»

Arvaelo lachte. «Du musst lange, aber dünne Kleidung tragen, dann kann dich die Sonne nicht verbrennen. Und heißen Minztee trinken. Nichts kühlt so gut wie heißer Tee.»

Heinz kniff misstrauisch die Augen zusammen. «Heißer Tee? Nein, nein, ich bleibe lieber bei Wasser und Wein.»

Der Sarazene lachte wieder. Heinz begann, ihm von seinem Gespräch mit dem Schultheiß zu berichten. «Wissen wollte er noch, wo du studiert hast. Deine ganze Laufbahn hat er mich abgefragt, aber ich habe keine Antworten gewusst.»

«Ich stamme aus Persien, aus der Stadt Samarra. Sie liegt am Fluss Tigris. Mein Vater ist ein bekannter Medicus, und auch ich habe Medizin studiert. Zuerst in Samarra, um das Wissen meiner Vorväter zu erfahren, danach in Salerno, wo die Kenntnisse des Morgenlandes auf die des Abendlandes treffen. Nun will ich weiter nach Basel und hoffe darauf, den großen Paracelsus kennenzulernen. Du siehst, ich bin ein Medicus, der wie ein Geselle durch die Lande wandert.»

Heinz nickte interessiert. «Du bist also schon Arzt?»

«O ja, das bin ich. Ich trage nicht nur den Titel eines Medicus, sondern bin obendrein noch Doktor physicus und mathematicus.»

Heinz schwieg beeindruckt. Dann fragte er: «Wo hast du die Kunst gelernt, die Toten zu lesen?»

Arvaelo lächelte, aber es war ein wehmütiges Lächeln. «Der Tod», sagte er sehr leise, «ist für uns Menschen nicht vorstellbar. Die meisten sehen ihn als eine Fortführung des Lebens unter anderen Vorzeichen. Vielleicht sogar als Umkehrung des Lebens, aber das ist er nicht. Der Tod ist das größte Geheimnis des Lebens. Ich wollte wissen, wie der Tod ist. Was er ist. Wer er ist. Einfach alles wollte ich wissen. Ich konnte mich einfach nicht damit abfinden, vom Tod ausgeschlossen zu sein, solange ich lebe. Jeden Tod in meiner Umgebung empfand ich als Zurückweisung. Ich begann, mich für Leichen zu interessieren. Wie sehen die aus, die erst vor wenigen Minuten gestorben sind? Wie die Leichen, die mehrere Tage alt sind? Und so weiter und so fort. Sogar die Frage, wie das Leben der Toten aussieht, interessierte mich.»

Arvaelo lachte und schüttelte den Kopf über sich selbst. «Das Leben der Toten, ist das nicht aberwitzig?»

Heinz nickte. «Sprich weiter», bat er.

«Ich stellte fest, dass die Toten mehr sind als nur die körperliche Hülle. Man erfährt sehr viel über die Toten, wenn man sie richtig anschaut. Ich tat das, befragte außerdem Leichenbeschauer, Einbalsamierer, Henker, Friedhofsgärtner und alle anderen, die mit dem Tod zu tun haben. Und allmählich offenbarten mir die Toten ihre Geheimnisse. Ich lernte, in ihnen zu lesen.»

Heinz schwieg eine Weile und sah Arvaelo nachdenklich an. Dann fragte er: «Kannst du mir etwas davon beibringen?»

«Warum willst du das können? Du bist Richter, du musst so etwas nicht wissen.»

Heinz zuckte mit den Schultern, die Antwort behielt er für sich. Für Hella, dachte er. Für Hella möchte ich alles wissen, was Arvaelo weiß. Ich möchte sie beeindrucken. Sie soll stolz auf mich sein, soll zu mir aufsehen können. Das ist das Wichtigste.

«Wir sollten beginnen», drängte er. Er stand auf, auch Arvaelo erhob sich.

Heinz nahm die Käsestücke und ging, begleitet von dem Sarazenen, aus der Hintertür hinaus in den Hof. Die Magd hatte inzwischen die Hündin angelockt, worum Arvaelo sie vorher gebeten hatte.

Jetzt hielt Heinz Blettner dem Gelehrten ein Käsestück hin. «Zeig mir, was du vorhast.»

Arvaelo nickte. Er hockte sich hin und lockte die Hündin mit dem Käsestück zu sich, ließ sie die Zähne hineinschlagen und zog es ihr wieder weg. Dann stand er auf und zeigte Heinz das Ergebnis. «Sieh», sagte er. «Hier sind die Abdrücke der Hundezähne. Und hier ...», er wühlte in seinem Beutel und brachte eine zusammengefaltete Zeichnung hervor, «... hier ist die Zeichnung, die ich nach den Bissspuren an Arm und Bein angefertigt habe. Vergleiche alles miteinander, und schon kannst du die Hündin als Täterin ausschließen.»

Heinz runzelte die Stirn, besah die Zeichnung und die Käseecke. «Du hast recht. Der Biss der Hündin ist ovaler. Außerdem sind die Abdrücke ihrer beiden Reißzähne deutlich von den anderen verschieden. Aber ich glaubte noch nie, dass sich in dieser Hündin unser Kannibale verbirgt.»

«Die meisten Hunde scheiden aus. Ihr Gebiss ist in der Regel zu schmal», erklärte Arvaelo.

«Wenn ich aber jeden Verdächtigen in ein Käsestück beißen ließe, könnte ich am Ende so den Mörder überführen», sinnierte Heinz weiter.

«Richtig», stimmte Arvaelo zu. «Was aber machst du, wenn der Käse verdirbt, bevor du einen Verdächtigen hast?»

«Hmmm.» Heinz Blettner kratzte sich am Kinn. «Gute Frage.»

Er betrachtete die Hündin, die sich jetzt den restlichen Käse schmecken ließ. Die Magd stand neben ihm und schwatzte drauflos. «Sie frisst alles, was man ihr hinlegt. Ich sollte eigentlich verhindern, dass sie hier herumstreunt. Eure Frau mag sie nicht, aber letztens habe ich ihr die alten Weihnachtsplätzchen gegeben, die ich in einem Kästchen gefunden habe. Stellt Euch nur vor, selbst die hat sie gefressen ...»

«Was?», unterbrach Heinz Blettner den Redestrom. «Was hast du gerade gesagt, Minna?»

Die Magd sah ihren Herrn erschrocken kann, schlug sich leicht auf den Mund, murmelte: «Ich sollte mich lieber um meine Arbeit kümmern», und verschwand im Inneren des Hauses.

«Weihnachtsplätzchen hat sie gesagt», wiederholte Heinz für Arvaelo. «Das ist Gebäck, welches es im Advent zu essen gibt. Gebäck aus Mehl und Butter und so. Das hält sich. Monatelang. DAS könnte für die Zahnabdrücke gehen.»

Der Richter sprach weiter: «Und ich weiß auch schon, wer es mir backt. Meine Schwiegermutter, die beste Köchin von ganz Frankfurt. Gustelies Kurzweg!»

Arvaelo nickte erfreut. «O ja, Gustelies. Ich wette, sie kann noch eine ganze Menge anderer Dinge als Kochen und Backen hervorragend.»

«Wie meinst du das?», wollte Heinz wissen, doch Arvaelo lächelte nur.

Dieses Lächeln, dachte der Richter, dieses Lächeln freut mich.

«Ach, ich weiß auch nicht», jammerte Hella und sah ihrer Mutter beim Kochen zu.

Gustelies ließ den Kochlöffel sinken, wandte sich zu ihrer Tochter um. «Was weißt du nicht?»

Sie hatte die Lippen zusammengekniffen, die Augen zu Schlitzen verengt. «Was weißt du nicht?», wiederholte sie, und es klang wie eine Drohung.

«Mit Heinz und mir und überhaupt», erklärte Hella kläglich. «Ich bin so unzufrieden, und ich habe mir alles ganz anders vorgestellt. Nichts ist so, wie es sein soll, wie ich es mir vorgestellt habe. Aber warum guckst du mich eigentlich so wütend an?»

«Weil du dich gerade aufführst wie eine verzogene Prinzessin», schnappte Gustelies in einem bei ihr vollkommen unüblichen Ton. Hella schrak zurück und schob die Unterlippe ein wenig nach vorn. «Wieso Prinzessin?», fragte sie trotzig.

«Weil du Heinz die Schuld an deiner Unzufriedenheit gibst, anstatt bei dir nach dem Grund zu suchen.»

«Wie soll das denn gehen? Ich meine, was willst du, das ich tue? Und überhaupt. Immer verteidigst du Heinz. Ich bin deine Tochter. Du musst zu mir halten.»

Gustelies setzte sich Hella gegenüber an den Küchentisch. Sie wischte mit der flachen Hand ein paar Krümel weg, dann fragte sie leise: «Wie würdest du denn gern leben?»

Hella sah hoch, ihre Augen füllten sich mit Tränen. «Ich weiß es nicht. Das ist es ja eben.»

«Ist es, weil du nicht schwanger wirst?»

Hella zuckte mit den Achseln. «Manchmal denke ich, ich werde nicht schwanger, weil Gott weiß, dass ich Heinz kein gutes Eheweib bin. Gott straft mich so, denke ich.» Sie sah auf, ihre Augen wurden ganz dunkel. «Außerdem wird mir Gott keinen Säugling anvertrauen wollen. Säuglinge in meiner Nähe sterben.»

«Quatsch. Rede nicht solchen Unsinn. Das ist lange her», widersprach Gustelies energisch. «Außerdem haben wir darüber doch schon gesprochen. Gott ist ein liebender, barmherziger Gott. Wäre er so, wie du ihn dir vorstellst, wäre es schlecht bestellt um das Menschengeschlecht. Eingehen würden wir über kurz oder lang.»

Sie griff über den Tisch und nahm die Hand ihrer Tochter. «Vielleicht hätten wir dich nicht auf die Klosterschule schicken sollen», sagte sie nachdenklich. «Es ist gut möglich, dass deine Neugier sich nicht mit deinen Aufgaben als Frau vereinbaren lässt.»

«Ehefrau zu sein und nichts als das, ist wenig, nicht wahr?», fragte Hella.

Gustelies nickte. «Als Handwerkerfrau oder Bäuerin müsstest du mitarbeiten. Egal, ob es dir gefällt oder nicht. Als Richterfrau verlangt man von dir, dass du dich aus den Angelegenheiten deines Mannes heraushältst, Verständnis für seine Arbeit hast und ihm ein glückliches Familienleben bescherst. Und dies, mein Herz, reicht dir anscheinend nicht.»

Hella nickte. Sie sah auf die Tischplatte, malte mit dem Finger Kreise darauf. «So ist es. Ich bin unzufrieden mit mir. Und diese Unzufriedenheit lasse ich an Heinz aus.»

Gustelies nickte, erhob sich, nahm erneut den Kochlöffel und rührte im Kessel. Nach einer Weile sagte sie: «Du kannst für den Rest deines Lebens unzufrieden sein und bedauern, als Weib geboren zu sein. Du kannst dich aber auch mit deiner Rolle, deiner Stellung abfinden und versuchen, das Beste daraus zu machen.»

«Was ist der Unterschied?» Hella klang trübsinnig.

«Der Unterschied? Deine Zufriedenheit, mein Herz. Nichts sonst.»

Sie schwiegen eine Weile, und wieder war das Kratzen des Kochlöffels auf dem Topfboden das einzige Geräusch im Raum. Gustelies unterbrach erneut das Schweigen. «Du musst aufpassen, Hella. Wenn du weiter so misslaunig bist, wirst du Heinz verlieren. Über kurz oder lang wird er dir davonlaufen.»

Hella schaute hoch. «Das kann er nicht», erwiderte sie mit Überzeugung. «Er ist Richter. Niemals wird er gegen die Gesetze verstoßen, die er selbst erlassen hat. Ehebruch ist strafbar, eine Scheidung nicht einfach.»

«Nun», erwiderte Gustelies. «Reicht es nicht, wenn er sich innerlich von dir verabschiedet? Wenn er noch öfter in der Ratsschänke sitzt, anstatt mit dir zu Abend zu essen?»

Jetzt stemmte Hella die Hände in die Hüften. «Soll das denn alles meine Schuld sein?»

Gustelies öffnete den Mund, um zu antworten, doch in diesem Augenblick klopfte es an der Tür.

«Hallo, Schwiegermutter.» Gustelies bekam einen Kuss auf die Wange.

«Wie schön, dich hier zu sehen, mein Schatz.»

Heinz streckte die Hand nach seiner Frau aus, die keine Anstalten machte, aufzustehen und ihn zu umarmen. So ließ er sich neben ihr auf die Bank fallen, drückte sie an sich, küsste sie auf das Haar und sprach dann: «Schwiegermutter, ich möchte, dass du mir die härtesten Plätzchen backst, zu denen du fähig bist. Nicht weich, nicht schmackhaft, sondern hart wie ein Stück Hartkäse und geschmacklos wie eine Hostie. Kannst du das?»

Gustelies zog die Unterlippe zwischen die Zähne, schwieg und sah auf ihre Tochter. Auch Heinz wechselte plötzlich die Blickrichtung und sah auf seine Frau.

«Na, hört mal!», protestierte Hella empört. «So schlimm sind meine Kochkünste ja nun auch wieder nicht.» Aber dann musste sie lachen, lachte so laut und lange, bis ihr die Tränen über die Wangen liefen, lehnte sich an Heinz, presste ihr Gesicht in seine Hand, lachte und weinte zugleich.

Heinz hielt sie fest, strich ihr über den Rücken und küsste ihr Haar, bis sie ganz ruhig geworden war. Dann reichte er ihr sein Taschentuch und pustete ihr eine Haarsträhne aus der Stirn. «Lass uns gehen», sagte er. «Wir haben wohl beide einen anstrengenden Tag hinter uns.»

Hella nickte, küsste ihre Mutter, ließ einen Gruß an Hochwürden ausrichten und ging am Arm ihres Mannes zur Haustür.

KAPITEL 4

Heinz saß in seiner Arbeitsstube und verglich unermüdlich Zahnabdrücke mit der Zeichnung von den gefundenen Körperteilen. Sein Schreiber stand am Pult, die Ärmelschoner wegen der Hitze nach oben geschoben, und notierte, was Heinz diktierte: «Tollkammer des Heilig-Geist-Spital, Abdruck von Johann, dem Narren, ungleich. Abdruck Hermine, genannt die heilige Johanna, ungleich. Abdruck Bruder Martinus, ungleich.

Gutleuthaus: Abdruck Rhaban, der Bauer, ungleich. Abdruck Thomas, der Flößer, ungleich. Abdruck Georg, genannt Schorsch, un... nein, Augenblick, oh, es passt nicht, zu schmal, also ungleich ...»

So ging das bereits den ganzen Tag. In aller Herrgottsfrühe war Heinz mit einem Korb von Hella gebackener Plätzchen in die Toll-, Siechen-, Arbeits- und Krankenhäuser gegangen und hatte Zahnabdrücke von all denen genommen, die irgendwann schon einmal jemanden gebissen hatten. Doch bisher war kein einziger Abdruck denen auch nur ähnlich, die sich auf dem Arm und dem Bein gefunden hatten. Nur eine einzige Vergleichsprobe fehlte ihm noch. Die des jungen Mannes, der angeblich dem Kätzchen den Kopf abgebissen hatte. Heinz wusste nicht, wo er ihn finden sollte. Seine Büttel hatten den Burschen zwar für kurze Zeit ins Verlies gesperrt, ihn aber auf Befehl des Schultheißen freigelassen, ohne dass der Richter ihn hatte verhören können. Wo er wohnte? Keiner wusste es. Diese Trottel von Stadtknechten, dachte Heinz nicht zum ersten Mal.

Nun saß er am Schreibtisch, vor sich die zahlreichen angebissenen Plätzchen, auf denen kleine Papierstreifen mit Namen klebten, und starrte vor sich hin. Als es an der Tür klopfte, schrak er auf. «Herein», rief er und bedeckte die Plätzchen notdürftig mit einem Bogen Papier.

«Aha. So ermitteln also meine Untergebenen. Interessant.»

Krafft von Elckershausen höchstpersönlich stand mitten in Heinz' Büro und hob mit spitzen Fingern den Papierbogen an. «Wie es aussieht, speisen die Herren gerne Gebäck.» Er strafte Heinz mit einem eisigen Blick, dann griff er nach einem der Plätzchen. Der Schreiber stöhnte auf, Heinz rief: «Nicht!», doch der Schultheiß hatte das Plätzchen schon im Mund und kaute darauf herum.

Er verzog das Gesicht. «Das schmeckt nach gar nichts. Knochenhart und fad wie eine Hostie. Ich verstehe nicht, wie Ihr so etwas vertilgen könnt.»

Heinz schluckte deutlich, und sein Adamsapfel hüpfte auf und nieder. «Eigentlich sind das keine Plätzchen zur Vesper oder für zwischendurch», sagte er. «Eigentlich sind das Beweisstücke.»

«Beweisstücke wofür?», fragte der Schultheiß.

Heinz rang die Hände. Was sollte er jetzt antworten, ohne dass der Schultheiß aufbrausend wurde? Was sollte er nur sagen?

«Ich höre!»

«Tja, nun, also, die Plätzchen, nicht wahr, diese harten, faden Gebäckstücke also ...»

«JA?» Die Stimme des Schultheißen hatte einen drohenden Unterton.

«Mit Hilfe der Plätzchen haben wir Gebissabdrücke bei einigen Verdächtigen genommen.»

«Pffffff!» Krafft von Elckershausen spuckte angewidert aus. Der Schreiber eilte hinzu und wischte den Tisch mit seinem Ärmel sauber.

«Ist das wahr?», wollte der Schultheiß wissen. Richter Blettner nickte. «Aber Ihr, Bürgermeister, habt natürlich eines gekostet, von dem noch niemand abgebissen hatte!» Heinz hoffte, dass er ihm glauben würde.

Der Schultheiß wischte sich noch einmal mit dem Handrücken über den Mund und deutete auf den Tonbecher. «Ist da was zum Trinken drin?», fragte er.

Richter Blettner nickte. «Wasser, Bürgermeister. Reines Brunnenwasser.»

«Her damit!»

Heinz reichte seinem Vorgesetzten den Becher. Dieser leerte ihn in einem Zug.

«Und?», fragte er dann. «Was ist bei der Plätzchenbeißerei herausgekommen?»

Der Richter hob die Schultern. «Bisher nicht viel. Wir wissen jetzt zwar, wer alles nicht der Täter war, ansonsten wissen wir kaum etwas. Wir haben noch immer keine Ahnung, ob hier ein Mord vorliegt. Aber wir gehen davon aus. Auch wenn wir nicht wissen, wer das Opfer ist und wo. Und über den Täter wissen wir ebenfalls nicht mehr.» Heinz Blettner seufzte. «Wenn ich ehrlich sein soll, so kann ich noch nicht einmal beweisen, dass die Bisse von einem Menschen stammen.»

«Welcher Leichenbeschauer hat sich Arm und Bein angesehen?», fragte der Schultheiß.

«Eddi Metzel, der Neue.»

«Der? Seit wann ist der denn Leichenbeschauer? Ihr wisst schon, dass der Mann eigentlich Mediziner ist, oder?»

Der Richter winkte ab. «Das ist eine ganz alte Geschichte. Ja, er war Mediziner, und ich weiß auch, dass er in dieser Sparte nicht sehr erfolgreich war. Jetzt ist er nun einmal Leichenbeschauer.»

«Hm», brummte der Schultheiß. «Und was sagt Metzel?»

«Er ist der Meinung, dass die Bissspuren von einem Menschen stammen könnten. *Könnten.* Wenn das so ist, sagt Metzel, müsste der Mensch noch ziemlich jung sein. Er hat, seiner Meinung nach, nämlich noch alle Zähne.» Krafft von Elckershausen fuhr sich bei diesem Satz mit der Zunge über die obere Zahnreihe, und Heinz tat es ihm unwillkürlich nach. Dabei fiel ihm ein, dass er erst letzte Woche einen Backenzahn verloren hatte. Nun, er war nicht mehr der Jüngste. In seinem Alter hatten die allermeisten schon mehrere Zahnlücken. Selbst dem Schreiber, gerade Mitte zwanzig, fehlte unten bereits ein Schneidezahn. «Jedenfalls können wir Menschen mit Lücken an den Vorderzähnen ausschließen. Einzig die Eckzahnabdrücke sind ein wenig undeutlich», fuhr er fort.

«Sagt der Leichenbeschauer?»

«Genau.»

«Nun, Ihr wisst, ich gebe auf Metzels Wort keine Wette ab, sein Ruf als Mediziner war einfach zu miserabel, aber ich wüsste zu gern, was Ihr zu tun gedenkt, Richter. Immerhin beginnt in wenigen Tagen die Messe. Wir müssen einen Verdächtigen finden. Möglichst heute! Es geht darum, eine Panik in der Stadt zu verhindern. Also? Was habt Ihr Euch ausgedacht?»

Heinz Blettner blies die Backen auf. «Ich dachte, ich schicke die Büttel noch einmal hinaus. Sie sollen alles nach weiteren Leichenteilen absuchen. Findet ein Messegast einen weitern Arm oder, Gott steh uns bei, den Kopf, dann gibt es womöglich wirklich eine Panik in Frankfurt.»

«Habt Ihr Hinweise darauf, dass sich noch mehr Körperteile finden lassen?», fragte der Schultheiß.

Der Richter schüttelte den Kopf. «Nein, haben wir nicht. Aber ich möchte sichergehen. Irgendwo muss der Rest ja stecken.»

«Und sonst? Was gedenkt Ihr außerdem zu tun?»

Richter Blettner holte umständlich sein Taschentuch aus dem Wams, schnäuzte sich geräuschvoll, trat näher an Krafft von Elckershausen heran und sagte leise zu ihm: «Die Leute denken, dass ein Junge der Übeltäter war. Es heißt in der ganzen Stadt, er sei vom Teufel besessen. Nun, ich werde anordnen, dass ein Exorzismus stattfindet.»

Der Schultheiß nickte anerkennend. «Das ist gut, mein Lieber, das ist sehr gut. Sorgt nur dafür, dass die ganze Stadt auch davon weiß.»

«Das werde ich, Bürgermeister. Da könnt Ihr ganz sicher sein.»

«Das kommt überhaupt nicht in Frage.» Pater Nau hatte beide Hände erhoben und hielt sie abwehrend vor die Brust. «Ein Exorzismus? Zuerst müsste ich sicher sein, dass es den Teufel wirklich gibt, ehe ich mich zu so etwas hergebe. Dann würde ich möglicherweise glauben, dass es Menschen gibt, die von ihm besessen sind. Ansonsten glaube ich nämlich, dass ein Mensch auch ohne Teufel zu schlimmen Taten imstande ist. Du kannst darüber gern mit Bruder Göck debattieren.»

Heinz stöhnte. «Manchmal denke ich, dass diese Familie nur eine einzige Aufgabe hat. Nämlich, mir das Leben schwerzumachen. Ich möchte von dir keinen Beweis für die Existenz oder Nichtexistenz des Teufels, sondern einen ganz gewöhnlichen Exorzismus, der dir obendrein von der Stadtkasse gut bezahlt wird.»

Pater Nau verschränkte die Arme vor der Brust. «Nein!»

«Gut», erwiderte Heinz Blettner, holte eine Korbflasche besten Spätburgunder hinter seinem Rücken hervor und betrachtete sie genießerisch. «Ein guter Tropfen, ein sehr guter Tropfen. Wahrscheinlich wie Samt auf der Zunge.»

Pater Nau ließ die Arme sinken, wippte auf den Fußzehen vor und zurück und versuchte, einen Blick auf die Flasche zu erhaschen. «Von wem stammt das Siegel?», fragte er.

«Vom Weingut Schön aus Assmannshausen», erwiderte der Richter so gleichgültig, wie er nur konnte.

«Oh, vom Schön! Ein Spätburgunder vom Schön! Mein ganzes Glück!»

«Nur schade, dass du dieses Glück nicht genießen kannst, denn diesen Wein und ein kleines Fass dazu bekommt der Priester, der den Exorzismus durchführt. Schade, ich hätte dir diesen edlen Tropfen von Herzen gegönnt.»

Heinz Blettner wandte sich ab, hob die Hand zum Gruß, da tönte es hinter ihm: «Halt! Nicht so schnell. Jetzt warte doch.»

«Hast du es dir anders überlegt? Sind dir deine theologischen Bedenken abhandengekommen?» Heinz konnte ein Grinsen nicht unterdrücken.

Pater Nau stülpte die Lippen vor. «Ich bin als Priester nicht nur Theologe, sondern auch Seelsorger. Und in diesem Sinne natürlich mitverantwortlich für die Seelenruhe meiner Gemeinde. Aus diesem Grund, hörst du, nur aus diesem einen Grund werde ich den Exorzismus durchführen. So, und jetzt gib den Wein her.»

Der Richter reichte dem Priester die Flasche, und kurz darauf saßen beide in Pater Naus Studierzimmer und nippten mit vor Wonne geschlossenen Augen am Rotwein. «Wie willst du den Exorzismus ausführen?», fragte der Richter schließlich.

«Das lass meine Sorge sein», erwiderte Pater Nau.

«O nein, mein Lieber. Du erzählst mir jetzt ganz genau, wie du vorgehen wirst. Ich muss es schließlich dem Schultheiß berichten.»

Pater Nau verzog grämlich das Gesicht. «Immer, wenn ich gerade einmal denke, dass das Leben womöglich wirklich auszuhalten ist, kommt jemand daher und bestätigt mir, dass die Erde doch ein Jammertal ist und das Leben ein Graus.»

«So ist es», nickte Blettner. «Und jetzt erzähl mir vom Exorzismus.»

«Wie soll so was schon vor sich gehen? Es gibt natürlich Regeln dafür. Der Papst selbst hat sie abgesegnet. Zuerst bedroht man den Dämon, welcher die Person in Besitz genommen hat. Dann erfragt man seinen Namen, fordert ihn auf auszufahren und erteilt am Schluss das Rückkehrverbot.»

«Aha, und wie die einzelnen Schritte gestaltet werden, das liegt ganz bei dir, oder?»

Pater Nau bewegte den Kopf ein wenig. Mit gutem Willen konnte man diese Bewegung durchaus als ein Nicken werten.

«Und was genau hast du vor?»

Der Pater griff die Flasche und schenkte sich noch einmal großzügig ein. «Das hängt vom Besessenen ab und vom Dämon, welcher in seinem Inneren haust. Ich muss den Besessenen vor mir haben, damit ich die richtige Entscheidung treffen kann.»

Er trank aus, griff wieder nach der schweren Korbflasche, aber Heinz war schneller. Er zog den Wein zu sich, hielt ihn mit beiden Händen fest. «Ich höre!», forderte er. «Schließlich muss ich dem Schultheiß berichten.»

«Also gut», gab der Pater nach. «Zuerst versuche ich die Austreibung mit Gebeten. Ich richte ein Kreuz auf den Besessenen und benetze ihn mit Weihwasser. Meist reicht das schon aus.»

«Hmm», überlegte der Richter. «Für einen wahren Kannibalen erscheint mir die Prozedur zu einfach.»

Pater Nau schüttelte den Kopf. «Was willst du denn? Soll ich ihn eine Nacht lang ans Kreuz binden? Soll ich ihn auf Knien durch die Kirche rutschen lassen? Soll er gegeißelt werden, bis das Blut nur so spritzt? Soll der Dämon vielleicht sogar ausgehungert werden? Was stellst du dir vor, he?»

Der Richter hob die Schultern. «Ich muss dem Schultheiß etwas erzählen. Je drastischer, umso besser. Und vergiss nicht: Mit einem Kannibalen ist nicht zu spaßen. Denk dir was aus. Etwas, das Krafft von Elckershausen überzeugt.» Mit diesen Worten stand er auf und wollte das Arbeitszimmer verlassen. Auf der Schwelle rief Pater Nau: «Und was ist mit meinem Fass Spätburgunder vom Schön aus Assmannshausen?»

«Nach dem Exorzismus kannst du ihn dir bei mir im Malefizamt abholen. Danach, hörst du?»

Der Pater verzog das Gesicht, doch er nickte.

«Gut, ich schicke dir die Mutter mit dem Jungen vorbei, sobald wir sie gefunden haben, oder lasse dich wissen, wo du sie finden kannst.»

Mit diesen Worten verließ der Richter endgültig das Pfarrhaus.

«Bei der heiligen Hildegard, ich glaube, du bist von Sinnen!» Gustelies hatte die Arme in die Seiten gestemmt und musterte Pater Nau ärgerlich. «Ich kann nicht glauben, dass du dich für so etwas hergibst.»

Pater Nau schaute betreten nach unten. «Was hätte ich denn machen sollen, he? Einen aus der Familie im Stich lassen, nur, weil er Richter ist?»

«Ach», sagte Gustelies wutschäumend. «Jetzt tu nicht so. Um den Wein ging es dir, um sonst gar nichts.»

Pater Nau ließ sich auf die Küchenbank fallen und sah seine Schwester wütend an. «Du verstehst überhaupt nichts! Natürlich ist der Wein gut, aber ich habe schließlich eine Moral!»

«Pfff! Moral! Es ist eine Sünde, sich an einem Irren zu vergreifen. Jawohl! Was kann der arme Kerl dafür, dass er nur Grütze im Kopf hat? Er ist krank, verrückt eben. Und dagegen helfen auch keine Gebete oder Exorzismen. Du machst den Jungen nur vollkommen zappelig und seine arme Mutter gleich mit.»

Pater Nau hob die Hand, um Gustelies' Redeschwall zu stoppen. Doch das war nicht einfach. «Ich mache nicht mit», schrie sie. «Und außerdem habe ich sowieso keine Zeit, heute beginnt die Messe.»

Auf dem Balkon des Römers wurde die Fahne aufgesteckt, mit der das Messerecht geboten war. Die Stadtpfeifer trompeteten, und die Herbstmesse des Jahres 1532 war eröffnet.

Rund um den Römerberg standen die Buden, duckten sich nordwärts in den Schatten der Liebfrauenkirche, schmiegten sich im Westen an die Mauer des Weißfrauenklosters, hörten im Süden erst am Mainufer auf und umringten das Dominikanerkloster östlich des Römers. Überall drängten sich Menschen in den Gassen. Auf dem Römerberg fanden Hella und Gustelies kein Durchkommen mehr. Immer noch drängten schwerbeladene Fuhrwerke in die Stadt, stauten sich vor der Waage, wo die Ladeknechte die Schreiber anschrien, dass sie sich beeilen mochten. Kisten, Ballen, Fässer, Säcke, alles musste zum Römerberg, wo bereits munter gehandelt wurde. Käufer zupften und rieben an den Tuchen, Händler übertönten einander beim Anpreisen ihrer Waren.

Dazwischen gab es allerlei Belustigungen. Feuerschlucker zeigten am Rande des Platzes ihre Künste, ein Zwerg mit nacktem Oberkörper balancierte auf einem Seil, eine junge Zigeunerin tanzte, ihre alte, zahnlose Tante las aus der Hand. Die Attraktion des Tages aber war der Tanzbär, den ein Mann am Nasenring führte. Ein Junge schlug den Schellenring, und der Bär richtete sich auf und drehte sich brummend. Hella blieb stehen und sah den Bären an. Der sah zurück. Für einen Augenblick standen sie Auge in Auge. Hella schien es, als ob das Tier lächelte. Fast wie ein Mensch, dachte sie. Es ist, als wolle er mir etwas sagen.

«Wie heißt der Bär?», fragte sie den Jungen.

Der zuckte mit den Achseln. «Einfach Bär. Manchmal nenne ich ihn Bruno, aber darauf hört er nicht.»

Sie hob dankend die Hand, wandte sich ab, und schon nach wenigen Schritten hatte sie das Tier vergessen.

In der Kannengießergasse wurden seit alters her Teller und andere Gerätschaften aus Zinn verkauft. In diesem Jahr wurde auch Besteck angeboten, besonders die neumodische Gabel mit den zwei Zinken, die Hella überaus praktisch fand. Sie mochte es ganz und gar nicht, fettige Speisen in die Finger zu nehmen und sich schmutzig zu machen. Eine Gabel bewahrte davor, und deshalb besaß der Haushalt in der Fahrgasse ein halbes Dutzend davon.

Hella und Gustelies ließen sich weiter durch die rastlose Stadt treiben.

Jede Zunft hatte ihre eigene Gasse, in der sie Handel trieb. Die Schuhgasse stand voll mit Buden, in denen Reiterstiefel neben zierlichen Pantoffeln feilgeboten wurden. Die Putzmacher sammelten sich in der Goldene-Hut-Gasse, auf dem Weckmarkt versuchten die Bäcker, die Marzipankocher und Zuckerbäcker zu überschreien. Hinter den Mauern des Nürnberger Hofs verabredeten die Handelsherren aus Franken große Lieferungen, die Fugger und Welser residierten im Augsburger Hof. Die Kaufleute aus der Eidgenossenschaft hatten sich auf dem Schweizer Platz eingefunden, und in der Buchgasse war zwischen den Buden der Drucker und Buchhändler kaum ein Durchkommen.

Hella und Gustelies genossen das Gedränge, den Lärm, die vielen Menschen. Die Sonne brannte endlich einmal nicht mehr mit ganzer Kraft vom Himmel. Dichte Wolken verdeckten das Blau, doch die Luft war noch immer heiß und schwül. «Heute Abend wird es wohl ein Gewitter geben», sagte Gustelies.

«Ich würde Gott dafür danken», erwiderte Hella. «Eine dicke Wachskerze würde ich spenden für ein wenig Abkühlung.»

Die beiden Frauen seufzten und schlenderten weiter. Sie

waren am Ende der Fahrgasse angekommen, bogen nun in die Predigergasse ein und befanden sich kurz darauf auf dem Garküchenplatz. Der Geruch von ranzigem Fett stieg Hella in die Nase. «Igitt», schimpfte sie. «Der Gestank setzt sich in den Kleidern fest, dringt sogar durch die Haube bis ins Haar. Ich werde heute Abend riechen wie eine Schankwirtin.»

«Oh, es gibt Schlimmeres», befand Gustelies, drängelte sich an eine der zahlreichen Garküchen heran und verlangte einen in Fett ausgebackenen Kringel mit Hackfleischfüllung. «Und du?», rief sie ihrer Tochter zu. «Hast du nicht Lust auf eine Pastete oder etwas Ähnliches?» Hella schüttelte den Kopf und lehnte sich an die Rückseite einer Bude, während Gustelies den Fleischkringel verspeiste. Sie betrachtete die Leute. Neben Gustelies standen zwei Handwerker, an ihrer Kleidung als Zimmermänner zu erkennen, die sich ebenfalls die Fleischkringel schmecken ließen. Dem einen lief das heiße Fett über Finger und Kinn, während der andere mit offenem Mund schwatzte, hin und wieder mit dem Zeigefinger in seiner Mundhöhle herumstocherte und einmal sogar ein Stückchen Sehne oder so etwas Ähnliches ausspuckte. Angewidert sah Hella in eine andere Richtung und beobachtete ein kleines Mädchen mit dunklen Haaren, fremdländischem Aussehen und langen, bunten Röcken. Mit ausgestreckten Händen bettelte sie eine gutgekleidete Dame an, die von zwei Dienstbotinnen begleitet wurde. Die Dame warf hochmütig den Kopf in den Nacken, erteilte ihrer Zofe einen harschen Befehl und schenkte dem Mädchen keinerlei Beachtung. Ein Halbwüchsiger in einem Kittel, wie ihn die Bauern tragen, schlenderte pfeifend zwischen den Ständen umher, blieb hinter zwei Geschäftsmännern stehen, um kurz darauf im

Laufschritt davonzueilen. Hella lachte. «Die Beutelschneider werden immer geschickter», sagte sie zu ihrer Mutter. «Eben habe ich einen beim Stehlen beobachtet, und seine Opfer haben noch immer nichts bemerkt.»

«Heilige Hildegard», erwiderte Gustelies. «Gestohlen wird immer. Und während der Messe besonders dreist. Das weiß doch jedes Kind. Selbst schuld, wer sich beklauen lässt.» Sie schluckte ein letztes Mal und tupfte sich den Mund mit ihrem Schnupftuch ab. «Lass uns zuerst in die Buchgasse gehen», schlug Gustelies vor. «Ich habe dort etwas zu erledigen.»

«Willst du ein Buch kaufen?», fragte Hella und sprach weiter, ohne eine Antwort abzuwarten. «Ich habe gehört, die Italiener haben zur Frühjahrsmesse Machiavellis Ausgabe von ‹Der Fürst› mitgebracht, und die hiesigen Drucker bieten jetzt die deutsche Ausgabe an.»

«Ein Männerbuch», entschied Gustelies. «Nichts für unsereins.»

«Na gut», erwiderte Hella friedlich. «Obwohl ich glaube, dass deine Freundin Jutta sehr wohl Gefallen daran hätte.»

Gustelies kicherte. «Ich habe gehört, dass es ein neues Kräuterbuch geben soll. Da ist ein Mann, Otto Brunfels heißt er, der aus Kräutern eine Wissenschaft machen will, die er ‹Botanik› nennt.» Sie schüttelte den Kopf. «Typisch Mann. Erst mischen sie sich in Dinge ein, von denen sie nichts verstehen. Oder hast du jemals einen Mann getroffen, der sich mit Kräutern, Kochen und Küchendingen auskannte und kein Mönch war? Und dann machen sie sofort eine Wissenschaft daraus. Aus jedem Pupser werden gleich die Trompeten von Jericho. Nein, auch das Buch will ich nicht.»

Hella kicherte und hakte sich bei ihrer Mutter unter. Gemeinsam verließen sie den Garküchenplatz. Sie schlenderten durch die Saalhofgasse und drängelten sich durch die Mainzer Gasse. «Sieh mal dort, die Dame», flüsterte Hella und deutete auf eine Frau im Gewand einer englischen Edelfrau. «Schau diesen Hut, der ausschaut wie ein Vogelhäuschen. Ist das darunter nicht ein Turban, wie ihn die Muselmanen tragen? Und dieses Kleid mit dem großen, zurückgeschlagenen Kragen aus Pelz! Und guck dir nur den Taillengürtel an. Ob das wohl Juwelen sind, die da blitzen?»

Die Dame ging vorüber, aber Hella hatte sich noch nicht sattgesehen. Sie wandte den Kopf nach ihr und stieß prompt mit einem Messegast zusammen. «Excusez moi», sagte der Fremde und zog den großen Samthut, auf dem eine Feder wippte. «Isch bitte üm Verseiünk.» Dann hastete er weiter.

Hella seufzte und strich ihren Rock glatt. Wie stolz war sie heute Morgen gewesen, als sie den Rahmen um die Hüften geschnallt hatte, der die buntgestickten Bahnen zur Geltung brachte. «Ganz nach neuester Mode», hatte der Schneider gesagt. Hella schaute noch einmal nach der englischen Dame und deren prächtigem Gewand, dem lustigen Hut. Unter ihrer Haube drückten die fest aufgerollten Zöpfe. Hella seufzte wieder und eilte ihrer Mutter hinterher. Rings um sich hörte sie ein vielstimmiges Sprachengewirr. Französisch und Italienisch waren ihr nicht fremd, hatte sie doch Latein gelernt.

Auch an das Englische hatte sie sich mittlerweile gewöhnt, aber die Sprachen derer, die aus dem Osten kamen, fand sie nach wie vor verwunderlich. All diese Zisch- und Rachenlaute erinnerten sie eher an Geräusche von Tieren als an menschliche Rede. Hellas Augen blitzten. Überall gab es etwas zu entdecken. Da kam ihr ein schwarzbärtiger Magyar entgegen, in glänzenden Stiefeln und mit einem Sattel über der Schulter. Gleich daneben kicherten zwei grellgeschminkte Dirnen und riefen dem ungarischen Pferdehändler Scherzworte im schwäbischen Dialekt zu.

«Na, Süßer, hascht net Luscht? Magscht ä Stückle mit mir gehe? Willscht emol mei Brüschtle luge?»

Etwas weiter standen vier gutgekleidete Männer vor dem prächtigen Haus der Alten Limpurg zusammen. Mit hochnäsigen Blicken musterten sie den Platz, widmeten den Belustigungen keinen Lidschlag, sondern spähten ernst und beflissen nach dem nächsten Geschäftsabschluss.

Rings um sie vibrierte die Stadt vom Gelächter, dem Fluchen, Scherzen, Feilschen, Schimpfen und Rufen der Messegäste. Sogar der Geruch Frankfurts hatte sich verändert. Hier unten in der Buchgasse, nahe am Mainufer, roch es normalerweise nach Druckerschwärze, ein wenig nach Fluss und Krebsen und ganz leicht nach der Gerberlohe aus dem Nachbarquartier. Heute aber war die Luft von dem Pech geschwängert, das die Buchfässer verklebte, vom Duft edler Rosen- und Lavendelwässer, vom Schweiß der vielen Menschen und den Ausdünstungen derer, die eine lange, staubige Reise hinter sich hatten.

«Was suchst du eigentlich hier?», fragte Hella, als sie im Gedränge ihre Mutter erreicht hatte.

«Ich? Ach, nichts weiter. Ich will nur mal gucken.»

Hella runzelte die Stirn. «Wer's glaubt, wird selig. Du kämpfst dich nicht durch das Gedränge, weil du nur mal gucken willst. Du doch nicht, Mutter. Wenn schon, dann höchstens in der Neuen Kräme, um zu sehen, welche neuen ausländischen Gewürze es gibt.»

«Vorsicht, Vorsicht. Habt Acht, ihr Leute!»

Ein Mann rollte ein riesiges Fass durch die Gasse. Hella und Gustelies sprangen zur Seite und ließen ihn vorüber.

«Also?», fragte Hella.

Gustelies zauderte, dann sagte sie mit stockender Stimme. «Du erinnerst dich an den fünfzehnten August? Vorige Woche also?»

«Natürlich», erwiderte Hella. «Da war Mariä Himmelfahrt, der Tag der Liebfrauenkirche.»

«Hmm. Genau. Erinnerst du dich vielleicht auch an unseren Kuchenwettstreit?»

Hella schüttelte den Kopf.

«Na, der übliche Wettstreit eben. Er ist nicht offiziell oder gar öffentlich. Aber jeder weiß, dass diejenige Hausfrau den Wettstreit gewonnen hat, deren Kuchen zuerst aufgegessen ist.»

«Ja, und? Das ist nichts Neues.» Hella lachte. «Ich habe schon einmal jemanden sagen hören: ‹Beim Wettstreit der Liebfrauengemeinde backen alle Hausfrauen einen Kuchen, und am Ende gewinnt stets die Haushälterin des Pfarrers.›»

Gustelies seufzte. «Ja, so war es bisher. Aber letzte Woche war Klärchen Gaubes Kuchenplatte als erste leer.»

Hella verkniff sich das Lachen, als sie sah, wie ihre Mutter wahrhaftig mit den Tränen kämpfte.

«Mein Kuchen», sagte Gustelies kläglich, «meiner ist nur Zweiter geworden.»

«Klärchen Gaube hat gewonnen? Die ‹gute Haut›, wie sie alle nennen?»

«Hat sich was mit ‹gute Haut›! Eine falsche Haut, das ist sie! Ja, sie ist seit drei Jahrzehnten Witwe, kinderlos und immer für die Gemeinde da, aber das ist trotzdem kein Grund, mir meinen Platz streitig zu machen.»

«Aha», bemerkte Hella. «Und was willst du hier in der Buchgasse daran ändern?»

Jetzt lächelte Gustelies verschmitzt und hob den Zeigefinger. «Besiegen will ich sie. Meinen angestammten Platz will ich zurück. Gleich beim nächsten Feiertag am achten September. Mariä Geburt. Da gibt es wieder einen Kuchenwettstreit. Und den muss ich gewinnen. Verstehst du, Hella, ich MUSS!»

Hella zuckte mit den Achseln. Ein Kuchenwettstreit war ihr so unwichtig wie die Tatsache, dass im nächsten Handelskontor ein Schreiber einen Tintenklecks machte. Aber sie sagte nichts, weil sie spüren konnte, wie wichtig ihrer Mutter dieser Wettstreit war. Wir alle brauchen Anerkennung, dachte sie und wurde plötzlich traurig. Wir alle müssen uns auf einem Gebiet hervortun. Es ist ganz gleich, auf welchem. Auch ein Kuchenwettstreit ist geeignet.

«Deine Rezepte sollten genügen», sagte sie. «Aber wie ich dich kenne, hast du dir etwas ausgedacht. Also, sag schon, mit welcher List willst du Siegerin werden?»

Gustelies sah sich nach allen Seiten um. Die Gasse war vollgestopft mit Menschen, Buden, Ständen und Fässern. Doch in all dem Getümmel war kein bekanntes Gesicht zu sehen, stellte sie fest. Trotzdem beugte sie sich dicht an Hellas Ohr und flüsterte verschwörerisch: «Mit Hilfe eines Zauberbuchs, meine Liebe. Es heißt ‹Dr. Faust's Magia naturalis et innaturalis›, oder auch ‹Dr. Faustus' dreifacher Höllenzwang›.» Gustelies sah ihre Tochter bedeutungsvoll an.

Hella nickte mit großen Augen. «Und weiter?», fragte sie.

Wieder beugte sich Gustelies ganz dicht zu ihr. «Es ist ein Zauberbuch», raunte sie. «Darin steht schwarz auf weiß, wie man Gold machen kann.»

«Wozu brauchst du Gold? Ich dachte, du willst backen?»
«Natürlich will ich backen. Aber mein Kuchen, Liebes, wird ganz und gar von Blattgold bedeckt sein.»

Sie hielt atemlos inne und sah Hella beifallheischend an. Hella nickte beeindruckt, dann fragte sie: «Warum kaufst du das Blattgold nicht einfach beim Vergolder?»

Gustelies seufzte, als hätte sie es mit einer Schwachsinnigen zu tun. «Einen mit Blattgold belegten Kuchen gab es noch nie bei einem Wettstreit. Damit werde ich ein für alle Mal die beste Bäckerin sein. Viele Leute werden diesen Kuchen bei mir bestellen. Wenn ich selbst Gold machen kann, bin ich unabhängig vom Vergolder, und billiger ist es außerdem.»

Hella nickte. «Du wirst es schaffen», sagte sie und strich ihrer Mutter über den Arm. Dr. Faustus, die Legende von Dr. Faustus. Hatte sie davon nicht bei den Nonnen gehört?

«Wer war dieser Dr. Faustus?», fragte sie ihre Mutter. «Weißt du das?»

«Natürlich!», erklärte Gustelies. «Dein Vater sprach von nichts anderem. Ich wundere mich, dass du die Geschichte nicht kennst.»

Sie zog ihre Tochter in die winzige Nebengasse, die zum Karmeliterkloster führte und in der ein Wasserhändler und ein Weinhändler nebeneinander ihre Stände aufgebaut hatten. Gustelies kaufte zwei Becher verdünnten Wein, ließ sich auf einer Holzbank nieder und klopfte neben sich. Hella verstand und setzte sich. «Es geht, wie immer, um den Kampf zwischen Gut und Böse», begann Gustelies, trank einen Schluck und packte ihre Tochter am Arm. «Dass du mir ja Pater Nau nichts davon erzählst. Er liebäugelt jetzt nämlich mit der Kunst des Exorzismus. Ts!»

Sie trank noch einen Schluck und sprach weiter. «Dr. Faustus schließt eine Wette mit dem Teufel ab. Der Teufel verspricht, Faust in alle Geheimnisse dieser Erde einzuweihen.»

«Stimmt», erinnerte sich jetzt Hella. «Und am Schluss wird Faust vom Teufel erdrosselt. Er wird damit für seine Hoffart und seinen Übermut bestraft. Aber wie soll dir das beim Kuchenwettstreit helfen?»

Gustelies verdrehte die Augen. «Es geht mir nicht um die Faustlegende, sondern um den Höllenzwang. Alle Zauberbücher, die etwas taugen, tragen einen Namen, in dem Höllen- oder Geisterzwang vorkommt. Ich sagte es schon, ich will nur Gold machen. Das ist alles.»

«Das ist alles?» Hella schüttelte den Kopf. «Seit Jahrhunderten träumen die Menschen davon, Gold zu machen. Und du willst nur deinen Mariä-Geburt-Kuchen vergolden und danach die Finger von der Alchemie lassen? Ich fasse es nicht.»

Gustelies zuckte mit den Schultern. «Dann eben nicht», erwiderte sie ungerührt. «Was soll ich sonst mit Gold? Ich habe ein Bett, habe Kleider, Schuhe, Essen und Trinken, so viel ich mag. Was brauche ich denn noch?»

Hella stand auf. «Recht hast du», sagte sie. «Lass uns das Buch suchen.»

Nach wenigen Schritten schon waren sie inmitten des Getümmels in der Buchgasse. Hella und Gustelies hielten vor dem Stand eines Mainzer Druckers. «Habt Ihr vielleicht ‹Dr. Faustus' dreifachen Höllenzwang›?», fragte Hella und senkte dabei die Stimme.

Der Drucker lachte und deutete auf seine verschlissene Schürze. «Hätte ich das Zauberbuch, wäre ich wohl besser gekleidet», meinte er. «Ihr müsst Ausschau halten nach den reichen Druckern. Die, die aussehen, als wüssten sie, wie man Gold macht.» Er lachte keckernd. Hella und Gustelies gingen weiter.

Einige Stände daneben saß ein Buchdrucker im goldbestickten Wams. Vor sich hatte er ein mit Pech verschmiertes Fass. Er hielt es mit beiden Armen umklammert und musterte die Vorübereilenden misstrauisch.

«Habt Ihr vielleicht ‹Dr. Faustus' dreifachen Höllenzwang› da drinnen?», fragte dieses Mal Gustelies.

«Soll'n das sein?», knurrte der Buchhändler und presste das Fass fester an sich.

«Ein Zauberbuch», entgegnete Gustelies.

«Gehört habe ich davon. Nur gehört, mehr nicht.» Der Mann ließ kurz sein Fass los, kreuzte beide Zeigefinger vor dem Gesicht, spuckte aus und sah dann demonstrativ in eine andere Richtung.

Gustelies seufzte. «Lass uns Angelika suchen. Du weißt doch, die Druckerin und Buchhändlerin aus dem fröhlichen Dorf Bornheim. Sie weiß alles, was es über Bücher zu wissen gibt. Wenn jemand etwas über dieses Zauberbuch gehört hat, dann Angelika.»

Sie nahm ihre Tochter bei der Hand und zog sie mit sich. Am Ende der Buchgasse, ganz nahe am Fluss, dort, wo die Standgebühren nicht mehr ganz so teuer waren, saß die Buchhändlerin Angelika auf einem Fass. Sie hatte die Werkstatt in Bornheim von ihrem Vater übernommen und stellte seither zu jeder Messe aus. Da sie es bisher hatte vermeiden können, heiraten zu müssen, trug sie ihr Haar haubenlos. Die kleinen Löckchen kringelten sich ihr im Nacken. Auf der Nase trug sie Augengläser.

«Grüß dich Gott, Angelika», sagte Gustelies. «Rück mal ein Stück.» Sie ließ sich schnaufend nieder. «Die Hitze setzt mir mehr zu, als ich sagen kann. Manchmal wird mir direkt ein wenig übel.»

«Kein Wunder», erklärte die Druckerin und wedelte sich mit einem Fächer Luft zu. «Seitdem in Italien die neuen Moden ausgebrochen und über die Alpen geschwappt sind, sieht es aus, als sei das Wetter gleich mitgekommen.»

«Recht hast du», bestätigte Gustelies. Sie klopfte auf das Fass, auf dem sie saßen. «Und? Wie gehen die Geschäfte?», fragte sie.

Angelika verzog das Gesicht. «Reich wirst du nicht als Druckerin und Buchhändlerin», erwiderte sie. «Ich beneide dich um deine Unabhängigkeit.»

«Du? Mich?», wunderte sich Gustelies. «Dass ich nicht lache! Ich bin so unabhängig wie eine Kuh im Stall. Der Pater scheucht mich den ganzen Tag in der Gegend umher. ‹Gustelies, bring mir Wein.› – ‹Gustelies, wo ist mein Priestergewand?› – ‹Gustelies, worüber soll ich predigen?› Das ist doch keine Unabhängigkeit!»

«Doch, doch», bestätigte Angelika. «Du kannst überall umhergehen, wo du gerade möchtest, während ich entweder in meiner Druckerei in Bornheim oder in Messezeiten hier auf meinem Fass angekettet bin.»

«Aber du bist selbständig, bist von niemandem abhängig, kannst alles selbst bestimmen, solange du dich an die Zunftgesetze hältst», warf Gustelies ein.

«Ja, das ist wahr», gab Angelika zu. «Nur, wer sagt denn, dass ich das auch möchte?»

Darauf wussten weder Gustelies noch Hella eine Antwort. «Sagt, habt Ihr jemals von einem Zauberbuch mit dem Titel ‹Dr. Faustus' dreifacher Höllenzwang› gehört?», fragte Hella.

«Du meinst ‹Dr. Faust's Magia naturalis et innaturalis?›»
Gustelies und Hella nickten gleichzeitig.

«Natürlich! Ich habe nicht nur davon gehört, ich habe das Buch sogar schon in meinen eigenen Händen gehalten, jawohl.»

«Dann weißt du vielleicht auch, woher man es bekommen kann?», fragte Gustelies hoffnungsfroh.

Angelika wiegte den Kopf hin und her. «Ich kann mich umhören», erwiderte sie unverbindlich. «Wozu brauchst du es? Bist du etwa unter die Alchemisten gegangen?»

Gustelies schüttelte den Kopf. Sie hätte gern geantwortet, aber plötzlich schien ihr der Kuchenwettstreit in Angelikas Augen kein ausreichender Grund zu sein. «Nur so», sagte sie. «Ich möchte es einmal ansehen, möchte gern wissen, worum es darin geht. Und wie viel es kostet.»

«Wissen, worum es darin geht? Das kann ich dir ebenso gut erklären. Es geht um die Anrufung von Geistern und Dämonen. Ihr wisst ja, es gibt die sieben Großfürsten der Hölle, welche so heißen wie die Ordnung ihrer Planeten. Barbiel, Mephistophiel, Gamael, Aciel, Anael, Ariel und Marbuel. Unter diese sieben Churfürsten gehören die sieben Fallsgrafen Ahisdophiel, Camniel, Padiel, Coradiel, Osphadiel, Adadiel und Casphiel.»

«Ja, gut, das sind alles Namen von Dämonen. Das klingt mehr nach Exorzismus als nach Zauberei.»

Angelika sah Gustelies verärgert von der Seite an. «Das weiß ich selbst. Willst du jetzt wissen, was darin steht oder nicht?»

Gustelies nickte eifrig, und Angelika fuhr fort: «Jeder der großen Höllenfürsten steht für etwas Besonderes. Aciel wacht über die Schätze der Erde und bringt Geld. Er ist also auch der, der das Gold in den Bergen hütet. Im Zauberbuch steht nun beschrieben, mit welchen Formeln, Zeichen und Signien man Aciel beschwören kann, auf dass er einem zu Willen ist. Dazu kommen Vorbereitungen, Hinweise und Warnungen, die beachtet werden müssen, um nicht Schaden an Leib und Seele zu nehmen. Es wird erklärt, wie ein magischer Kreis manufakturiert wird, wie man zauberwirksame Kerzen und Räucherungen herstellt und welche magischen Operationen nötig sind. Und das, wie gesagt, nicht nur für einen, sondern für alle Groß- und Unterfürsten der Hölle.»

Gustelies schwieg beeindruckt, und auch Hella blickte mit gerunzelter Stirn vor sich. «Bedeutet das», fragte sie schließlich, «dass der Besitzer des Buches die Macht über die Hölle hat?»

«PSSSSSSTTTTT!» Angelika beugte sich vor und legte Hella die Hand auf den Mund. «So etwas dürft Ihr nicht denken und schon gar nicht aussprechen. Das ist Blasphemie. Gott ist natürlich dem Teufel und sämtlichen Höllenfürsten überlegen.»

Hella nickte so überzeugt, wie sie nur konnte.

Gustelies zeigte sich weniger beeindruckt. Sie deutete auf Hella und sprach: «Habe ich es nicht gesagt? Kein Wort zu Pater Nau. Er ist imstande, mich hinauszuwerfen.» Sie drehte sich halb um und wandte sich an die Druckerin: «Du bist sicher, dass in dem Zauberbuch auch steht, wie Gold gemacht wird, nicht wahr? Blattgold wenigstens.»

Angelika nickte. «Natürlich! Blattgold ist wahrscheinlich eine der leichtesten Übungen darin.»

«Gut!» Gustelies rutschte vom Fass herunter. «Was kostet ein solches Buch?»

Angelika wiegte den Kopf. «Ein Buch, mit dem sich Gold

herstellen lässt? Nun, man könnte es in Gold aufwiegen und hätte noch immer ein Schnäppchen damit gemacht.»

«Also, wie viel?»

«So um die hundert Gulden, denke ich. Wenn du Glück hast und jemand ist in Not, vielleicht für etwas weniger.»

«Hundert Gulden! Bei der heiligen Hildegard, das ist zu viel. Hundert Gulden!» Gustelies schüttelte den Kopf. «Das bringt ein mittlerer Bauernhof im Jahr ein. Oder ein Handwerker, wenn er sich anstrengt. Hundert Gulden.»

«Stimmt», nickte Angelika. «Und wenn er die Summe ein einziges Mal investiert, kann es sein, dass er danach niemals wieder arbeiten muss.»

«Da hast du natürlich auch wieder recht.» Gustelies kratzte sich am Kinn. «Aber was heißt, ‹kann es sein›?»

«Das heißt», erklärte Angelika, «dass es Zauberbücher in Hülle und Fülle gibt, es bisher aber noch niemandem gelungen ist, Gold herzustellen oder den Stein der Weisen zu finden.»

«Du glaubst also, es ist ein Betrug?»

Die Buchdruckerin zuckte mit den Achseln. «Gar nichts glaube ich. Ich sage nur, wie es ist. Oder hast du schon mal gehört, dass irgendwer in der Stadt Gold machen konnte? Oder dass der, der das fertigbrachte, ein Buch darüber schrieb, anstatt seinen Reichtum zu mehren?»

Gustelies schüttelte den Kopf.

Jetzt mischte sich Hella in das Gespräch. «Wenn ich das Geheimnis des Goldmachens kennen würde, würde ich schweigen wie ein Grab. Die Leute würden mir ansonsten bei Tag und Nacht nachsetzen, um hinter das Geheimnis zu kommen. Ich wäre so gefährdet wie nie zuvor im Leben. Und im Übrigen habe ich auch Zweifel an ‹Dr. Faustus' dreifachem Höllenzwang›. Wer die hundert Gulden für das

Buch aufbringen kann, der hat genug Geld und muss nicht noch Gold machen. Die aber, die Gold dringend brauchen könnten, die haben keine hundert Gulden. Schon gar nicht für ein Buch.»

«Deine Tochter ist ein kluges Kind», stellte Angelika fest.

«Das hat sie von mir», erklärte Gustelies überzeugt. «Allerdings verkennt sie die Habgier der Menschen. Und das als Pastorennichte. Habgier ist eine der sieben Todsünden. Diejenigen, die schon viel haben, wollen immer mehr. So ist das nun mal.»

Gustelies kratzte sich am Kinn, während Hella lächelnd die Gasse auf und ab schaute. «Ich werde den Sarazenen Arvaelo nach der Goldmacherei fragen. Im Morgenland, habe ich gehört, haben selbst die Ärmsten der Armen goldene Krummsäbel, die mit Diamanten besetzt sind. Es scheint so, als wachse bei ihnen das Gold auf den Bäumen. Weißt du vielleicht mehr darüber?» Gustelies stieß Angelika an.

Angelika erwiderte: «Von dem Seefahrer Christoph Kolumbus hat man gehört, dass es in der Fremde, die er entdeckt hat, Gold in den Bergen gibt. Ja, wirklich. Dort soll das Gold in den Bergen stecken. Und natürlich auch in den Flüssen. Brocken, so groß wie eine Kinderfaust.»

Hella lächelte leise. «Heißt es nicht vom Rhein auch, dass Gold darinnen ist?»

«Ja. Man sagt, der Schatz der Nibelungen liege im Fluss verborgen. Aber dort suchen nur noch die Narren nach dem Gold. Und das, was sie finden, ist das Sieb nicht wert, mit dem sie den Flusssand auswaschen.»

Gustelies rutschte von dem Fass hinunter und strich sich das Kleid glatt. «Ich muss nach Hause und dem Pater das

Mittagessen kochen. Und du, Hella, tätest gut daran, für den Deinen dasselbe zu tun.»

Angelika nickte und hatte den Mund schon zum Gruß geöffnet, da durchdrang ein Schrei den allgemeinen Lärm.

«Einen Rumpf. Man hat einen Rumpf gefunden!», schrie jemand. «Der Kannibale hat wieder zugeschlagen!»

KAPITEL 5

«Verflucht! Damit hatte ich wirklich nicht gerechnet!» Heinz Blettner seufzte aus tiefstem Herzensgrund. Vor seinem Schreibtisch im Malefizamt stand ein Spitalpfleger und trat ängstlich von einem Bein auf das andere.

«Ja, nun. Es tut mir leid, aber wir haben alles getan, um den Jungen unter Kontrolle zu halten. Doch er hört ja nicht einmal auf seinen Namen.»

«Hmm», brummte Heinz und kratzte sich am Kinn. «Wie heißt er eigentlich?»

«Josef. Josef Dübler.»

«Gut. Und jetzt, Pfleger, setzt Euch und erzählt von Anfang an, was geschehen ist.»

Der Pfleger hob die Schultern. «Ja, nun. Der Pater brachte uns den Jungen. Wir sollten ihn behalten, bis der Exorzismus seine Wirkung tut. Die Mutter des Jungen war dabei. Sie sagte, wir sollten uns nicht weiter kümmern, sie würde das tun.»

«Und weiter?»

«Was weiter?»

Richter Blettner verdrehte die Augen. «Wie ging es weiter? Wie kam der Junge hinunter zum Fluss?»

Der Pfleger zog die Mundwinkel nach unten. «Ja, nun, er war nicht eingesperrt. Die Krankensäle sind allesamt offen. Jeder, der noch laufen kann, darf hinausgehen. Hinter dem Spital ist ein Gärtchen. Da ist die Mutter wohl mit dem Jungen hingegangen.»

«Weiter, weiter, weiter!» Der Richter trommelte mit den Fingerspitzen auf den Tisch.

«Auf einmal war da Geschrei. Wir dachten uns nichts dabei. Ja, nun, in einem Haus wie unserem brüllt immer wer. Dann kam die Mutter gerannt und schrie, es liegt eine Leiche unten im Garten. Ich ging mit. Als wir am Ufer ankamen, saß da der Junge, hielt einen kopflosen Rumpf auf dem Schoß und wiegte ihn wie ein Mädchen seine Puppe. Er weinte und schrie, als hätte man ihm das Liebste genommen. ‹Nicht echt, nicht echt›, hat er immer wieder gebrüllt.»

«Aha. Der Rumpf. Ist er männlich oder weiblich?»

«Ihr meint, ob vorne ein Gehänge und unten eine Punze war?»

Wieder verdrehte der Richter die Augen und machte dem Schreiber ein Zeichen, diesen letzten Satz nicht zu notieren.

«Hat er oder hat er nicht?»

«Ja, nun, wie soll ich das sagen, Herr? Vorn war nichts. Und eine Punze auch nicht. Aber ein Schwanz war ebenfalls nicht vorhanden. Und Eier waren auch keine da. Aber dort, wo sie hätten sein müssen, da war eine blutige Wunde.»

«Hmm», brummte der Richter. «Wäre es falsch, davon auszugehen, dass es sich um einen männlichen Rumpf handelt?», fragte er den Pfleger.

«Woher soll ich das wissen?», fragte der zurück. «Beim Teufel ist alles möglich. Ich habe gesagt, was ich gesehen habe. Mehr weiß ich nicht. Darf ich jetzt gehen?»

Der Richter nickte. Als der Pfleger schon auf der

Schwelle stand, hielt er ihn zurück. «Wie hat eigentlich der Junge, der Josef, reagiert?»

«Gar nicht, irgendwie. Als er aufgehört hatte zu brüllen, ist er bloß noch dagesessen und hat gestiert. Rund ums Maul war Blut.»

«Der Mund war voller Blut?»

«Genau. Deshalb sind wir doch auf den Gedanken gekommen, dass er der Kannibale sein muss.»

«Hat er ... hatte er ...» Richter Blettner wusste nicht, wie er das Schreckliche aussprechen sollte. «Hatte er etwa zugebissen?»

Der Pfleger wurde blass und schluckte. Wortlos zuckte er mit den Achseln.

«Wo ist der Junge jetzt?»

«In der Besenkammer, ja, nun. Wir haben ihn dort eingesperrt und die Tür mit einem Spaten verriegelt.»

«Darum werde ich mich später kümmern. Schickt einstweilen jemanden zur Liebfrauenkirche. Pater Nau soll sich mit dem Jungen befassen.»

Der Pfleger nickte und machte, dass er davonkam.

Als Nächstes gab der Richter Anweisungen, den Rumpf so unauffällig wie möglich zum Henker in die Vorstadt zu bringen. Er ließ nach Arvaelo rufen und schickte auch einen Stadtbüttel zu Eddi Metzel.

Heinz Blettner hatte sich noch nicht an den neuen Leichenbeschauer gewöhnt. Der alte, mit dem er einige Jahre zusammengearbeitet hatte, war im Frühjahr krank geworden und hatte sich zur Ruhe gesetzt. Eddi Metzel aber war ein gescheiterter Medicus. Ein Arzt, der kein Blut sehen konnte, missfiel Richter Blettner. Das war wie ein Metzger, der aus Mitleid mit seinen Tieren kein Fleisch aß. Irgendwie verkehrt, beinahe unanständig.

Er seufzte, ging zum Fenster, öffnete es und ließ die Hitze wie eine Wand gegen sich prallen. Von hier aus konnte er den Römerberg überblicken. Er betrachtete das Gewimmel. Das Stimmengewirr klang bis zu ihm empor. Durch das Fenster stieg auch der Messeduft: Gewürze, Pech, Fett, Wein, Pelze. Und der Geruch der Menschen. Ein jeder schwitzte in der sengenden Luft, die wie Blei über der Stadt lag. Hellgrau wölbte sich der Himmel. Heinz blickte in Richtung Taunus. Von dort zogen schwarze Wolken heran, die Ränder schweflig gelb.

«Wir müssen uns sputen», sagte er, schloss das Fenster und gab dem Schreiber ein Zeichen. Wenig später hasteten sie durch die Stadt, machten, um dem Messetrubel auszuweichen, einen Umweg über die Wedelgasse, die Kalte-Loch-Gasse und die Weißgerbergasse und gelangten schließlich durch die Mainzer Pforte in die Vorstadt.

Hier war von der Messe nur noch wenig zu spüren. Zwar war die Mainzer Straße von den vielen Warenkolonnen, Fuhrwerken und Kutschen mit breiten Rinnen übersät und von zahlreichen Pferdehufen aufgerissen, doch jetzt lag sie still. Über ihr flimmerte die Luft in der Hitze. Neben der Straße duckten sich die ärmlichen, krummen Katen vor dem Mainzer Bollwerk. Bei einer hing die Tür nur lose in den Angeln. Bei einer anderen waren die Fenster noch vom Winter her mit räudigen Fellen verhängt. Zwischen zwei staubigen Gassen befand sich ein Brunnen, auf dessen Rand zwei nackte Kinder saßen und mit Steinen nach einem mageren Huhn warfen.

Heinz und der Schreiber bogen einmal nach links und zweimal nach rechts ab und standen vor einem für Vorstadtverhältnisse überaus prächtigen dreistöckigen Steinhaus mit Giebel und mehreren Nebenbauten. Es war das

Haus des Henkers, welches von einer mannshohen Mauer umgeben war. Die Mauer war aus Bruchsteinen gefertigt und so neu, dass sie dem Richter, der schon oft hier gewesen war, noch immer fremd vorkam.

«Wie lange steht das Ding schon?», fragte er nach dem Gruß.

Der Henker verzog den Mund. «Ende Mai haben die Arbeiter begonnen, im Juli waren sie fertig.»

Arvaelo, der den Henker auch schon kennengelernt hatte, kam in diesem Moment um die Ecke. «Warum», erkundigte er sich, «braucht ein Henker eine so hohe Mauer? Wäre er ein Kaufmann, könnte ich es verstehen. Aber was soll man beim Henker schon stehlen können?»

«Leichen», brummte der Henker, der nicht gerade als geschwätzig bekannt war.

«Wie?», fragte Arvaelo.

Heinz lachte. «Der Henker will sagen, dass die meisten Leute hier sehr abergläubisch sind. Sie stehlen die Leichen. Deshalb die Mauer.»

«Sie stehlen die Leichen? Um Gottes willen, warum das denn? Was machen sie mit den Toten? Wollen sie sich in der Kunst des Totenlesens üben?»

«Nein», erwiderte Heinz und sah den Schreiber belustigt an. «Sie stehlen die Leichen, um aus ihnen Salbe zu machen. Sie stecken sie in Kessel und kochen sie. Dabei schöpfen sie das Fett ab.»

Arvaelo erschauerte. Heinz kam es sogar so vor, als sei der Sarazene ein wenig blass geworden.

«Aus dem Fett gewinnen sie die Salbe. Dann setzen sie ihr Bilsenkrautsamen zu und bestreichen ihre Haut damit.»

«Warum, in aller Welt, tun sie das?» Arvaelo konnte nicht aufhören, sich darüber zu verwundern.

«Sie wollen den Alltag vergessen, der schwer genug ist. Mit der Salbe und dem Bilsenkraut können sie anfangen zu träumen. Sie träumen zum Beispiel davon, fliegen zu können. Gibt man der Menschenfettsalbe einen Extrakt aus Tollkirsche dazu, so träumen sie von der Liebe. Manche Frauen sogar von Orgien mit dem Teufel. In der Walpurgisnacht kam solcherlei schon vor. Die Weiber glaubten, sie wären auf dem Brocken und frönten dort der Fleischeslust.» Er räusperte sich.

Der Sarazene schluckte und schwieg. Er sah den Richter zweifelnd an, doch der Henker nickte. «Der Richter lügt nicht», sagte er.

Als auch Eddi Metzel endlich beim Henkershaus eingetroffen war, begann die Schau der Leichenteile. Der Rumpf lag in einem Keller, der nur spärlich von Pechfackeln erleuchtet war.

«Hier ist es finster wie einem Rattenloch», erklärte Eddi Metzel. «Wie sollen wir hier etwas erkennen? Außerdem stinkt es bestialisch.»

«Was erwartest du von einem Tage alten Kadaver?», wollte der Henker wissen und zündete noch ein paar Fackeln an. Richter Blettner hatte sich ein dünnes Tuch um Mund und Nase gebunden und fuchtelte mit beiden Händen vor dem Gesicht herum, um die Fliegen zu verscheuchen.

Arvaelo trat ganz dicht an die Leichenteile heran, drückte da mit der Hand, roch dort, führte seinen Finger dicht an die Augen. Während Heinz Blettner mit angeekeltem Gesicht den Madenbefall musterte, tat Arvaelo, als hätte er ein schönes Mädchen vor sich liegen. Seine Augen leuchteten wie die eines Verliebten.

Der Schreiber blieb nahe beim Eingang und atmete so

flach, wie es ihm nur möglich war. «Ich weiß überhaupt nicht, was das hier alles soll. Früher brachte man den Mörder zur Leiche. Wenn die zu bluten begann, dann war er der Schuldige. Blutete sie nicht, hatte man den Falschen.»

«Ruhe!», fuhr der Richter ihn an. «Schreiber, wenn du nicht bald aufhörst, deine ewig gestrigen Ansichten vorzutragen, suche ich mir einen anderen.»

Der Mann verstummte beleidigt.

Arvaelo drückte noch immer an dem Rumpf herum. «Der Tod ist vor mehr als fünf Tagen eingetreten», erklärte er. «Die Totenstarre löst sich bereits wieder.»

Der Henker stand breitbeinig da, die Hände vor seinem Gemächt verschränkt, und betrachtete den Rumpf so gelangweilt, als handle es sich dabei um eine Obstfliege.

Eddi Metzel war neben Arvaelo getreten, hatte aber die Hände auf den Rücken gelegt und sah zu, dass er den Rumpf nicht berührte.

«So, wie die Haut aussieht, denke ich, dass der Tod vor mehr als einer und weniger als zwei Wochen eingetreten ist», teilte Arvaelo mit. «Die Bauchdecke ist gänzlich grün verfärbt, und es gibt bereits ein paar Fäulnisblasen. Der Leib scheint mir überdies aufgetrieben. Hätten wir den Kopf, so müsste sich rötliche Fäulnisflüssigkeit aus Mund und Nase drücken lassen.»

Der Schreiber würgte und rannte die Kellertreppe nach oben. Der Richter war noch ein wenig blasser geworden und drückte sein Halstuch fest gegen Mund und Nase. «Ein Königreich für eine Kanne Wein», murmelte er. Der Henker nickte und fuhr sich mit der Zunge über die Lippen. Arvaelo fragte den Leichenbeschauer: «Und Ihr, was meint Ihr?»

Metzel schluckte, strich sich über das Haar und sagte: «Ich hätte es nicht besser sagen können, Morgenländer.»

Arvaelo lächelte. «Eins haben wir noch vergessen. Was ist mit Tierfraß?» Er sah Eddi an. Der hob die Schultern. «Tierfraß, na ja. Der Rumpf zeigt außer der Wunde an den Genitalien keine anderen Bisse.»

Arvaelos Lächeln wurde breiter. «Das meinte ich nicht. Ich meinte den Tierfraß von Maden, Ameisen und Käfern.»

Eddi Metzel beugte sich noch tiefer über die Leiche, kniff die Augen zusammen, riss sie dann wieder auf und sah zu Arvaelo. «Ich sehe nichts.»

«Dann braucht Ihr wohl Augengläser, mein Freund. Seht Ihr nicht die Maden in den vielen Wunden? Dort, wo früher die Arme und Beine waren?»

«Jetzt, wo Ihr es sagt.»

«Nun müssen wir nur noch herausfinden, ob es sich um eine männliche oder weibliche Leiche handelt und ob Arm und Bein zum Körper passen.»

«Wieso das denn? Waren wir uns nicht einig darüber, dass es ein Mann ist? Immerhin fehlen die Brüste», sagte der Richter.

«Es gibt auch Frauen, die nur sehr wenig Holz vor der Hütte – so sagt Ihr doch – haben», stellte Arvaelo fest. «Natürlich vermute ich auch, dass es sich um einen Mann handelt, aber die Wissenschaft lebt nun einmal von Beweisen. Also, Eddi, fangt an.»

Der Leichenbeschauer trat näher, die Hände noch immer fest auf dem Rücken verschränkt. «Ein weibliches Skelett ist in der Regel graziler. Frauen sind kleiner, schlanker und leichter als Männer. Das sieht man auch an den Knochen. Sie haben einen schmalen Oberkörper und ein breiteres Becken als Männer. Ihre Knochen sind feiner, zarter irgendwie. Die Muskelansatzpunkte sind geringer ausgeprägt als bei Männern. Sollte man den menschlichen Körper mit Tieren vergleichen dürfen, so würde ich sagen, der Mann entspricht einem Hund, die Frau einer Katze.»

Arvaelo lachte. «Du hast gesprochen wie ein Doktor.»

«Na ja, schließlich war ich das auch einmal.»

Der Henker sah aus, als hätte er längst genug von dem gelehrten Geschwätz. Er nahm den abgetrennten Arm, der mittlerweile schon ganz schmierig war, und reichte ihn wortlos dem Leichenbeschauer. Der wich zurück und schüttelte sich ein wenig.

«Was soll das denn?», herrschte der Henker ihn an. «Ein Leichenbeschauer, der sich davor ekelt, eine Leiche anzufassen? Das ist ja noch schlimmer als ein Arzt, der kein Blut sehen kann.»

Eddi Metzel schluckte, dann griff er zaghaft und mit verzogenem Mund nach dem Arm.

«Passt», erklärte er nach der Probe. «Arm und Bein gehören definitiv zum Rumpf.»

Richter Blettner fasste zusammen: «Wir suchen also den Mörder einer unbekannten männlichen Leiche, den Kopf derselben, dazu einen zweiten Arm und ein zweites Bein. Das ...» Er brach ab und wischte sich mit seinem Taschentuch über die Stirn. «Das Gemächt werden wir wohl nicht mehr finden.» Er schluckte, und die anderen Männer taten es ihm gleich.

Wenig später kroch Arvaelo auf Knien durch den Garten des Spitals zum Heiligen Geist. Richter Blettner saß auf einer steinernen Bank unter dem Kirschbaum und hatte neben sich ein Tablett mit einer Kanne Wein und Bechern stehen. Er stöhnte und wischte sich ab und zu Gesicht und Nacken. «Ich verstehe nicht, dass du nicht schwitzt», sagte er. «Du trinkst auch nichts. Am Abend musst du gedörrt sein wie luftgetrockneter Schinken.»

Arvaelo lachte. «Ich sagte doch schon. Dünne, weiße Kleidung hält die Hitze ab.»

«Ich könnte nackt hier sitzen und würde trotzdem im eigenen Saft schwimmen.» Heinz Blettner sah flehentlich zum Himmel hinauf, aber die schwarzen Wolken waren verschwunden. Das reinigende Gewitter hatte sich anderswo entladen.

Arvaelo hörte nicht. Er kroch noch immer auf dem Boden herum, drehte jeden einzelnen Grashalm. «Komm mal her und sieh dir das an», sagte er schließlich. Stöhnend erhob sich Heinz. «Wenn es nur bald regnen wollte! Was ist? Was hast du gefunden?»

«Die Gelehrten meiner Heimat haben herausgefunden, dass die Farbe des Grases und der Blätter mit dem Licht zusammenhängt. Wird ein Rasenstück von Gegenständen wie zum Beispiel einer Leiche bedeckt, dann verflüchtigt sich das Grün.»

«Aha.»

Arvaelo deutete auf einen Fleck, groß wie ein Waschzuber, dessen Gras deutlich heller war als das ringsum. «Hier könnte der Leichnam gelegen haben. Nur wenige Tage. Bei der Dürre reichen sogar Stunden. Wir müssen jetzt nach Blutspuren suchen.»

Arvaelo drehte und wendete jeden Halm noch einmal, während Heinz Blettner, den Blick fest auf den Boden gerichtet, hinunter zum Mainufer ging.

«Hier», rief er. «Arvaelo, hier!»

Der Morgenländer eilte herbei. Genau betrachtete er die vier Blutflecken auf dem Boden. Dann zog er ein Blatt Papier und Zeichenkohle aus der Tasche.

«Was tust du da?», fragte Heinz Blettner. «Willst du etwa die Spritzer zeichnen?»

Arvaelo nickte. «Natürlich. Sie verraten mir eine Menge über das, was hier geschehen ist.»

«Aha. Erzähl mal.»

Richter Blettner hatte jetzt seine Wachstafel gezückt.

«An der Form der Blutspritzer erkennt man die Höhe, aus der sie gefallen sind», erklärte Arvaelo mit großer Überzeugung.

«Wie soll das gehen?», fragte Heinz.

«Warte, ich zeige es dir. Lass uns von hier verschwinden. Auf dem Markt kaufen wir dann ein paar lebende Täubchen. Du isst doch gern Täubchen, oder?»

Heinz Blettner strich sich über den Bauch. «Täubchen? Vielleicht noch in Mandelmilch gekocht? Ein Gericht wie aus dem Paradies. Etwas Besseres gibt es nicht.»

Auf einmal schien ihm die Hitze nichts mehr auszumachen. Er gab einen Spitaljungen ein Zeichen, das Weintablett wegzuräumen, dann machte er sich mit Arvaelo auf den Weg zum Markt.

«Hier habt Ihr die Täubchen. Schön fett sind sie. Eure Hausfrau braucht sie noch nicht einmal rupfen, das habe ich schon gemacht.» Die Händlerin nahm zwei nackte Tauben, die an den Füßen zusammengebunden waren, vom Haken und hielt sie Arvaelo hin. Der schüttelte den Kopf. «Die will ich nicht. Die sind nicht mehr frisch!»

«Aber erlaubt mal! Natürlich sind sie frisch. Bei mir gibt es nur die allerfrischeste Ware! Erst heute Morgen habe ich sie gerupft. Jawohl! Den neuen Tag haben sie noch mit ‹Ruggediguh!› begrüßt.»

«Redet nicht, Händlerin, die Tauben sind nicht frisch.»

Jetzt stemmte die Frau beide Hände in die Hüften, holte ganz tief Luft und ließ eine Tirade los wie ein Sommergewitter.

Arvaelo hörte eine Weile zu, dann wandte er sich an Heinz Blettner. «Schau dir die Augäpfel der Tiere an. Die Krämerin hat vergessen, sie auszustechen. Nun sind sie weit in die Höhlen gesunken. Das passiert allerdings erst ein paar Tage nach dem Tod.»

Der Krämerin blieb der Mund offen stehen. Sie nahm die Hände von den Hüften und räusperte sich. Schließlich sagte sie: «Woher wisst Ihr das? Seid Ihr ein Zauberer?»

Arvaelo lachte. «Nein, ein Zauberer bin ich nicht. Aber mein Freund hier ist Richter und immer auf der Suche nach Betrügern.»

Die Krämerin schluckte, wischte sich mit dem Unterarm über das Gesicht. «Nun, vielleicht habe ich mich vertan. Das kann ja vorkommen. Fehler macht schließlich jeder einmal. Und noch dazu bei dieser Hitze.»

Der Richter nickte. «Ich werde Euch den Marktaufseher vorbeischicken, Händlerin. Diskutiert das mit ihm aus. Jetzt gebt uns drei lebende Täubchen. Und wagt es nicht, um den Preis zu feilschen.»

Die Händlerin suchte drei gesunde Tiere aus, band sie an den Beinen aneinander und übergab sie Arvaelo. Als Blettner ihr ein Geldstück hinreichte, winkte sie müde ab, doch das ließ der Richter nicht zu. «Ihr müsst mir nichts umsonst geben, gute Frau. Ich bin nicht bestechlich. Nehmt das Geld oder gebt es den Armen. Den Marktaufseher schicke ich Euch trotzdem.»

Er legte das Geld auf die mit Blut beschmierte Auslage, dann ging er hinter Arvaelo über den Römerberg zur Fahrgasse.

Unterwegs überlegte er, wie Hella die Täubchen aufnehmen würde. Sie schätzte es nicht, wenn man ihr in den Speiseplan hineinfuhrwerkte. Das durfte nur Gustelies ungestraft. Am besten wäre es, dachte der Richter, wenn sie gar nicht mitbekäme, dass wir da sind. Wir werden zur Sicherheit gleich durch die Küche in den Garten gehen und Minna Stillschweigen heißen.

«Wer ist nur auf den hirnrissigen Einfall gekommen, den armen Jungen in einer Besenkammer einzusperren?» Pater Nau hätte sich gern die Haare gerauft, doch rings um die Tonsur war alles raspelkurz geschoren.

«Ja, nun. Ihr habt gut reden. Wir haben es hier nicht alle Tage mit einem Kannibalen zu tun. Wo sollen wir denn hin mit so einem?» Der Pfleger schaute Pater Nau ratlos an.

Der Pater hätte gern etwas erwidert, doch soeben brüllte der Junge wieder wie angestochen. Sein Geheul war so schrill, dass sich der Pater und der Pfleger die Ohren zuhielten. «Wo ist denn die Mutter?», fragte Pater Nau. «Kann sie den Jungen nicht beruhigen?»

Der Pfleger schüttelte den Kopf. «Sie war so außer sich, dass wir sie ruhigstellen mussten.»

«Was heißt das genau?»

«Der Apotheker hat ihr einen starken Trank von Hopfen, Baldrian und Johanniskraut gegeben. Sie schläft.»

«Aha.» Der Pater kratzte sich am Kinn und sah auf die verrammelte Tür, hinter der der Junge sich die Lunge aus dem Hals brüllte.

«Ruhig, ganz ruhig. Psch, psch, psch», schrie er dagegen an, aber erfolglos. «So etwas ist Sache der Weiber», entschied er schließlich. «Ich kann erst etwas tun, wenn der Junge ruhig geworden ist.» Er drehte sich zu dem Pfleger um. «Geh ins Pfarrhaus und hole meine Haushälterin her. Sie kennt sich mit schwierigen Fällen aus. Erzähl ihr, dass der Junge brüllt wie am Spieß. Und dass er verrückt ist. Ich wette, sie weiß einen Rat.»

Im selben Augenblick warf sich der Junge von drinnen gegen die Tür, dass das Holz splitterte. Gleichzeitig drang aus dem Hauptgang des Spitals Lärm. Pater Nau drehte verwirrt den Kopf hin und her.

«Was ist jetzt?»

«Ja, nun. Ich wollt's Euch schon die ganze Zeit sagen. Da draußen haben sich welche versammelt, die den Jungen wollen.»

«Wie wollen? Was wollen sie mit ihm?»

«Erschlagen. Immerhin ist er der Kannibale.»

«Wollt Ihr damit sagen, dass die Meute hinter dem Jungen her ist?»

«Ja, nun.»

Wieder drehte sich Pater Nau um die eigene Achse. «Wohin führt dieser Gang?»

«Direkt in die Hauskapelle, Pater.»

«Schnell, helft mir. Ich mache jetzt den Verschlag auf. Wenn der Junge sich wie wild gebärdet, müsst Ihr mir mit ihm helfen. Ansonsten haltet die Meute zurück.»

Pater Nau trat gegen den Spaten, riss die Tür auf. Der Junge verkroch sich in einer Ecke, hatte die Hände vor das Gesicht geschlagen und wimmerte nur noch.

«Komm her, Josef. Mach schon. Wir beide gehen in die Kapelle und beten zur Muttergottes.»

Beim Wort «Muttergottes» sah der Junge auf.

«Ja, zur Jungfrau Maria gehen wir», wiederholte Nau.

«Maria, Maria», stammelte der Junge und lachte plötzlich. Pater Nau griff nach seiner Hand und hastete mit ihm den Gang entlang. Sie hatten gerade die Tür zur Kapelle erreicht, als die Menschenmenge in den Gang strömte.

Hella stand am Fenster und hielt nach dem Scherenschleifer Ausschau, als sie Heinz und Arvaelo um die Ecke biegen sah. Auf der Stelle schrak sie zurück und warf das Fenster zu.

Dann stand sie mit klopfendem Herzen im Wohnzimmer. Arvaelo! Arvaelo Garm aus der Stadt Samarra an Euphrat und Tigris. Vom ersten Augenblick an war sie von ihm hingerissen gewesen. Er war alles das, was Heinz nicht war. Er hatte alles an sich, was sie sich wünschte. Er war schön. Er war geheimnisvoll. Er war ... war ... ja ... er war ... irgendwie anders war er. Er war der Mann, von dem sie immer geträumt hatte, ohne ihn zu kennen! Hella presste eine Hand auf ihr wild schlagendes Herz. Gleich musste die Tür gehen. Gleich würde Heinz nach ihr rufen. Sie konnte es jetzt schon hören. «Hella, mein Lieb, komm herunter. Ich habe Besuch mitgebracht!»

Sie legte den Kopf ein wenig schief, doch nichts geschah. Keine Tür quietschte, keine Diele knarrte, kein Ruf erscholl.

Leise öffnete sie die Tür und lauschte ins Innere des Hauses. Nur die Stimme der Magd war zu hören. Sie schien auf dem Hof zu stehen. Aber mit wem sprach sie?

Hella eilte über den Korridor in die Stube, die einmal die Kinderkammer werden sollte, und spähte von dort aus dem Fenster in den Hof hinab. Was sie sah, ließ sie zusammenzucken. Unter ihr standen Arvaelo, Heinz und Minna, die zwei Tauben an den Füßen gepackt hatte und mit den Köpfen nach unten hängen ließ. In einer Hand hielt Arvaelo ein Messer, welches Hella unter dem Namen Krummschwert bekannt war.

«Also, aufgepasst», hörte sie ihn sagen. «Ich werde jetzt der Taube den Kopf abhacken. Du, Heinz, schaust nur auf die Blutstropfen.»

Hella zog die Stirn in Falten. Was soll denn das?, dachte sie. Hat die Magd plötzlich Angst davor, eine Taube zu schlachten? Sie beugte sich weit aus dem Fenster, war nur knapp eine Mannslänge von denen im Hof entfernt.

«Also auf!», bestimmte Heinz, die Magd kniff die Augen zusammen. Arvaelo nahm der Magd die Taube aus der Hand, legte sie auf einen Holzblock, schwang mit der rechten das Krummschwert, stieß einen Laut aus – und schon schoss ein Blutstrahl aus dem Hals der Taube, während der Kopf auf den Boden fiel, ein kleines Stück über den Boden rollte, bis er endlich im Gras zur Ruhe kam.

«Jetzt pass auf, Heinz», rief er, als der Blutschwall versiegt war und es nur noch tropfte. «Sieh das Blut, das jetzt zu Boden fällt. Ich halte die Taube nur knapp über den Boden. Siehst du? Siehst du?»

«Aber ja. Der Blutstropfen ist rund mit glatten Rändern.»

«Genau. Jetzt halte ich die Taube höher. Etwa eine Handbreit über den Boden. Was siehst du jetzt?»

«Der Blutstropfen ist nicht mehr ganz so rund. Die Ränder sind uneben», erklärte Heinz.

«Gut. Und jetzt halte ich die Taube etwa kniehoch.»

«Der Blutstropfen ist kein Tropfen mehr, sondern eher ein Stern.»

Arvaelo richtete sich auf, übergab der Magd die Taube und wischte sich mit dem Unterarm über die Stirn.

«Und was bedeutet das alles?», fragte Arvaelo.

«Dass man an der Form der Blutstropfen die Fallhöhe erkennen kann», antwortete Heinz wie ein gelehriger Schüler.

«Genau.» Arvaelo kramte in seinem Beutel und holte die Zeichnung aus dem Garten des Spitals heraus. Auch der Richter hatte seine Wachstafel gezückt.

Beide starrten eine Weile auf ihre Aufzeichnungen.

Hella sah ihnen von oben dabei zu. Sie hatte sich die Hand auf dem Mund gepresst und ein Stöhnen unterdrückt, als Arvaelo die Taube geköpft hatte. Im ersten Augenblick übermannte sie Mitleid mit dem Tier, obwohl sie dergleichen ja täglich auf dem Markt sah. Aber heute fand sie am Tod der Taube etwas, das sie anzog. Der Geruch von Blut schien ihr bis in den ersten Stock und in die Nase zu steigen und machte sie unruhig. Männer müssen töten, dachte sie. Es war ein ungewöhnlicher Gedanke für Hella. Normalerweise verabscheute sie jede Art von Gewalt und schritt schon ein, wenn ein Kind nach einem Straßenköter trat. Aber bei Arvaelo schien alles ganz anders. Er konnte machen, was immer er wollte, sie fand es gut und richtig. Hella schüttelte den Kopf über sich selbst und trat vom Fenster fort. Sosehr sie sich nach Arvaelo sehnte, sosehr ängstigte sie der Fremde auch. Es war, als verkehre er alles, was sie dachte und glaubte, in das Gegenteil. Aus Gut machte er Böse, aus Böse Gut.

Es erschreckte sie, und für einen kurzen Augenblick hatte sie Sehnsucht nach ihrem Mann. Sehnsucht nach Geborgenheit, Ruhe und Gleichmaß.

Am Abend aßen sie die gebratenen Täubchen. Arvaelo hatte nicht zum Abendessen bleiben wollen, so herzlich Heinz ihn auch dazu eingeladen hatte. Hella war es recht so. Ohnehin hätte sie in seiner Gegenwart keinen einzigen Bissen heruntergebracht.

Heinz hatte am Nachmittag mit dem zweiten Vogel den

Versuch wiederholt. Danach war die Magd noch einmal zum Markt geeilt, denn für eine vollständige Mahlzeit waren pro Person zwei bis drei Tauben vonnöten. So jedenfalls hatte Hella entschieden, als Heinz sie schließlich in der Wohnstube aufsuchte und von den Täubchen sprach. Natürlich hatte Hella den Versuch im Hof mit keinem Wort erwähnt. Sie hätte dabei Arvaelos Namen nennen müssen. Und dies konnte sie unmöglich vor ihrem Mann tun.

Es war, als würden Heinz und Arvaelo einander aufheben. Der eine der Umkehrschluss des anderen. Und alles, was sie an ihrem Mann ärgerte, bewunderte sie an Arvaelo. Also hatte sie nur genickt, als Heinz ihr mitteilte, dass es am Abend gebratene Täubchen in Mandelmilch geben sollte.

Die Magd hatte später die Tauben ordentlich gerupft, und zwar trocken. So hatte es Hella von Gustelies gelernt: Hühner, Enten und Gänse wurden zuerst mit heißem Wasser übergossen und dann gerupft, Tauben rupfte man stets trocken. Nach dem Rupfen wurden vereinzelte Federreste abgesengt. Hella hatte sich in der Küche eingefunden, aber nicht, um der Magd beim Kochen zuzusehen, sondern um nicht mit Heinz allein sein zu müssen. Sie saß am Küchentisch und gab Minna Anweisungen. «Reib die Täubchen mit Salz und Pfeffer ein.»

«Ja, Herrin, ich weiß.»

«Von innen und von außen.»

«Jawohl, Herrin.»

«Dann weiche etwas weißes Brot in Wasser ein, drücke es aus und zerkrümele es.»

«Herrin, ich habe schon oft Täubchen gebraten.»

«Zerhacke die Innereien sehr sorgfältig.»

«Gewiss doch.»

«Dann gib Butter in die Pfanne und mische das Krümelbrot, die Innereien und noch eine zerhackte Zwiebel miteinander. Würze ruhig kräftig.»

«Herrin, mein Vater war Gastwirt. Ich weiß, wie man Tauben brät.»

Hella beeindruckte das nicht. «Fülle die Tauben damit, nähe ihnen den Bauch zu und übergieße die Tierchen ab und an mit zerlassenem Butterschmalz, während sie braten.»

Die Magd seufzte vernehmlich. Nachdem sie die Tauben in den Kessel getan hatte, wischte sie mit einem feuchten Lappen die Bretter des Regals in der Vorratskammer aus und sang dabei ein Küchenlied, das von der Liebe einer Magd zu einem Knecht handelte.

Hella, die sehr wohl bemerkte, dass sie hier nicht gebraucht wurde, ging nach oben. Sie trödelte ein wenig vor Heinz' Arbeitszimmer herum, räumte dann im Wohnzimmer ihren Stickrahmen von einer Ecke in die andere und ließ sich schließlich in einen Lehnstuhl sinken. Ob die Männer weitergekommen waren mit ihren Ermittlungen? Erst der Arm, dann das Bein, jetzt ein Rumpf, wer machte so etwas? Die Leiche war sogar noch weiter verstümmelt worden. Beim Lauschen hatte sie ganz deutlich Arvaelo fragen gehört: «Wer hat dem armen Kerl nur seine Männlichkeit abgeschnitten?»

Das Gemächt, das, worauf die Männer so stolz waren, das fehlte nun also auch. Wer mochte zu solch einer Untat fähig sein? Hella grübelte. Und schon hatte sie eine Antwort: Eine Frau! Natürlich! Wer sonst? Eine Frau, die von ihrem Mann mit ebendiesem Ding betrogen worden war!

Hella sprang auf. Schon stand sie vor der Tür des Arbeitszimmers, klopfte und riss im gleichen Moment an der Klinke. Überrascht fuhr Heinz hoch.

«Eine Frau», rief Hella, «ihr sucht eine Frau! Ich weiß es!» Der Richter ließ den Federkiel sinken, streute Löschsand über das Geschriebene und sah auf. «Wer sucht eine Frau?»

«Ihr! Du!»

«O nein», lachte Heinz Blettner. «Du reichst mir voll und ganz, mein Herz.»

Hella machte eine ärgerliche Handbewegung. «Hör auf, das meine ich nicht. Ich meine, der Mörder ist eine Frau.»

«Aha. Und was macht dich so sicher?»

«Der Hass und die Wut. Nur eine Frau kann so wütend sein, dass sie ihrem Mann das nimmt, womit er sie betrogen hat.»

«Wie meinst du das?»

Hella stöhnte auf. «Begreifst du denn nicht? Der Mann war verheiratet. Er hat seine Frau mit einer dahergelaufenen Dirne betrogen. Und sie hat ihn deshalb entmannt!»

Einen Augenblick lang sah Richter Blettner seine Frau fassungslos an. Aber dann brach er in ein solches Gelächter aus, dass ihm der Federkiel aus der Hand rutschte und einen daumennagelgroßen Tintenfleck auf das beschriebene Blatt kleckste. Heinz lachte und lachte, fingerte prustend nach seinem Taschentuch, hielt sich den Bauch und wischte sich die Augen.

«Kannst du mir vielleicht mal sagen, was dich daran so belustigt?» Die Entrüstung stand Hella ins Gesicht geschrieben. Sie hatte die Arme vor der Brust verschränkt und schlug rhythmisch mit der Fußspitze auf den Boden.

Der Richter japste nach Luft, dann sagte er: «Die Welt ist nicht so einfach, wie du denkst, mein Herz. Nicht jede Frau würde sich so an ihrem Ehemann rächen.»

Er brach erneut in Gelächter aus. «Sag mal, muss ich

jetzt Angst haben, dass du ein Messer unter dem Kopfkissen liegen hast?»

Hella stampfte mit dem Fuß auf dem Boden auf. «Ich finde es unerhört, dass du mich auslachst», sagte sie.

Jetzt wurde Blettner ruhig. «Der Mann ist nicht dazu gemacht, sein Leben lang nur einer Frau treu zu sein. Schon in der Bibel gibt es Männer, die zugleich mit zwei Frauen verheiratet sind. Dabei fällt mir ein, ich wollte Arvaelo danach fragen. Ach ja, und unser Landgraf Philipp der Großmütige, wird gemunkelt, hat ebenfalls zwei Frauen, Christine und Margarethe. Wenn jedes Weib ihren Gatten bei jedem Techtelmechtel gleich so zurichten würde, wäre Frankfurt eine Stadt der Eunuchen. Nein, mein Liebchen, vergiss es. Aber danke schön, dass du dir Gedanken gemacht hast.»

Richter Blettner sah seine Frau an, aber er bemerkte nicht, dass in ihren Blicken Säbel blankgezogen wurden. Dafür fiel ihm ein, dass er noch etwas zu erledigen hatte.

KAPITEL 6

Krachend fiel die Haustür ins Schloss. Hella stand immer noch fassungslos an der Treppe, auf der ihr Mann an ihr vorbeigestürmt war. «Das darf nicht wahr sein», flüsterte sie. «Das kann Heinz nicht ernst meinen! Der Mann ist nicht dazu gemacht, sein Leben lang nur einer Frau treu zu sein. Das kann er nicht glauben.» Sie breitete die Arme aus und ließ sie sofort wieder sinken. «Oder doch?»

Langsam und nachdenklich stieg sie Stufe um Stufe hinab. Heinz, ihr lieber, unkomplizierter, ihr wundervoller Heinz. Der, den sie in- und auswendig kannte! Wie kam er nur auf solchen Unsinn? Oder hatte er recht? Sie dachte an ihre Nachbarin. Wie oft hatte die mit dem Ihren Streit. Und nicht selten ging es dabei um andere Frauen. Oder Jutta Hinterer. Deren zweiter Mann hatte sie mehr als einmal betrogen. Hatte sie ihn entmannt? Nein. Wenn allerdings Worte töten oder entmannen könnten, dann wäre der Schuft nicht erst vor vier Jahren gestorben.

Ihre Mutter sagte immer, dass es für Männer mehr Gründe gäbe, nicht treu zu sein, als das Gegenteil. Und einige davon hatte sie sogar genannt. Jutta Hinterer war auch eine Expertin auf diesem Gebiet. «Männer», hatte sie gesagt, «können und wollen nicht treu sein. Aus dem einfachen Grunde, weil Untreue ihr Ansehen hebt. Sie können um ihrer selbst willen nichts anbrennen lassen. Und in gewisser Hinsicht, Hella, ist auch deine Mutter ein Mann. Nie würde sie auf eine Gelegenheit verzichten, einen Kuchen zu backen und damit anzugeben. Siehst du, Hella, und Männer sind da eben genauso. Untreue hebt ihr Ansehen nicht nur bei anderen Männern, sondern auch bei den Frauen. Und weißt du auch, warum?»

Hella hatte den Kopf geschüttelt. Juttas Worte hatten ihr tatsächlich die Sprache verschlagen.

«Weil es die Frauen neugierig macht. Weil sie haben wollen, was die andere hat. Und weil sie nicht einmal der besten Freundin das Schwarze unter dem Fingernagel gönnen. Deine Mutter und ich sind natürlich davon ausgenommen.»

Komisch, dass Hella ausgerechnet jetzt daran dachte. Gustelies hatte noch einen weiteren Grund beigesteuert. «Die meisten Ehebrecher führen eine gute Ehe», hatte sie behauptet. «Doch, so ist es!» Sie hatte mit Nachdruck darauf bestanden, als sie Juttas hochgezogene Augenbrauen sah. «Die guten Ehemänner glauben, ihre Frauen sicher zu haben. Die Ehe läuft gut, sie müssen weder Gedanken noch Taten daran verschwenden. Also haben sie Zeit und Muße, sich auf neue Abenteuer einzulassen.»

Jutta Hinterer hatte erfahrungsgemäß widersprochen. «Keifende Weiber, Frauen mit trockenem Schoß, Eifersüchtige, Rechthaberische und Kranke treiben ihre Männer in die Arme anderer Frauen. So ist das. Und dann sind da natürlich noch die Frauen, die stärker sind als ihre Männer.» Sie winkte ab. «Diese Frauen haben tatsächlich das bitterste Los. Zum einen sind sie mit einem Waschlappen verheiratet, der sich seiner Stärke andauernd bei anderen Weibern vergewissern muss, und obendrein kühlt ihnen noch das Bett aus.» Sie hob die Hand und hielt Hella ihren Zeigefinger unter die Nase. «Ich sage dir, ein schwacher Mann ist das schlimmste Übel von allen.»

Hella setzte sich auf die unterste Treppenstufe. Ob Heinz sie schon betrogen hatte? Nur einmal? Oder gar mehrfach? Sie grübelte. War sie zänkisch?

Hatte sie einen trockenen Schoß?

War sie eifersüchtig, rechthaberisch?

War sie eine starke Frau und Heinz ein schwacher Mann, der eine andere brauchte, um sich als ganzer Kerl zu fühlen?

Sie schluckte schwer bei diesem Gedanken. Auf einmal fiel ihr wieder ein, wie sie Heinz mit der anderen Frau auf dem Markt beobachtet hatte. Ganz heiß wurde ihr auf einmal. Wie vom Teufel gehetzt eilte Hella mit gerafftem Rock die Treppe hoch, überhörte sogar das Donnern eines Gewitters, dessen dunkle Wolkenboten so dicht über der Stadt hingen, dass man glauben konnte, es wäre bereits später Abend. Sie stolperte, prallte gegen die Wand und stieß sich an der Schulter, doch schon hastete sie weiter. Die Tür zu Heinz' Arbeitszimmer war – wie fast immer – verschlossen. Doch Hella hatte sich schon vor vielen Monaten einen Nachschlüssel machen lassen. Alle paar Wochen wechselte sie den Platz, an dem sie ihn versteckt hielt. Im Augenblick befand er sich in ihrem Nachtkästchen, ganz hinten, hinter den Stoffstreifen, die sie alle vier Wochen benötigte. Hella wusste genau, dass diese Binden ihren Heinz mit Scham erfüllten, und hielt das Versteck deshalb vorerst für sicher.

Schnell hatte sie den Schlüssel bei der Hand, schnell schloss sie die Tür des Arbeitszimmers auf, und schnell setzte sie sich hinter den Schreibtisch. Zuerst las sie die Papiere, die sich mit dem Kannibalen befassten. Sosehr sie sich auch sonst für die Criminalia der Stadt interessierte, heute hatte sie weder Augen noch Ohren für die Hintergründe der aktuellen Mordsache.

Hella schob die Papiere zur Seite, zog einen weiteren Aktenordner zu sich heran und blätterte darin. Sie wusste nicht recht, wonach sie suchte. Es war vielmehr so, dass irgendetwas sie trieb. Die Angst wohl. Oder sollte sie besser sagen: die Eifersucht? Sie wusste es nicht mit Sicherheit. Hella schob den zweiten Aktenordner zur Seite. Dann durchwühlte sie die Schubladen des Schreibtisches. Sie fand nichts. Wie sollte sie auch, da sie ja nicht wusste, wonach sie eigentlich suchte?

Sie seufzte, stützte die Ellbogen auf den Tisch und legte die Hände vor das Gesicht. Plötzlich hörte sie ein Geräusch im Haus, es klang wie das Knarren der Haustür. Sie erschrak, fuhr hoch und warf dabei einen dritten Aktenordner vom Schreibtisch. Es knallte, dann war alles ruhig. Ganz still saß Hella und lauschte, doch nichts regte sich mehr. Niemand kam die Treppe herauf, nicht einmal die Magd hörte sie in ihrer Kammer ein Stockwerk höher auf und ab gehen.

Langsam atmete Hella auf. Ihr Puls beruhigte sich. Sie bückte sich und hob den schweren Ordner auf. Etwas fiel heraus und auf den Boden. Ein weißes Viereck. Hella griff zu. Ein Tüchlein mit schön gewirkter Spitze. Zarter Geruch stieg empor. Hella presste den Stoff für einen Augenblick an ihre Nase. Maiglöckchen, dachte sie. Das Tuch riecht nach Maiglöckchen. Wieder fiel ihr Heinz ein, der einmal zu ihr gesagt hatte, er liebe sie auch für ihren unnachahmlichen Geruch. Maiglöckchen, hatte er gesagt. Du riechst nach Maiglöckchen im Sommer und im Winter nach Pfirsichkernöl.

Sie erhob sich, das Tuch in der Hand. Hella starrte auf

das mit Silberfäden eingestickte Monogramm: FVB. Felicitas von Brasch! Die Initialen der Frau, die Heinz vor dem Römer so offensichtlich schöne Augen gemacht hatte.

Hella wusste nicht, wie ihr geschah. Die Welt wurde plötzlich grau um sie herum. Die Wände rückten auf sie zu, und die Decke kam herab, schien sich schwer auf ihre Schultern zu legen. Hella riss an ihrem Kragen. Luft! Sie brauchte Luft! Ihre Knie zitterten, die Hände, der Busen, ihr ganzer Leib bebte. Sie fror und schwitzte zugleich. Alles ist verloren, dachte sie. Alles ist verloren. Heinz betrügt mich. Er liebt Felicitas von Brasch. Und ich bin nicht unschuldig daran.

O ja, Hella wusste genau, was sich hinter ihrem Rücken abspielte! Jetzt, in diesem Augenblick, wurde ihr einiges klar. Die späten Abendessen mit angeblichen Ratsmitgliedern, nächtliche Tatortbesichtigungen, die zahlreichen Gänge zum Henker. Nichts davon entsprach der Wahrheit. Immer schon hatte sich Heinz wohl mit Felicitas getroffen. Hatte er nicht selbst gesagt, dass Treue nicht die Sache der Männer sei? Und war er selbst nicht der lebende Beweis dafür? Oh, wie augenfällig ihr jetzt alles war! Sie hätte schon damals stutzig werden sollen, als ihr kurz vor der Vermählung mit Heinz zu Ohren gekommen war, dass er ein gebrochenes Herz hinter sich ließ. Ja, so hatte es damals geheißen. Aber sie hatte dem keinen Glauben schenken wollen. Töricht war sie gewesen. Töricht! Hella erinnerte sich noch ganz genau, was ihr eine Krämerin auf dem Markt erzählt hatte. Die hatte Bescheid gewusst, aus direkter Quelle sozusagen, denn ihre Nichte war die Wäscherin derer von Brasch gewesen. Verlobt waren sie einst, der Heinz und die Felicitas. Geliebt haben sie sich wie Romeo und Julia. Sie hatten nicht voneinander lassen können, keinen Tag lang.

Dann aber war der Alte eingeschritten. Johann Jakob von Brasch. Dem war ein Jurist nicht gut genug für seine schöne Tochter. Die sollte mindestens einen Grafen haben und nicht das Weib eines Aktenfuchsers werden. Einen Grafen oder ins Kloster.

Und Heinz war ein Ehrenmann. Er hatte auf die Liebste verzichtet, um ihr den Schleier zu ersparen.

Das hatten die Leute erzählt, und Hella war damals sogar noch stolz gewesen auf ihren Heinz. Wie kindisch und gutgläubig sie doch gewesen war! Alle Warnglocken hätten ihr läuten müssen und nicht nur die eine Hochzeitsglocke. Aber nein, sie hatte ihm vertraut. Und nun war gekommen, was kommen musste. Die alte Liebe zwischen Heinz und Felicitas war wieder aufgeflammt. Was half es da, dass Heinz ihr vor der Hochzeit geschworen hatte, alles sei ganz anders gewesen? Eine Verwechslung. Waschweibergewäsch. Magdgeschwätz. Marktgetratsche. Nun war es offenkundig, lag auf der Hand wie dieses Tuch. Heinz betrog seine Hella. Mit Felicitas!

Hella ertrug es nicht länger. Raus, ich muss raus hier, war ihr einziger Gedanke. Ohne zu wissen, was sie eigentlich tat, packte sie ein paar Sachen zusammen, fand sich wenig später auf der Straße wieder. Zu Gustelies, zu meiner Mutter, war ihr erster Einfall. Bei der Vorstellung, sich ihrer Mutter an den warmen, weichen Busen zu werfen, der Angst, der Trauer und der Verzweiflung freien Lauf zu lassen, ging es ihr schon ein klein wenig besser. Zwar fürchtete sie Gustelies' Vorwürfe, doch war sie sich sicher, dass die Mutter eine Lösung für ihr Problem wusste.

Mit schwimmenden Augen hastete Hella die Fahrgasse hinauf, bog in die Töngesgasse ein und war kurz darauf auf dem Liebfrauenberg. Die Fenster in der Pfarrhausküche waren hell erleuchtet. Dabei war es draußen noch nicht ganz dunkel. Sonst stürzte Hella ohne viel Aufhebens in das Haus ihrer Mutter und ihres Onkels, aber irgendetwas hielt sie heute davon ab. Wie unter Zwang schlich sie zum Küchenfenster und spähte hinein. Am Tisch saß ihr Ehemann! Von ihrer Mutter dagegen keine Spur.

Hella war darüber so erschrocken, dass sie beinahe einen Schrei ausgestoßen hätte. Jetzt wusste sie, dass hier keine Bleibe für sie war.

Nicht heute und auch nicht morgen. Hier würde Heinz sie zuallererst suchen. Und Gustelies würde es nicht dulden, dass sie sich vor ihrem Mann verleugnen ließ. Nein, sie brauchte jetzt Ruhe. Sie musste nachdenken. Kurz entschlossen machte sie sich auf in die Hasengasse. Dort gab es den Gasthof zum Roten Ochsen. Hella hatte ein wenig Angst. Noch nie war sie allein über Nacht in einem Gasthof gewesen, doch der Rote Ochse schien ihr geeignet. Er lag noch innerhalb der Stadtmauern, so nahe am Antoniterkloster, dass ein lasterhaftes Treiben unmöglich war. Außerdem grenzte der Gasthof auf der anderen Seite an die Herberge der Aschaffenburger Kaufleute. Die galten im Allgemeinen als gottesfürchtig und anständig.

Gustelies war in Eile. So schnell sie konnte, hastete sie quer durch die Stadt. Vom Liebfrauenberg bis zum Hospital zum Heiligen Geist waren es gute zehn Minuten Fußweg, doch Gustelies flog dahin, als wäre der Teufel hinter ihr her. Ihr Gesicht glühte, hinter ihr flatterten die Bänder der Haube. Energisch stieß sie einen Lehrjungen zur Seite, trat nach einem Schwein, das partout nicht aus dem Weg wollte. Sosehr sie die Messe liebte, heute hasste sie die Neue Kräme. Überall, aber besonders hier in der Haupthandelsgasse standen die Menschen in dichten Trauben und versperrten die Straße. Gaukler und Straßenmusikanten machten sich auf den letzten freien Plätzchen breit, zwischendrin jagten zwei Büttel einen Beutelschneider. Eine fette Ratte hockte in einer Mauernische.

«Verzeihung, Verzeihung», rief Gustelies und ruderte mit den Händen, so gut es der Weidenkorb über ihrem Arm erlaubte. Sie trat auf goldbestickte Schuhe und stolperte über Reiterstiefel. Mit empörter Miene rückte eine achtbare Bürgerin ihre Haube zurecht. Gustelies hatte sie ihr um ein Haar vom Kopf gestoßen.

Am Römer wühlte sie sich durch die Menge. Gustelies' Ohren dröhnten von dem Rufen und Schreien. Sie verstand nicht ein Zehntel der Sprachen, in denen die Leute verhandelten, schwatzten, schäkerten und über die rücksichtslose Dränglerin fluchten.

Dann lag der Römerberg hinter ihr. Gustelies stürmte weiter durch die Menschenmenge. Plötzlich blieb sie wie angewurzelt stehen und schnappte nach Luft.

Wenige Meter vor ihr hatten sich etwa zwei Dutzend Leute zusammengerottet. Hafenarbeiter waren dabei, die dicke Knüppel in den Händen trugen. Einer hatte sogar eine eiserne Kette um das Handgelenk geschlungen und schwenkte sie drohend. Einige Beisassen trugen Werkzeuge bei sich, die auf dem Bau verwendet wurden, eine Frau in der Kleidung ärmlicher Handwerker trug ein Nudelholz.

Gustelies rang noch immer nach Atem. In ihren Ohren rauschte es. Wie durch einen Schleier hörte sie das Rufen der Menge. «Gebt den Kannibalen raus. Sonst schlagen wir kaputt das Haus.» Und: «Teufelsbrut, Teufelsbrut, sollst ersaufen in der Flut.»

«Das darf doch nicht wahr sein!», schimpfte Gustelies,

stemmte die Hände in die Seiten und ging drohend auf die Menge zu.

«Was ist denn hier für ein Lärm?», schrie sie den Erstbesten an und baute sich direkt vor ihm auf. «Was soll das Geschrei? Wozu die Knüppel? Raus mit der Sprache, aber hastig.»

Der Auflader vom Hafen zog den Kopf ein. «Wir wollen den Menschenfresser.»

«Aha. Und woher wisst ihr, dass hier ein Menschenfresser ist?»

Der Auflader reckte sich. «Die ganze Stadt spricht von nichts anderem.»

«Soso. Die ganze Stadt also. Wisst Ihr noch, wie die ganze Stadt im letzten Jahr erzählt hatte, das Jüngste Gericht stünde bevor?»

Der Auflader nickte.

«Und zwei Jahre davor soll der Mond blutrot gewesen und das Blut direkt vor dem Römer hinabgeregnet sein. Wisst Ihr noch?»

Der Auflader lachte. «Alles Unfug. Die Weiber reden manchmal, wie es ihnen in den Kopf kommt.» Er schüttelte sich. «Was soll man da machen. Es fehlt ihnen eben an Verstand.»

«So. Den Weibern fehlt es an Verstand», wiederholte Gustelies.

Der Mann begriff, dass er etwas Falsches gesagt hatte, und schluckte. «Na ja, wie das manchmal eben so ist.»

«Aber Ihr, Ihr wisst genau, dass da drinnen einer sitzt, der Menschen frisst, ja? Habt ihr ihn dabei gesehen? Oder woher habt Ihr Eure Gewissheit? Doch bestimmt nicht von denen, die da am Brunnen schwatzen und weniger bei Verstand sind als die Männer, oder?»

Der Auflader wich einen Schritt vor Gustelies zurück. «Nichts für ungut, Frau», sagte er. «Kümmert Euch nicht um das, was hier vor sich geht. Wir werden schon alles richten. Geht Ihr nach Hause und kocht dem Euren etwas Gutes.»

Gustelies warf dem Mann einen Blick zu, der jeden anderen auf der Stelle umgestoßen hätte. So schnell gab sie nicht auf. «Was habt Ihr denn vor mit Eurem Menschenfresser, dem angeblichen?»

«Was schon?», tönte der Auflader und schwang seinen Knüppel.

«Ihr wollt ihn töten?»

«Vom Töten kann keine Rede sein. Das verbietet ja das Gesetz. Aber es kann schon sein, dass wir ihn auf frischer Tat ertappen und zum Handeln gezwungen sind. Wenn Ihr versteht, was ich meine.»

Und ob Gustelies verstand. Sie schüttelte fassungslos den Kopf, fasste ihren Weidenkorb fester und schritt entschlossen zum Eingang des Spitals. Die beiden breitschultrigen Pfleger, die mit dicken Knüppeln vor dem Portal standen, wichen zurück, als sie die Haushälterin des Pfarrers erkannten.

Kaum war sie drinnen, glaubte sie zu ersticken. Die Hitze der letzten Tage saß wie ein zäher Brei in dem Gemäuer. Sie betrat einen Gang, und ihr Blick fiel nach rechts in einen Krankensaal. Gustelies wusste nicht, ob sie sich die Ohren zuhalten sollte oder doch besser die Nase. Die Kranken lagen dicht an dicht. Einige hatten einen Strohsack unter sich und sogar Kissen, andere lagen auf einer dünnen Schicht Heu, wieder andere auf dem blanken Lehmboden. Wer keine eigenen Kleider mitgebracht hatte, trug nur ein kurzes Hemd, das knapp über das Gesäß reichte. Viele waren von Flecken übersät, deren Herkunft Gustelies um keinen Preis wissen wollte. Neben der Tür lag ein Kranker, über dessen offenen Beinen die Fliegen summten. Eine junge Frau, hochschwanger, wiegte sich auf ihrer Heuschütte hin und her und sang dabei ein Kirchenlied. Ein Stück weiter im Saal wälzte sich ein Mann schreiend auf dem blanken Boden, sein Leib eine schwärende Wunde. Mit hängenden Schultern schlurften einige Gestalten zwischen den Liegenden entlang. Hier und da war ein Pfleger zu sehen, der einen Becher reichte oder eine Wunde betupfte. Gustelies wollte einen von ihnen nach Pater Nau fragen, aber ihre Worte gingen in dem infernalischen Lärm unter, der über allem lag. Wer nicht schrie, brüllte, krakeelte, wimmerte, jammerte, stöhnte, weinte, seufzte, klagte, sang oder pfiff vor sich hin. Ein zahnloser Alter schlug mit seinem Blechnapf gegen einen der Holzpfeiler, die die niedrige Decke trugen.

Am liebsten hätte sie sich auf dem Absatz umgedreht und wäre vor dem Lärm und dem Gestank geflüchtet.

Schlimmer, dachte sie, kann es selbst in der Hölle nicht sein. Es ist ein bestialischer Gestank. Nach Blut, nach Eiter, Fäulnis, Verwesung, nach Unrat und allem, was ein Mensch gerne hinter sich lässt. Nur weg hier! Schon war sie über den Gang, doch das Elend verfolgte sie von Krankensaal zu Krankensaal. Überall das gleiche Bild, der gleiche Lärm, der gleiche Gestank. Auch in den Gängen lagen Siechende, stierten sie aus blöden Augen an oder bettelten lallend nach etwas, das sie wohl selbst nicht mehr kannten. Endlich stieß Gustelies auf einen Antoniter.

«Bruder, sagt mir bitte, wo ich Pater Nau finde.»

Der Mönch hob bedauernd die Schultern. «Den kenne ich nicht. Die Abendmesse in der Hauskapelle liest unser Abt selbst.»

«Und der verrückte Junge? Wisst Ihr, wo der steckt?»

Der Antoniter lachte. «Die meisten, die hier sind, gehören in die Tollkammer. Welchen Jungen meint Ihr?»

Gustelies schluckte. «Den, den sie den Menschenfresser nennen. Den suche ich.»

Der Pater zog die Augenbrauen nach oben. «Was wollt Ihr von ihm?»

«Ich bin die Haushälterin des Paters, der ihn exorzieren soll.»

Die Miene des Antoniters erhellte sich. «Jetzt weiß ich, wen Ihr meint. Geht in die Kapelle. Der Pater und der Junge haben sich dort eingeschlossen. Vorhin waren einige Krawallbrüder ins Spital eingedrungen, die dem Jungen Übles wollten. Wir konnten sie nur mit Mühe wieder aus dem Haus bekommen. Nun warten sie draußen auf den Menschenfresser.»

«Ich hoffe, sie hocken dort, bis sie schwarz werden», knurrte Gustelies. «Und jetzt zeigt mir den Weg. Bitte.»

Hella war ein wenig beklommen, als sie sich dem Roten Ochsen näherte. Schon von draußen konnte sie den Lärm hören, der drinnen in der Gaststube veranstaltet wurde. Vorsichtig öffnete sie die Tür und trat ein. Der Geruch von gebratenem Hammelfleisch und schalem Bier schlug ihr entgegen und ging ihr sofort auf den Magen. Trotzdem ließ sie sich an einem abgesplitterten Holztisch nieder, der von klebrigen Ringen übersät war. Eine Frau mit Lederschürze um den Bauch kam zu ihr. Sie wischte mit einem schmutzstarren Lappen über die Tischplatte, warf zwei Bröckchen Fett einfach auf den Boden und fegte die Krümel mit der Hand hinterher.

«Was wollt Ihr?», fragte sie nicht unfreundlich.

«Ein Zimmer.»

«Es ist Messe, junge Frau. Bei uns ist alles belegt. Und überhaupt, wie kommt eine Frau wie Ihr dazu, allein zu reisen?»

Hella schlug den Blick nieder. Tränen stiegen ihr in die Augen. Sie schwieg, knetete nur ihre Hände im Schoß. Nach einer kleinen Weile erwiderte sie: «Dann gehe ich wohl besser wieder.» Sie sah auf, griff nach ihrer Tasche. «Habt vielen Dank.»

«So wartet doch! Seid nicht gleich gekränkt. Ich habe doch nicht wissen können, dass Ihr in Nöten seid. Eine winzige Kammer ist noch frei. Nichts Besonderes, aber sauber und ordentlich. Wenn Ihr Euch damit begnügen wollt, dann soll es mir recht sein.»

Dankbar sah Hella die Wirtin an. Die gab ihr die Hand. «Ich heiße Isolde», sagte sie. «Kommt nachher und holt Euch den Schlüssel. Wenn was ist, wendet Euch an mich.» Sie hielt inne und sah sich in ihrer Schänke um. «Und vor denen braucht Ihr keine Angst zu haben. Sie sind laut und schmutzig, aber sie beißen nicht.» Lachend nahm sie den dreckigen Lappen und ging.

Hella sah sich vorsichtig um. Am Tisch neben ihr saßen vier Männer, die sich lautstark bei einem Würfelspiel vergnügten. Sie schrien und lachten, schlugen auf den Tisch, dass die Becher und Kannen hüpften. Am Tisch dahinter saßen zwei Kaufherren, die sich in einer fremden Sprache unterhielten. Vor sich hatten sie ein Papier liegen, auf das sie starrten und mit dem Finger deuteten. An der gegenüberliegenden Wand wurden bereits die Tische und Bänke zur Seite geschoben. Reisende, die kein Geld für eine Kammer hatten, breiteten Decken auf dem Boden aus, wickelten sich in ihre Umhänge, legten ihre Beutel unter den Kopf.

Hella stand auf. «Ich bin müde», sagte sie zu Isolde. «Gern würde ich jetzt in meine Kammer gehen.»

«Mir ist's recht», erwiderte die Wirtin und überreichte Hella den Schlüssel, der an einer ausgefransten Schnur hing. «Schließt hinter Euch zu», riet sie. «Unser Gasthof ist ein ordentliches Haus. Aber zur Messe kommen Leute, die wir nicht kennen. Sicher ist sicher. Habt Ihr Gepäck?»

Hella deutete auf ihren Beutel.

«Johann, der Gehilfe, wird ihn Euch hochtragen.»

Sogleich war ein junger Mann zur Stelle, der Hella wegen seiner Schönheit auffiel. Er trug das helle Haar bis auf die Schulter und blickte mit klaren Augen und einem offenen Gesicht in die Welt. Als er lächelte, zeigte er eine Reihe von weißen, gesunden Zähnen. Die Lippen standen prall wie Blütenknospen in seinem Gesicht. Mit langsamen Bewegungen, die an einen Tanz erinnerten, setzte er sich in Bewegung. Geschmeidig war sein Gang, dabei ganz straff gespannt und kraftvoll. Wie ein Tier, dachte Hella und betrachtete ihn mit Verwunderung. Wie ein schönes, edles Tier. Da neigte er den Kopf, und Hella schrak ein wenig zurück. Denn die Haare gaben nun das rechte Ohr frei. Ein beinah makelloses Ohr, wenn der deutliche Schlitz nicht zu sehen gewesen wäre.

Er ist ein Verbrecher, dachte Hella, und wunderte sich nun nicht mehr darüber, dass ein so schöner Mann in einer Absteige wie dem Roten Ochsen sein Auskommen fand.

Der Gehilfe nahm ihr den Beutel ab und stieg die Stufen voran nach oben. Hella wollte ihm gerade folgen, als sie eine bekannte Stimme hörte.

«Da bist du ja endlich», sprach Pater Nau, als er seine Schwester vor sich sah. Er hockte in der vordersten Kirchenbank und hatte einen Arm um die Schultern des irren Jungen gelegt. Der glotzte mit aufgerissenen Augen auf die Frau mit dem roten Gesicht.

Gustelies, noch ganz im Banne der Ereignisse, stemmte die Hände in die Hüften und zeterte: «Da bist du ja endlich, da bist du ja endlich! Was soll das denn heißen? Ist es meine Aufgabe als Haushälterin, dich und deine Schäflein vor der Meute zu beschützen, he?» Sie warf die Arme nach oben und blickte zum Himmel hinauf. «Nur Gott, der Herr, weiß, wie ich mich den ganzen Tag abschufte. Warum, oh Herr, hast du mich so gestraft?»

Während Pater Nau leise kicherte, begann der Junge zu weinen. Sofort stellte Gustelies die Lamentiererei ein und beugte sich zu dem Verängstigten. Sie zog seinen Kopf an ihre Brust, wiegte ihn hin und her und strich ihm besänftigend über den Rücken. Schon bald beruhigte sich Josef. Er riss die Zähne auseinander, stieß dumpfe Laute aus, und der Speichel lief ihm über das Kinn.

«Er fühlt sich wohl bei dir», stellte Pater Nau fest. «Ich habe stundenlang auf ihn eingeredet, aber gelächelt hat der Junge bei mir nie. Woran das wohl liegt?»

«Josef hat Menschenkenntnis», versetzte Gustelies. «Und jetzt sag mir, was wir hier sollen.»

«Na ja», begann der Pater. «Du solltest mir eigentlich helfen, den Jungen zu beruhigen. Die Büttel, musst du wissen, werden nämlich gleich kommen und ihn holen.»

«Die Büttel? Was haben die denn mit dem Jungen zu schaffen?»

Der Pater schluckte. «Er ... er ... na ja, er soll ins Verlies.»

«INS VERLIES?»

«Ja, jetzt schrei doch nicht, Herrgott. Das ist doch nur

für kurze Zeit. Nur so lange, bis die Leute überzeugt sind, dass der Junge fest und sicher in Gewahrsam ist, verstehst du? Zu seiner eigenen Sicherheit sozusagen. Vor aller Augen soll er abgeführt werden, damit Ruhe in der Stadt herrscht. Und dann wird es Zeit für den Exorzismus.»

«Das glaube ich nicht. Wer ist denn auf diese hirnrissige Idee gekommen? Ihr könnt doch den armen Jungen nicht ins Verlies sperren. Kannst du dir vorstellen, welche Angst er da erleidet?»

Pater Nau hob die Hände. «Was soll ich denn sonst machen? Seine Mutter ist nicht in der Lage, ihm beizustehen. Im Verlies ist er wenigstens sicher.»

Gustelies zog den Jungen wieder an sich. «Armer Kerl», flüsterte sie. «Mit dir kann man es ja machen, nicht wahr?» Dann hob sie den Blick und sah ins Weite. «Vielleicht ist das gar kein schlechter Einfall», murmelte sie vor sich her. «Immerhin ist Josef dort wirklich in Sicherheit. Und morgen ist ein neuer Tag. Wir werden ihn vielleicht schon morgen zu uns ins Pfarrhaus holen.»

«Bist du von Sinnen?», fragte der Pater. «Hast du vielleicht schon einmal daran gedacht, dass der Junge wirklich etwas mit den Leichenteilen zu tun haben könnte?»

«Ach was!» Gustelies winkte ab. «Er ist überhaupt nicht gereizt oder angriffslustig. Ruhig und friedlich ist er, das siehst du doch.»

Pater Nau wiegte den Kopf. «Darauf würde ich mich nicht verlassen.»

Er holte Luft, um eine längere Rede folgen zu lassen, doch in diesem Augenblick erschienen die Büttel. «Wir sind so weit», berichteten sie. «Vier Mann von der Stadtwache halten draußen die Leute im Zaum. Wir verlassen das Spital durch den Hintereingang, laufen auch nicht über den Römerberg, sondern durch die Heilig-Geist-Pforte, am Metzgertor vorbei bis zur Fischerpforte. Von dort aus geht es über die Fischergasse zurück in die Stadt und von hinten über die Rapunzelgasse in den Römer hinein. Da im Keller ist er sicher. Der Richter hat auch eine entsprechende Verfügung erlassen. Natürlich bekommt der Junge die gute Verpflegung aus der Ratsschänke. Und einen frischen Strohsack.»

«Oho!», spottete Gustelies und funkelte ihren Bruder verächtlich an. «Da geht es ihm ja wie im Paradies, nicht wahr?»

Niemand wusste, ob der Junge verstand, was da gesprochen wurde. Er fing jedenfalls bitterlich an zu weinen. Seine Arme schlang er um Gustelies' Hals und schluchzte zum Steinerweichen.

Gustelies holte tief Luft und erklärte: «Wenn der Junge ins Verlies muss, dann gehe ich mit. Allein lasse ich den armen Kerl jedenfalls nicht.»

KAPITEL 7

«Uff!» Pater Nau schlug erleichtert die Tür des Pfarrhauses hinter sich ins Schloss und lehnte sich für einen Augenblick mit geschlossenen Augen an das Türblatt, ging dann in die Küche und ließ sich schwer auf die Bank fallen.

«Grüß Gott», sprach da jemand neben ihm. Der Pater fuhr zusammen. Dann seufzte er: «Ach, du bist es. Wartest du schon lange?»

Richter Blettner nickte. «Ja. Eine gute Stunde. Gleich nachdem ich die Büttel zum Spital geschickt hatte, bin ich hergekommen.»

«Dann haben die wohl unterwegs erst noch eine Kanne Wein geleert, ehe sie im Heilig-Geist eingetroffen sind.»

«Na, wie auch immer. Jetzt ist ja alles in bester Ordnung.» Der Richter schlug dem Pater leicht auf die Schulter.

«Nichts ist in Ordnung», erklärte Nau. «Überhaupt nichts. Gustelies hat sich nämlich mit dem Jungen ins Verlies sperren lassen.»

«Oh, das macht nichts», erklärte Heinz Blettner. «Das Essen ist ja schon gekocht. Sieh nur, auf dem Herd steht eine Pfanne mit gebratenen Spanferkelscheiben, und in der Vorratskammer liegt frisches Brot.»

Der Pater stand auf und sah sich unschlüssig und verwirrt in der Küche um.

«Kennst du dich in deiner eigenen Küche nicht aus?» Richter Blettner stand auf, nahm zwei Tonteller vom Bord und stellte sie auf den Tisch. Dann wühlte er in einer Schublade mit Besteck, holte Messer und Gabeln heraus. Er stellte die Pfanne auf den Tisch und legte das Brot daneben. «So, jetzt ist alles da. Du kannst anfangen zu essen.»

Pater Nau ließ sich das nicht zweimal sagen, und der Richter nutzte die Gelegenheit und speiste noch einmal mit. Als die letzte Scheibe Spanferkelbraten vertilgt war, wischte sich der Geistliche den Mund. «Der Junge muss raus aus dem Verlies. So schnell wie möglich. Es ist kalt dort und dunkel. So was schlägt aufs Gemüt. Am Ende wird er uns noch krank. Nein, nein, das Verlies ist kein Platz für einen wie den Josef. Meinetwegen soll er hier im Pfarrhaus bei Gustelies bleiben, bis seine Unschuld erwiesen ist. Aber aus dem Verlies muss er sofort.»

Der Richter wiegte den Kopf. «Die beste Garantie für die Sicherheit in unserer Stadt ist es, wenn wir einen Verdächtigen haben. Ich bin dafür, ihn im Verlies zu lassen. Vorteile hätte das für alle. Der Junge ist sicher vor Übergriffen, und wir hätten einen schönen Verdächtigen. Wenigstens noch für die restlichen zehn Messetage. Den Teufel kannst du ihm notfalls auch außerhalb des Pfarrhauses austreiben.»

Pater Nau schüttelte den Kopf. «Das kommt überhaupt nicht in Frage. Der Junge muss da raus.»

Richter Blettner beugte sich über den Tisch. «Worum geht es dir? Um den Jungen oder um deine warmen Mahlzeiten und den häuslichen Frieden? Du hast doch nur Angst, dass du dir in den nächsten Tagen selbst das Bett richten und das Essen kochen musst.»

Pater Nau rutschte unbehaglich auf seinem Stuhl hin und her. «Der Junge ist verrückt, aber gewiss kein Mörder oder Menschenfresser. Gustelies sagt auch, dass er weder angriffslustig noch wütend oder hasserfüllt wirkt.»

«Na, wenn Gustelies das sagt, hat ja alles seine Ordnung», spottete Heinz. Er beugte sich noch weiter über den Tisch und schaute den Pater an. «Ich bin in dieser Stadt für Recht und Gesetz zuständig. Mir obliegen die Ermittlungen in diesem Fall. Mir. Weder Frau Gustelies Kurzweg noch Frau Hella Blettner oder Herrn Pater Nau. Der Junge ist verdächtig und Punkt.»

Jetzt beugte sich auch der Pater nach vorn. «Aha. Und wessen verdächtigst du ihn?»

Heinz Blettner schwieg.

«Oder willst du ihn etwa nur im Verlies behalten, um dem Schultheiß etwas vorweisen zu können? Soll der arme Kerl als Aushängeverdächtiger herhalten?»

Der Richter lehnte sich zurück und grinste. Pater Nau grinste zurück.

«Also, was wollen wir tun?»

Heinz Blettner seufzte. «Ich habe mit dem Jungen den Bisstest gemacht. Er hat in ein Plätzchen beißen müssen, und ich habe seinen Zahnabdruck mit den Bisswunden am Arm und Bein verglichen. Es sieht nicht so aus, als käme er als Täter in Frage. Andererseits brauchen wir einen Verdächtigen. Was also schlägst du vor?»

«Ich schlage dir vor, den Exorzismus so bald wie möglich und mehr oder weniger öffentlich abzuhalten.»

«Was? Öffentlich? Hast du nicht immer betont, dass eine Teufelsaustreibung in Ruhe geschehen muss? In Ruhe und hinter verschlossenen Türen?»

«Du hast recht, Heinz, aber du hast selbst gesagt, dass wir handeln müssen und dass du dem Schultheiß was vorweisen musst. Diese ganze Stadt glaubt an den Teufel. Warum also sollen wir ihn nicht mit dem Beelzebub austreiben? Am besten vor aller Augen, denn so ist der Junge am besten geschützt.»

Das Grinsen auf Heinz Blettners Gesicht verstärkte sich. «Dann gehe ich mal und befreie deine Schwester aus dem Verlies», erklärte er. «Wenn hier bald eine Kutsche hält, dann öffne einfach die Tür zum Pfarrhof.»

Mit diesen Worten verließ der Richter das Haus.

Unterwegs aber entschied sich Heinz Blettner um. Er war gerade auf Höhe der Ratsschänke, als er sich überlegte, dass es unklug wäre, in dieser Situation mit seiner Schwiegermutter zusammenzutreffen. Besser war es wohl, die Büttel würden sie gemeinsam mit dem Jungen aus dem Verlies befreien und in einem Wagen nach Hause geleiten. Er drehte um, stapfte in den Römer und gab die entsprechenden Anweisungen. Nur eine Viertelstunde später saß er in der Ratsschänke, um noch rasch einen Schlummertrunk zu sich zu nehmen.

Die halbe Kanne war schon leer, als der Sarazene in der Schänke auftauchte. «Nun, mein Freund, ich ahne schon, dass ich dich hier treffe.» Arvaelo ließ sich neben dem Richter auf die Bank sinken, und Heinz bestellte einen zweiten Becher. «Ich habe eben an dich gedacht, Morgenländer. Was hältst du davon, wenn du mir ein wenig Unterricht erteilst?»

«Unterricht worin? Im Taubenschlachten vielleicht?» Arvaelo hatte die Unterarme auf den Tisch gelegt und sah Heinz aufmerksam an.

«Nein, nein. Du hast doch selbst gesehen, auf welche Art und Weise wir hier in Frankfurt ermitteln. Mit Mühe und Not habe ich durchgesetzt, dass ein neuer Leichenbeschauer in den städtischen Dienst übernommen wird. Aber ob Eddi wirklich eine so große Hilfe ist? Na ja, egal, ich kann ihn gut leiden. Er muss auch sein Auskommen haben. Ist schließlich nicht seine Schuld, dass er kein Blut sehen kann. Einen Mann von deinem Format könnte sich die Stadt Frankfurt nicht leisten. Trotzdem wäre dein Wissen vonnöten. Was meinst du? Hast du Lust, mir etwas davon zu vermitteln? Und wird das sehr viel kosten?»

Arvaelo lächelte. «Wissen ist unbezahlbar, mein Freund. So sagt ein altes persisches Sprichwort. Deshalb gibt man es kostenlos ab. Was willst du lernen?»

«Hmm.» Richter Blettner stemmte die Ellbogen auf den Tisch. Das Schankmädchen kam vorüber, tippte Heinz auf die Schulter. «Ihr müsst langsam austrinken. Gleich beginnt die Sperrstunde.»

«Ist gut, Mädchen.»

Dann wandte er sich an Arvaelo. «Was hältst du davon, wenn du mir zuerst erklärst, wie man anhand bestimmter Wunden herausfindet, auf welche Art und Weise sie entstanden sind?»

«Eine gute Idee. Woher aber willst du die Verwundeten nehmen?»

«Aus dem Spital des Deutschherrenordens auf der anderen Seite des Mains. Dort liegen die, die aus den Kriegen zurückgekehrt sind. Erst kürzlich hat unsere Stadt wieder vierzig Reiter, fast dreihundert Fußknechte, ein paar erfahrene Büchsenmeister und fünfzig Zentner Pulver gegen die Türken bei Wien geschickt. Kaiser Karl V. hat darum ersucht. Ich wette, die Ersten von ihnen sind bereits verletzt zurück.»

Wieder kam das Schankmädchen und forderte die Männer auf, ihre Becher zu leeren. Von draußen erschallten bereits die Rufe der Nachtwächter.

«Bis morgen», verabschiedete sich Heinz von seinem sarazenischen Freund.

«Ja, bis morgen. Und bringe deine Wachstafel und den Griffel mit.» Arvaelo hob die Hand zum Gruß und wollte sich gerade umdrehen. Doch auf dem Ballen hielt er an. «Ach, und grüße deine Frau von mir. Und Gustelies.»

«Das werde ich tun.»

Kaum war Heinz Blettner um die Ecke, da schüttelte er den Kopf über Arvaelo. «Grüße deine Frau von mir», wiederholte er leise. «Was sind denn das für Moden? Na, wahrscheinlich morgenländische. Die Sarazenen machen viele Dinge, die wir nicht verstehen.» Er ging durch die Gasse Hinter dem Lämmchen, bog in die Fahrgasse ein, wich zwei betrunkenen Gesellen aus, gab einem Bettler einen Kupferpfennig und war schon bei sich zu Hause angelangt. Die Fenster waren alle geschlossen, nirgendwo brannte Licht. Das hieß, dass niemand da war. Nur kurz wunderte sich Heinz darüber. Hatte Hella gesagt, dass sie weggehen wollte? Er konnte sich nicht erinnern. Hatte sie überhaupt etwas gesagt? Ihm fiel ein, wie sie heute am späten Nachmittag auseinandergegangen waren. Im Streit. Nur deshalb war er noch in die Ratsschänke zu einem Schlummertrunk gegangen. Er hatte gehofft, dass sie sich wieder beruhigt hatte. Aber sie war ja gar nicht da! Eigentlich noch besser, überlegte der Richter. Sie wird bei ihrer Mutter sein. Kein Wunder. Immerhin treibt ein Kannibale sein Unwesen in der Stadt. Heinz Blettner bekam ein schlechtes Gewissen. Hella hatte Angst gehabt. Natürlich! Jetzt war ihm das klar. Er hatte seine junge Frau ganz und gar allein in diesem Haus gelassen. Und das zu einer Zeit, in der alle naselang Leichenteile in der Stadt gefunden wurden. Ein Trottel war er! Gott sei Dank war seine Hella vernünftig. Zumindest meistens. Sie wird zu ihrer Mutter gegangen sein, dachte er wieder. Vom Verlies wusste sie ja nichts. Und nun wird sie dort übernachten und ihr bei dem Jungen zur Hand gehen. Beruhigt schloss der Richter die Tür zu seinem Heim auf. Alles hatte seine Ordnung. Alles war so, wie er es sich wünschte. Jetzt müsste es nur noch regnen! Heinz Blettner warf einen Blick zum Himmel, doch der Wein hatte seinen Blick bereits getrübt.

Er betrat das Haus, legte von innen den Riegel vor und stieg die Treppe hinauf. In seinem Arbeitszimmer ließ er sich auf einen Stuhl fallen, wuchtete die Füße auf den Tisch und faltete die Hände vor dem Bauch. Mit dem rechten Schuh stieß er einen der Ordner vom Tisch. Seufzend reckte sich Heinz und hob die Mappe auf, um sie wieder ordentlich hinzustellen. Dabei flatterte ein Spitzentüchlein heraus. Der Richter fing es auf und schnüffelte daran. «Maiglöckchen», flüsterte er und lächelte so selig, wie es nur Liebende können.

Gustelies hatte nicht mehr damit gerechnet, die Nacht im eigenen Bett verbringen zu können. Als der Stadtknecht das Verlies öffnete, erhob sie sich und rieb sich die schmerzenden Knie. «Das wird ja auch langsam Zeit», schimpfte sie. Dann zog sie den Jungen hoch. «Jetzt gehen wir nach Hause, Josef. Und dann koche ich dir erst einmal eine warme Honigmilch.»

Sie strafte den Stadtknecht mit einem verächtlichen Blick und betrachtete das Verlies noch einmal ganz genau. Die Mauern waren zwar nicht feucht, doch es war anzunehmen, dass sie sich beim ersten Frost mit Reif überziehen würden. Auf dem Steinboden lagen ein paar Handvoll Heu, die schon so lange dort sein mochten, dass kein Pferd dieser Welt sie noch zwischen die Zähne genommen hätte. An der Wand waren mehrere eiserne Ringe angebracht. Ein zerbeulter Blechnapf lag in einer Ecke, in einer anderen stand ein Eimer für die Notdurft. Gustelies hörte Mäuse rascheln.

«Die armen Viecher», erklärte sie dem Jungen. «Wie sind sie nur auf den Einfall gekommen, sich im Verlies ein Nest zu suchen. Hier müssen sie ja Hunger leiden. Da wären sie wahrlich noch in der Kirche besser aufgehoben.» Dann warf sie den Kopf in den Nacken, fasste nach Josefs Hand und stiefelte hochmütig an dem Stadtknecht vorüber.

Draußen wartete eine Kutsche. Ein anderer Büttel hielt Gustelies die Tür auf, doch die Haushälterin winkte ab. «Erst sperrt Ihr uns ins Verlies und dann sollen wir wie die Grafen in der Kutsche fahren, was? Verhöhnen können wir uns auch allein!»

«Der Herr Richter hat angeordnet, dass Ihr mit der Kutsche fahren sollt. Es ist zu Eurer eigenen Sicherheit. Denkt an den Pöbel!»

«Ach, was! Der Pöbel liegt längst zu Hause in den Betten. Der muss nämlich morgen früh sehr zeitig aufstehen. So, nun wisst Ihr es!»

Sie packte den Jungen fester bei der Hand und ging entschlossenen Schrittes davon. Eigentlich hätte sie vom Römerberg aus nur die Neue Kräme hinaufgehen müssen, um nach Hause zu gelangen, doch sie wählte einen Umweg. «Nachts sind alle Katzen grau, heißt es», erklärte sie dem Jungen. «Aber ich sage dir, manche sind grauer als andere. Es ist Messe. Nicht jeder Fremde wird sich an die Sperrstunde halten. Und die Spitzbuben der Stadt wissen das gewiss zu nutzen. Wir beide haben zwar nichts zu verbergen, doch wir machen trotzdem einen kleinen Umweg.»

Aus dem kleinen Umweg wurde ein größerer. Immer, wenn sie sich der belebten Neuen Kräme durch eine Seitengasse näherten, brach plötzlich eine Gestalt aus der Dunkelheit, die Josef so erschrecken ließ, dass er grell aufschrie. Gustelies verschloss ihm mit ihrer Hand den Mund, doch der Junge erschrak beim nächsten Mal ebenso. Also blieb nur der Weg durch die stillsten der engen Gassen. Einmal kamen sie an einem Gasthaus vorüber, dessen Tür offen stand. Über der Tür wiegte sich ein Schild im Wind, das an einer fingerdicken Kette befestigt war. «Gasthaus zum Roten Ochsen» stand drauf. Von drinnen war Geschrei zu hören. Aber nicht das übliche Wirtshausgeschrei, sondern eher Wutgebrüll. «Wo, verdammt, ist der verfluchte Schlüssel zum Weinkeller?», schrie jemand.

Gustelies versuchte, einen Blick ins Innere zu erhaschen, doch vergeblich. Sie kicherte und sagte zu dem Jungen: «Hörst du, wie die Mannsleute brüllen, wenn man ihnen den Saft nimmt? Wie die Säuglinge, denen die Mutter die Brust entzieht.»

Hella hockte unter dem Tisch und konnte trotz ihres Kummers ein Kichern nicht unterdrücken. Wie hatte ihre Mutter gesagt? «Wie die Säuglinge, denen die Mutter die Brust entzieht.»

Hella war mehr als überrascht gewesen, als sie auf einmal Gustelies' neugieriges Gesicht im Türrahmen des Roten Ochsen auftauchen sah. Blitzschnell war sie unter den Tisch gerutscht, denn das Letzte, was sie jetzt wollte, war von ihrer Mutter hier erwischt zu werden. Zwar hatte sie ursprünglich bei ihr Unterschlupf suchen und sich bei ihr ausweinen wollen, doch inzwischen war Hella ein wenig ruhiger geworden und hatte eingesehen, dass Gustelies bei Eheproblemen womöglich doch nicht die beste Beichtmutter war.

«Wo ist der verdammte Schlüssel? Der muss doch hier sein!»

«Was weiß denn ich, Schorsch, wo du den Schlüssel hast. Normalerweise hütest du ihn, als wäre er der Heilige Gral, nimmst ihn nicht einmal nachts vom Hals.» Isolde spülte ungerührt die Weinbecher und Bierhumpen aus. Schorsch, ihr Ehemann und der Gastwirt des Ochsen, lief in der Schankstube herum. Er hob jeden Tisch und jede Bank an und schaute darunter. Sogar die Asche im Kamin rührte er mit der Schuhspitze um. «Wo ist der Schlüssel?»

Jedes Mal, wenn er diese Frage wiederholte, wurde seine Stimme drohender. Er stieß gegen die Töpfe und Pfannen, die Kessel und Tiegel, die ordentlich in der Küche aufgestapelt waren, brachte die Vorratskammer durcheinander, wühlte im Eierkorb, ließ die Sahnetöpfe ohne Deckel stehen, stocherte sogar mit dem Finger im Honigglas. Vergeblich.

«Johann!», brüllte er schließlich so laut, dass die Gäste, die sich bereits schlafen gelegt hatten, in die Höhe fuhren. «Johann, wo steckst du nur?»

«Hier, Herr!» Der junge Mann, der Hellas Gepäck auf ihr Zimmer gebracht hatte, stürzte die Stiege hinab. Hella war derweil unter dem Tisch hervorgekrochen und stand nun an der Treppe, eine Hand auf dem Geländer.

«Wo ist der Schlüssel zum Weinkeller?»

«Ich weiß es nicht, Herr.»

«Warst du nicht unten und hast eine Kanne Roten geholt?»

Johann schüttelte den Kopf. «Wie denn das, Herr? Ich

war noch nie in Eurem Weinkeller. Ihr bewacht ihn, als wäre dort ein Schatz versteckt.»

Der Wirt brummte, dann begann er erneut mit seiner Suche. «Weib, schütte das Wasser aus. Ich will sehen, was in der Schüssel ist.»

Er wartete nicht, bis seine Frau tat, was er wollte, sondern riss ihr die Schüssel aus der Hand, trat vor die Tür und schüttete das Abwaschwasser in einem Schwall über die Straße. Dann inspizierte er die Pfütze, in der einzelne Bröckchen aus den nicht ganz leer gegessenen Schüsseln schwammen. «Wo ist der Schlüssel hin?»

Isolde zuckte erneut mit den Achseln. «Such morgen weiter, Schorsch. Jetzt ist es dunkel. Du siehst gar nicht, was in den Ecken ist. Außerdem wollen die Gäste schlafen.» Sie nahm ihn beim Arm und wollte hin wegführen, doch er riss sich los. «Was sagst du da, Weib? Hörst du nicht? Der Schlüssel zum Weinkeller ist verschwunden! Ich gehe nicht eher ins Bett, als bis ich ihn wiederhabe.»

Wieder zuckte Isolde mit den Achseln und ließ ihren Mann gewähren, der sofort in die Schankstube stürzte, die Schlafenden weckte, indem er an ihren Decken zerrte und sie zum Aufstehen zwang.

Einer ist wie der andere, dachte Hella, dann stieg sie die Treppe hoch, und bedauerte die, die gerade aus dem ersten Schlaf hochgefahren waren.

Später lag sie lange wach. Bei jeder Bewegung raschelte der Strohsack. Drehte sich Hella gar, begann auch noch das Bett zu knarren. Die hölzernen Läden klapperten im Wind und raubten ihr den Schlaf. Seufzend stand sie auf, öffnete die Fenster und atmete tief ein und aus. Sie sah zum Himmel hinauf. Weder Mond noch Sterne waren zu sehen, dafür dunkle Wolkenberge. Wind war aufgekommen, trieb den Staub durch die trockenen Gassen, bog die Blätter auf den Fensterbeeten. Das Schild mit der Aufschrift «Gasthaus zum Roten Ochsen» ächzte zuerst leise, dann mit jedem Windstoß ein wenig lauter. Hella hielt ihr heißes Gesicht in den Wind. Seit Tagen lechzte sie nach Abkühlung. Ob heute endlich der ersehnte Regen kommen würde?

Weit draußen über dem Taunus, zerriss ein Blitz die Wolken. Hella schrak zurück. Gleich darauf erklang ein dumpfer, grollender Donner, der sie an einen wütenden Bären erinnerte. Sogleich trat sie vom Fenster weg. Ihre Mutter hatte früher oft gesagt, dass Gott diejenigen mit Blitzschlag strafe, die anderen ein Übel angetan hatten. «Hoffentlich wird Felicitas von Brasch vom Blitz getroffen», murmelte sie vor sich hin. Doch dann bekreuzigte sie sich. «Nein, es ist unrecht, anderen Schlechtes zu wünschen.»

Sie ließ den Klappladen offen und kroch zurück ins Bett. Wenig später lauschte sie dem prasselnden Regen, auf der Seite liegend und eine Hand unter das Gesicht geschmiegt.

Als sie am nächsten Morgen erwachte, dampfte die ganze Stadt. Die Sonne stand am Himmel, als wäre nichts geschehen, doch in den Gassen standen noch vereinzelte Pfützen. Die Mägde, die mit ihren Eimern zum Brunnen gingen, wichen ihnen aus, so gut es ging. Ein Lehrjunge in Holzpantinen latschte quer hindurch und ließ den Matsch spritzen. Vom Fenster aus sah Hella genau, wie der auf den Rocksaum einer Handwerkerin landete. Empört beschwerte die sich lautstark und gab dem Lümmel eine kräftige Maulschelle. Dieser heulte auf und machte sich davon. Hella lächelte. Auch wenn die Handwerkerin das sicher anders sah, ihr schien es, als hätte der Regen allen Unrat und selbst die schlechten Gerüche fortgeschwemmt. Die Leute auf der Gasse wirkten so ausgeruht und frisch, wie sie sich fühlte.

Quietschend öffnete sich neben ihr ein Holzladen. Isolde legte Federbetten zum Lüften aufs Fensterbrett. «Habt Ihr gut geschlafen?» Die Wirtin lächelte.

Hella nickte. Nun ging auch gegenüber ein Fenster auf, ein dickes Kissen erschien, darüber eine rotgesichtige Frau mit beachtlichem Busen. «Grüß Gott, Frau Nachbarin», schallte die laute Stimme herüber. «Na, da hat Gott der Stadt ja in der letzten Nacht ordentlich gezürnt. Ein Donner nach dem anderen, herrjemine! Der Meine saß aufrecht im Bett vor Schreck. Wenn Ihr mich fragt, hat das was mit dem Menschenfresser zu tun.»

«Aber Euch fragt keiner», murmelte Isolde so leise, dass Hella es gerade noch verstehen konnte.

«Was», kreischte die Nachbarin, «was habt Ihr gesagt?»

«Dasselbe habe ich auch gesagt», rief die Wirtin zur anderen Straßenseite hinüber und gab Hella mit einem Blick zu verstehen, dass sie Unterhaltungen mit der dicken Nachbarin nicht besonders schätzte. «Jetzt muss ich das Frühstück für die Gäste richten.»

Sie drehte sich zu ihrem Gast. «Ihr kommt doch auch, nicht wahr?»

Hella nickte, grüßte die Nachbarin und schloss das Fenster.

Eine Viertelstunde später saß sie auf einer der Bänke, vor sich eine Schüssel mit Buchweizengrütze. In der Mitte des Tisches standen das Fässchen mit Butter und der Topf mit dem Honig. Hella gegenüber saß eine dürre junge Frau, die sich als Silberschmiedin aus Leipzig vorgestellt hatte. Sie hoffte, ihre Waren an französische Messegäste verkaufen zu können. Hella hatte leise Zweifel, ob ihr das gelingen würde. Nicht mit so einem mürrischen Gesicht, dachte sie. Wer verkaufen will, muss freundlich sein. Besonders während der Messe.

Auf der Bank neben sich hatte die Silberschmiedin eine Lederrolle gelegt. So etwas kannte Hella, darin steckten wohl die Schmuckstücke und Edelsteine. Es mussten Dinge von einigem Wert sein, denn die Rolle war nicht nur fest zugeschnürt, sondern auch mit einem Lederband versehen, das sich die Leipzigerin an das Handgelenk gebunden hatte. Die Angst der Händler vor Dieben und Beutelschneidern war sicher sehr groß.

«Seid Ihr zufrieden mit den Geschäften hier?», fragte Hella.

«Ach, hörd uff. Hier gammer doch geene Geschäfde machen. Vergabberd bis zum letzten Loche.» Sie schüttelte den Kopf, winkte ab und griff dabei gleichzeitig nach ihrer Schmuckrolle.

Hella wusste nicht, was «vergabberd» bedeutete, und die Frau schaute so missmutig drein, dass sie nicht zu fragen wagte. Stattdessen sah sie zu, wie die Leipzigerin sich reichlich Butter und Honig in die Grütze rührte. Dann reichte sie Hella die beiden Gefäße. «Nehmd nur kräftisch. Ihr guggd nüsch grade, als ob das Glügg Euch derzeit lachd. Abbr ä gutes Essen macht so mansches widder gut.»

Jetzt lächelte sie. Hella freute sich über die unerwartete Herzlichkeit der Frau. «Es tut mir leid, dass Eure Geschäfte so schlecht laufen», sagte sie und erwiderte das Lächeln.

«Dafür gönnd Ihr doch nüschd», erwiderte die Frau und strich über ihre Schmuckrolle. «Mir ham in Leibzsch ja so viel Silber», erklärte sie. «Un isch dachde, das gann ich hier guud fergoofen. Aber Busdeguchen. Silber grischd ihr ooch woanders her. Das habsch nisch gewussd.»

Hella hätte die Frau gern gebeten, sich ihre Schmuckstücke ansehen zu dürfen. Im selben Augenblick kam der Wirt die Treppen herunter, und die Silberschmiedin wandte ihm ihre Aufmerksamkeit zu. Er zog noch auf der Stiege das Hemd gerade und stopfte es nachlässig in die Hose. Sein Kinn war mit dunklen Stoppeln übersät, das Haar stand nach allen Seiten ab. Die Augen waren tief verschattet und rotgerändert.

«Mrgn», brummte er.

«Was had der gesachd?», fragte die Leipzigerin.

«Ich glaube», erwiderte Hella, «das sollte ‹Guten Morgen› heißen.»

Sie drehte sich um. «Habt Ihr Euren Schlüssel gefunden?»

Der Mann schüttelte den Kopf und hieb mit der Faust wütend auf die Tischplatte, dass der Honigtopf in die Höhe sprang. Kurz darauf kam Isolde an den Tisch. «Nehmt dem Meinen sein Benehmen nicht allzu übel. Er nennt einen der besten Weinkeller Frankfurts sein Eigen. Aber niemand außer ihm darf ihn jemals betreten. Selbst ich war noch nicht dort unten. Und jetzt ist der Schlüssel verschwunden. Glaubt mir, eine Mutter kann um ihr verlorenes Kind nicht schlimmer trauern.»

«Ja, aber es ist doch nur ein Schlüssel», wunderte sich Hella.

«Nein», widersprach Isolde. «Es ist wohl sehr viel mehr als das.»

Im selben Augenblick wurde die Tür aufgestoßen, und ein Schlachter kam herein, der einen halben Hammel über der Schulter trug.

«Wo ist der Schankwirt?», keuchte er, doch inzwischen war Isoldes Mann verschwunden.

«Gebt mir das Viech. Und kommt das nächste Mal zum Dienstboteneingang», forderte die Wirtin, warf ihre Lederschürze so über die Schulter, dass der Hammel ihr Kleid nicht beschmutzen konnte, und trug das Fleisch fort.

«Und wer unterschreibt mir hier?», rief ihr der Schlachter nach.

«Der Gehilfe wird es machen», rief die Wirtin zurück. «Mit dem Schlachthaus ist mein Mann ebenso eigen wie mit dem Weinkeller.» Die Worte waren an Hella gerichtet, und diese nickte höflich.

Der Schlachter brummte und legte dem Gehilfen eine Art kleines Kontorbuch unter die Nase, welches er aus seinem Kittel gezogen hatte. Er tippte mit dem Finger auf eine Stelle und befahl: «Da, unterschreib! Aber sieh zu, dass du keinen Klecks machst.»

Hella reckte sich. Sie sah, wie der Gehilfe einen Gänsekiel zur Hand nahm, ihn in ein Tintenfass steckte und langsam, die Zungenspitze zwischen den Zähnen, drei Kreuze malte.

KAPITEL 8

«Büttel, steh nicht rum und glotz wie ein Eichhörnchen. Gib mir lieber das Handtuch, aber hastig.»

Der Büttel tat, wie ihm geheißen.

Der Richter steckte seinen Kopf in einen Eimer mit kaltem Wasser, prustete und schwappte die halbe Küche dabei voll, dann kam er nach oben, schüttelte sich wie ein Hund und nahm dem Büttel das Leinentuch ab. Als er das Haar getrocknet und gekämmt hatte, spülte Heinz den Mund mit Salzwasser. «So», sagte er, «ich bin so weit, wir können gehen.»

Der Büttel glotzte noch immer.

«Was ist? Hast du noch nie einen Mann gesehen, der einen Becher Wein über den Durst getrunken hat und mitten in der Nacht von einem Büttel geweckt wurde?»

«Nein ... äh ... doch ... äh.»

«Na also, jetzt lass uns gehen und erzähl mir unterwegs, was geschehen ist. Aber möglichst genau.»

Heinz Blettner riss die Haustür auf, reckte die Arme in die Höhe und atmete ganz tief die frische, saubere Nachtluft ein. An den Blättern der alten Buche hingen noch einzelne Tropfen, Überreste des Gewitters. Auch das Pflaster war noch nass, und Heinz schien es, als ob es dampfte.

«Wo müssen wir hin?», fragte er den Büttel.

«In die Judengasse, Herr.»

Sie gingen nebeneinander durch die nachtstille Predigergasse. Nur wenige Häuser standen hier, die meisten zweistöckig. Aus einem Haus hörten sie einen Säugling weinen. Von woanders tönten rasselnde Schnarchlaute durch ein geöffnetes Fenster. Eine Katze schrie, und vor Heinz' Füßen huschte eine Ratte entlang.

Sie kamen zum Mönchsturm und bogen in die Judengasse direkt hinter dem Dominikanerkloster ein.

Die Judengasse, eine wahrhaft schmale Straße, war so eng, dass die Sonne dort beinahe niemals bis auf die Erde traf. Am Anfang der Straße befand sich ein großes Eisentor, das bei Schließung der Stadttore versperrt und am nächsten Morgen bei Sonnenaufgang wieder geöffnet wurde.

Die Judengasse war dicht bebaut. Da ihre Ausdehnung begrenzt war und keine neuen Bauten dazukommen durften, schichteten die Bewohner ein Stockwerk nach dem anderen auf ihre Häuser. Jedes Haus trug einen Namen. So gab es zum Beispiel das Haus zum goldenen Schwan, das ein Geldwechsler bewohnte, der Josef zum goldenen Schwan genannt wurde. Von ihm hieß es, dass er nicht nur mit den Augsburger Kaufleuten Fugger, sondern sogar mit dem Landgrafen von Hessen, Philipp dem Großmütigen, Geschäfte machte. In der Gasse befanden sich neben den Wohnhäusern auch eine Schule, ein Badehaus, Mikwe genannt, und natürlich die Synagoge. Die meisten Männer, die in der Judengasse lebten, trugen lange Bärte und Schläfenlocken, dazu waren sie schwarz gekleidet. Den verheirateten Frauen war es verboten, ihr Haar zu zeigen, deshalb versteckten sie es unter Tüchern und Hauben. Heiraten durften die Frankfurter Juden nur untereinander. Ihren Lebensunterhalt verdienten sie mit Geldwechselgeschäften, aber auch mit dem Sammeln von Lumpen, als Trödler,

Kesselflicker und Pferdehändler. Auch einen Medicus hatte die Judengasse und einen Advokaten.

Jetzt, zwei Stunden nach Mitternacht, lag die Gasse so still wie alle anderen in der Stadt. Die Gewitterwolken hatten sich verzogen, sodass der Mond wieder sein kaltes Licht über die Dächer gießen konnte.

Gleich hinter dem Tor zur Judengasse wartete schon der Henker, der ihnen mit einem Schlüssel das Tor öffnete. «Was gibt es?», flüsterte der Richter, um die Schlafenden hinter den offenen Fenstern nicht zu wecken.

«Der Kopf», erwiderte der wortkarge Scharfrichter und spuckte auf den Boden.

«Aha», erwiderte Heinz. «Wer hat ihn gefunden?»

Der Henker wies mit dem Daumen auf einen Mann in schwarzer Kluft mit gebeugten Schultern.

Richter Blettner ging auf ihn zu und stellte sich vor. «Erzählt mir, was geschehen ist. Und wer Ihr seid.»

«Ich bin Rebbe Schlomo. Manchmal treibt es mich nachts in die Synagoge. Nur dort finde ich Ruhe.»

Richter Blettner nickte. In dieser engen Gasse wohnten so viele Menschen. Bisweilen musste der Lärm unerträglich sein.

«Vor der Mikwe balgten sich zwei Hunde.»

Aus dem Augenwinkel sah Heinz den verständnislosen Blick des Büttels. «Die Mikwe ist das Badehaus der Juden», murmelte er. Dann lächelte er dem Rebbe zu. «Ihr saht die beiden Hunde. Und dann?»

«Dann ging ich hin. Und sah ... sah ...»

Richter Blettner bemerkte, dass der alte Mann zitterte. Er legte ihm eine Hand auf die Schulter. «Ich weiß, was Ihr dort saht. Wie ging es weiter?»

«Ich lief zum Tor und wartete, bis der Nachtwächter

draußen vorüberging. Ihm sagte ich Bescheid. Ach so, den Kopf habe ich vorher an den Haaren gepackt und auf ein Fensterbrett gelegt, sodass die Hunde nicht mehr dran konnten.»

Der Richter schluckte. Vor seinem geistigen Auge tauchte Hella auf, die arglos ein Fenster öffnete und plötzlich einen Kopf ohne Leib vor sich sah.

«Wer wohnt dort?», fragte er besorgt.

«Die greise Rachel. Sie ist blind. Der Kopf kann sie nicht erschrecken», erwiderte der Rebbe und lachte unfroh.

«Jetzt zeigt mir genau, wo der Kopf gelegen hat.»

Der alte Schlomo schritt mit schlurfenden Schritten voran. Richter Blettner folgte, die Wachstafel und den Griffel gezückt.

«Hier!» Der Rebbe deutete auf einen Fleck, der nur wenig größer als ein Kopf war. Blettner rief einen Büttel mit einer Fackel näher, doch es war noch immer zu dunkel, um etwas erkennen zu können.

«Habt Ihr einen Zuber?», fragte er den Juden.

«Natürlich. Wozu braucht Ihr ihn?»

«Ich will den Fleck damit bedecken. Womöglich regnet es noch einmal in dieser Nacht, und es werden Spuren zerstört. Oder irgendwer rennt darüber.»

Der Rebbe nickte. Er klopfte an das Nachbarhaus. Eine Frau öffnete ihm, ein dünnes Tuch über ihr Nachtgewand geworfen.

«Ruth, geh und hol einen Zuber», bat der Rebbe.

Kurz nachdem der Fleck abgedeckt war und Heinz Blettner den alten Mann nach Hause geschickt hatte, wies er den Büttel an, die Nacht in der Judengasse zu verbringen und alles Verdächtige zu notieren. Er reichte ihm zu diesem Zweck seine Wachstafel.

«Ich kann nicht schreiben», gestand der Büttel. Heinz verdrehte die Augen. «Dann malst du eben, was dir auffällt.»

Er forderte den Henker auf, den Kopf mit sich zu nehmen.

«Wollt Ihr ihn nicht betrachten?», fragte der Scharfrichter.

Richter Blettner wandte sich ab und schüttelte den Kopf. «Lieber nicht. Ich habe einen empfindlichen Magen und noch nicht gefrühstückt. Morgen werde ich bei Euch vorbeikommen.»

Heinz Blettner war schon lange genug Richter und hatte oft Tote gesehen, sodass die Criminalia seine innere Ruhe im Allgemeinen nicht besonders störten. Dieser Fall aber lag anders. Dieser Tote, dachte Heinz, war irgendwie schutzloser als die anderen Gemeuchelten. Vielleicht erschien ihm das so, weil er nicht mehr als Ganzes vorhanden war.

Zumeist vermochte es Heinz, sich sowohl in die Opfer als auch in die Täter zu versetzen. Und unter gewissen Umständen, das wusste er, würde er selbst zum Mörder werden können. Wenn sich jemand an seiner Hella verginge, dann würde er sicher nicht auf die städtische Gerichtsbarkeit vertrauen. Und wenn er die Möglichkeit bei sich selbst sah, dann hatten andere auch ihre speziellen Gründe und Anlässe. Aber dieses Zerstückeln, dachte Heinz, dafür habe ich kein Verständnis. Nicht den kleinsten Funken. Beim Nachhausegehen dachte er darüber nach, in welcher Verfassung sich ein Mensch wohl befinden musste, um jemanden zu zerteilen und dann noch mit den Zähnen Fleischbatzen aus ihm herauszureißen. Wut, dachte er. Rasende, ohnmächtige, himmelhohe und höllentiefe Wut. Heinz blieb stehen, holte tief Luft und sah in den Sternenhimmel. Vielleicht, grübelte er, ist diese grenzenlose Wut aber auch nur vorgetäuscht? Er ging weiter, den Blick nun auf das Pflaster gerichtet. Die dritte Möglichkeit, die ihm in den Sinn kam, war, dass es sich bei dem Täter doch um einen Verrückten handeln musste. Heinz Blettner gähnte. Doch er wusste, dass er in dieser Nacht keine Ruhe mehr finden würde.

Wenig später saß er in seinem Arbeitszimmer, holte sich eine neue Wachstafel und begann aufzuschreiben, was die Ermittlungen bisher ergeben hatten. Bei dem Toten handelte es sich also um eine unbekannte männliche Leiche. Vermisst wurde derzeit nur ein Lebkuchenbäcker. Aber der war mindestens doppelt so breit wie der zerstückelte Leichnam. Konnte es sein, dass der Tote kein Frankfurter war? Und wo war der Mord geschehen?

Dort, wo der Rumpf gefunden worden war? Heinz Blettner schüttelte den Kopf. Er hatte von seinem Schreiber unzählige Leute befragen lassen, niemand wollte irgendetwas gesehen haben. Auch der Rebbe, der die ganze Nacht wach gewesen war, hatte nichts Verdächtiges gehört oder gesehen. Die Judengasse wurde abgeschlossen. Wie also kam der Kopf nach Einbruch der Dunkelheit dorthin? War der Täter ein Jude?

Heinz Blettner erschrak. Er musste unbedingt dafür sorgen, dass der Fundort des Kopfes nicht bekannt wurde. Er kannte seine Frankfurter. Im Grunde waren sie ein friedliches Völkchen, aber wenn sie Angst hatten, konnten sie unberechenbar sein. Und der Menschenfresser machte ihnen Angst. Gut möglich, dass einige die Gelegenheit nutzten, um das Volk gegen die Juden aufzuwiegeln. Immerhin war ja auch schon behauptet worden, dass sie die Hostien schändeten und schlimme Dinge mit kleinen Christenkindern anstellten.

Sofort machte sich Heinz Blettner noch einmal auf den Weg und befahl dem Büttel, den er in der Judengasse samt Wachstafel zurückgelassen hatte, absolutes Stillschweigen. Dann ließ er sich die Adresse eines anderen Büttels nennen und schickte diesen ebenfalls an den Fundort des Kopfes, um für die Sicherheit der Juden zu sorgen.

Als er wieder zurück nach Hause kam, kroch die Dämmerung bereits über die Hügel vor der Stadt. Heinz Blettner hätte die Magd wecken können, damit sie ihm ein Frühstück bereitete, doch er ließ die Frau schlafen und sorgte selbst für sich. Er hatte kaum aufgegessen, da klopfte es leise an der Haustür. Arvaelo stand davor.

«Was machst du hier um diese Zeit, in der selbst die Hähne noch schlafen?», fragte der Richter verwundert.

Im selben Augenblick krähte der erste Hahn, ein zweiter fiel ein, dann ein dritter, der jedoch ein wenig heiser klang.

Arvaelo lachte. «Ich wusste, dass du schon oder noch wach bist.»

«Du hast es also gehört?»

Arvaelo nickte. «Durch Zufall.»

Heinz Blettner schlug sich mit der flachen Hand gegen die Stirn. «Natürlich, das hätte ich mir denken können! Schließlich war ich es ja, der dir das Zimmer im Hause des Büttels besorgt hat. Wie konnte ich nur vergessen, dass ich dich damit sozusagen an die Quelle aller Neuigkeiten gesetzt habe!»

«Siehst du!» Arvaelo rieb sich die Hände. «Willst du noch immer von mir lernen?», fragte er.

«Dringender denn je», erwiderte Heinz. «Komm rein.»

Arvaelo schüttelte den Kopf. «Die Stadttore öffnen gleich. Lass uns sofort zum Hospital auf der anderen Seite des Flusses aufbrechen. Danach gehen wir zum Henker und kümmern uns um den Kopf.»

Die Straßen lagen so still, dass die Schritte der Männer auf dem Pflaster hallten. Ein Bäcker stand in seinem offenen Laden, die Hände und Arme bis zu den Ellbogen mit Mehl bestäubt, und grüßte mit einem Nicken. Die ersten Vögel begannen zu singen, eine Katze saß unter einem Baum und hörte sich mit tropfendem Zahn das Ständchen an.

«Ich liebe die Stadt, wenn sie still ist», raunte Heinz Blettner leise. «Sie kommt mir dann vor wie eine satte Geliebte.»

Arvaelo lachte. «Du bist ein Dichter, Heinz. Ein Poet. Weiß deine Frau das?»

Heinz Blettner schüttelte den Kopf und wurde ein wenig rot. «Nein.»

«Das ist ein Fehler, mein Freund. Die Frauen haben schon immer die Dichter geliebt und verehrt.»

Der Richter schluckte. Dann wies er mit der Hand auf die nahe Mainbrücke. «Schau, die Wächter sind schon da. Und die ersten Bauern kommen von Sachsenhausen, um ihren Kohl und Quark auf den Markt zu bringen.»

Arvaelo betrachtete den Freund von der Seite und lächelte leise. «Ich wette, du schreibst heimlich Gedichte.»

Heinz schwieg. Sein Blick wich dem Arvaelos aus.

Wenig später trafen sie im Hospital der Deutschherren ein. Hier lagen nicht die Ärmsten der Armen. Die Säle waren zwar ebenso voll wie im Hospital zum Heiligen Geist, doch die Enge war nicht so erdrückend. Hier hatte jeder Kranke einen eigenen Strohsack und eine Decke. Die Fenster in den Sälen standen weit offen, sodass sich auch der Gestank in Grenzen hielt. Ein Wächter saß auf einem Stuhl mitten im Raum und beaufsichtigte die Kranken. Er stand auf, wenn einer schlecht träumte, reichte einem anderen das Nachtgeschirr, führte dem Dritten einen Becher Wasser an den Mund.

Der Richter begrüßte den Medicus der Deutschherren, gab auch einem Feldchirurgen die Hand, winkte dem Starstecher und dem Bader einen Gruß zu.

«Wir möchten gern in den Saal, in dem die untergebracht sind, die vor Wien gegen die Türken standen.»

Der Medicus nickte. «Haben die etwas mit der zerstückelten Leiche zu tun?»

«Wie man's nimmt. Irgendwie hat alles immer mit allem zu tun», erwiderte Heinz Blettner und gähnte. «Verzeiht, ich habe nicht geschlafen in der letzten Nacht.»

Der Medicus nickte verständnisvoll und ging vor ihnen her. «Seid bitte leise und seht zu, dass Ihr die Verwundeten nicht aufregt. Das wäre schlecht für ihre Genesung. Wenn Ihr Fragen habt, so schickt den Krankenwärter nach mir.» Mit diesen Worten ließ er die beiden allein.

Wortlos schritt Arvaelo die Reihen ab. Dann blieb er neben einem Mann stehen, der mit bloßem Oberkörper dalag und ihn mit offenen Augen ansah.

«Wie geht es Euch?», fragte Arvaelo.

Der Mann nickte und schloss die Augen.

«Siehst du diese Wunde hier?»

Der Richter beugte sich über den Liegenden. «Ja.»

«Das ist eine Abschürfung. Eine sehr großflächige sogar. Sie entsteht zum Beispiel bei einem Fall.»

«Nicht so schnell», bat der Richter und bemühte sich, mit seinem Griffel die Wachstafel zu beschreiben.

«Solche Wunden bluten nur wenig. Nach einer Stunde bildet sich weicher Schorf, nach einer Woche fällt der Schorf ab. Es ist wichtig zu wissen, damit du bei einem Todesfall herausfindest, ob mögliche Wunden vielleicht schon vor dem Tod entstanden sind.»

Arvaelo ging weiter, blieb am übernächsten Krankenlager stehen. Darauf saß ein Mann im Schneidersitz, dem mehrere Vorderzähne fehlten. «Ihr seid in eine Prügelei geraten?», fragte Arvaelo.

«Das kann man wohl sagen», erwiderte der Verletzte und reckte die Brust. «Zu dritt kamen sie, aber ich habe sie alle niedergeschlagen.»

«Ihr seid ein tapferer Mann», lobte Arvaelo und wandte sich an Heinz. «Siehst du die blauen Flecken um die Augen, die aussehen wie Augengläser? Diese Entstehen durch direkte Gewalteinwirkung.»

«Das sage ich doch», verkündete der Mann stolz.

«Durch einen Faustschlag vielleicht, der nicht abgewehrt wird.»

Der Verletzte schwieg beleidigt und drehte sich auf die andere Seite.

«Bei blauen Flecken musst du dir folgende Farbabstufungen merken: blauviolett, blau, blaugrün, grüngelb und zum Schluss gelb. Anhand dieser Färbungen erkennst du das Alter der Hautunterblutung.»

«Hmm», brummte Heinz und schrieb eifrig.

Der Sarazene lief durch den Saal zur anderen Seite. Heinz folgte ihm, die Kranken freundlich grüßend.

«Hier hast du ein Beispiel für scharfe Gewalt», erklärte Arvaelo und deutete auf einen jungen Mann, der bewusstlos zu sein schien. Er lag auf dem Rücken. Sein Bauch war in Höhe des Nabels von einem Stück Leinentuch bedeckt, das Arvaelo lüftete. «Hier, das ist eine Stichwunde. Du erkennst sie an den glatten Wundrändern. Platzwunden, die zum Beispiel von Schlägen mit einem Knüppel herrühren, haben zerklüftete Wundränder.»

Der junge Mann bewegte sich ein wenig und stöhnte dabei. Arvaelo setzte sich zu ihm, strich ihm sanft über die Stirn. «Er hat Fieber», sagte er. «Das wiederum ist ein Zeichen, dass sich die Wunde entzündet haben könnte.»

«Kannst du ihm nicht helfen?», fragte Heinz. Arvaelo schüttelte den Kopf. «Nein. Das ist die Sache des Feldchirurgen oder Medicus. Es würde ihre Ehre verletzen, wenn ich den Kranken behandeln würde.»

Im Saal trat langsam Unruhe ein. Die Männer wälzten sich auf ihren Lagern hin und her. Einer schrie auf, andere stöhnten.

«Lass uns gehen», bat Arvaelo. «Wir stören hier nur.»

«Ja, außerdem wartet der Henker auf uns.»

«Jetzt schau dir nur an, was hier für ein Andrang herrscht!» Gustelies zeigte mit dem Finger auf die Eingangstür zum Malefizamt. Sie stand an Juttas Wechselstube gelehnt, vor sich einen Korb mit Einkäufen.

Jutta Hinterer lachte. «Was willst du? Hast du nicht gewusst, dass der Mensch des Menschen größter Feind ist? Der Mensch an sich, meine ich. Dann kommt noch die Geschichte mit den Männern und den Frauen dazu.»

«Vor dem Römer sehe ich Männer und Frauen stehen.»

«Sage ich doch.» Jutta Hinterer beugte sich aus ihrer Stube heraus und zeigte mit dem Finger auf die Menschentraube vor dem Römer. «Da, schau hin, das ist die Denglerin. Ihr Mann schlägt sie. Es vergeht keine Woche, in der sie nicht neue blaue Flecke hat. Zwei Mal schon hat er ihr den

Arm gebrochen. Jetzt steht sie da, und ich wette, sie will im Malefizamt angeben, dass ihr Mann der gesuchte Menschenfresser sei.»

Gustelies kniff die Augen zusammen. «Machst du Witze?», fragte sie.

«Ich? Im Leben nicht! Ich weiß das so genau, weil sie gestern hier war und von mir wissen wollte, welche Kennzeichen ein Werwolf hat. Als ich sie nach dem Grund fragte, erzählte sie, dass ihr Mann immer öfter merkwürdige Anwandlungen habe. Ich sagte ihr, sie müsse sich schon entscheiden, was der Ihre nun sei. Ein Menschenfresser oder ein Werwolf.»

Jetzt lachte auch Gustelies. «Guck mal, da steht auch der Büchsenmeister Schwarzer. Ich wette, er zeigt einen Ratsherrn an, weil er dieses Mal kein Pulver nach Wien gegen die Türken liefern konnte.»

Jutta schüttelte den Kopf. «Nein, einen Ratsherrn wird er nicht anzeigen. Einen Hauch von Respekt wird er sich wohl noch bewahrt haben. Ich nehme an, der Zunftmeister ist sein Opfer.»

Die beiden Frauen nickten, die Arme verschränkt.

Dann fragte Jutta. «Was macht dein Schwiegersohn an einem Tag wie heute, an dem jeder seinen Nächsten anzeigt?»

Gustelies zuckte mit den Achseln. «Heinz hat nicht viel übrig fürs Petzen. Wahrscheinlich hat er einen Schreiber hinter ein Pult gestellt, der jede einzelne Anzeige aufnotieren soll. Meist reicht das schon.»

Jutta nickte gedankenvoll, dann seufzte sie aus tiefster Seele. «Wenn ich darüber nachdenke, dann fallen mir ein Haufen Leute ein, dir mir noch Geld schulden, mich betrogen oder schlecht über mich gesprochen haben.» Sie stützte das Kinn in die Hand und sah nachdenklich zu der Schlange hinüber.

Auch Gustelies bekam auf einmal einen nachdenklichen Blick. Sie dachte an Klärchen Gaube, die «gute Haut», die den Kuchenwettbewerb gewonnen hatte. Was wäre, wenn ich jetzt dort hinüberginge, mich in die Schlange einreihte und dreist behauptete, das Klärchen habe Zauberzeugs in ihren Kuchen gebacken und wer so etwas täte, der fräße auch kleine Kinder? Gustelieses Gesicht verzog sich, wurde plötzlich heiter. Ach, sie sah die Büttel direkt vor sich, die an die Tür der «guten Haut» klopften und Klärchen mit bemehlten Händen und befleckter Schürze vom Backrohr weg direkt in das Verlies bringen würden. Bei Wasser und schimmligen Brot müsste die gute Haut dort das Mariä-Geburt-Fest verbringen, während sie, Gustelies, alle Artigkeiten für ihre Backkunst einheimsen würde. «Ach», stöhnte sie glücklich.

«Hach», schloss sich Jutta an.

Dann schlug die Erste die Augen auf, sah die andere und wurde ein bisschen rot. Die öffnete ebenfalls die Augen, schluckte und sagte: «Ich muss dann mal weiter.»

Gustelies würdigte die Verleumder bei ihrem Weg am Malefizamt vorbei keines Blickes. Es ist, wie es immer ist, dachte sie. Kaum geschieht in der Stadt ein Verbrechen, tauchen all diejenigen auf, die mit anderen noch ein Hühnchen zu rupfen haben. Aber anstatt ihre Händel von Angesicht zu Angesicht auszutragen, müssen sie ihre Gegner anzeigen. Wahrscheinlich erfährt Heinz heute, dass jeder Zweite einen Nachbarn hat, dem Menschenfresserei durchaus zuzutrauen ist.

Der Henker hatte die Leichenteile so hingelegt, dass der ursprüngliche Körper des Mannes gut zu erkennen war. Der Tote stank entsetzlich. Fliegen schwirrten umher, legten ihre Eier in sämtliche Körperöffnungen. Maden hatten sich in das Fleisch gebohrt. Der Rumpf war aufgequollen und mit Fäulnisblasen überdeckt.

Arvaelo tat wieder, als würde er nichts riechen. Er wies mit der Hand auf den Kopf. «Schau hier, glatte Wundränder. Der Kopf ist säuberlich abgetrennt worden. Mit einer Axt, einem Beil vielleicht, womöglich auch mit einem Schwert, einem Säbel oder einfach mit einem Schlachtermesser.»

Der Schreiber stand in der Ecke und führte den Griffel zitternd über die Tafel. Er wirkte selbst mehr tot als lebendig. Selbst der Henker, der einiges gewohnt war, hob ab und zu die Branntweinflasche an die Lippen, nahm einen kräftigen Schluck und gab auch Eddi Metzel davon ab.

Der Leichenbeschauer hatte für Verwirrung gesorgt, als er gleich bei seinem Eintreffen fragte, warum sich alle so sicher wären, dass ein Mensch die Bisse angebracht hatte und keines der Wald- oder Haustiere.

Der Henker, dem auch Wilderei nachgesagt wurde, hatte die Augen verdreht. «Von den Waldtieren gehen nur Wildschweine und Wölfe an Menschen. Und auch nur, wenn sie sehr hungrig sind. Dann reißen sie mit ihren Fangzähnen ganze Fleischbatzen heraus. Ein Abdruck wäre schwer zu erkennen. Außerdem haben Wildschweine ein vorne schmaleres Gebiss, und Wölfe ebenfalls.»

«Was ist mit großen Hunden?», ließ der Leichenbeschauer nicht locker.

Wieder sahen alle den Henker an. Der wiegte den Kopf hin und her. «Die Gebissform stimmt nicht. So ist es, und so bleibt es. Da könnt Ihr meinetwegen die ganze Tierwelt aufzählen.»

«Na, dann ist es ja gut», erwiderte Eddi friedfertig und sah den Sarazenen auffordernd an.

«Interessant ist der Kopf», erklärte Arvaelo und winkte Heinz Blettner näher heran. Er nahm ihm den Griffel aus der Hand und zog damit eine Linie über den Kopf des Toten. «Hier verläuft normalerweise die Hutkrempe, nicht wahr?»

Der Schreiber, der Henker und Eddi Metzel waren ebenfalls näher getreten. Alle vier nickten. Arvaelo sprach weiter: «Jetzt erkläre ich euch die sogenannte Hutkrempenregel. Also, passt auf. Ihr seht hier eine Wunde oberhalb der Hutkrempe.» Wieder nickten die vier.

«Das deutet darauf hin, dass der Mann durch einen Schlag von oben getötet wurde. Ein klassischer Mordanschlag sozusagen. Finden sich Verletzungen unterhalb der Hutkrempe, so sind diese in den allermeisten Fällen durch einen Sturz entstanden.»

Arvaelo wedelte mit der Hand und berührte dabei den Kopf, der langsam hin und her rollte. In diesem Augenblick kroch eine lange, weiße Made aus der Augenhöhle des Toten. Der Schreiber würgte, rannte nach oben. Eddi Metzel wurde blass und schluckte, der Henker reichte wortlos die Branntweinflasche herum.

Nur der Richter verfügte heute über starke Nerven. Es ist von Vorteil, sagte er sich, nicht allzu wach zu sein. Alles um mich herum nehme ich wie durch einen Nebel wahr. Vielleicht ist das nicht das Schlechteste bei Morden.

«Der Leichenbeschauer soll den Mann zeichnen. Wir wissen noch immer nicht, wer er ist. Die Zeichnung muss sofort in eine Druckerei gebracht werden. Anschließend sollen die Büttel die Flugblätter in der ganzen Stadt verteilen. Es wäre doch gelacht, wenn wir nicht bald herausfinden, wer dieser Mann eigentlich ist und was er in Frankfurt wollte», ordnete er an.

Schon den zweiten Abend hockte Hella im Roten Ochsen, der ihr von Stunde zu Stunde trübseliger erschien. Der Ton der trinkenden Handwerker schien ihr heute rauer und angriffslustiger als gestern, das Essen fader, der Wein dünner, die Luft schlechter. Obwohl sie von zu Hause weggelaufen war, empörte sich Hella insgeheim über Heinz. Hätte er sie nicht suchen müssen? War ihm gar nicht aufgefallen, dass sie weg war? War er am Ende sogar froh darüber? Wehe, wenn er mal nachts nicht nach Hause käme! Er würde erwarten, dass sie Himmel und Hölle in Bewegung setzte, um ihn zu finden und aus möglichen Gefahren zu befreien. Wenn Hella Heinz gewesen wäre, hätte sie die Büttel in jede Herberge, in jedes Schankhaus der Stadt geschickt. Sie hätte sämtlichen Torwächtern Bescheid gegeben, hätte die Hafenarbeiter informiert und wäre am Ende sogar bei der Poststation vorbeigegangen. Und Heinz? Was tat er? Nichts! Wahrscheinlich feierte er am Ende noch mit Felicitas, dass er endlich frei von ihr war!

Hella spürte förmlich, wie die Wut ihr durch die Eingeweide kroch. Sie saß am Tisch und starrte vor sich hin.

«Na?», fragte Isolde. «Geht's Euch jetzt besser?»

«Wieso?»

«Weil ihr die ganze Zeit über mit den Zähnen geknirscht habt.»

«Wirklich?» Hella fasste mit der Hand nach ihrem Kinn, schob es hin und her. Tatsächlich, sie verspürte ein leichtes Ziehen.

«Es geht mir gut», log sie und bestellte noch einen Becher mit verdünntem Wein.

In diesem Augenblick kam der Gehilfe Johann zur Tür hereingestürzt. Er schwenkte ein Flugblatt in der Hand und ließ sich vollkommen außer Atem auf die nächste Bank fallen. «Herrin», rief. «Herr Wirt, Herrin, kommt schnell. Ich muss Euch etwas zeigen.»

Isolde kam aus der Küche gerannt und trocknete sich unterwegs die Hände an der Schürze ab. Ihr Schorsch hatte auf einem Schemel neben der Küchentür gesessen und gedöst. Verwirrt erhob er sich, zog die Beinkleider zurecht, gähnte herzhaft und trabte langsam näher. Auch die Gäste standen auf, und schon war der Tisch von Neugierigen umringt.

Johann Lofer, der Gehilfe, hatte das Flugblatt in die Mitte des Tisches gelegt. Darauf war oben in der ersten Zeile zu lesen: «Wer kennt diesen Mann?»

In der Mitte war die Zeichnung eines Kopfes abgebildet, darunter der Rumpf, ein Arm und ein Bein. Daneben stand mit knappen Worten beschrieben, wo die Körperteile gefunden worden waren. Nur der Fundort des Kopfes wurde verschwiegen.

Isolde blickte darauf und schlug sich die Hand vor den Mund: «Ist ... ist ... Das ist doch nicht etwa der Juwelier aus Leipzig? Zerfaß, so war der Name. Der mit der Silberschmiedin in derselben Kolonne gekommen ist? Wo ist sie überhaupt? Sie muss das doch bestätigen können!»

Die Wirtin sah sich um. Schorsch kratzte sich am Hintern. «Sie ist heute Morgen weg», knurrte er. «Gesagt hat sie, dass es sich hier nicht lohnt. Nachher wären die Straßen verstopft. Wenn sie sich aber jetzt einer Kolonne aus dem Polnischen anschlösse, käme sie sicher und pünktlich nach Hause. So ist das.»

Er nickte dazu. Dann riss er seiner Frau das Flugblatt aus der Hand und starrte darauf. «Ich kenne den Burschen nicht. Und überhaupt. In meinem Haus verkehren nur anständige Leute. Von denen hat sich noch nie jemand einfach umbringen lassen.»

Er warf das Flugblatt auf den Tisch und wandte sich ab. «Komm mit!», herrschte er seine Frau an, packte sie am Arm und zog sie hinter sich her in die Küche.

Als der Gehilfe das sah, nahm er sich das Flugblatt, betrachtete die Abbildung noch einmal genauer und sagte: «Wenn ich es recht bedenke, kann ich mich auch getäuscht haben.»

Die Gäste murrten ein wenig, sie hatten sich schon auf ein wenig Tumult und Trubel gefreut. Als diese ausblieben, gingen sie wieder an ihre Tische. Auch Hella setzte sich zurück auf ihre Bank, doch für sie war die Angelegenheit noch lange nicht erledigt. Wenn sie sich etwas vorbeugte, konnte sie durch die offene Tür in die Küche sehen. Und wenn sie sich anstrengte, konnte sie hören, was darin gesprochen wurde.

Schorsch stand vor seiner Frau, den Kopf und das Kinn hatte er nach vorn gereckt. Er sah aus, als wolle er wie ein Vogel mit seinem Schnabel auf seine Frau einhacken. Isolde hatte die Schultern und den Kopf ein wenig zurückgebogen, als fürchte sie einen Angriff. Der Gehilfe stand neben der Küchentür, unsichtbar für seine Herrschaft, aber doch so, dass er alles gut hören konnte.

«Bist du von allen guten Geistern verlassen?», zeterte der Wirt. «Wie kannst du sagen, dass du den Gemeuchelten kennst?»

«Eben weil ich ihn kenne. Deshalb. Was ist denn daran so schlimm?»

«Ich will nicht, dass jemand denkt, wir würden Leute beherbergen, die plötzlich tot sind. Ich sagte schon, der Rote Ochse ist und bleibt ein anständiges Haus.»

Hella hörte Isolde schnauben. Sie stand noch immer vor ihrem Mann, doch ihr Körper war nicht mehr zurückgebogen. «Du solltest zum Malefizamt gehen und anzeigen, was du weißt», sagte sie. «Der Mann hat hier gewohnt. Das ist ja wohl erlaubt. Und jeder kann es herausbekommen. Schließlich hat er oft genug in der Schankstube gesessen.»

«Bist du verrückt?»

«Warum? Schließlich ist es nicht verboten ...»

«Sei leise, Weib. Niemand darf uns hören.»

«... Ein Zauberbuch ... Höllenzwang ...»

«Still jetzt, verdammt!»

Schorsch packte seine Frau erneut beim Arm und zog sie hinaus auf den Hof.

Hella aber saß wie erstarrt. Sie wusste jetzt, wer der Tote war. Und sie ahnte noch einiges mehr. Höllenzwang hatte die Wirtin gesagt, Höllenzwang. Sie hatte es ganz genau gehört.

Am liebsten wäre sie aufgestanden und zu ihrer Mutter gelaufen. Am liebsten hätte sie gerufen: «Es gibt es doch, das Zauberbuch.»

Wie gerne wäre sie auch zu Heinz gegangen, hätte ihm berichtet, was sie erfahren hatte, hätte sich über sein Lob, sein Lächeln, den Stolz in seinem Blick gefreut. Doch nichts davon durfte sie.

Heinz, ach der! Er hatte sich einen feuchten Kehricht um sie geschert. Warum also sollte sie ihm helfen?

Und Gustelies? Wenn sie von dem Zauberbuch erführe, würde sie sich sofort im Roten Ochsen einquartieren. Dann würde auch Heinz erfahren, wo sie war. Gleichgültig, ob er das wissen wollte. Nein, dachte Hella. Ich bleibe hier und schweige.

KAPITEL 9

Die halbe Nacht hatte Hella wach gelegen. Der Höllenzwang spukte ihr ebenso im Kopf herum wie das fremde Taschentuch. Ja, sie war verletzt. Aber hier ging es um Mord. Einen besonders scheußlichen sogar. Allerdings war ihr verboten worden, sich mit den Criminalia Frankfurts zu beschäftigen. Aber vielleicht würde Heinz sich ihr wieder zuwenden, wenn sie die entscheidenden Hinweise zur Lösung des Falls beibrachte? Und weniger mit ihm zankte? Vielleicht. Es würde schwer werden, nett zu ihm zu sein. Wütend war sie, auf ihn. Und auf die Stadt, die das Weibsvolk, also sie und ihre Mutter, für ungeeignet hielt, einen Mord aufzuklären. Und ein wenig war sie auch wütend auf sich. Aber Heinz sollte nicht einfach so davonkommen. Der Treuebruch wog einfach zu schwer. Endlich, als der Morgen graute, hatte sie die Lösung gefunden.

Bei einem Mord durfte sie, nein konnte sie nicht schweigen. Aber zum Malefizamt gehen, ihrem Mann in die Augen schauen, das konnte sie auch nicht. Sie würde zu ihrer Mutter ins Pfarrhaus gehen. Gustelies würde schon dafür sorgen, dass alles seinen Lauf nahm. Noch besser wäre es natürlich, dachte Hella, wenn der Wirt selbst zum Amt geht. Dann kann Heinz auch nicht behaupten, ich hätte mich wieder einmal in seine Ermittlungen eingemischt.

Hella stand auf, wusch sich in einer Schüssel, spülte ihren Mund, bürstete sich das Haar und ging hinunter in die Schankstube, um dort das Frühstück einzunehmen.

Wie an jedem Morgen gab es auch heute Buchweizengrütze mit Honig und Butter. Hella aß eine kleine Schüssel davon und trank einen Becher Milch dazu. Als der Wirt in der Gaststube erschien, grüßte sie freundlich. Schorsch brummte einen Gruß zurück und schickte sich an, den Roten Ochsen zu verlassen, doch Hella hielt ihn zurück.

«Sagt, Herr Wirt, ist es wahr, dass der Zerstückelte Gast in Eurem Hause war?», platzte sie mit der Frage heraus.

Der Wirt brummelte etwas, das Hella nicht zu deuten wusste.

«Wie bitte? Ich habe Euch leider nicht verstanden.»

«Hm, war hier.»

«Ich dachte es mir schon», sprach Hella unbeirrt weiter. «Sagt, habt Ihr nicht daran gedacht, zum Malefizamt zu gehen?»

«Mag keine Amtsstuben.»

«Nun, das verstehe ich. Mir geht das mit den Amtsinhabern so. Trotzdem. Wenn Ihr verschweigt, dass Ihr wisst, wer der Mann ist, macht Ihr Euch verdächtig.»

Schorsch drehte sich um und sah sie mit gerunzelter Stirn an. Es war ihm deutlich anzusehen, dass dieses Argument ihn überzeugte. Aber musste es ausgerechnet von einer Frau kommen?

«Wollt ohnehin grad dorthin», brummte er.

Im selben Augenblick kam seine Frau dazu. «Zum Amt willst du? Das ist gut. Das ist richtig.»

Sie klopfte ihm beschwichtigend auf den Arm und gab ihm sogar einen Kuss auf die stoppelige Wange.

Der Gehilfe, der in der Küche stand und mit einem Tuch

die Grützeschüsseln trocken rieb, lächelte. Hella stutzte. Es war ein eigentümliches Grinsen. Ob der Gehilfe mehr wusste, als er sagte? Sie nahm sich vor, mehr auf ihn zu achten.

Der Wirt verließ die Gaststube, das Frühstück war bereits abgeräumt. Hella stand auf, rückte Kleid und Haube zurecht und machte sich auf den Weg zur Liebfrauenkirche. Sie hoffte natürlich, dass der Wirt wirklich zum Malefizamt gehen würde, aber es konnte sicherlich nichts schaden, wenn auch Gustelies Bescheid wusste.

Doch das Pfarrhaus war verschlossen. Hella klopfte noch einmal, aber weder hinter der Tür noch hinter den Fenstern regte sich etwas. Unschlüssig stand sie auf der Gasse. Vielleicht sollte sie versuchen, erst einmal noch etwas mehr über das Zauberbuch in Erfahrung zu bringen? Schon machte sie sich auf in das Messegetümmel.

Noch immer war die Messe im vollen Gange, und Hella musste sich durch das Gedränge kämpfen. Obwohl sie keine Eile hatte, nahm sie sich nicht die Zeit, an den Ständen stehen zu bleiben und sich nach den neuesten Moden zu erkundigen. Etwas trieb sie voran. Durch die Neue Kräme stürmte sie regelrecht, sodass die Leute ihr auswichen. Als sie über den Römerberg ging, warf sie einen Blick auf das Fenster des Malefizamts, hinter dem sich Heinz' Büro verbarg, doch auch dieses war geschlossen. Ein Stich durchfuhr sie. Wo war er? Um diese Zeit war er immer im Amt. Ob er etwa mit Felicitas von Brasch zusammen war? Am Ende gar bei einem gemeinsamen Frühstück? Schnell verdrängte Hella diesen Gedanken und schob einen kleinen Jungen, der ihr vor den Füßen herumlief, energisch zur Seite.

Schon lag der Römerberg hinter ihr, schon eilte sie durch die Mainzer Gasse, und schon hatte sie die Buchgasse erreicht. Sie fand die Buchdruckerin Angelika am selben Platz wie vor wenigen Tagen.

«Grüß Euch Gott, Richtersfrau», sagte Angelika, setzte sich auf ein Fass, legte die Hände in den Schoß und ließ die Beine baumeln. «Was kann ich heute für Euch tun?»

Sie deutete mit der Hand auf ein Fass, das neben ihr stand, aber Hella blieb lieber stehen.

«Habt Ihr etwas über das Zauberbuch in Erfahrung bringen können?»

«Ihr meint ‹Dr. Faustus' dreifacher Höllenzwang›?»

«Ebendas.»

«Nun, alle haben davon gehört, aber niemand hat es je zu Gesicht bekommen.»

Hella verzog das Gesicht.

«Deswegen braucht Ihr keine enttäuschte Miene zu machen», stellte die Druckerin fest und lachte.

«Habt Ihr doch noch mehr gehört?»

Angelika nickte. «Es soll, erzählt man sich, in Frankfurt eine geheime Loge geben. Eine Loge derer, die sich mit Zauberei und insbesondere mit Doktor Faustus beschäftigen. Ich weiß nicht, ob Euch bekannt ist, dass es ihn tatsächlich gegeben haben soll.»

Hella nickte, und die Buchdruckerin sprach weiter: «Jedenfalls nennen sie sich ‹Doktor Faustens Loge›. Sie tagen einmal wöchentlich. Sogar einige Würdenträger der Stadt sollen dabei sein.»

«Und wisst Ihr auch, wo?», fragte Hella.

Die Druckerin schüttelte den Kopf. «In einer Herberge mit Schankwirtschaft, habe ich gehört. Irgendwo im Norden der Stadt.»

«Das kann im Dorf Bornheim sein, das kann aber auch nur die Schnurrgasse sein», stellte Hella fest.

Angelika zuckte mit den Achseln. «Jedenfalls soll der Wirt der Vorsitzende dieser Loge sein.»

«Hmm», machte Hella. Das hilft mir nicht wirklich weiter, dachte sie. «Könnt Ihr den Mann vielleicht beschreiben?»

«Wie denn? Ich habe ihn nie gesehen.»

«Wer hat Euch von der Loge erzählt?»

Die Druckerin Angelika schlenkerte mit den Beinen und lächelte stumm.

«Ich verstehe», sagte Hella. «Wenn Ihr mir verratet, wer Euer Zuträger ist, habt Ihr bald keinen mehr, nicht wahr?»

«So ist es», bestätigte die Druckerin. «Aber ich werde weiterhin Augen und Ohren offenhalten.» Sie rutschte vom Fass. «Vielleicht gelingt es mir am Ende doch noch, ein Exemplar von Doktor Faustens Höllenzwang aufzutreiben.»

«Jetzt lasst Euch nicht jedes Wort aus der Nase ziehen, Herrgott. Also. Noch einmal von vorn. Woher kennt Ihr den Mann auf dem Flugblatt?»

Richter Blettner unterdrückte ein Seufzen und lehnte sich in seinem Stuhl zurück. Vor seinem Schreibtisch hatte ein Mann Platz genommen, der sich als Wirt des Roten Ochsen ausgab.

«Juwelier aus Leipzig. Zerfaß mit Namen.»

«Aha. Und der hat bei Euch übernachtet?»

Der Wirt nickte.

Heinz sah ihn an. Ist der Kerl verstockt oder nur maulfaul?, fragte er sich. Wenn er verstockt ist, dann frage ich mich, warum er hier ist. Wenn er maulfaul ist, dann frage ich mich das auch.

«Wer hat Euch hergeschickt?»

Der Wirt sah hoch, sein Blick flackerte. «Bin Manns genug», brummte er. Der Richter beließ es einstweilen dabei.

«Der Juwelier Zerfaß aus Leipzig hat also bei Euch übernachtet.»

«Hm.»

«Wann ist er denn angereist?»

Der Wirt kratzte sich am Kopf. «Vor vierzehn Tagen etwa.»

«Genauer geht es nicht?»

«Weiß nur, die Messe hatte noch nicht begonnen.»

«Aha. Und wann verschwand er?»

Der Wirt zuckte mit den Achseln. «Hab anderes zu tun, als meine Gäste auszuspionieren.»

«Das verstehe ich. Ich habe auch anderes zu tun, als Euch beim Schweigen zuzuhören. Also. Wann habt Ihr den Juwelier zuletzt gesehen?»

«Vier Tage vor Messebeginn.»

«Aha. Erschien er irgendwie merkwürdig?»

Der Wirt kratzte sich erneut am Kopf und rutschte unruhig auf dem Stuhl hin und her. «Aufgekratzt», erwiderte er schließlich.

«Aufgekratzt? Wer? Was?»

«Der Juwelier. Aufgekratzt war er an dem Abend, als ich ihn zuletzt gesehen habe.»

«Wie hat sich das bemerkbar gemacht?» Richter Blettner trommelte mittlerweile mit den Fingerspitzen der rechten Hand auf den Schreibtisch.

«Lokalrunde.»

Jetzt scharrten auch die Richterfüße ungeduldig über den Boden. «Himmelherrgott noch eins. Jetzt macht endlich den Mund auf, sonst stecke ich Euch wegen Behinderung der Ermittlungen ins Verlies.»

Der Wirt wurde blass. Verstockt presste er die Lippen zusammen und sah in seinen Schoß.

Der Schreiber hob die Gänsefeder. «Darf ich Euch darauf aufmerksam machen, Herr, dass der Wirt freiwillig gekommen ist. Ihr könnt ihn also nicht wegen Behinderung der Ermittlungen bestrafen.»

Der Schreiber sah triumphierend und selbstgerecht zu seinem Vorgesetzten, doch als er dessen Blick begegnete, räusperte er sich und beugte sich flugs über sein Papier.

«Also!»

«Der Mann kam in den Roten Ochsen und hat eine Lokalrunde gegeben. Ich habe gehört, wie er erzählt hat, dass er einem Kannengießer ein Zauberbuch verkauft habe.»

«Na bitte, geht doch. Und weiter?»

«Am nächsten Abend kam der Kannengießer in die Herberge gestürzt. Mit gesträubten Haaren verlangte er den Juwelier zu sprechen.»

«Und dann?»

«Ich habe ihn nach oben in das Zimmer des Leipzigers geschickt. Und von da an weiß ich nichts mehr.»

Der Wirt lehnte sich zurück und verschränkte die Arme vor der Brust.

Der Richter nickte verständnisvoll. «Wie gut, dass Ihr keiner von denen seid, die ihre Gäste belauschen. Das ehrt Euch. Doch in diesem Falle ist es eher hinderlich. Wer, sagtet Ihr, hat Euch hergeschickt?»

«Niemand.»

«Und warum seid Ihr gekommen?»

«Bürgerpflicht.»

«Was habt Ihr erlauscht?»

«Nichts.»

«Schreiber, geht hinüber in die Ratsschänke und bringt

eine Kanne Wein. Ich vermute, unser Wirt hat heute so ungewohnt viel gesprochen, dass sein Mund ganz trocken ist.»

Der Schreiber guckte verblüfft.

«Ja, ja, ich weiß, dass es nicht üblich ist, bei einer Vernehmung Wein auszuschenken, aber bedenkt, Schreiber, der Mann ist freiwillig hier. Ihr sagtet es vorhin selbst.»

Der Schreiber schluckte, nickte und verschwand. Als seine Schritte auf dem Flur verklungen waren, beugte sich der Richter über den Tisch. «Du wärst der erste Wirt, der nicht weiß, was unter seinem Dach geschieht. Du hast jetzt genau zehn Atemzüge lang Zeit, mir zu erzählen, was wirklich passiert ist und was du gehört hast.»

Der Wirt schluckte. «Sonst?»

Der Richter zuckte mit den Schultern. «Was soll sonst sein? Nichts natürlich. Aber deinen Namen, mein Lieber, den werde ich mir merken.»

«Also gut. Der Kannengießer wollte sein Geld zurück. Fünfzig Gulden, die er für ein Zauberbuch bezahlt hatte. Aber der Juwelier hat nur gelacht. ‹Du wolltest das Zauberbuch, nun hast du es›, hat er gesagt. Daraufhin hat der Kannengießer blutige Rache geschworen und ist dampfend vor Wut zur Tür hinaus.»

«Na, bitte, geht doch. Und wenn du mir jetzt noch den Namen des Kannengießers sagst, dann lasse ich dich sofort gehen.»

Der Wirt schüttelte den Kopf. «Den Namen weiß ich nicht. Wirklich nicht.»

Der Richter stand auf. «Gut, ich danke dir. Ich komme demnächst einmal bei dir vorbei, dann kannst du das Protokoll unterschreiben.»

Der Wirt des Roten Ochsen nickte und machte, dass er davonkam.

Heinz Blettner lehnte sich zurück und strich sich zufrieden über den Bauch.

Er dachte gerade darüber nach, ob er den Wein mit seinem Schreiber teilen musste, als es klopfte und der Wirt des Roten Ochsen zurückkam.

«Was ist denn noch?», fragte Blettner.

«Der Schlüssel zu meinem Weinkeller ist verschwunden.»

«Dann sucht ihn.»

«Nix da. Anzeigen will ich den Diebstahl.»

Der Richter seufzte. Gerade kam der Schreiber zurück. Heinz nahm ihm den Weinkrug aus der Hand und befahl: «Der Wirt ist bestohlen wurden. Setzt Ihr eine Anzeige auf. Ich bin beim Schultheiß.»

Gustelies hatte lange überlegt, ob sie es tun sollte. Schließlich war sie Witwe und obendrein noch die Haushälterin eines Paters. Der war zwar ihr Bruder, aber so leibesfeindlich, wie man als Pater nur sein konnte.

Sie dagegen war nicht nur Frau, sondern ein Weib mit Haut und Haaren und Leib und Seele. Das zumindest hatte einmal ihr Mann, der verstorbene Richter Kurzweg, zu ihr gesagt. Doch noch bevor sich Gustelies über dieses Lob hätte freuen können, hatte er hinzugefügt: «Und genau das macht mir Angst.»

Früher hatte sie nicht verstanden, was einem Mann an einer Frau Angst machen konnte. Jetzt wusste sie es. Sie war eine leidenschaftliche Frau. Eine von denen, die aus Liebe sterben konnten. Eine, die sich hingeben konnte bis zum letzten Seufzer. Und Männer, die lieber alles für sich behielten, insbesondere ihre Gefühle, denen machte sie eben Angst. Ihr Bruder gehörte dazu, aber das machte nichts, denn er war ja ihr Bruder. Dass ihr Mann zeitlebens ebenfalls viel zurückgehalten hatte, hatte ihr oft Kummer gemacht. Aber er hatte Qualitäten besessen, die diesen Mangel aufwogen. Doch daran wollte sie nicht denken. Nicht jetzt, denn jetzt fühlte sie sich wie ein junges Weib. In ihrem Bauch kribbelte es. Nein, sie gehörte noch lange nicht zum alten Eisen.

Sie hatte sich das Haar frisch gewaschen und mit Kamille gespült. Ihre Augenbrauen waren ordentlich gezupft, die Augen mit Belladonna ein wenig dunkler getropft. Sie sah nun zwar etwas verschwommen, doch das machte nichts. Auf Schminke hatte sie verzichtet, aber nicht darauf, sich ein wenig auf die Lippen zu beißen und hin und wieder in die Wangen zu kneifen. Nun legte sie sich winzige Steinchen in den Schuh. So würde sie nur vorsichtig auftreten und langsam gehen können. Wie eine Dame eben. Und nicht wie die Haushälterin eines Pfarrers, die vor Pflichten bisweilen nicht wusste, wo ihr der Kopf stand. Sie griff ihren großen Weidenkorb, in dem einige Pfannen und Schüsseln warm verpackt bereitstanden, und machte sich auf den Weg in die Fahrgasse.

Josef Dübler und Pater Nau waren unterdessen damit beschäftigt, die Fensterläden im Pfarrhaus zu reparieren. Zwischendurch ließen sie sich den Apfelkuchen schmecken, den Gustelies heute Morgen aus dem Rohr gezogen hatte.

Am Haus ihres Schwiegersohnes traf sie auf Arvaelo, genau so, wie sie sich das gewünscht hatte. Die beiden Männer saßen hinter dem Haus, und Heinz war gerade dabei, seinem Gast von der Vernehmung des Wirtes zu erzählen.

Als Gustelies den Garten betrat, erhob sich der Sarazene. Er trat ganz dicht an sie heran. Gustelies schnupperte. Hmm. Sandelholz. Ein wenig Moschus vielleicht. Ein

Hauch Nelken? Jedenfalls ein Geruch, der sie betörte und den sie noch nie vorher gerochen hatte.

Arvaelo nahm ihre Hand und beugte sich darüber zu einem angedeuteten Handkuss. Dann richtete er sich auf und sah ihr lange in die Augen.

«Ich freue mich sehr, Euch zu sehen», sagte er leise, aber nicht so leise, dass der Richter es nicht hören konnte.

«Möchtet Ihr Platz nehmen?»

Gustelies atmete tief ein und aus, dann schüttelte sie den Kopf. «Nein. Nein, ich muss zurück ins Pfarrhaus. Der Junge. Ihr wisst schon. Der Josef. Ich kann ihn nicht so lange mit Pater Nau allein lassen. Erst, wenn er schläft.»

Bei den letzten Worten sah sie Arvaelo an. Ganz tief drang ihr Blick und wurde erwidert.

«Dann hoffe ich, der Junge geht nicht zu spät zur Ruhe», sagte der Sarazene leise.

«Punkt acht Uhr verschließe ich seine Kammertür.»

Gustelies winkte ihrem Schwiegersohn einen Gruß zu, gab der Magd Anweisungen, wie sie das Essen zu wärmen hatte, und ging davon. Erst als sie bereits in der Töngesgasse war, fiel ihr ein, dass sie vergessen hatte, nach ihrer Tochter zu fragen. Vielleicht, dachte sie nun, ist es nicht das Schlechteste, wenn Hella nichts von meinen Gefühlen für Arvaelo ahnt.

Als sie gegangen war, setzte der Richter das Gespräch fort. «Glaubst du an Geheimbünde?», fragte er.

Der Mann aus Samarra nickte. «Natürlich. Geheimbünde gibt es, seit die Welt geschaffen wurde. Überall. Hast du noch nie davon gehört?»

«Doch, doch. Ketzer, Ketzer allesamt. Aber bei euch? Ich meine, in Persien? Gibt es da keine?»

«Hm.» Arvaelo wirkte zum ersten Mal, seit Heinz ihn

kannte, unsicher. «Es ... es gibt die Assassinen. Vielmehr, die gab es. Bis vor dreihundert Jahren etwa. Ein politischer Geheimbund, der Gegner mit dem Dolch tötete. Besonders aktiv waren sie in Persien. Auch in meiner Heimatstadt. Um ihre Ziele zu erreichen, schickten sie ihre Attentäter überallhin. Und die fürchteten nichts. Noch nicht einmal den eigenen Tod. Dabei ging es um nichts Großes. Nur um Macht. Und Landbesitz.» Arvaelo verstummte.

«Und weiter?»

«Nichts weiter. Nach den Kreuzzügen hat man nichts mehr von ihnen gehört. Sie haben sich zerstreut. Heißt es.»

«Was meinst du? Was für Leute sind Mitglied in einem Geheimbund, der sich mit Zauberei befasst?»

«Reiche Leute.» Arvaelos Antwort kam prompt.

«Wie kommst du darauf?»

«Arme Leute haben keine Zeit für solche Dinge. Arme Leute können oft nicht lesen. Und die Gerätschaften zum Goldmachen, die könnten sie sich nicht leisten. Selbst wenn sie es wollten.»

«Das überzeugt», meinte Heinz und versank ins Nachdenken.

Die Leute drängten sich vor der Kirche, als stünde der Gottesdienst kurz bevor. Zuerst waren es nur zwei Frauen, davon eine im Witwenkleid. Dann kam eine weitere und zündete vor der Statue der Muttergottes eine Kerze an. Eine vierte gesellte sich dazu, dann eine junge Frau mit einem Säugling auf dem Arm. Zwei Arbeiter auf dem Weg nach Hause blieben stehen, ein Lehrjunge und zwei Wäscherinnen, danach fanden sich noch ein paar Gesellen ein, Tagelöhner, Mägde, zwei Mönche und eine Nonne, eine Bettlerin und schließlich eine Hure. Sie alle standen abwartend vor dem Pfarrhaus. Dort, hinter dem kleinen Fenster, war sonst der Platz von Pater Nau, wenn er mit einem der ihm anvertrauten Schäfchen einmal unter vier Augen sprechen wollte. Die meisten, die hier standen, kannten das kleine Zimmer. Es war mit dunklem Holz getäfelt, und das ganze Jahr duftete es dort nach Weihrauch. Ein paar harte Stühle standen um den dunklen Tisch, darauf ein eiserner Leuchter mit drei Armen. In diesem dunklen Gemach war das Geheimnis zu Hause. Licht störte hier nur. Die Leute sollten sich geborgen fühlen. Geschützt. Sicher. Deshalb zierten die Wände auch Teppiche mit Szenen aus der Bibel. Der gute Hirte war im flackernden Kerzenschimmer zu erkennen, die Szene, in der Maria Magdalena am Ostermorgen dem auferstandenen Herrn begegnete, und der verlorene Sohn, den sein Vater wieder aufnahm. Auf einem kleinen Altar stand eine Marienstatue. Das wussten die Leute vor dem Pfarrhaus. Aber sehen konnten sie heute nichts von alledem. Der Fensterladen war fest verschlossen und bot den neugierigen Augen auch nicht die kleinste Ritze.

«Hat es schon angefangen?», fragte eine Handwerkerin, die gerade dazugekommen war und ihre alte, blinde Mutter am Arm führte.

Zwei andere Frauen schüttelten den Kopf.

Eine beugte sich nach vorn und berichtete: «Schwefel habe ich gerochen, als ich gestern hier vorüberging. Schwefel. Ich schwöre es, bei allem, was mir heilig ist.»

Einige Umstehende nickten. «So ist das», bestätigten sie. «Dort, wo der Teufel sein Unwesen treibt, riecht es nun mal nach Schwefel.»

«Hat nicht der Ausrufer heute verkündet, dass der Exorzismus zur Vesper losgeht?», fragte eine andere.

«Es hat noch gar nicht zur Vesper geschlagen, oder?»

Der Satz war noch nicht verklungen, da erschallten die Glocken des nahen St.-Katharinen-Klosters. «Jetzt ist Vesper. Jetzt fängt es an», raunte die Menge.

«Tut sich was? Hach, ist das aufregend! Hört ihr was?» Weit hinten stellte sich eine Küchenmagd auf die Zehenspitzen.

«Ruhe, sei doch still», ermahnten die älteren Frauen sie. «Oder nimm den Rosenkranz, wenn du dein Plappermaul nicht halten kannst.»

Durch den geschlossenen Fensterladen drang eine Duftwolke.

«Weihrauch», verkündete ein Mann, dessen Nase fast am Fensterbrett klebte. «Der Pater bekämpft den höllischen Schwefel mit heiligem Weihrauch.»

Mehr und mehr Rosenkränze wurden gezückt. Durch die leise gemurmelten Gebete schallte wieder die Stimme der Küchenmagd. «Und jetzt? Hört Ihr jetzt etwas?»

«Still doch! Sonst versteht man gar nichts», forderte der Mann am Fensterbrett. «Nein, nichts zu hören. Oder halt. Jetzt doch. Ich höre Gemurmel.»

«Das wird der Pater sein, der seine Gebete spricht.»

«‹Wie heißt du? Nenne deinen Namen!› Das habe ich ganz genau gehört. Das hat der Pater gerufen», mischte sich die junge Frau mit dem Säugling auf dem Arm ein.

«Und? Was ist die Antwort?»

«Ruhe, verflucht!» Der Mann am Fensterbrett wurde laut. «Wenn ihr dauernd schwatzt, werden wir nie etwas erfahren.»

Einen Augenblick herrschte Schweigen. Nur das aufgeregte Scharren der vielen Füße war zu hören, und das Klicken der Rosenkranzperlen.

«‹Ist dein Name Barbiel?›, hat er jetzt gefragt.»

Vor dem Fenster war es nun ganz still. Alles hielt den Atem an.

«Neeiin», flüsterte der vorderste der Fenstersteher heiser. «Der Besessene hat nein gesagt. Und jetzt fragt der Pater lauter Namen, die ich nicht verstehe. Und immer wieder ist die Antwort Nein.»

Die Menge seufzte. Dann wurde es wieder still. Nur vereinzelt machte jemand eine Bemerkung. Sofort zischten die anderen, bis wieder Ruhe einkehrte. In die atemlose Stille fuhr plötzlich ein Schrei.

So laut, so schrill, so markerschütternd, dass die, die vor dem Fenster standen, auf die Knie sanken und laut zur Muttergottes beteten. Als endlich die Glocken des St.-Katharinen-Klosters zur Abendmesse riefen, erhob sich die Nonne. Sie streckte ihre Arme nach dem Fenster aus, legte beide Zeigefinger über Kreuz: das Zeichen, um Dämonen abzuwenden. Dann drehte sie sich um und ging.

Einer nach dem anderen stand nun auf und ging ohne Gruß von dannen. Die junge Mutter presste ihren Säugling an die Brust. Die Blinde segnete ihre Tochter, Männer kneteten ihre Mützen in den Händen. Niemand sprach. Immer noch roch es nach Weihrauch, am nächsten Tag behauptete eine Frau auf dem Markt, es hätte die ganze Zeit nach Schwefel gestunken.

«Danach auch noch», sagte sie. «Der Gestank hat sich in mein Kleid gesetzt, und ich brachte ihn mit in mein Haus. So schlimm ist das gewesen, dass mein Kindchen das Kotzen angefangen hat. Und die Katze ist vor mir geflohen. Jawohl, geflohen! Und erst am nächsten Morgen stand sie wieder vor der Tür.»

Einer der Handwerker erzählte von dem Schrei. Diesem

schrecklichen Brüllen, als Pater Nau den Namen des Höllenfürsten erriet. «Das war Nadaniel», sagte er mit wichtiger Miene. «Ihr müsst wissen, dass das einer der gefallenen Engel ist, der mit Luzifer bis in die Hölle stürzte. Und dort ist er König und Heerführer. Die anderen Namen, die weiß ich auch. Luzifer. Beelzebub. Und dann sind da noch Bludohn, Gottseibeiuns und Satanus. Und mit allen wollte es unser Pater Nau aufnehmen. Gott steh uns bei, wenn er den Namen nicht herausgebracht hätte.»

KAPITEL 10

Wenn Hella ganz ehrlich zu sich war, dann hatte sie schon vergessen, warum genau sie auf Heinz so böse war. Und wäre da nicht Felicitas von Brasch gewesen, wäre sie längst wieder zu Hause.

Sie lag auf dem knarrenden, schmalen Bett im Roten Ochsen, das klumpige Deckbett bis über beide Ohren gezogen, und seufzte. Von links nach rechts und von rechts nach links hatte sie sich schon gedreht, hatte das Kissen unter die rechte Wange, die linke Wange und unter den Bauch gelegt, hatte den rechten Arm über dem Kopf, neben dem Kopf und auf dem Bauch liegen gehabt. Aber einschlafen konnte sie nicht.

Die Eifersucht und das schlechte Gewissen quälten sie. Felicitas von Brasch. Lange ertrug sie das nicht mehr. Heinz würde sich entscheiden müssen. Was aber, wenn er sich für Felicitas entschied? Hella wurde ganz übel, wenn sie daran dachte. Sie hatte Heinz in der letzten Zeit wahrhaftig nicht gut behandelt. Und wenn sie es hätte rückgängig machen können, Gott allein wusste, wie gern sie es getan hätte. Erst seitdem sie Heinz mit Felicitas gesehen hatte, machte sie sich wieder Gedanken um ihn. Hatte vorher nur ihr eigenes Unglück im Blickpunkt gestanden, so fragte sie sich nun, was Heinz wohl wünschte und ersehnte. Er war der Richtige für sie. Das wusste sie jetzt wieder genau. Arvaelo war ein schöner Mann, geheimnisvoll, aber würde er ihr auch den Kopf halten und das Haar aus dem Gesicht streichen, wenn sie erbrechen musste? Würde er ihr die ganze Nacht die Stirn kühlen, wenn sie fieberte? Dürfte sie IMMER unter seine Bettdecke schlüpfen, wenn die Angst kam? Die schlechten Träume? Die, in denen sie immer und immer wieder ein totes Kind in der Wiege liegen sah? Heinz war verlässlich, verständnisvoll, liebevoll. Das und noch viel mehr. Heinz war alles, was sie brauchte.

Aber die Geheimloge, von der die Druckerin Angelika erzählt hatte! Hella seufzte. Sie wusste genau, wie wichtig solche Erkenntnisse für die laufenden Ermittlungen waren. Sie hatte noch nicht sehr oft von Geheimbünden gehört. Und wenn, dann wurde nur darüber gemutmaßt. Da sollte es Gesellschaften geben, die ließen hinter verschlossenen Türen Stühle und Tische rücken wie durch Geisterhand. Da gab es andere, die ein umgedrehtes Kreuz anbeteten. Und solche, die nach dem Heiligen Gral suchten. Was genau eine Loge trieb, die sich nach Doktor Faustus benannt hatte, wusste Hella nicht. Machten die dort Gold? Oder versuchten sie, die Höllenfürsten für eigene Unternehmungen zu gewinnen? Spielten sie mit dem Teufel? Hella spürte, wie ihr kalte Schauer über den Rücken liefen. Zugleich schwitzte sie unter der Bettdecke. Sie hatte Durst, und außerdem plagte sie ein dringendes Bedürfnis.

Seufzend stand sie auf und suchte unter dem Bett nach dem Nachttopf. Doch sie konnte keinen finden. Isabel musste ihn vergessen haben ihr wieder hinzustellen. Hella zog sich einen Morgenrock über, verzichtete auf ihre Pantoffeln und schlich, um die anderen Gäste nicht aufzuwecken, zur Stiege. Sie ging hinunter in die Schankstube und von dort auf den Hof. Als sie sich erleichtert hatte und zurück ins Haus wollte, sah sie einen Lichtstrahl, der aus einer halbgeöffneten Tür fiel. Hella blieb stehen und lauschte. Dumpfes Poltern war zu hören, heftiges Stöhnen und Schnauben. Ob die Loge vielleicht hier, ausgerechnet hier ihren dunklen Ritualen frönte? Hella presste eine Hand auf ihr wild pochendes Herz und trat näher. Vorsichtig warf sie einen Blick durch den Türspalt. Mit hochrotem Kopf prallte sie zurück. Keine Loge, keine Goldmacherei. Aber dafür die Wirtin. Und Isolde war nicht allein. Rittlings auf ihrem nackten Leib saß nicht der Teufel, sondern Johann, der Gehilfe.

Krafft von Elckershausen verzog das Gesicht. Er schwitzte, und die Umgebung gefiel ihm nicht. Außerdem war da ein Problem aufgetaucht, von dem er nicht wusste, wie er es lösen sollte. Der Vorsitzende der Loge, den der Schultheiß bei sich gern «der Alte» nannte, hatte vor Beginn ihrer geheimen Sitzung darauf hingewiesen, dass das Bestehen des Geheimbundes sich in Frankfurt langsam herumsprach. Man wisse nicht, ob vielleicht auch die Obrigkeit schon Kenntnis davon hatte. Außerdem stand gerade nicht der gewohnte Ort für ihre regelmäßigen Treffen zur Verfügung. Nun saßen sie also hier, in diesem alten Badehaus, das seit Jahren nicht mehr benutzt worden war. Zudem war der Wein heute Abend schlecht, und dem Schultheiß saß der Erste Bürgermeister im Nacken. Im nächsten Jahr fand die Wahl statt. Krafft von Elckershausen hatte sich fest vorgenommen, spätestens dann die Macht über die Freie Reichsstadt Frankfurt in die Hand zu nehmen und seinen Bruder auszustechen. Hoffentlich war bis dahin diese schreckliche Menschenfressergeschichte aufgeklärt. Sonst gäbe das sicher Probleme bei der Wahl. Und wenn das der Fall sein sollte, dann gnade Gott dem Richter. Wenn der sich auch noch erdreisten sollte, im Allerprivatesten des Schultheißen herumzuschnüffeln, als stünde Krafft von Elckershausen nicht himmelweit über ihm, dem kleinen Rechtsverdreher! Das hätte gerade noch gefehlt. Seit Jahren war der Schultheiß Mitglied der Faustus-Loge. Und die meisten anderen kannte er ebenfalls seit Jahren.

Hier gab es nichts zu schnüffeln, hier gab es für Fremde nichts zu hören und zu sehen, und Mord und Totschlag sowie Menschenfresserei schon mal überhaupt nicht. Aber wie sollte er den Richter von Nachforschungen abhalten? Gut, die Loge war geheim, aber in einer Stadt wie Frankfurt blieb nichts gänzlich verborgen. Krafft von Elckershausen duckte sich tiefer in sein Wams. Er sah nach vorn, wo der Redner des heutigen Abends gerade einen Vortrag über den Tau als alchemistisches Wasser hielt. «Der Tau, welchen man benötigt, um Gold zu machen, muss im April oder Mai geerntet werden, am besten von einem jungfräulichen Paar. Mit einem sauberen Laken schicke man sie hinaus auf die Wiesen, auf dass sie mit diesem Laken den Tau aufnehmen, bis es ganz satt ist, und ihn dann wringen wie ein Wäschestück», sagte der Redner.

Derweil grübelte der Schultheiß. Was geschieht, wenn meine Mitgliedschaft in der Loge ruchbar wird? Ist der Versuch, Gold zu machen, eigentlich Blasphemie?

«Vierzig Tage lang muss das Wasser digeriert werden, am einundvierzigsten Tag zum zweiten Mal destilliert, dann erscheint eine fixe, schweflige Blüte darin, die das ‹Gold der Weisen› genannt wird.»

Aber wenn ich die Zusammenkünfte meide, so erfahre ich womöglich nicht rechtzeitig, wie man Gold macht, überlegte der Schultheiß weiter. Innerhalb eines Jahres muss es gelingen. Der Alte hat es so gesagt.

«Das Ergebnis der Destillationen wird mit dem Auszug vereint, der durch das gemeinsame lunarische Feuer ...»

Was? Lunarisches Feuer? Was ist das denn? Jetzt habe ich den Faden verloren. Und schuld daran ist nur dieser vermaledeite Richter. Ich werde ihn mir morgen noch einmal vorknöpfen. «... nach seiner Reinigung durch Feuer und Wasser wird er zur Weißung gebracht.»

Vielleicht gelingt es mir, ihn von dem Geheimbundgedanken wegzulocken, wenn er schon Verdacht hat. Unter uns gibt es keine Menschenfresser, so wahr ich hier hocke und mir die Seele aus dem Leib schwitze. Es wird doch wohl möglich sein, in dieser Stadt einen Täter zu finden, und das möglichst hurtig. Unter Ausschluss jeglicher Zaubereispekulation.

Der Schultheiß sah nach vorn und versuchte, dem Redner zu lauschen, doch er hatte endgültig den Faden verloren.

Mist, dachte er. Jetzt sitze ich hier, bezahle ein Heidengeld jedes Mal und erhalte keinen Gegenwert dafür. Das wird mir der Richter büßen. Alles wird mir der Blettner büßen. Zu dumm aber auch, dass eins der Bücher in der Stadt aufgetaucht ist. Ich habe gleich gesagt, dass man nur Leute von Stand aufnehmen soll.

Seit Josef im Pfarrhaus wohnte, war Pater Nau ganz verändert. Das jedenfalls fand Gustelies. Den ganzen Tag über beschäftigte er sich mit dem Jungen. Das Merkwürdigste daran aber war, dass Pater Nau dem Jungen dieselben Fragen stellte wie sonst Bruder Göck! Was ist, wenn der Teufel seine Sünden bereut?

Josef hatte gekichert. «Gott futsch», hatte er gesagt, sich aber nicht zu näheren Erklärungen herabgelassen. Ohnehin fehlten ihm für die meisten Dinge die Worte. Pater Nau aber grübelte und grübelte, versuchte zu deuten, machte sich sogar Notizen. Ansonsten werkelten die beiden im Haus. Josef hatte geschickte Hände. Nur ab und an bekam er Anfälle, die Gustelies ein wenig Angst einjagten. Dann warf er sich auf den Boden, zuckte an allen Gliedmaßen, rollte mit den Augen, stieß grelle, spitze Schreie aus und bäumte sich auf, als wäre ihm der Blitz in den Körper gefahren. Meist trat ihm dann noch der Schaum vor den Mund. Gustelies rannte jedes Mal wie eine Furie in die Küche und holte ein Stück Holz, welches sie dem Jungen in den Mund schob, damit er sich nicht die Zunge abbiss. Irgendwann gingen die Anfälle vorüber, Gustelies dankte dem heiligen Cyriakus, dem Patron der Besessenen, für seine Hilfe, und der Tag ging weiter.

War der Junge nicht bei Pater Nau, so saß er bei ihr in der Küche. Er konnte stundenlang mit zwei Steinen spielen oder einfach nur dahocken und sich hin und her wiegen. Manchmal fragte er nach seiner Mutter, doch die durfte ihn nicht besuchen. Heinz Blettner hatte das so angeordnet, da der Junge in erster Linie als Verdächtiger galt. Wenn der Exorzismus Erfolg zeigte, würde die Sache anders aussehen.

Heute ging Gustelies auf den Markt. Das tat sie normalerweise auch, aber an den Messetagen mit besonderer Freude. Sie blieb an jedem Stand stehen und betrachtete die ausländischen Dinge. «Was ist denn das da?», fragte sie einen Händler, der merkwürdig aussehende Holzbälle vor sich liegen hatte.

«Kokosnüsse», erwiderte er.

«Aha. Was tut man damit?»

Der Händler erklärte es, und schon hatte Gustelies eine Kokosnuss in der Tasche. Sie kaufte außerdem ein winziges Säckchen Safran, etwas Zimt, ein paar Nelken und andere Gewürze, die es hauptsächlich zu Messezeiten gab. Sie blieb vor einem Stand stehen, der ein dreistöckiges Tablett aus Silber anpries. Seufzend strich sie über das glatte Metall und ging dann wehmütig weiter. Sie konnte und wollte nicht so viel Geld für ein Tablett ausgeben, wie andere Leute für eine schlachtreife Sau zahlten. Mochte das Silber noch so glänzen, das Tablett noch so nach dem neuesten Geschmack sein.

Sie gelangte auf den Römerberg und stattete natürlich ihrer Freundin Jutta Hinterer einen Besuch ab. Doch was war das? Keine Jutta? Die Wechselstube verschlossen? Verblüfft sah Gustelies sich um. Wo war Jutta? In all den Jahren, die sie sich nun kannten, war es noch nie vorgekommen, dass die Wechselstube am helllichten Tag geschlossen war und noch dazu zur Messe. Nicht einmal, als Juttas zweiter Mann das Zeitliche gesegnet hatte. Was war nur? War Jutta etwas passiert? Gustelies blickte sich besorgt nach jemandem um, der ihr Auskunft geben konnte. Aber da sah sie schon Juttas feuerroten Haarschopf auftauchen. Einen Augenblick später stand die Hintererin keuchend vor ihr. «Du glaubst nicht, was geschehen ist», japste sie und presste beide Hände auf ihren wogenden Busen. «So wahr mir Gott helfe, das gab es noch nie in der Stadt.»

Jutta zerrte den Schlüssel, den sie an einer Kette um den Hals trug, hervor und schloss die Wechselstube auf. Sofort packte sie zwei Schemel, stellte sie vor die Tür und ließ sich, noch immer keuchend, auf den einen sinken.

Gustelies nahm auf dem anderen Platz. «Jetzt spann

mich nicht auf die Folter», beschwerte sie sich. «Erzähl schon, was geschehen ist.»

Aber Jutta musste erst noch einen Schluck aus ihrer Kanne trinken, ehe sie den Mund aufmachte. Endlich aber wischte sie sich mit dem Handrücken über die Lippen. «Also. Gerade eben war ein Kannengießer am Brunnen in der Mitte des Römerberges. Und dieser Kannengießer behauptete, er habe das Buch ‹Doktor Faustus' dreifacher Höllenzwang›! Und das Beste kommt jetzt: Er hatte einen Klumpen Gold als Beweis dabei!»

«Was?», rief Gustelies und sprang von ihrem Schemel. «Wo ist er?»

Jutta zeigte mit dem Finger hinunter zum Brunnen. «Dort, wo die Menschenmenge steht.»

Gustelies sprang auf. Klappernd fiel der Schemel hinter ihr um. Schon stand sie inmitten der Menge, arbeitete sich mit den Knien und Ellbogen nach vorn.

Was sie austeilte, musste sie auch einstecken. Hier fuhr ihr eine Faust in die Seite, dort reckte sich ein Bein, welches sie beinahe zu Fall brachte. «Weg da!», kommandierte Gustelies und drängte weiter. Jemand riss an ihrem Kleid, ein dicker Mann wollte und wollte nicht weichen. Die Menge war wie von Sinnen. Jeder wollte zuerst beim Kannengießer sein, wollte den Goldklumpen berühren, mit eigenen Augen das gedruckte Rezept sehen.

«Nicht so hastig, Leute», rief der Kannengießer, ein stattlicher Mann mit weißblondem Haar, himmelblauen Augen und hochrotem Gesicht. «Ihr erdrückt mich ja! Und dann kriegt ihr alle nichts!»

Doch die Leute hörten nicht. Sie schubsten und zerrten einander herum, rissen Kleider entzwei und Haare aus. Sie pufften, stießen, zogen, drängten, traten und schlugen, sosehr sie nur konnten. Auch Gustelies war nicht zimperlich. Als sie sich endlich nach vorn gekämpft hatte, hing ihr die Haube schief, das Kleid hatte einen Riss, und ihre linke Wange zierte ein daumenlanger Kratzer.

«Puh!» Gustelies pustete sich eine Strähne aus dem Gesicht und packte den Kannengießer am Arm. «Woher habt Ihr das Buch?»

«Teuer gekauft, gute Frau.»

«Wie viel verlangt Ihr für das Rezept?»

«Ihr versteht, dass ich es nicht billig machen kann. Immerhin könnt Ihr damit unermessliche Schätze anhäufen. Vier Gulden möchte ich.»

«Vier Gulden? Seid Ihr verrückt? Dafür bekommt man ein Schwein! Oder ein dreistöckiges Silbertablett! Das ist zu viel!»

Der Mann zuckte mit den Achseln. «Ihr müsst es ja nicht kaufen. Seht selbst. Ich finde für meine Schätze auch ohne Euer Zutun genug Kunden.»

Schon drängte sich eine sehr dicke Frau, die nach Sauermilch roch, an Gustelies heran und versuchte, sie zur Seite zu drängen. «Genug geredet! Jetzt bin ich dran», zeterte sie.

Aber Gustelies hielt den Kannengießer noch immer am Ärmel gepackt. «Also gut, gebt mir das Rezept und ein Goldklümpchen dazu.»

Der Mann grinste und sah dabei zu, wie Gustelies unter ihrem Brusttuch fummelte und die Gulden, die sie direkt am Busen aufbewahrte, hervorkramte.

«Das Geld ist warm. Es kommt von Herzen, nicht wahr?», kicherte der Kannengießer und übergab Gustelies ihre Einkäufe. «Auf dass Ihr bald reich werdet und gesund dabei bleibt!», wünschte er.

«Jetzt bin ich aber dran!», schimpfte die Saure und drängte Gustelies so rüde zur Seite, dass diese ins Taumeln geriet. Dabei hielt sie ihre Schätze so fest, dass das Rezept an einer Seite sogar ein wenig einriss.

«Ich hab's!», rief sie stolz, als bei der Wechselstube ankam.

«Hätte ich das gewusst», maulte Jutta Hinterer. «Dann hätte ich mir meine Einkäufe sparen können. Ich hätte ja auch dein Rezept nehmen können.»

Plötzlich stand Gustelies ganz still. Sie presste das Rezept an ihre Brust. «Wieso glaubst du, dass ich dir das Rezept so ohne weiteres gegeben hätte?», fragte sie mit beleidigtem Unterton.

«Weil du meine Freundin bist», erklärte Jutta. «Und weil du mich über kurz oder lang ohnehin brauchst, wenn du dein vieles Gold verkaufen willst. Ist dir übrigens klar, dass die Goldpreise stark sinken, wenn bald jeder in Frankfurt sein eigenes Klümpchen kocht?»

Gustelies schwieg und betrachtete ihr Goldstückchen so liebevoll wie einen gut gelungenen Braten.

Jutta kniff die Augen zusammen. «Verstehst du?», hakte sie nach.

Gustelies schüttelte den Kopf und presste ihre Faust fest zusammen. Ihr Gesicht, das noch deutlich die Kampfspuren trug, hatte einen trotzigen Ausdruck angenommen.

«Ist doch ganz einfach. Ich werde meine Wechselstube heute und morgen so lange auflassen, wie es nur möglich ist. Die Leute werden ihr Gold zu mir bringen. Ich werde es zu einem günstigen Preis aufkaufen.»

«Und dann?»

Jutta lachte, dann hielt sie inne und beugte sich aus der Stube heraus. «Glaubst du wirklich an das Rezept?»

«Ich weiß nicht. Immerhin hat der Kannengießer ja etwas zuwege gebracht.» Sie hielt das Klümpchen hoch, welches er ihr gegeben hatte.

«Hmm», brummelte Jutta.

Gustelies war beleidigt. Sie fühlte sich irgendwie betrogen, hätte aber nicht zu sagen vermocht, warum das so war. Schon kam die dicke Frau, die nach Sauermilch gerochen hatte, den Römerberg hinaufgekeucht.

«Kauft Ihr Gold?», fragte sie barsch.

Jutta Hinterer grinste über das ganze Gesicht. «Kommt drauf an», erklärte sie.

Die Sauermilchige legte ihr das Goldklümpchen hin, das sie gerade vom Kannengießer erworben hatte. «Das hier könnt Ihr haben.»

Jutta Hinterer nahm es in die Hand, betrachtete es genau. Dann gab sie Gustelies ein Zeichen, die ihr eigenes Klümpchen zeigte und es danebenlegte. Die Sauermilchige räusperte sich verlegen. «Man wird ja wohl mal fragen dürfen!»

Mit diesen Worten nahm sie ihr Klümpchen, steckte es unter ihr Brusttuch und verschwand. «Kommt mit dem Familienschmuck wieder», rief Jutta ihr hinterher. «Morgen ist er nur noch die Hälfte wert.»

Kaum war sie weg, schüttelte Jutta den Kopf. «Manche können den Hals einfach nicht vollkriegen, was?»

Sie stieß Gustelies in die Seite, dann lachten beide.

«Jetzt will ich endlich wissen, was in dem Rezept steht», verkündete Jutta danach. «Es kann nämlich wirklich sein, dass bald die ganze Bude hier voll ist von Leuten, die den Siegelring des Oheims verkaufen wollen, solange es noch etwas dafür gibt. Zeig mal her.»

Gustelies hob das Blatt, und dann las Jutta halblaut vor:

«*ACIEL ist der vierte Großfürst der Hölle; er steht unter dem Planeten ☉. Sein Regent heißt Raphael. Dieser erscheinet des Sonntags früh zur ersten, sechsten und zehnten Stunde, des Nachts aber zur zehnten Stunde und um Mitternacht in unterirdischer Gestalt, als ein großer, roter Ochse mit abscheulich großen, feurigen Augen, bisweilen auch als ein großer, schwarzbunter Hund mit obigen Feueraugen. Man muss ihn aber durch CONJURATION zwingen, dass er sich in menschlicher Gestalt stellen muss.*»

«Was ist denn CONJURATION?», unterbrach sich Jutta und sah Gustelies fragend an.

«So etwas wie eine Beschwörung, eine feierliche Anrufung oder ein Zauber. Sagt jedenfalls der Pater.»

«Aha», sagte Jutta. «Dann fehlt schon mal etwas ganz Wesentliches an diesem Rezept.» Dann las sie weiter:
«*ACIELS BEKENNTNIS.*
Ich, Großfürst ACIEL bin Herr über alle verborgenen Schätze der Erden, so auch über das Gold. Ich habe Macht, alle verborgenen Schätze aufzutun und darzustellen. Ich erscheine ganz grausam in Gestalt eines Narren mit großen feurigen Augen und mit sehr lautem Gepolter. Jedoch wenn man mich mit mittelmäßigem Zwange angreift, so erscheine ich als riesiger Hund und mit obigen Feueraugen, und was ich einem gebe, das gebe ich unter großem Zwang, und wer mich zwingen will, der muss mich geißeln, bis ich müde werde. Aber ich habe nicht alle Schätze unter mir, die Verwünschtesten, die habe ich unter mir. Ich bin ein Geist, den Menschen nicht sehr zugetan, aber mein Planet liegt mir zu hart an, daher nimmt er mir die Kraft. Mein Planet heißt die Sonne, die ist dem Menschen zugetan. Auch bin ich ein Fürst aller List; ich betrüge die Menschen meisterlich.»

«Na, hier hat er sich wohl selbst gemeint, der Kannengießer», warf Gustelies ein.

«Was ist? Willst du es weiterhören oder nicht?», fragte Jutta missmutig.

«Lies weiter, bitte.»

« Wer einen Pakt mit mir macht, den betrüge ich mit aller Macht, denn ich kann keinem recht dienen. Aber mein Falls-Graf CAM-NIEL, der mein Diener ist, der dient den Menschen. Er hat von mir die Kraft und die Macht im Namen meiner zu dienen, gleich wie ich, aber ohne mich kann er nichts tun, ich muss dabei sein. Wenn einer einen Pakt mit ihm machen will in meinem Namen, so bekommt ein Mensch Geld, so viel er haben will, und von ihm verlangt und von mir. Aber nach dem Pakt ist keine Erlösung, denn des Menschen Seele ist meine. Auch lass ich mich nicht vertauschen gegen einen anderen, sondern die Zeit ist gleich aus, wenn er mich einem anderen will vertauschen. In Summa ich mache gar kurzen Prozess mit ihm.»

Jutta ließ das Blatt sinken.

«Ist das alles?», fragte Gustelies.

Jutta schüttelte den Kopf. «Auf der Rückseite wimmelt es von seltsamen Zeichen und CONJURATIONEN.»

«Hmm.» Gustelies überlegte und zupfte an dem Riss in ihrem Kleid. «Im Grunde steht dort ja nicht, wie man Gold macht, oder?»

«Du hast recht, meine Liebe. Ein Rezept sieht anders aus. Hier steht eigentlich nur, wie man den Teufel anruft. Dazu seltsame Zeichen, die ich nicht entschlüsseln kann.»

Gustelies bohrte mit der Zunge in ihrer Wange und sah dabei hinunter zum Brunnen, an dem sich noch immer eine krakeelende Menschenmenge drängte. «Heilige Hildegard, wenn es ist, wie wir denken, dann müsste der Kannengießer mit dem Teufel im Bunde sein. Besser gesagt, mit seinem vierten Großfürsten ACIEL. Und der, der ihm das Buch verkauft hat, wäre wahrhaftig ein Höllenknecht.»

Hella hatte es im Roten Ochsen nicht länger ausgehalten. Sie fühlte sich verloren und getrieben zugleich. Im Grunde wusste sie nicht, wohin sie mit sich sollte. Ziellos schlenderte sie durch die Gassen und kam dabei dem Malefizamt immer näher. Was wäre, fragte sie sich, wenn ich Heinz zufällig begegnen würde? Sie wünschte es sich und hoffte doch zugleich, es würde nicht passieren. Gedankenverloren streifte Hella weiter, bis sie plötzlich eine Gestalt anrempelte. Sie blickte auf, wollte sich entschuldigen und blieb doch mit offenem Mund stehen. Hella war zu keinem Laut fähig. Vor ihr stand Felicitas von Brasch.

«Oh, entschuldigt bitte. Ich wollte Euch nicht anstoßen. Die Magd fühlt sich heute nicht gut, deshalb musste ich auf den Markt. Mit dem Korb bin ich wohl nicht so geschickt wie die Frauen, die den Marktgang gewohnt sind.»

Hella fühlte sich von diesem Wortschwall völlig überrumpelt. Sie stand da, schluckte, starrte der Rivalin ins Gesicht, als wolle sie diese malen.

Felicitas von Brasch hob die Hand, strich sich über das Gesicht. Ihre Stirn war in Falten gelegt. «Was starrt Ihr denn so? Habe ich etwas an mir? Einen Rußfleck vielleicht oder Vogeldreck auf dem Kragen?»

Hella lachte, schüttelte den Kopf. «Nichts habt Ihr, gar nichts.» Und strich der Frau einfach über den Arm.

«He», rief die Patriziertochter ihr hinterher. «He, was soll denn das?»

«Nichts, gar nichts. Ich wünsche Euch einfach nur einen schönen Tag.»

Kurz darauf kam Hella keuchend bei Juttas Wechselstube an.

«Deine Mutter hast du gerade verpasst. Sie ist vor drei Atemzügen von hier fort. Ich glaube, sie wollte nach Hause, um dem missmutigen Pater ein Essen zu brauen. Aber was ist denn mit dir? Du grinst ja wie ein Honigkuchenpferd.»

Hella wollte nichts sagen. Ihre Probleme sollten bei ihr bleiben, aber die Freude war so groß, dass es aus ihr heraussprudelte: «Heinz betrügt mich doch nicht. Felicitas von Brasch ist nicht seine heimliche Geliebte. Der Kuss vor dem Römer und das Taschentuch mit ihren Initialen müssen eine andere Bedeutung haben.»

«Was? Was? Was?» Jutta klang verwirrt.

Hella strahlte noch immer. Sie schloss die Augen, holte ganz tief Luft und erzählte dann von ihren Ängsten und sogar, dass sie von zu Hause weggelaufen war.

«Eigentümlich», wunderte sich Jutta. «Deine Mutter hat mir gar nichts davon erzählt. Na, gut. Aber jetzt erkläre mir noch einmal ganz in Ruhe, warum Felicitas von Brasch nicht die Geliebte deines Mannes sein kann.»

«Weil sie ihr Gesicht mit Bleiweiß bestrichen hat, deshalb. Sie hat die Augenbrauen mit Kohlestücken nachgezogen und Gesicht, Hals und Brustansatz mit Bleiweiß eingestrichen.»

«Aha. Da ist sie bei Gott nicht die Einzige in dieser Stadt. Das ist eine verbreitete Gepflogenheit, und zwar nicht nur in dieser Gegend. Gerade jetzt zur Messe kannst du sehen, dass alle möglichen Damen aus allen möglichen Ländern ihre Gesichter mit diesem Zeug beschmieren.»

«Eben.»

«Was eben? Kind, jetzt drücke dich doch mal so aus, dass ich dich verstehe!»

«Heinz bekommt von Bleiweiß Ausschlag. Sofort. Eine winzige Berührung reicht aus, und sein ganzer Körper ist mit roten Pusteln bedeckt. Manchmal bekommt er die schon, wenn er nur mit Frauen in einem Raum ist, die viel Bleiweiß benutzen. Damals, als er die Frauen aus dem Hurenhaus verhören musste, sah er aus wie Gustelies' Kirschkuchen. Verstehst du? Er könnte Felicitas niemals in ihr Bleiweißgesicht küssen!»

«Na, dann hast du ja nochmal Glück gehabt», erwiderte Jutta jetzt, legte ein Klümpchen auf die Goldwaage und hantierte mit winzigen Gewichten. Hella fand, dass die Geldwechslerin ruhig ein wenig mehr Anteilnahme an ihrem häuslichen Glück hätte zeigen können.

«Könnt Ihr Euch in meine Lage versetzen?» Die Stimme Krafts von Elckershausen klang schrill.

Richter Blettner nickte sanft. Natürlich konnte er sich in die Lage des Schultheißen versetzen. Zumindest in Gedanken. Der bekam mindestens das Doppelte an Geld, hatte einen festen Sitz auf der vornehmsten Ratsbank, wurde zu jedem festlichen Bankett und natürlich zum alljährlichen Hirschessen eingeladen, saß im Dom auf der ersten Kirchenbank und brauchte nur mal ab und an im Rathaus vorbeizuschauen und konnte sich ansonsten um seine Angelegenheiten bekümmern.

«Was nickt Ihr denn da?» Der Schultheiß brauste auf.

«Ich wollte damit andeuten, dass ich mich sehr wohl in Eure Lage versetzen kann, Bürgermeister.»

«Hmm. Und was folgt daraus?»

Das willst du gar nicht wissen, dachte Heinz. Laut aber sagte er: «Wir werden unsere Anstrengungen natürlich verstärken.»

«DAS REICHT MIR NICHT!!!» Krafft von Elckershausen hieb mit der Faust so heftig auf den Tisch, dass das Tintenfass und die Löschsandbüchse einen Satz taten.

Der Richter blieb ruhig, lehnte sich zurück und sah den Schultheiß abwartend an.

Der beruhigte sich wieder, saß Heinz schwer atmend gegenüber und trommelte mit den Fingerspitzen auf der Tischplatte herum. «Also, was haben wir?»

«Der Tote ist ein Juwelier aus Leipzig. Sein Name ist Zerfaß, der Vorname unbekannt. Ich habe bereits einen Boten mit einem Schreiben nach Leipzig geschickt, um mehr über den Mann zu erfahren. Wenn möglich, soll seine Frau herkommen und uns bestätigen, dass der Tote der Ihre ist. Auch seine Zunft habe ich angeschrieben und nach Feindschaften und Bedrohungen gefragt. Der Mann ist mit einem stumpfen Gegenstand niedergeschlagen wurden. Der Schädel brach dabei, und das brachte den Tod. Anschließend wurden ihm die Gliedmaßen vom Leib getrennt. Einschließlich des Kopfes.»

Der Schultheiß schüttelte sich. «So genau will ich das nicht wissen, Blettner! Sagt mir lieber, was Ihr noch ermittelt habt.»

«Wir kennen den Tatort nicht und wissen nichts über den Täter.»

«Verdächtige?»

Blettner hob die Schultern. «Nicht direkt.»

«Was soll das denn heißen, Herrgott?»

«Es gibt da den Jungen, der den Rumpf des Toten auf dem Schoß hatte und dessen Blut an seinem Mund.»

«Na, das ist doch schon mal was.»

«Er ist verrückt, war aber bisher niemals gewalttätig. Ich bin sicher, dass er es nicht gewesen ist.»

«Wo ist der Kerl jetzt?»

«In Gewahrsam. Oder zumindest so etwas Ähnliches.»

Der Schultheiß runzelte die Stirn. «Hä?»

«Pater Nau, der Seelsorger von Liebfrauen, hat ihn bei sich. Er nimmt gerade wie besprochen einen Exorzismus bei ihm vor.»

«Trotzdem reicht das natürlich nicht aus. Gestern Morgen waren drei Kaufleute aus Nürnberg und Augsburg bei mir. Sehr reiche Kaufleute, mächtige Herren. Wisst Ihr, was die von mir wollten?»

Der Richter schüttelte den Kopf.

«Personenschutz.»

Heinz Blettner konnte sich ein Grinsen nicht verkneifen.

«Gibt es also doch etwas, das ihnen Schiss in den Hosen macht.»

«Achtet auf Eure Worte. Ich hörte, es gibt da einen Zusammenhang mit einem Zauberbuch?»

Krafft von Elckershausen ruckte mit dem Kopf ein Stück nach vorn.

Heinz Blettner nickte. «Ja, das ist so ein Einfall von mir. Wir müssen herausfinden, ob es vielleicht in unserer Stadt einen geheimen Bund oder eine Bruderschaft gibt. «

«Die Ermittlungen in diese Richtung könnt Ihr Euch sparen, Richter. In der Stadt gibt es keinen Geheimbund. Basta.»

Heinz Blettner legte den Kopf schief. «Woher wisst Ihr das, mein Schultheiß?»

«Ein Mann in meiner Position weiß alles Notwendige.»

«Aha.» Richter Blettner nickte ehrfurchtsvoll und notierte sich in Gedanken, den Pater nach dem Geheimbund zu fragen. Immerhin kamen auch die reichen Kaufleute und Ratsherren zur Beichte zu ihm.

«Heute kam gar ein Schreiben vom Erzbischof von Mainz. Ihr braucht gar nicht so das Gesicht zu verziehen», sprach der Zweite Bürgermeister weiter.

«Ich kann mir schon denken, was in diesem Schreiben steht», murrte der Richter.

«Ja, Ihr habt recht. Der Erzbischof droht wieder einmal, der Stadt das Messeprivileg zu entziehen. Wir müssen etwas tun. Dringend! Also, was schlagt Ihr vor?»

Heinz Blettner stand auf und zog sein Wams gerade. «Kommt mit, Schultheiß!», bat er. «Ich möchte Euch etwas zeigen.»

Krafft von Elckershausen maulte ein wenig. Ihm war heiß, er wollte nach Hause oder wenigstens im Haus der Alten Limpurg nebenan eine Kanne gekühlten Wein trinken. Doch der Richter ließ nicht locker. Wenig später gingen die beiden Männer durch das Messegetümmel die Neue Kräme hoch und kamen zur Liebfrauenkirche.

«Was machen die Leute hier?», fragte der Schultheiß und sah sich auf dem sonst stillen Platz um. «Warum lungern sie vor der Kirche herum?»

«Kommt näher, Ihr werdet es gleich sehen.»

Vor der Kirche standen noch mehr Menschen als gestern. Der ältere Mann und die junge Frau mit dem Säugling standen wieder ganz vorn und kommentierten die Geschehnisse hinter den hölzernen Läden.

«Ich glaube, es beginnt nun gleich», verkündete die junge Frau. «Ich kann schon den Weihrauch riechen.»

«Wartet ab, erst muss es zur Vesper läuten.» Der alte Mann deutete in Richtung des St.-Katharinen-Klosters. Wie auf Befehl begannen dort die Glocken zu läuten. Der Alte schüttelte den Kopf. «Jeden Tag dasselbe, aber die Weiber lernen es einfach nie.»

«Was geht hier vor?», fragte der Schultheiß diesmal sehr laut.

Als die Menschen seine kostbare Kleidung und die

schwere Ratskette um seinen Hals sahen, wichen sie ehrfürchtig zurück und machten ihm Platz. Einige verneigten sich sogar. Nun standen der Richter und der Zweite Bürgermeister direkt vor den geschlossenen Holzläden, hinter denen der Exorzismus stattfinden sollte.

Krafft von Elckershausen wandte sich an Blettner. «Was soll das? Warum stehen wir hier draußen wie die Tausendtagediener?»

Beschwichtigend legte Heinz seinem Vorgesetzen eine Hand auf den Unterarm. «Nur einen Augenblick, bitte. Gleich gehen wir hinein.»

Schon wehte wieder eine Weihrauchwolke durch die Menge. Der Schultheiß hustete und wedelte sich mit einer Hand vor der Nase herum.

«Seid froh, Herr, dass es nur Weihrauch ist. Gestern hat es hier nach Schwefel gerochen», erklärte eine dicke Frau mit schmutziger Schürze.

«Ruhe!», riefen die, die vorne standen. «Es fängt an!»
«Was hört Ihr?»
«Gebete. Der Pater ruft die Teufel an, die in dem Jungen wohnen.»

«Wie macht er das?»

«Wartet ab, ich spreche sie nach: ‹O Jehova, dich bitte ich durch Jesum Christum, deinen lieben Sohn, weil alle Macht und alle Hilfe, alle Stärke, alle Gewalt, alle Überwindung und aller Segen von dir kommt. Gib, Jesus, der du dieser Teufel Reich zerstörtest, dass wir auch durch dich die Geister zwingen und binden. Tanno et Coelum et Firmament et Planetarium et Terra qui Filii et Saneta Ego Filii Deus. Amen.›»

Ein Schrei erklang, so schrill, dass den Leuten schier das Blut in den Adern gefror.

«Jetzt ist er getroffen, der Teufel», raunte die Menge und bekreuzigte sich. Mehrere Frauen falteten die Hände und beteten.

Endlich verhallte der Schrei. Die junge Mutter seufzte. «Froh bin ich, wenn endlich alle Teufel ausgetrieben sind. Dann gibt es auch keinen Menschenfresser mehr in der Stadt, und wir brauchen nicht um uns und unsere Kinder zu fürchten.»

Der Richter stieß den Schultheiß sacht an, aber der legte nur den Finger an die Lippen.

Von drinnen erklang jetzt ein wüstes Klirren und Schlagen, dazwischen die dumpfe Stimme von Pater Nau: «Ich, Pater Nau, rufe dich, Geist und Beelzebub bei Schohositia, Schelam, Jehova, Rolmion, Adonay ...»

«Wie viele will er denn noch aufzählen?», raunte der Schultheiß.

«Ich weiß es nicht. Ich kenne mich mit diesen Dingen nicht aus», erklärte der Richter.

«... Roreipse, Loisant et Dortam et Polaimy et Acom et Coelum et Quiavitit ...»

Wieder ertönte ein Schrei, der durch Mark und Bein ging. Die Menge stöhnte auf. Einige Männer hatten ihre Mützen abgenommen und kneteten sie in den Händen, die Frauen hatten schreckweite Augen. Dann ertönte ein Klatschen, noch eins und noch eines. Hinter dem Fensterladen heulte jemand auf wie ein Tier. Ein erneutes Klatschen, ein erneuter Schrei.

«Die Teufel wehren sich», raunte die Frau mit dem Säugling. «Sie werden gegeißelt und setzen sich dagegen zur Wehr.»

Jetzt ertönte ein langgezogener Schrei, der den Umstehenden beinahe den Atem nahm. Es klang, als flehe ein sterbendes Tier um sein Ende. Gleich darauf war ein Gewinsel zu hören, gefolgt von einem Bellen.

«Der Höllenhund meldet sich», verkündete die dicke Frau voller Ehrfurcht. Sie hatte ihre linke Hand fest um den Rosenkranz gekrallt.

«Weiche, Satan», schrie Pater Nau und ein heftiges Gepolter folgte. Es klang, als wären Tisch und Stühle umgefallen.

«Sie krallen sich fest, die Teufel, sie wollen nicht aus dem Jungen weichen», erklärte nun der alte Mann.

«Schluss jetzt. Ich will da rein und mit eigenen Augen sehen, was da vor sich geht.» Der Schultheiß rückte an seiner Ratskette und drängte zur Tür des Pfarrhauses.

Richter Blettner lächelte, öffnete die Tür zum Pfarrhaus, führte Krafft von Elckershausen durch einen Gang und schon standen sie vor der Tür der Kammer. Auch hier quoll Weihrauch durch die Ritzen, sodass der Schultheiß wieder mit der Hand vor seinem Gesicht herumwedelte.

«Ein Gestank ist das! Kein Wunder, dass die Teufel zu brüllen beginnen.» Kaum hatte er diesen Satz ausgesprochen, hörte man wieder ein grausiges Klatschen, begleitet von tierischem Geschrei.

«Schlägt er ihn da drinnen?», fragte der Schultheiß.

Der Richter zuckte mit den Achseln. «Ich habe keine Ahnung. Es heißt aber, die Teufel, welche in die Menschen kriechen, seien besonders hartnäckig. Es gab Besessene, die sind sogar gestorben beim Exorzismus.»

Er sah seinen Vorgesetzten an und registrierte zufrieden, dass den das Grauen noch stärker befiel.

«Wollt Ihr wirklich hinein?», fragte er lauernd.

«Es ist wohl meine Pflicht, nicht wahr? Als Stadtvater muss ich mich kümmern.»

Krafft von Elckershausen schaute Heinz Blettner an, als erwarte er von ihm einen Widerspruch. Geht nicht rein, Ratsherr, um Gottes Willen. Aber der Richter tat ihm den Gefallen nicht. «Die Leute haben Euch gesehen. Das hat ihnen Vertrauen geschenkt. Der Rat wird es schon richten, glauben sie. Ihr dürft sie nicht enttäuschen.»

Der Schultheiß seufzte. «Dachte ich mir's schon.»

Er holte ganz tief Luft und riss die Tür zur Exorzismusstube auf. Im selben Augenblick ertönte ein weiterer Schrei, gefolgt von einem kräftigen Klatschen. Und was Krafft von Elckershausen im Zimmer sah, verschlug ihm die Sprache.

KAPITEL 11

Im Exorzismuszimmer saßen Pater Nau, Gustelies und Josef brav um einen Tisch herum und aßen frisch gebackenen Apfelkuchen. Zwischendurch griff der Pater zur Pferdepeitsche und ließ sie auf den Boden knallen, während seine andere Hand den Kuchen hielt.

Dann riss Gustelies den Mund auf und heulte so schrecklich sie konnte. Gelassen schnitt sie derweil ein neues Stück für Josef ab.

Ihr Schrei war so laut, dass die drei nicht hörten, wie die Tür geöffnet wurde.

«Aha», sagte der Richter, als Gustelies den Mund wieder zuklappte. «So ist das also!»

Die drei sahen sich betreten an. Pater Nau machte Anstalten, sich zu erklären, doch der Schultheiß kam näher und klopfte ihm auf die Schulter. «Weitermachen», flüsterte er. Dann wandte er sich an Gustelies. «Ich hätte gern ein Randstück mit viel Streusel.»

Er nahm Pater Nau die Peitsche aus der Hand und ließ sie selbst über den Boden knallen. Gustelies brüllte, aber dem Schultheiß genügte das nicht. «Ihr auch, Richter», bestimmte er und ließ die Peitsche erneut knallen. Heinz Blettner seufzte, stimmte aber mit in das Geheul ein. Krafft von Elckershausen biss in sein Kuchenstück, schwang die Peitsche und zwang seinen Richter zu schreien. Es folgten wieder ein Biss, ein Peitschenhieb und ein Schrei. So ging es fort, bis der Richter und Gustelies gänzlich außer Atem waren.

Eine Viertelstunde später war der Spuk vorüber. Pater Nau öffnete den Fensterladen und erklärte den Wartenden, dass sie heute ein großes Stück weitergekommen seien. Zumindest zwei der Teufel, die in dem Jungen gehaust hatten, seien vertrieben. Er segnete die Menge und schickte sie nach Hause.

Anschließend saßen sie wieder alle beisammen in der Stube, die noch immer leicht nach Weihrauch roch. Pater Nau schielte auf den Kuchen, doch er wagte nicht, sich das letzte Stück zu nehmen. Stattdessen fragte Gustelies den Schultheißen: «Darf ich Euch noch auftun?»

Krafft von Elckershausen nickte erfreut. «Selten habe ich so köstlichen Kuchen gegessen!»

Er biss ein großes Stück ab, dann wandte er sich an den Pater. «Ihr seid ein geschickter Mann, Pater. Ihr versteht es, die Leute zu beruhigen.»

«Na ja, das Leben ist ein Graus und die Erde ein Jammertal, aber schließlich bin ich Seelsorger.»

«Gott wird es Euch vergelten. Nun aber sagt, was Ihr aus dem Jungen noch herausgebracht habt? Ich sehe ja selbst, dass er sie nicht alle beisammen hat. Ist er schuldig?»

Pater Nau schüttelte entschieden den Kopf, Gustelies rief ein empörtes «Nein!» und legte einen Arm um Josefs Schulter.

«Woher wisst Ihr das?», fragte er.

«Er wohnt bei uns. Wir kennen ihn. Er ist von Herzen gut, kann keiner Fliege etwas zuleide tun. Aber er denkt anders als wir. Dass er in den Rumpf gebissen hat, muss einen Grund haben. Josef macht nichts ohne Grund.»

«Und wie lautet der Grund?», fragte der Schultheiß mit einer Spur Gleichgültigkeit in der Stimme. Er wühlte in seiner Geldbörse und holte eine Münze hervor.

«Backt Ihr mir einen solchen Kuchen, Frau Gustelies, wenn ich Euch dafür bezahle?»

Gustelies lächelte geschmeichelt. «Nein, Ihr braucht natürlich nichts zu bezahlen. Kommt einfach zu unserem Fest an Mariä Geburt und lobt dort meinen Kuchen, dann schenke ich Euch ganze drei Bleche voll nacheinander.»

Der Zweite Bürgermeister, geizig wie alle reichen Männer, nickte erfreut. Doch Josef hatte sich die Münze bereits gegriffen und biss darauf.

«Was machst du da?», fragte Gustelies und wollte dem Jungen das Geldstück wegnehmen.

«Gold echt?», fragte der Junge und betrachtete die Bissspuren darauf. Er lachte und hielt es in die Höhe. «Gold echt! Mama freut sich!»

Jetzt kam der Richter näher. «Junge», sagte er, «beißt die Mama immer auf ein Goldstück?»

Josef nickte eifrig. «Gold echt», wiederholte er.

«Und was geschieht, wenn das Gold nicht echt ist?»

«Mama weint und schreit.»

«Aha.» Richter Blettner ging jetzt um den Tisch herum, legte Josef einen Arm freundschaftlich um die Schultern. «Möchtest du, dass der Schultheiß dir die Münze schenkt?»

«Augenblick mal», empörte sich Krafft von Elckershausen, doch der Richter achtete nicht darauf.

Josef nickte, steckte die Münze wieder in den Mund und biss darauf. «Gold echt!», rief er aus.

«Wenn das Gold nicht echt wäre, was hättest du dann gemacht?»

«Josef weint und schreit.»

«Josef weint und schreit», wiederholte der Richter leise. «Diesen Satz habe ich schon einmal gehört!»

Er machte ein nachdenkliches Gesicht, legte den rechten Arm vor die Brust, stützte den Ellbogen des linken auf das rechte Handgelenk und nahm das Kinn zwischen Daumen und Zeigefinger. Sein Blick irrte durch den Raum und verlor sich hinter dem Fenster. «Josef weint und schreit», murmelte er vor sich hin.

Da fuhr er herum und rief: «Ich hab's!»

«Was?», fragte der Schultheiß verwirrt. «Was habt Ihr nun schon wieder?»

«Ich weiß jetzt, warum der Junge in den Rumpf gebissen hat!»

«Da bin ich aber gespannt», teilte Gustelies mit, lehnte sich zurück und verschränkte die Arme vor der Brust.

«Er wollte prüfen, ob der Rumpf echt ist oder nicht», erklärte der Richter, als wäre dies die normalste Sache der Welt.

«Wie bitte?» Krafft von Elckershausen sah seinen Richter an, als hätte dieser endgültig den Verstand verloren.

«Der Junge denkt anders als wir. Er hat von seiner Mutter gelernt, dass man durch Hineinbeißen Echtes von Falschem unterscheiden kann. Als er den Rumpf fand, wusste er nicht, ob der ein echter Mensch war oder nicht. Also tat er das, was er gelernt hat. Er biss hinein.»

Pater Nau schlug sich mit der Hand vor die Stirn. «Natürlich. So war das. Ich habe ja gleich gesagt, dass der Junge kein Menschenfresser ist.»

«Hmm», brummte der Schultheiß und beugte sich über den Tisch zu dem Jungen. «Kannst du dich noch an den Mann ohne Kopf erinnern?», fragte er.

Der Junge nickte und verzog weinerlich das Gesicht. Gustelies zog ihn an sich. «Nun lasst ihn doch. Er hat weiß Gott genug mitgemacht.»

«War der Mann echt?»

Josef schüttelte heftig den Kopf, hörte gar nicht wieder auf damit. «Nicht echt. Josef weint und schreit.»

Einen Augenblick lang herrschte Stille im Raum. Schließlich erhob sich Gustelies und sagte mit Nachdruck: «Wir hatten alle einen mühevollen Tag heute. Das beste Mittel, um sich morgen wieder wie neugeboren zu fühlen, ist eine kräftige Mahlzeit. Es gibt Pfannkuchen mit sauren Äpfeln. Wer möchte, ist herzlich eingeladen.»

«Da komme ich gerade richtig», ertönte eine Stimme von der Tür her. Niemand hatte bemerkt, dass auch Bruder Göck im Exorzismuszimmer erschienen war.

Heinz lachte auf, wandte sich an den Schultheiß: «Wenn Ihr Wert auf eine laute, aber lustige Mahlzeit legt, bleibt. Zieht Ihr jedoch die Ruhe vor, so rate ich Euch dringend, das Weite zu suchen.»

Der Zweite Bürgermeister erhob sich. «Ich würde liebend gern bleiben, aber mein Weib. Komme ich einmal nicht oder zu spät zum Abendessen, ist gleich die Hölle los.»

Richter Blettner sah, wie schwer es dem Schultheißen fiel, die Einladung abzulehnen.

«Begleitet mich zur Tür, Richter!»

Heinz tat, wie ihm befohlen. Er war nun wieder bester Laune, doch er bemerkte auch, dass sich das Gesicht seines Vorgesetzten wieder verdüstert hatte. «Ratsherr, ist alles in Ordnung?»

«Nichts ist in Ordnung», zischte dieser. «Eure Vorführung war zwar sehr eindrucksvoll, aber sie trägt nichts, aber auch gar nichts zur Lösung unserer Probleme bei.»

«Was soll ich machen?» Richter Blettner breitete beide Arme aus. «Wenn der Junge nun mal nicht schuldig ist, so kann ich ihn auch nicht einsperren.»

Der Schultheiß kniff die Augen zusammen. «Dann sorgt verdammt noch eins dafür, dass Ihr bald jemanden zum Einsperren habt.»

Der Richter sah unbekümmert drein. «Das wird schon werden.»

Jetzt wurde Krafft von Elckershausen wütend. Er kniff die Augen noch fester zusammen, und auf seiner Stirn schwoll eine blaue Ader an. «Schenkt Euch Eure dämlichen Sprüche, Richter. Das eine sage ich Euch nämlich. Der Erzbischof und der Erste Bürgermeister wollen einen Schuldigen, solange es keinen Täter gibt. Die Messe ist in Gefahr. Und ich, mein Lieber, werde gewiss nicht dieser Schuldige sein. Sputet Euch, hebt den Hintern und lasst Euch etwas einfallen, sonst seid Ihr die längste Zeit Richter der Stadt Frankfurt gewesen.»

Mit diesen Worten wandte er sich um und stieß dabei beinahe mit Hella zusammen. Er murmelte eine Entschuldigung und eilte mit hochrotem Kopf und wütenden Schritten davon.

Hella sah ihm nach. Aber schon zog Heinz Blettner seine Frau in die Arme und drückte sie an sich, seine Lippen auf ihrem Haar. «Da bist du ja endlich, mein Herz. Du hast mir gefehlt.»

Hella klappte den Mund auf, um etwas zu sagen, doch Heinz legte ihr den Finger auf die Lippen.

«Pscht, jetzt rede ich. Es war richtig, dass du zu deiner Mutter gezogen bist, um ihr mit dem Jungen zu helfen. Wahrscheinlich hast du dich hier auch sicherer gefühlt. Wegen des Menschenfressers meine ich. Man muss ja immer damit rechnen, dass ich des Nachts geholt werde, und dann wärst du allein.»

Hella sagte auch jetzt nichts, sondern schmiegte sich an ihren Mann, sog seinen Duft ganz tief ein. Einen Augenblick dachte sie daran, Heinz in seinem Glauben zu lassen, doch mit einer Mutter wie Gustelies und einem Onkel wie Pater Nau waren selbst Notlügen unmöglich.

«Ich war nicht bei meiner Mutter», sagte sie leise.

«Nicht?» Heinz hielt sie an den Schultern ein Stück von sich weg. «Wo warst du dann?»

Hella schluckte. «In der Herberge zum Roten Ochsen.»

«Wie? Im Roten Ochsen? Etwa dort, wo das Opfer gewohnt hat?»

Hella nickte.

«Bist du von Sinnen? Ich frage jetzt nicht, was du dort gewollt hast, aber du gehst mir nicht mehr in dieses Haus. Ist das klar?»

Hella nickte und widersprach zugleich. Etwas, das nur sie konnte. «Mein Gepäck ist noch dort.»

«Dann gehen wir zusammen dorthin. Und anschließend erzählst du mir, was du dort gemacht hast!» Er hatte sehr streng gesprochen, aber schon zog er seine Frau wieder an sich. «Mein Gott, wenn dir etwas zugestoßen wäre! Ich wäre meines Lebens nicht mehr froh geworden!» Er hielt sie eine lange Zeit, wiegte sie hin und her, drückte sie an sich, und Hella schmiegte sich an seine Brust, schloss die Augen, roch seinen Geruch und dachte: Endlich bin ich wieder zu Hause.

Hand in Hand betraten sie das Pfarrhaus. Aus der Küche strömten schon die herrlichsten Düfte.

«Setzt euch, setzt euch», bestimmte Gustelies. «Die ersten Pfannkuchen sind sofort fertig. Ich nehme dazu griffiges Mehl, vier Eier, zwei gute Löffel Semmelbrösel, einen halben Becher Weißwein und einen halben Becher Wasser, Salz und Butter. Wenn ich keine Butter da habe, dann nehme ich Schweineschmalz. Für die Füllung brauche ich vier mittelgroße saure Äpfel und noch einmal einen guten Löffel weiche Butter. Dazu sechs Löffel Semmelbrösel, Zimt und nach Geschmack ein wenig Honig. Die Eier schlage ich, rühre Mehl und Semmelbrösel hinein, gebe Wein, Wasser und etwas Salz hinzu, rühre alles gut durch und lasse es normalerweise eine Stunde ruhen. Heute hat dafür die Zeit gefehlt. Na ja, das muss auch mal so gehen. In einer Pfanne erhitze ich die Butter, bis sie Blasen wirft. Dann schütte ich einen Schöpflöffel Teig hinein, schwenkte ihn sofort über den ganzen Pfannenboden und backe ihn auf beiden Seiten goldbraun. Die Äpfel sind schon geschält und blättrig geschnitten. Diese schwenke ich kurz vor dem Servieren mit den kurz in heißer Butter angebratenen Semmelbröseln und gebe ein wenig Zimt hinzu. Zum Schluss verteile ich die Füllung mit einem Löffel auf den fertigen Pfannkuchen, schlage diese zur Hälfte ein und brate sie nochmals kurz in der Pfanne mit frischer Butter. Hast du alles verstanden, Hella?»

Hella saß auf der Bank, hielt Händchen mit Heinz und sah ihrem Mann verliebt in die Augen. Josef hockte daneben, wiegte sich hin und her und war wohl der Einzige, der Gustelies zugehört hatte.

«Ja», flüsterte Hella. «Ich habe alles verstanden.»

Gustelies drehte sich um, sah die beiden, seufzte und kümmerte sich wieder um ihre Pfanne. Nach einer Weile stellte sie einen Deckeltopf aus Ton auf den Tisch. «Hier. Nehmt sie mit heim. Man kann die Pfannkuchen auch kalt essen.»

Die beiden hielten sich mit Blicken fest, als fürchteten sie, einander wieder verlorenzugehen. Und diese Sorge war nicht unberechtigt. Hella nahm ihrer Mutter den Korb mit dem Essen ab.

«Ich hoffe, ich sehe dich morgen mal hier», sagte Gustelies zum Abschied und schob die beiden zur Tür hinaus. Kaum war diese hinter ihnen ins Schloss gefallen, seufzte sie. «Jetzt bin ich allein mit drei Verrückten. Mit Bruder Göck, Pater Nau und meinem Josef.»

«Habe ich dir gefehlt?», fragte Hella, als sie kurz darauf eng an Heinz geschmiegt über den Liebfrauenberg ging.

«Natürlich hast du mir gefehlt, mein Herz. Und wie.»

«Warum hast du mich dann nicht gesucht, mich nicht von meiner Mutter geholt?»

«Ich sagte es doch schon. Mir war es lieber, dich im Pfarrhaus zu wissen als allein in der Fahrgasse, solange das kannibalische Ungeheuer noch nicht gefasst ist. Mag Josef auch in den Rumpf gebissen haben, die Bissspuren am Arm und am Bein stammen von jemand anderem.»

Gerade wollten die beiden in die Hasengasse einbiegen, um Hellas Gepäck aus dem Gasthof zu holen, als der Wirt an ihnen vorbeieilte. Er war so in Hast, dass er weder den Gruß erwiderte noch stehen blieb.

«Was ist denn mit dem? Der rennt ja, als sei der Teufel hinter ihm her», sagte Heinz Blettner.

«Das ist durchaus möglich», erwiderte seine Frau kryptisch.

Als sie eine Viertelstunde später wieder auf die Gasse traten, läuteten alle Feuerglocken Alarm. Hella und Heinz blieben stehen. «Ein Brand?», fragte Hella. Heinz zuckte mit den Achseln. «Wäre kein Wunder bei dieser Hitze. Da entzündet sich leicht etwas. Vielleicht hat einer der Messfremden seine Ware nachlässig gelagert, und am Hafen ist ein Feuer entstanden. Schlimm wird es schon nicht werden. Kurz vor der Messe haben die Stadtknechte überprüft, ob alle Feuergerätschaften in Ordnung sind und Wasser überall leicht zu erreichen ist. Lass uns nach Hause gehen, Liebes.»

«Ja», erwiderte Hella, schmiegte sich an Heinz, rieb ihre Wange am rauen Stoff seines Wamses und warf einen Blick zum Himmel hinauf.

Der hatte sich hinter dem Bartholomäus-Dom rot gefärbt.

KAPITEL 12

Jetzt will ich dir mal was sagen, mein Lieber.» Pater Nau wischte sich die Pfannkuchenkrümel vom Mund und legte die Serviette ordentlich neben den Teller.

«Na, da bin ich aber gespannt. Sind deine Enthüllungen so ungeheuerlich, dass ich sie ohne Wein ertrage?» Bruder Göck schaute zweifelnd drein.

Gustelies seufzte. «Heilige Hildegard, wenn ihr streiten oder Dispute führen wollt, geht ins Arbeitszimmer. Ich bringe euch den Wein.»

Wenig später saßen sich die beiden Geistlichen gegenüber. «Wo waren wir?»

«Was geschieht, wenn der Teufel alle seine Sünden bereut?»

«Richtig», nickte Pater Nau. «Ich will dir heute nachweisen, dass es den Teufel nicht gibt, nicht geben kann.»

«Hmm», brummte Bruder Göck. «Ich weiß gar nicht, ob ich das möchte. Was soll ich ohne Teufel? In meiner Welt gab es ihn immer. Es wird ein Loch sein, wo er war.»

Pater Nau nickte und strich sich sorgenvoll über das Kinn. «Genau das ist auch mein Problem. Ich kann mir eine Welt ohne Teufel auch nicht vorstellen. Die Erde ist nun mal ein Jammertal und das Leben ein Graus. Der Teufel hat darin seinen festen Platz. Aber trotzdem. Hör dir meine Argumentation wenigstens an.»

Bruder Göck seufzte. «Also.» Er trank einen ordentlichen Schluck Wein.

Pater Nau räusperte sich, als stünde er auf der Kanzel, dann hob er an: «‹Wem nützt es?› Diese Frage hat Sokrates an den Anfang aller Überlegungen gestellt. Wem nützt es also, wenn der Teufel seine Sünden bereut?»

Bruder Göck zuckte mit den Achseln. «Gott nicht. Den Menschen vielleicht.»

«Hmm», brummte der Pater. «Gott schadet es, wenn der Teufel seine Sünden bereut. So sehe ich das. Denn wenn die Menschen nicht mehr in Not, Gewissensqual und Seelenbedrängnis sind, werden sie sich weniger an Gott erinnern. Ein Glücklicher betet nicht, das weiß jeder. Spenden, Messen und Gebete stiften die, die Gottes Hilfe erbitten. So ist das. Wenn es den Teufel nicht mehr gibt, dann wird auch Gott überflüssig. Also muss es Gott ein Anliegen sein, dass der Teufel eben NICHT seine Sünden bereut. Kannst du mir folgen?»

Bruder Göck nickte. Er hatte sich im Lehnstuhl zurückgelehnt, die Ellbogen auf die Seiten gestützt und die Finger zu einem Dreieck vor seinem Kinn gefaltet.

«Du meinst also, Gott braucht den Teufel, weil der Mensch ohne den Teufel Gott nicht braucht?»

«Genau. Die Frage, die sich mir nun stellt, lautet: Sind Gott und der Teufel ein und dasselbe? Hat Gott vielleicht sogar den Teufel geschaffen?»

Bruder Göck verzog das Gesicht, kratzte sich am Ohr. «Deine These ist sehr abenteuerlich, mein lieber Pater Nau.» Bruder Göck wirkte besorgt. «Es wird besser sein, wenn du niemandem davon erzählst.»

Der Pater nickte. «Früher, da hieß es: ‹Die Stimme ist von Gott geschenkt. Es frevelt, wer da anders denkt.› Heute weiß man noch nicht einmal mehr, von wem die Gedanken sind. Nur eins scheint mir sicher: Wenn Gott und Teufel ein und dasselbe sind, ein Dualismus sozusagen, dann hilft kein Exorzismus dieser Welt.»

«Ich habe Angst um dich, Heinz», sagte Hella. Sie saßen nebeneinander auf der Holzbank, die hinter der Küche in dem kleinen Garten stand. Die Sonne war längst untergegangen, aber noch immer lärmten die Feuerglocken und riefen alle Männer auf, zu Hilfe zu eilen. Heinz Blettner musste diesem Ruf nicht folgen. Als Richter war es womöglich seine Aufgabe, den Brand zu untersuchen. Deshalb durfte er sich nicht an den Löscharbeiten beteiligen. Seine Unvoreingenommenheit musste unter allen Umständen gewahrt bleiben.

«Warum hast du Angst um mich?», Heinz nahm Hellas Hand und küsste sie.

«Der Schultheiß. Er will dich zur Verantwortung ziehen, wenn der Fall nicht bald aufgeklärt wird.»

«Ach, das.» Heinz Blettner winkte ab. «Mach dir keine Sorgen. Der hat einfach nur Angst. Bis jetzt haben wir noch jeden Fall gelöst. Doch jetzt sage mir, warum du im Roten Ochsen gewesen bist.»

Hella schluckte. Am liebsten hätte sie gelogen, doch Heinz war ein erfahrener Ermittler. Sie musste damit rechnen, dass er eine Lüge auf der Stelle durchschauen würde.

«Ich ... ich war eifersüchtig», bekannte sie.

«Eifersüchtig? Du lieber Gott, auf wen denn?»

Wieder schluckte Hella. «Auf Felicitas von Brasch. Ich weiß doch, dass ihr einmal verlobt gewesen seid. Nun, und kürzlich habe ich euch ich vor dem Amt gesehen. Ihr wirktet sehr vertraut miteinander.»

«War das alles?»

«Nein. Ich ... nun ... äh ... ich habe ... äh ... ein bisschen in deinen Akten geblättert. Nur so, beim Staubwischen.»

«Ah, ja, beim Staubwischen. Macht das nicht Minna?»

Hella wedelte mit der Hand. «Ach, die Magd. Sie macht mir das nicht immer gründlich genug.»

Heinz hielt den Mund, doch das Lächeln um seine Lippen war beredt.

«Na ja, und dabei habe ich ein Taschentuch gefunden. Es trug die Initialen FVB. Felicitas von Brasch.»

«Oder Flickschneiderei Volker Brandt.»

«Nein!» Hella sprang auf.

«Doch! Du weißt doch, dass Volker Brandt seit seiner Heirat mit der unehelichen Tochter eines Barons so vornehm geworden ist, dass er sich sogar ein eigenes Wappen gegeben hat», erwiderte Heinz, zog Hella mit einem Ruck auf seinen Schoß und küsste sie so lange, bis sie um Erbarmen flehte. Das war der Anfang der Versöhnung, die im ehelichen Schlafzimmer ihre Fortsetzung fand.

Heinz und Hella lagen glücklich und ermattet nebeneinander, als Hella sich aufsetzte. «Jetzt riecht man den Rauch schon bis hierher», sagte sie.

Heinz nickte. «Es scheint sich um einen Großbrand zu handeln. Vielleicht sollte ich besser doch nachschauen. Bei Großbränden muss auch ein Richter mit anpacken. Da zählt jede Hand.»

Er küsste Hella auf die Stirn. «Schlaf, Liebes. Warte nicht auf mich», und wollte aufstehen, doch Hella war schneller als er.

«Wenn du gehst, dann gehe ich auch», verkündete sie und war eher in ihren Kleidern als Heinz Blettner in seinen.

Gemeinsam betraten sie die Gasse. Von überall her kamen ihnen Menschen entgegen. Messfremde standen in kleinen Gruppen vor den Herbergen und unterhielten sich ängstlich in fremden Sprachen. Männer eilten mit Eimern an ihnen vorbei. Rauch hing wie ein Hut über der Stadt, brannte in den Augen, trieb den Husten in die Kehlen. Ein mit Ruß verschmierter Mann mit freiem Oberkörper kam ihnen entgegen. «Wie sieht es aus? Wo ist der Brand?», fragte der Richter.

«In der Kannengießergasse», japste der Mann und wischte sich mit dem Unterarm den Schweiß von der Stirn. «Das Schlimmste, was ich je gesehen habe. Ich bin sicher, es gibt Tote.»

«Sind genügend Leute beim Löschen?»

«Mehr, als es Eimer gibt. Die, die am Brunnen stehen, kommen kaum mit dem Schöpfen nach. Deshalb bin ich auch schließlich gegangen. Ich habe genug getan. Jetzt muss ich zu meinem Weib, dass es sich nicht um mich sorgt.»

«Dank Euch, guter Mann», rief Heinz und eilte voran, Hella an der Hand hinter sich herziehend.

Mitten im Lauf stockte Hella und blieb wie angewurzelt stehen.

«Was ist?», fragte Heinz.

«Da», flüsterte Hella. «Da, sieh doch.»

«Was?»

«Der Gehilfe aus dem Roten Ochsen. Er rennt, als wäre der Teufel hinter ihm her.»

«Er wird zum Löschen gehen. Wie alle.»

Hella schüttelte den Kopf. «Nein. Hast du nicht gesehen, dass sein Gesicht ganz schwarz ist? Er war schon beim Löschen. Er kommt doch von dort, aus Richtung Kannengießergasse.»

«Lass uns weitergehen», drängte Heinz. «Das ist jetzt nicht wichtig.»

«Doch!», beharrte Hella. «Ich habe vergessen, dir etwas zu erzählen. In Frankfurt soll es einen Geheimbund geben, der sich Doktor Faustens Loge nennt.»

Heinz legte seine Hand um Hellas Gesicht. «Ist das wahr? Woher weißt du das?»

Hella schluckte und berichtete alles, was sie im Roten Ochsen gehört und gesehen hatte, erzählte auch, was die Druckerin Angelika zu berichten wusste. Als sie damit fertig war, war ihr leichter zumute.

«Ist noch was?», fragte Heinz.

Hella schüttelte den Kopf und lächelte. Doch Heinz schien seine Frau vergessen zu haben. Den Blick in weite Fernen gerichtet, murmelte er vor sich hin: «Langsam lichtet sich das Dunkel. Der Juwelier hat dem Kannengießer das Zauberbuch verkauft. Womöglich ist ebendieser Kannengießer Mitglied einer Geheimloge?»

Heinz hatte es nun sehr eilig. Ohne sich weiter um seine Frau zu kümmern, stürzte er zur Tür.

«Du passt auf dich auf, nicht wahr?», rief sie ihm nach.

Heinz lächelte. «Mach dir keine Sorgen.»

In der Kirche war es ganz still. Nur das Licht der Abenddämmerung fiel durch die großen Kirchenfenster. Von draußen war Lärm zu hören. Immer und immer wieder klopften Leute ans Pfarrhaus, ohne, dass ihnen aufgetan wurde. Pater Nau saß in der ersten Reihe der Kirche, blickte auf den Altar und zuckte jedes Mal leicht zusammen, wenn wieder jemand an der Pfarrtür klopfte. Einmal hörte er Gustelies, die laut sagte: «Zum hundertsten Mal. Der Pater nimmt heute keine Teufelsaustreibungen vor.

Und morgen könnt Ihr Euch in die Reihe derjenigen einreihen, die aus demselben Grund hier vorstellig werden. Ihr seid bei Gott nämlich nicht der Erste. Den ganzen Tag geht der Türklopfer schon.»

Pater Nau wurde es nicht besser, als er das hörte. Er hielt eine Flasche mit Wein im Schoß. Jetzt hob er sie an, stieß damit in Richtung Altar und sagte so laut, dass es im Kirchenschiff hallte: «Prost, Herr.» Er setzte die Flasche an, nahm einige gierige Schlucke, rülpste und wischte sich mit dem Ärmel der Soutane die feuchten Lippen ab. «Hick», machte er dann, rülpste noch einmal und warf dem Heiland am Kreuz einen enttäuschten Blick zu. «Und jetzt, hick?», fragte er ihn nach einer Weile. «Was soll ich jetzt tun?»

Der Heiland antwortete nicht, und auch die Gottesmutter hüllte sich in Schweigen.

«Ich habe gesagt, dass es keinen Teufel gibt, Herr. Und wenn, dass du, Herr, Teufel und Gott in einem bist. Man kann also den Teufel nicht austreiben. Ja, Herr, hick, das habe ich gesagt.»

Er hielt die Flasche hoch, um zu sehen, wie viel noch drin war, trank den Rest. Dann stand er auf, taumelte zur Sakristei und machte sich am Messwein zu schaffen. Mit Mühe löste er das Siegel und brach die Flasche an. «Auf dein Wohl, Herr.»

Er hielt die Flasche wie einen Säugling über dem Taufbecken und torkelte zurück in die erste Reihe der Kirchenbank.

«Jetzt haben wir den Salat, Herr. Ich brauche einen Teufel. Ohne Teufel macht alles keinen Sinn. Aber wenn du allmächtig bist, müsstest du, Herr, den Teufel besiegen können. Warum tust du es nicht? Weil du den Teufel brauchst, Herr, um deine Macht über die Menschen zu erhalten?»

Er nahm noch einen Schluck, wischte sich wieder mit der Soutane über die feuchten Lippen. Dann sah er auf das Kreuz, und Tränen stiegen ihm in die Augen. «Wenn die Welt so ist, wie ich glaube, Herr, dann darf der Teufel seine Sünden nicht bereuen. Aber das Teuflischste, was der Teufel tun kann, wäre doch, dass er seine Sünden bereut. Oder, Herr?»

Er trat aus der Bank und sank auf die Knie. Die Flasche barg er mit der übertriebenen Vorsicht eines Betrunkenen behutsam unter der Kirchenbank, dann betete er. Dabei liefen ihm dicke Tränen über die Wangen.

«Wo steckt dieser Mann jetzt nur wieder?» Gustelies verlor langsam die Geduld. «Die Besessenen stehen in Sechserreihen vor der Tür, aber der Pater ist abgetaucht.» Sie eilte durch das ganze Haus, riss eine Tür nach der anderen auf, doch den Pater fand sie nicht.

«Wenigstens ist der Junge jetzt wieder bei seiner Mutter», murmelte sie vor sich hin, doch wenn sie ehrlich war, musste Gustelies zugeben, dass sie Josef vermisste. Seit heute Morgen war der Junge wieder zu Hause. Seine Mutter war gesund und gut erholt, die Bürger davon überzeugt, dass der Teufel ausgetrieben war oder wenigstens auf dem besten Wege dorthin.

Sie seufzte. Und Hella wurde und wurde nicht schwanger. Gustelies seufzte wieder und streckte dann das Kreuz durch. Das Leben war, wie es war. Oder, um mit der heiligen Hildegard zu sprechen: Kein Mensch würde seine Zither so schlagen, dass ihre Saiten sprangen.

Aber wo war der Pater? Gustelies nahm ihr Umschlagtuch vom Haken, schlang es um die Schultern und ging über den Hof durch den Hintereingang in die Sakristei.

Es war inzwischen dunkel, nur neben dem Altar brannte das Ewige Licht.

In der Tür, die in die Apsis führte, blieb sie stehen und lauschte. Es war ganz still, nicht einmal eine Kirchenmaus war zu hören. Sie wollte sich gerade umdrehen, als sie ein Schluchzen hörte. Sie blieb stehen und lauschte in die Dunkelheit. «Bernhard?», rief sie. «Bernhard, bist du das?»

Sie trat einige Schritte in den Altarraum. Hier entdeckte sie endlich ihren Bruder, der vor dem Antlitz des Herrn kniete und gotterbärmlich weinte.

«Um Gottes willen, was ist denn?», fragte sie, ließ sich neben ihm zu Boden gleiten. «Was ist? Rede mit mir!»

Pater Nau schüttelte den Kopf, dann wischte er mit dem Ärmel seiner Soutane die Tränen von der Wange. «Es ist nichts, Gustelies. Gar nichts.»

Sie knieten nebeneinander in der Dunkelheit. Gustelies hatte ihre Hand auf seinen Rücken gelegt und strich sanft darüber. Lange saßen sie so. Dann fragte Pater Nau leise: «Was meinst du? Gibt es den Teufel? Oder ist der Teufel ein Teil von Gott?»

«Natürlich gibt es den Teufel.»

«Sicher?»

«Ganz sicher, Bernhard. Denn niemand sonst als der Teufel vermag es, dir den Gedanken, dass Gott und Teufel ein und dasselbe sind, ins Hirn zu setzen.»

Pater Nau zuckte zusammen, drehte den Oberkörper so, dass er Gustelies zugewandt war. «Meinst du wirklich?»

Gustelies nickte nachdrücklich. «Woher sonst sollten diese Gedanken stammen?»

Da lachte Pater Nau, nahm Gustelies in den Arm und küsste sie so herzhaft auf beide Wangen, dass seine Schwester sich schließlich von ihm befreien musste.

«Wenn du dich nicht dauernd von Bruder Göck beschwatzen und den Messwein unangetastet lassen würdest, dann bräuchtest du auch keine Angst vor dem Teufel zu haben. Ich glaube nämlich, dass du dir ein Leben ohne Teufel mitunter ganz gut vorstellen könntest. Den ganzen Tag Wein trinken, klagen, dass das Leben ein Graus und die Erde ein Jammertal sei, das könnte dir nämlich so passen.»

KAPITEL 13

«Mir tun die Füße weh; ich habe eine große Blase an der Ferse.» Gustelies hastete neben ihrer Tochter durch die geschäftigen Gassen der Stadt.

«Jetzt jammere nicht. Ich war die ganze Nacht auf den Beinen und bin sterbensmüde», erwiderte Hella. An jeder Ecke standen Grüppchen zusammen und redeten über den Brand. Einige von ihnen trugen noch ihre rußgeschwärzten Kleider und schienen in der Nacht nicht im Bett gewesen zu sein. Als Hella und Gustelies vorüberkamen, wurden die Gespräche unterbrochen. Eine Krämerin mit roten Backen und gewaltigem Bauch baute sich vor ihnen auf. «Stimmt es, Richtersfrau, dass es Tote gegeben hat?»

Hella zuckte mit den Achseln. «Woher soll ich das wissen?»

«Na, wer denn sonst, wenn nicht Ihr?» Die Dicke sah Hella verständnislos an.

«Wenn Ihr denkt, gute Frau, ich würde mich in die Arbeit meines Mannes einmischen oder sogar heimlich in seinen Akten lesen, dann habt Ihr Euch gründlich getäuscht!» Hellas Ton war so eisig, dass Gustelies am liebsten in schallendes Gelächter ausgebrochen wäre, doch sie hielt sich zurück. Die dicke Frau wich zur Seite. «Entschuldigt, Richtersfrau, man wird ja wohl noch fragen dürfen.»

Hella warf den Kopf in den Nacken. «Fragen könnt Ihr, aber Antworten bekommt Ihr ebenso wenig wie ich.»

Gustelies prustete leise und zog ihre Tochter weiter.

Über der Stadt lag noch immer der Geruch von kaltem Rauch. Auch der Himmel hatte sich mit Wolken bedeckt, die aussahen wie Rauchschwaden. In der Luft tanzten Rußteilchen, überall stand Wasser in Pfützen, die Gassen waren mit feiner Asche bestäubt. Je näher die beiden Frauen der Kannengießergasse hinter dem Dom kamen, umso stärker wurde der Rauchgeruch.

Plötzlich hielt Hella inne. «Lass uns in die Buchgasse gehen. Ich möchte gern wissen, ob Angelika noch etwas über das Zauberbuch in Erfahrung gebracht hat.»

Sie wandten sich nach links, gingen ein Stück die Mainzer Gasse entlang und bogen schließlich in die Buchgasse ein. Die Gasse war zwar noch immer vollgestopft von Messegästen, Schaulustigen, Käufern und Verkäufern, doch der fröhliche Lärm, der hier sonst herrschte, fehlte heute. Gleich an der Ecke stand ein Grüppchen Nonnen aus dem nahen Karmeliterinnenkloster. Sie hielten mit Liedern bedruckte Flugblätter in der Hand und sangen, was das Zeug hielt. Wenige Schritte daneben stand ein Dominikaner auf einem alten Fass und hielt flammende Reden wider die Sünden der Welt. «Und ich sage euch», dröhnte er und drohte mit der Faust, wobei sich der Strick, mit dem er seine Kutte zusammen hielt, lockerte. «Und ich sage euch, die Welt wird in Flammen aufgehen, wenn ihr nicht umkehrt und eure Sünden bereut. Die Welt ist schlecht, und ein jeder ist des anderen Feind. Gebt euch die Hand wie Brüder und kehrt um, ehe es zu spät ist.»

Jetzt löste sich der Strick, der Mönch bückte sich, griff danach und wäre um ein Haar vom Fass gestürzt, hätte Gustelies ihn nicht gehalten. «Gefallene Mönche haben wir hier nicht so gern», kicherte sie und richtete dem Mann die verrutschte Kutte.

«Ich danke dir, meine Tochter», stammelte der Mönch, ein Milchbart von wohl gerade mal zwanzig Jahren.

«Gern, Vater», antwortete Gustelies, die sicher doppelt so alt war wie der Mönch.

Angelika hatte alle Hände voll zu tun. Vor ihrem Stand standen vier orientalische Händler, die sich sehr für die Schriften der heiligen Hildegard interessierten.

Im Augenblick sprachen alle vier gleichzeitig auf Angelika ein. Die verdrehte die Augen ein wenig, als sie Gustelies sah, und winkte sie zu sich heran.

«Diese Frau hier», schrie sie beinahe, «ist eine Kennerin, was die heilige Hildegard angeht. Sie weiß alles darüber.»

Sofort drehten sich die vier Herren um und standen Gustelies gegenüber. «Stimmt es, dass sie eine Heilige war?», fragte der Erste. «Stimmt es, dass Euer Gott von Antlitz zu Antlitz mit ihr gesprochen hat?»

«Ich habe gehört, sie hat den Männern widersprochen. Konnte sie das, weil sie eine Heilige war? Steht sie über der Mutter Maria?»

«Ist es wahr, dass sie wunderbar kochen konnte? Das Urbild des Weibes sozusagen? Bewandert in Koch- und Heilkunst, dazu demütig und barmherzig?» Der Orientale, der dies sagte, bekam glänzende Augen.

Gustelies kniff die Augen zusammen und schüttelte leicht den Kopf. «Ich höre nur Unsinn», sagte sie energisch und stellte den Weidenkorb zu ihren Füßen ab. Sie sah nicht, dass Angelika zufrieden lächelte und Hella zu sich winkte.

«Hildegard von Bingen», begann sie im Brustton der Überzeugung. «Hildegard von Bingen war mitnichten ein Weib, welches sich nur durch Kochen, Heilen und Demut auszeichnete. Hildegard von Bingen war eine große Denkerin, jawohl, eine Philosophin und Theologin, die sich mit den klügsten Männern ihrer Zeit messen konnte. Sie war außerdem eine außergewöhnlich begabte Komponistin, eine überzeugende Predigerin und natürlich eine Wissenschaftlerin von Gottes Gnaden, jawohl.»

Sie holte tief Luft, die Orientalen schwiegen beeindruckt.

«Ein Zelt für den Willen ist im Herzen des Menschen das Gemüt. Die Erkenntnis, der Wille und alle Seelenkräfte entsenden, je nach Stärke, ihren Hauch in dieses Zelt. Sie alle werden in ihm erwärmt und verschmelzen miteinander», sprach Gustelies mit ausgebreiteten Armen und Predigerton.

«Bitte?», fragte einer der Orientalen. «Was sagt Ihr da?»

«Nicht ich sprach da», erklärte Gustelies. «Sondern Hildegard von Bingen.»

Die anderen schwiegen beeindruckt, sahen einander an und nickten voller Ehrfurcht. Nur einer, der Älteste der kleinen Gruppe, räusperte sich. «Wir hörten davon, dass Hildegard es vermochte, mit der Kraft der Steine zu heilen. Darüber wollten wir etwas wissen, darüber ein gedrucktes Werk erstehen.»

«Hmm.» Gustelies legte den Kopf schief. «Da gab es was. Ich weiß es genau. Interessiert hat's mich aber nie, denn ich kann mir keine Edelsteine leisten. Nicht zum Schmuck und schon gar nicht zum Heilen. Diamanten soll man im Wasser kochen und dieses dann trinken, um gesund zu werden. Meint Ihr das?»

Die Orientalen nickten.

«Tja, da kann ich Euch auch nicht helfen.» Gustelies sprach es mit offensichtlicher Erleichterung und ließ die Männer stehen. Sie wandte sich an Hella, raunte ihr ins Ohr, sodass auch Angelika es hören konnte: «Irgendwie kann ich es nicht leiden, wenn sich Männer für meine Hildegard interessieren.»

Angelika nickte. «Kann ich verstehen. Die meisten haben ja doch nur im Sinne, sie schlechtzumachen und ihre Leistungen zu schmälern.»

Hella lächelte. «Du und deine Hildegard», spottete sie. «Manchmal glaube ich, ohne Hildegard von Bingen wärst du nur halb. Wenn ich allein an die Sprüche denke, die du tagtäglich von dir gibst und die von der Hildegard stammen!»

«Ja, lach du nur. Ich habe ein Vorbild. Das ist wichtig im Leben.»

Da wurde Hella stumm. Was sollte sie auch sagen? Dass ihre Mutter ihr Vorbild war? Stimmte das denn? Würde sie, Hella, sich als Witwe ins Pfarrhaus zurückziehen und ihr Lebensziel darin sehen, die beste Kuchenbäckerin zu sein und «der guten Haut» ihren Platz streitig zu machen?

«Wo wir gerade von derlei Dingen sprechen», sagte da eben Gustelies, «was gibt es Neues von meinem Zauberbuch?»

«Nichts», erwiderte Angelika. «Das Buch ist bisher in Frankfurt nicht aufgetaucht. Ich jedenfalls habe weder etwas gehört noch gesehen. Auch die geheime Loge, Doktor Faustens Loge genannt, scheint es nicht zu geben. Jedenfalls habe ich auch davon nichts mehr gehört.» Angelika rückte ein Buch gerade, welches von der Auslage zu kippen drohte. «Irgendwie glaube ich auch gar nicht richtig an den ganzen Zauberkram.» Sie konnte Gustelies allerdings bei diesen Worten nicht in die Augen sehen. «Jetzt stell dir doch mal vor, das Buch gäbe es wirklich und es stünde wirklich darin, wie man Gold macht. Was wäre dann?» Sie wartete die Antwort nicht ab, sondern sprach gleich weiter. «Dann wäre Gold auf einmal nichts mehr wert. Wenn alle Gold machen können, dann gäbe es schon sehr bald mehr Gold als Flusskiesel. Rar ist nur, was selten ist. Also.»

«Rar ist nur, was selten ist», sprach Gustelies nach und hob den Zeigefinger. «Du hast natürlich recht, meine Liebe. Und im Grunde will ich auch gar kein Gold machen. Alles, was ich brauche, ist ein tolles Rezept.»

Angelika nickte, dann schob sie sich vom Fass und kramte in einer Kiste mit zahlreichen losen Blättern.

«Irgendwo muss es doch sein», murmelte sie dabei vor sich hin. «Ich habe es doch gestern noch gesehen.»

«Was suchst du?», fragte Gustelies, und Hella hockte sich neben die Buchdruckerin.

«Ein Blatt mit seltenen Rezepten. Aber keine Koch- oder Backrezepte, sondern welche, mit denen man Kuchen und Braten einfärben kann. Ach, hier habe ich es ja!»

Triumphierend hielt sie ein Blatt hoch. Gustelies nahm es ihr vorsichtig aus der Hand und las laut vor: «Nicht nur mit einem dreifarbigen Mandelmilchgelee legt eine Hausfrau Ehre ein, auch mit getönten Hühnern, Fisch und Fleischspeisen lässt sich Eindruck erwecken. Grün färbt man Speisen mit Hilfe von Petersilie oder Spinat, jedoch muss man beim Marzipan mit Geschmacksveränderungen rechnen. Schwarzbrot oder geriebenen Lebkuchen nimmt man, um Speisen schwarz zu färben, auch Nelkenpulver und Kirschsaft sind dafür geeignet.

Beerensäfte und Rote Beete für rote Gerichte. Safran benötigt man, um Speisen einen gelben Anstrich zu verleihen. Auch Eigelb mit Mehl kann dazu verwandt werden. Um etwas braun zu färben, nimmt man Zwiebelschalen.»

Gustelies liess das Blatt sinken, sagte gedankenverloren: «Ich habe schon einmal davon gehört», und blickte durch Angelika und Hella hindurch in weite Fernen.

Hella stiess Angelika an. «Ich wette, sie hat gerade einen Einfall, wie sie bei Mariä Geburt ‹die gute Haut› ausstechen kann.»

Angelika lachte. «Ich werde da sein und mit eigenen Augen sehen wollen, was sie zusammengezaubert hat.»

Keine der Frauen hatte bemerkt, dass der Himmel sich immer mehr mit Wolken bedeckte. Grau und schwer wie nasse Federbetten hingen sie über den Dächern der Stadt. Schon fielen die ersten Tropfen. Die Buchverkäufer und Drucker sprangen hinter ihren Verkaufsständen hervor und rafften ihre Bücher zusammen, so schnell sie konnten.

«Kommt, fasst mit an!», bat auch Angelika, spannte ihren Rock auf und liess sich von Hella Bücher hineinschichten.

Der Regen, auf den alle so lange gewartet hatten, prasselte jetzt zum denkbar ungünstigsten Zeitpunkt auf die Stadt hernieder. Es war nicht nur ein normaler Markt- und Messetag, sondern überdies noch Kornmarkt. Die Bauern aus dem ganzen Umland, aus der Wetterau, aus dem Spessart, dem Odenwald, dem Taunus und sogar aus der Rhön boten ihre Ernte an. Sie hatten Weizen, Hafer, Roggen und Gerste in Säcke gefüllt, boten Raps- und Sonnenblumenöl in Krügen feil, dazu Äpfel, Honig und die letzten Nüsse vom Vorjahr. Doch jetzt, im strömenden Regen, räumten sie alles hastig zusammen. Geschrei hallte über den Platz.

«Rette das Korn! Nun mach schon», brüllte ein Bauer

seine Frau an. «Du weißt doch, dass sonst die Ratten drangehen.» Und die Frau, klein, zart und überdies sichtbar schwanger, stemmte sich einen Sack auf die Schulter, brach unter der Last zusammen und lag am Boden. Der Regen durchnässte in Blitzesschnelle ihr Kleid, der Bauer kümmerte sich um die restlichen Säcke.

Bruder Göck seufzte, dann eilte er zu der jungen Frau, half ihr hoch, stützte sie und führte sie unter den schützenden Giebel eines Handelshauses. Sogleich öffnete sich die Tür, und eine Magd schaute neugierig heraus. «Kümmert Euch um die Frau», befahl der Antoniter, malte der Schwangeren ein Kreuzzeichen auf die Stirn und hastete weiter.

Die Regentropfen zerplatzten auf dem Pflaster oder bildeten dort Blasen. In den ungepflasterten Gassen sog sich die ausgetrocknete Erde in Windeseile mit dem Nass voll. Zwei kleine Mädchen in grauen Kleidchen hielten sich an den Händen und tanzten. Ihre Zöpfe flogen und lösten sich nach und nach auf. Eine kleine Gruppe halbnackter Jungen hockte im Schlamm und war bis zu den Oberarmen damit beschmiert. Die Hausfrauen holten die Betten herein, Mägde schleppten Pflanzkübel herbei, die der Regen durchnässen sollte.

Bruder Göck hatte die Schulter so hoch gezogen, wie er nur konnte. Trotzdem rann ihm das Wasser schon in den Kragen seiner schwarzen Kutte mit dem blauen Tau darauf. Die Füße, die in einfachen Sandalen steckten, patschten durch die Pfützen. Bei jedem zweiten Schritt stieß der Antoniter einen Fluch aus. «Schuld ist nur Pater Nau! Wer sonst! Wegen ihm latsche ich hier durch die Nässe.»

Die nächste Pfütze. Bruder Göck nahm Anlauf und sprang. Er landete weich. Zu weich. Der Matsch spritzte ihm bis hinauf zu den Knien. «Na, wunderbar. Danke, Pater Nau. Nur wegen dir und deinem Teufelskram, dem dreimal Vermaledeiten!» Empört eilte Bruder Göck weiter, ohne noch auf den Weg zu achten. Schon prallte er gegen eine junge Frau. «Oh, Verzeihung», stammelte er, «das habe ich nicht gewollt, Gnädigste.»

Die schöne Patrizierin strich sich das Kleid zurecht, zog eine Augenbraue hoch und ging wortlos weiter. Beinahe genießerisch blickte Bruder Göck ihr eine Weile nach. Ein Windstoß fing sich in seinem Chorhemd und sorgte auch für eine kalte Dusche. Bruder Göck stöhnte auf und wischte sich mit dem Ärmel das Gesicht trocken, ehe er weiterhastete. «Ich kann mir jetzt schon vorstellen, was der Bruder Vestarius zu meinen Kleidern sagen wird», fluchte er weiter vor sich hin. «Ich höre ihn schon, wie er sich beschwert. Seit ich der Herr über die Klosterwäsche bin, so wird er anfangen, seit ich dafür sorge, dass die Brüder in reinlichem Gewand Ehre einlegen, bist du es, du, immer wieder du, dem es jeden Tag gelingt, so schmutzig wie ein Ferkel zu erscheinen. O ja, ich werde mir wieder seine Predigt anhören müssen. Und wem habe ich das zu verdanken? Pater Nau. Dir, mein lieber Bernhard. Dir und deiner dämlichen Sehnsucht nach dem Teufel.»

Er hieb den Türklopfer aus Messing so heftig gegen das Türblatt, dass das Holz krachte.

«Ja, ja, um Gottes willen, ich komme ja schon!», rief Pater Nau von drinnen. Dann hörte Bruder Göck ihn nach seiner Schwester rufen, offensichtlich vergeblich. «Wo steckt das Weib denn nun schon wieder? Sie tut, als wäre sie ein Goldschatz, der mit jedem neuen Versteck an Wert gewinnt.»

Bruder Göck kicherte. «Jetzt mach endlich auf, du falscher Heiliger», rief er fröhlich und schüttelte das Wasser aus seinen Haaren.

«Igitt!», rief Pater Nau, als er den Haustürschlüssel endlich gefunden hatte. «Du triefst ja wie eine abgesoffene Katze. Warte nur, wenn Gustelies dich erwischt! Sie wird dir einen Lappen in die Hand drücken und dir zeigen, wo der Staubwedel hängt, mein Lieber.»

Kopfschüttelnd betrachtete er die kleinen Pfützen, die Bruder Göck auf dem Weg in die Küche auf den Fliesen hinterließ.

«Ein guter Freund, Pater, würde mir jetzt einen Würzwein anbieten, damit ich nicht krank werde. Ein wahrer Freund würde noch Honig hineintun, damit mir der Hals geschmeidig bleibt.»

«Hmm, hhmm», machte Pater Nau und sah sich hilflos in der Küche um. «Wenn ich wüsste, wo sie den Wein und den Honig hat ...»

Bruder Göck stöhnte. «Du hast die Frau nicht verdient. Bei Gott nicht.» Er seufzte noch einmal lauter, dann verdrehte er die Augen und blickte zur Decke: «Herr, warum hast du mich zum Antoniter gemacht und nicht ihn? Ich weiß die Küche der guten Gustelies viel besser zu schätzen.» Dann legte er die Hände auf den Tisch. «In der Vorratskammer steht ein Holzregal. Dort stehen die Honigtöpfe. Davor befindet sich ein Fass. Wenn du Glück hast, ist es schon angestochen. Links daneben ist ein Wandbord mit Krügen und Kannen. Füll du eine große Kanne mit Wein. Ich hole inzwischen die Becher.»

Er stand auf, öffnete die Tür des gewaltigen Küchenschranks und griff zielsicher zu. Kurz darauf kam auch Pater Nau mit einer Kanne zurück.

«Was treibt dich her?», fragte er.

«Freundschaft, mein Lieber. Nichts als reine Freundschaft zu dir.»

Pater Nau runzelte die Stirn. «Wer's glaubt, wird selig. Ich kenne dich schon fast zwanzig Jahre. Und in all den Jahren bist du nur zu mir gekommen, wenn du etwas wolltest.»

Bruder Göck lachte und trank einen großen Schluck. «Köstlich», stöhnte er, wischte sich den Mund und erwiderte: «Dann fängt heute ein neues Zeitalter an. Jawohl. Ich bin nämlich gekommen, um dir eine freudige Mitteilung zu machen und hoffe, dass du nun deine Seelenruhe wiederfindest.»

Pater Nau lehnte sich zurück und verschränkte die Arme. «Da bin ich ja gespannt.»

«Das kannst du auch sein. Es geht nämlich um den Teufel und um die Frage, was geschieht, wenn der Teufel alle seine Sünden bereut.»

«Dem Teufel könnte nichts Schlimmeres einfallen als seine Vernichtung. Ohne Teufel kein Gott. Seine Vernichtung wäre somit auch die Vernichtung Gottes. Es gäbe nichts Teuflischeres als das.»

Bruder Göck winkte ab. «Ja, ja, das hatten wir ja schon alles. Aber du irrst. Dein Gedanke klang klug und überzeugend, aber er stimmt nicht.»

Pater Nau runzelte die Stirn. Bruder Göck hatte recht. Zu gern wollte er seinen Teufel zurückhaben. Ohne den fehlte ihm wirklich etwas, ohne Teufel war es kein richtiges Leben als Pfarrer. Er wünschte sich den Satanus zurück, jawohl. Aber nicht von Bruder Göck! Von dem doch nicht! Der war sein Gegner im Disput. Wenn ihm Bruder Göck den Teufel zurückbrächte, dann wäre der Antoniter Sieger des Disputes. Und das, nein, das wollte Pater Nau zuletzt.

«Ach», winkte Pater Nau ab. «So wichtig ist mir das auch

nicht. Ich habe jedenfalls keinen Gedanken mehr daran verschwendet. Wenn es dir allerdings so zu schaffen macht, dann bin ich gern bereit, noch einmal länger über diese Frage nachzudenken.»

Für einen Augenblick guckte Bruder Göck verwirrt. Dann trank er einen Schluck und winkte ab. «Ach, lass nur. Mir ist es auch nicht so wichtig.»

Nun schwiegen die Männer. Pater Nau sah auf den Grund seines Bechers, als erwarte er von dort ein Orakel. Bruder Göck betrachtete die Schlammspritzer auf seinem schwarzen Chorhemd und seufzte.

«Also. Jetzt sag schon!» Pater Nau rutschte auf seinem Stuhl herum und trommelte mit den Fingernägeln auf den Tisch. «Wenn du schon deswegen hergekommen bist. Es gebietet der Anstand, dass ich dir zuhöre.»

«Ach, lass nur. Wir kennen uns schon so lange, dass wir nicht mehr unbedingt höflich zueinander sein müssen.» Pater Nau beugte sich vor. Grinste Bruder Göck? Oder sah das nur so aus? Jedenfalls goss er ihm zunächst noch einmal einen gehörigen Schluck Wein nach.

«Der Teufel also, hmm. Vielleicht sollte ich am Sonntag mal wieder über ihn predigen. Immerhin hat es viel Aufregung in der Stadt gegeben. Ein Kannibale, ein Toter und gestern Nacht noch ein Brand. Ja, ich glaube, es wird Zeit, den Frankfurtern mal wieder ins Gewissen zu reden. Mir scheint, die haben vergessen, dass es den Teufel überhaupt gibt. Also, Bruder Göck, was sagtest du über die Existenz des Satans?»

Bruder Göck schüttelte den Kopf. «Nein, nein, nicht über die Existenz des Teufels, mein Lieber. Ich wollte dir nur Antwort auf die Frage geben, was geschieht, wenn der Teufel seine Sünden bereut.»

«Gut. Das könnte ich schon für meine Predigt brauchen. Immerhin scheinen die Bürger ja zu denken, dass der Teufel seine Sünden bereut hat.»

«Um auf das eigentliche Thema zurückzukommen», unterbrach Bruder Göck, der ein Schweigen ebenso wenig aushalten konnte wie Pater Nau, «es ginge ja um die Frage, was geschieht, wenn der Teufel plötzlich wieder zum Engel werden will. Du sagtest, das wäre das Allerteuflischste überhaupt»

«Ja, ja. Ich erinnere mich.»

«Nun, das wäre es nicht. Denn damit Gott dem Teufel alle Sünden vergibt und ihn wieder zum Engel macht, müsste die Reue von Herzen kommen. Wenn aber die Reue von Herzen kommt, wäre an diesem Einfall des Teufels nichts Teuflisches mehr.»

Jetzt schwieg Pater Nau, verzog den Mund und betrachtete Bruder Göck aus zusammengekniffenen Augen. Es dauerte eine ganze Weile, bis er zu reden begann. «Ich sag's nicht gerne, Göck, aber da hast du leider recht. Wer hat dich auf den Gedanken gebracht?»

Bruder Göck blähte die Brust. «Ich bin natürlich selbst darauf gekommen.»

«Aha. Und warum nicht gleich? Mit wem hast du gesprochen darüber?»

Bruder Göck zierte sich ein wenig, dann ließ er sich noch einen Becher Wein einschenken und gestand: «Meine Nichte hat mich am Wochenende im Kloster besucht. Ja, es ist wahr, ich wollte sie beeindrucken. Immerhin ist sie ein schönes und kluges Mädchen, meine Eva. Sie hat mir den Hinweis mit der Reue gegeben.»

Da lachte Pater Nau so sehr, bis ihm die Tränen aus den Augen liefen. «Ein Weib war's», prustete er und hieb sich auf die Schenkel. «Ein Weib hat uns zwei Theologen auf die richtige Spur gebracht. Und da sagst du, es gäbe keinen Teufel! Spätestens das ist der Beweis. Ein Weib, ich fasse es nicht.»

Er holte ein Tuch hervor und wischte sich die Augen. Doch sogleich brach er erneut in Gelächter aus. «Ein Weib, welches obendrein noch Eva heißt», japste er kichernd. «Gott ist ein Schelm und wir, mein Lieber, sind seine Trottel.»

«Es ist zum Junge-Hunde-Kriegen.» Heinz Blettner hob seine Aktentasche über den Kopf, um sich vor dem Regen zu schützen, und sah sich um. Er stand in der Brandruine der Kannengießergasse. Die vordere Hauswand war niedergebrochen, das Dach darüber eingestürzt und die Balken zu schwarz verkohlten Stümpfen verbrannt. Zwischen den Trümmern staken allerlei Gerätschaften. Hier ein zerbrochener Wasserkessel, dort ein Nachtgeschirr, in der Ecke Gießereiwerkzeug. Alles war mit einer schmierigen Rußschicht überzogen, sodass der Richter von vielem nur ahnen konnte, um was es sich einmal gehandelt haben mochte.

Er sah zu Arvaelo, der mit einem Stock in den Überbleibseln herumstocherte und sich sogar unter Balken und Mauerreste wagte, die vom Einsturz bedroht waren.

«Hast du schon die Nachbarn gefragt, ob sie wissen, wo der Kannengießer ist?», rief er Heinz Blettner zu. Der nahm die Tasche herunter, sah nach oben. Die dunklen Wolken waren weitergezogen, der Regen hatte aufgehört. «Wo soll er schon sein? Zu Hause wird er gewesen sein, sagen sie. Im Bett wie jeder andere anständige Bürger auch. Gesehen hat ihn heute allerdings noch niemand.»

«Gestern ist die Feuerstelle noch benutzt worden», mischte sich der Brandmeister ein. «Ich sehe es an der Art der Asche. Gestern muss er also noch da gewesen sein.»

«Hmm.» Heinz Blettner kratzte sich am Kinn. «Jeden Tag ein neues Unglück, aber eine Lösung ist nicht in Sicht. Wenn ich nur wüsste, ob der Brand hier irgendetwas mit dem Mord und dem Menschenfresser zu tun hat. Wenn ich das nur wüsste! Es könnte sein, ja das könnte es. Immerhin hat der tote Juwelier einem Kannengießer das Zauberbuch verkauft. Ob das wohl dieser hier war? Der Wirt hat ihn beschrieben. Nun, wir werden sehen.»

Er lief hinter Arvaelo her, der nun damit beschäftigt war, mehrere halbverbrannte und verkohlte Möbelstücke zu bewegen. «Ich fürchte, der Kannengießer ist hier irgendwo unter den Trümmern», gestand er dem Richter.

«Woher willst du das wissen? Noch einen Toten können wir wirklich nicht gebrauchen.»

«Komm, pack mal mit an», bat Arvaelo und wuchtete an einem verkohlten Schrank herum, der offensichtlich umgestürzt war. Die beiden Männer keuchten und stöhnten, doch sie bewegten das Möbel um keinen Fingerbreit.

«Hallo, Brandmeister, wir brauchen Euch», rief Richter Blettner und gab auch den beiden Büttel, welche die Brandstelle von Neugierigen freihalten sollten, ein Zeichen. Zu fünft gelang es ihnen, den schweren Schrank zu verrücken. Dahinter bot sich ein schrecklicher Anblick. Einer der Büttel würgte, schlug die Hand vor den Mund und dreht sich zur Seite. Zu spät. In einem großen Schwall erbrach er seine letzte Mahlzeit. Der Brandmeister verzog das Gesicht, als habe er Schmerzen. Richter Blettner bekreuzigte sich und sprach halblaut die ersten Zeilen des Vaterunsers, während der zweite Büttel starr auf den Boden glotzte. Dort lag eine verkohlte Leiche. Arvaelo beugte sich zu ihr, und der Brandmeister tat es ihm mit knackenden Knien gleich. «Er war früher wohl doppelt so groß», murmelte der Morgenländer und drehte den verkohlten Kopf so, dass er dem Toten ins Gesicht schauen konnte. Jetzt spürte auch Richter Blettner, wie die Übelkeit in ihm aufstieg. An dem Schädel klebten noch ein paar geschwärzte Hautfetzen. «Grauslich», raunte der Richter. «Ich mag mir nicht vorstellen, was der arme Kerl gelitten hat. Wie es scheint, muss ihm das Blut in den Adern buchstäblich gekocht haben.»

Arvaelo kniete sich nun neben den Leichnam. «Der Mann liegt da, als würde er gleich einen Schwertkampf beginnen», sagte er. «Siehst du das?»

Richter Blettner nickte. Er war blass und wollte im Augenblick lieber nicht sprechen. Der Geruch nach kaltem Rauch und verbranntem Fleisch brachte seinen Magen in Aufruhr.

«Die Hitze hat alle Muskeln schrumpfen lassen», erklärte Arvaelo. «Deshalb liegt er so da.» Er sah hoch. «Weiß jemand, ob das wirklich der Kannengießer ist?»

Heinz Blettner zuckte mit den Schultern, sah noch einmal seitlich auf das Gesicht. «Kann da überhaupt jemand noch irgendetwas erkennen?», fragte er.

Arvaelo wiegte den Kopf. «Ich kann nur sagen, dass er Mann ungefähr zwischen vierzig und fünfzig Jahren alt gewesen ist.»

«Woran siehst du das?»

Arvaelo deutete mit der Hand auf die Leiche. «Da, an den Zähnen. Der Zahnschmelz verliert sich zwischen dem fünfundzwanzigsten und dem dreißigsten Lebensjahr, danach schimmert das Zahnbein gelblich durch. Das ist bei unserem Mann der Fall.»

Der Büttel, dem es so übel geworden war, trat mit einem verlegenen Gesicht wieder herbei. Er wischte sich die Lippen und starrte auf die Leiche. Leise sagte er: «Es ist der Kannengießer. Seht, er trägt einen Armreif aus Eisen. Darin war sein Name eingraviert. Er hat sich das Stück selbst angefertigt.» Der Büttel wies mit dem Finger auf einen verrußten Reif, den der Tote um das linke Handgelenk trug. Arvaelo beugte sich darüber. «Hannes», las er. «Hieß der Kannengießer Hannes?»

Der Büttel nickte. «Ja, Hannes Eisner hieß er.»

«Kanntet Ihr ihn?»

Der Büttel schluckte und nickte. «Er war mein Schwippschwager.»

«Gut. Oder halt, verzeiht. Es tut mir leid für Euch. Könnt Ihr ihn beschreiben?»

Der Büttel tat es, und Heinz Blettner war sich sicher, dass es sich bei dem verbrannten Kannengießer um den handelte, der das Zauberbuch gekauft und dem Juwelier mit dem Tod gedroht hatte.

Der Richter machte dem Mann ein Zeichen, dass er gehen könne. Dann wandte er sich an Arvaelo. «Was weißt du noch?»

«Es muss verdammt heiß hier gewesen sein. Unter seinen Fingernägeln sind längliche Blasen, andere Fingernägel sind ganz und gar verkohlt. Seine Haare, ich meine die, die nicht verbrannt sind, haben sich gekräuselt, die Spitzen sind schwarz. Du siehst ja, dass die Augen fehlen. Die Flüssigkeit in ihnen ist verdampft. Deshalb sind die Augenhöhlen leer.» Richter Blettner seufzte, dann sah er zum Himmel. «Es wird gleich wieder regnen», sagte er. «Wir müssen den Toten wegschaffen und alles abdecken, um keine Spuren zu verwischen.» Er schickte einen Büttel nach dem Henker, holte seine Wachstafel und den Griffel aus der Tasche und zeichnete die Lage des Toten genau auf. Währenddessen fertigte Arvaelo eine Skizze vom Brandort an.

Sie waren damit noch nicht zu Ende, als es erneut zu regnen begann, dieses Mal sogar stärker als zuvor.

«Teufel», fluchte Heinz und gab dem Brandmeister, der in den Resten herumstocherte, ein Zeichen. «Wir gehen, Meister Spraffke. Ihr findet uns ... findet uns ...»

«... in der Ratsschänke, ich weiß schon.»

«Genau.» Heinz gab Arvaelo einen Wink, dann lief er los. Bis zur Ratsschänke waren es nur wenige Meter, sodass sie zwar nass, aber nicht durchtränkt im Gasthaus ankamen. Die Wirtin brachte eine Kanne heißen Würzwein, kaum, dass die beiden Männer ihre Beine unter den Tisch gestreckt hatten.

Genüsslich tranken sie. Heinz ließ seine Schultern kreisen und strich sich das Wasser aus den Haaren. «Und, Arvaelo», fragte er. «Was sagst du?»

Der Sarazene starrte in seinen Becher. «Bisher steht nur fest, dass es gebrannt hat und dabei ein Mensch ums Leben kam. Ob er davor schon tot war oder an Brand und Rauch gestorben ist, weiß ich nicht zu sagen. Das Feuer kann sich durch Unachtsamkeit ausgebreitet haben. Es kann aber auch sein, dass jemand es gelegt hat.» Er sah auf. «Ich weiß es einfach nicht. Wir müssen abwarten, was der Brandmeister uns zu sagen hat.»

Heinz lehnte sich zurück. «Für mich ist der Fall eindeutig. Der Kannengießer ist der Mörder des Leipziger Juweliers. Schließlich hat er vor Zeugen lauthals Rache wegen des Zauberbuches geschworen, nicht wahr? Also. Hannes Eisner hat den Juwelier erschlagen und danach zerstückelt.

Anschließend hat er versucht, mit dem Zauberbuch Gold herzustellen. Und es ist ihm wohl zunächst gelungen, er hat seine Erzeugnisse ja sogar auf dem Markt verkauft. Bei einem weiteren Versuch geriet ihm wohl etwas außer Kontrolle. Er ist verbrannt, der Mörder des Juweliers hat sich somit selbst gerichtet. Der Fall ist gelöst.»

«Und die Beweise?»

Der Richter winkte ab. «Der Brandmeister wird mir sagen, dass das Feuer in der Werkstatt entstanden ist. Vor Zeugen hat der Eisner geschworen, dem Juwelier Böses zu tun. Welche Beweise brauchst du noch?»

«Das sind keine Beweise, das sind Anzeichen, Verdachtsgründe vielleicht.»

«Und wenn schon. Hin ist hin.»

«Und wenn es einen neuen Mord gibt, weil du dich getäuscht hast? Weil du es dir zu leicht gemacht hast?»

Heinz schüttelte den Kopf. «Es deutet nichts darauf hin. Gäbe es etwas, so würde ich dem nachgehen. Das ist doch selbstverständlich.»

«Es gibt da etwas.»

«Nämlich?»

«Die Bissspuren. Sie ergeben überhaupt keinen Sinn.»

«Hmm.» Richter Blettner kratzte sich am Kinn und seufzte.

Es regnete noch immer, als es erneut an der Tür zum Pfarrhaus klopfte. Ein Büttel stand davor. «Ihr sollt mit mir kommen, Pater Nau. Der Richter hat einen Toten im Brandhaus gefunden. Ihr sollt die letzten Gebete sprechen.»

«Sofort, sofort, ich komme!»

Der Büttel sprang einen Schritt zurück, so erstaunt war er. Normalerweise murrte Pater Nau erst und gab vor, über die Maßen beschäftigt zu sein. Es war ungewöhnlich, dass er heute sofort aufsprang.

«Du musst leider jetzt gehen, Bruder Göck», sprach er zu dem Antonitermönch, der in einem schlammverkrusteten schwarzen Mantel am Küchentisch saß und Wein trank.

«Du hörst ja, mein Lieber, ich werde gebraucht», beschied ihm der Pater. Der Mönch nickte, stand auf und verabschiedete sich. Wenig später eilte Pater Nau neben dem Büttel über den Liebfrauenberg. «Ist es wahr, dass Ihr den Teufel bannen könnt?», fragte der Büttel und sah den Pater voller Hochachtung an. Pater Nau schaute zurück, räusperte sich. «Nun ja, der Teufel. Also, hm, nun, also ...»

«Wie macht man das?», platzte der Büttel heraus. «Ich meine, was für ein Mensch muss man sein, um dem Teufel die Stirn bieten zu können?»

Pater Nau stutzte. Diese Frage fand er tatsächlich reizvoll. War er vielleicht ein außergewöhnlicher Mensch mit außergewöhnlichen Fähigkeiten? Ein stolzes Lächeln erschien auf seinen Lippen.

«Nun, mein Sohn, Ihr habt recht, es ist nicht einfach. Es gibt sieben Regeln, die man beachten muss, bevor man einen Exorzismus durchführen kann.»

«Und welche sind das?», fragte der Büttel. «Ihr müsst wissen, allein mit dem Sold von der Stadt kann man keine Familie ernähren. Und meine Braut drängt darauf, endlich zu heiraten. Da ich ansonsten keine Gaben habe, dachte ich, ich könnte es ja mal mit Exorzismus versuchen. Den Teufel gibt es ja immer. Sagt, habt Ihr ordentlich verdient daran?»

Pater Nau war stehen geblieben und starrte den jungen Büttel an. Ein offenes, ehrliches Bauerngesicht mit roten Wangen und kieselgrauen Augen. «Nein, mein Sohn», sagte er. «Ich habe kein Geld dafür genommen. Ich stehe im Dienst der Kirche.»

Ob sich der junge Mann nicht wirklich als Exorzist einen Namen machen könnte? Das wäre es doch, dachte der Pater. Er erledigt das, und ich bin aus dem Schneider. Die Leute rennen mir doch immer noch die Türe ein. Und jeden Tag werden es mehr. Aber vermutlich würde die Kirche etwas dagegen haben, wenn kein geistlicher Herr bei so etwas die Oberaufsicht führte. Pater Nau brachte es nicht übers Herz, die Hoffnungen des Büttels gleich so zu enttäuschen. Vermutlich war der ohnehin nicht geeignet.

«Nun, die Geister müssen dir parieren, das ist das Wichtigste.»

«Ich verstehe.»

«Um Macht über die Geister zu erhalten, musst du in der Heiligen Schrift erfahren sein.»

«Hmm, ich kann nicht lesen.»

«Du musst fleißig zur Kirche gehen und zum heiligen Nachtmahl.»

«Jeden Sonntag.»

«Du solltest keusch und ohne Wollust mit einer Weibsperson gelebt haben.»

«Vielleicht ist Exorzismus doch nicht das Rechte für mich.»

«Du musst unbedingt stets ehrbar, in reinlicher Kleidung und mit süßem Geruch sein. Außerdem solltest du die Stille und Verschwiegenheit lieben, insbesondere, wenn es um geheime Orte geht.»

Der Büttel schwieg. Er hatte die Unterlippe zwischen die Zähne gezogen und biss ein wenig darauf herum.

«Na?», wollte Pater Nau wissen.

Der Büttel schüttelte den Kopf. «Ich bin ein junger

Mann, stehe voll im Saft. Ich glaube, die Geister sind mir nicht gewogen.»

Pater Nau wollte gerade noch eine fromme Bemerkung anschließen, als sie dem Brandmeister direkt in die Arme liefen.

«Halt, bleibt stehen, Herr. Ihr müsst mir zeigen, wo die Leiche liegt.»

«Dort hinten, Pater, neben dem Schrank. Der Büttel soll Euch führen. Ich muss in die Ratsschänke, um dem Richter die Brandursache zu nennen.»

Der Pater dankte und ging den bezeichneten Weg. Dort blieb er stehen, schwenkte sein Weihrauchfass, bekreuzigte sich und sprach einige Gebete. Anschließend kniete er sich mit dem Salböl in der Hand neben den verkohlten Leichnam und zeichnete ihm das Kreuzzeichen auf Stirn und Hände. Kaum war er damit fertig, richtete sich Pater Nau auf.

«Da», gellte eine Frauenstimme, «da, schaut, das ist er. Das ist der Pater, der die Besessenen heilt!»

Schon sammelten sich auf der Gasse die Leute. Gehetzt sah sich Pater Nau nach allen Seiten um. Vergebens. Zwischen den Brandtrümmern tat sich kein Fluchtweg auf.

«Hinweg! Habt Ihr keine Ehrfurcht im Leib? Ich gebe einem Toten den letzten Segen», rief er. «Seht Ihr das nicht? Fort mit Euch, Ihr stört seine Ruhe!»

Sein Schimpfen richtete nichts aus.

Eine zerlumpte Frau hielt ihm ein Kleinkind mit irren Augen und sabberndem Mund entgegen. «Heilt ihn von seiner Besessenheit», rief sie dem Pater zu. «Ich werde auch jeden Tag für Euch beten. Heilt ihn, er ist unser Einziger.»

Der Pater sah sich wieder nach allen Seiten um, aber

außer Bruder Göck, der grinsend am Nachbarhaus lehnte, war die Straße leer. Der Antoniter schien noch immer ungehalten darüber, von Pater Nau so brüsk abgefertigt worden zu sein. Zumindest zeigte seine Miene eine Mischung aus Genugtuung und unterdrücktem Ärger.

Ein alter Mann zerrte sein Weib an der Hand herbei. Die Frau heulte zum Gotterbarmen. «Heilt sie, Pater», rief der Greis. «Ihr Geschrei macht mich ganz krank. Gestern war ich drauf und dran, ihr den Schädel einzuschlagen.»

Der Pater sah noch einmal auf die Menschengruppe, dann deutete er mit dem Finger auf den Büttel, der ihn abgeholt hatte und sagte: «Geht zu ihm. Der versteht auch etwas von Besessenen.» Dann raffte er seine Soutane und rannte davon, verfolgt vom schallenden Gelächter des Bruders Göck.

KAPITEL 14

Gustelies war so aufgeregt wie schon lange nicht mehr. Arvaelo würde zum Abendessen kommen! Und Pater Nau würde auf keinen Fall stören. Sie hatte ihn zu Hella geschickt. Heute wollte sie zwei Fliegen mit einer Klappe erlegen. Liebe ging durch den Magen. Das wusste jeder, schon ihre Mutter hatte es gepredigt. Bis zum nächsten Pfarrfest war es nicht mehr lange. Endlos hatte sie überlegt, was sie ihrem Gast anbieten sollte. Schweinefleisch aß ein Sarazene nicht. Aber wollte sie nicht sowieso endlich wieder einen Hammelbraten zubereiten? Die Adventszeit war noch weit, sie würde also auf die weihnachtliche Honigglasur verzichten und es einmal mit Lavendel und Rosenblättern versuchen. Wenn das klappte! Ein herbstlicher Hammel, damit würde sie beim nächsten Pfarrfest für Furore sorgen. Auf solch eine Idee kam die «gute Haut» sicher nicht.

Und Arvaelo würde hingerissen sein, wenn sie auf das Schweinefleisch verzichtete, obwohl er mit keinem Wort erwähnt hatte, was sein Gott ihm zu essen erlaubte und was nicht.

Für einen Augenblick fragte Gustelies sich, was wäre, wenn ihr der Braten misslang. Ach was. Ihr war noch nie ein Essen misslungen. Im Leben, ja, im Leben hatte sie wohl viele Fehler begangen. Aber in der Küche hatte, gottlob, noch immer alles gestimmt.

Gustelies trällerte vor sich hin, während sie den Esstisch deckte und ein paar Rosenblätter über das schwere Tischtuch streute.

«Es geht», sang sie, «es geht ein dunkle Wolk herein, mich deucht, es wird ein Regen sein.»

Erschrocken hielt sie inne. Sang sie da wirklich dieses himmeltraurige Lied und deckte dabei den Tisch für den Mann, bei dessen bloßem Anblick sie sich wieder jung fühlte? Aber das Lied von der dunklen Wolke war nun einmal ihr Lieblingslied. Trotzig setzte sie wieder an:

«Es geht ein dunkle Wolk herein,
mich deucht, es wird ein Regen sein.
Ein Regen aus den Wolken,
wohl in das grüne Gras.

Und kommst du, liebe Sonn, nit bald,
so weset alls im grünen Wald,
und all die müden Blumen,
die haben frühen Tod.

Es geht ein dunkle Wolk herein,
es soll und muss geschieden sein;
ade, Feinslieb, dein Scheiden,
macht mir das Herz so schwer.»

Gustelies lauschte den Worten nach. Warum sang sie ausgerechnet dieses schwermütige Lied mit seinem Reden von Abschied und Tod so gern? Sie hasste es doch, wenn sie von einem lieben Menschen lassen musste. Und wie sie es hasste! Zuletzt war es Tom gewesen. Tom, der Musikant. Gustelies seufzte, dachte noch einmal an sein gewelltes

Haar, seine wunderbaren braunen Augen und seine Stimme, die so rau und gleichzeitig weich war wie Wildseide.

«Schluss mit den alten Geschichten», ermahnte sie sich. «Du lebst, und zwar jetzt.» Mit energischen Schritten ging sie zum Schrank, holte das gute Geschirr hervor, stellte die beiden Gläser aus Murano neben die dazugehörige Weinkaraffe, strich noch einmal über die Stoffservietten, die ordentlich gefaltet neben den Fingerschälchen lagen. Ja, mit dieser Tafel konnte sie Ehre einlegen. Gustelies nahm die Schürze ab und ging hinunter ins Badehaus. Es war ihr ein Kummer, dass Pater Nau und sie nicht als Einzige das kleine Häuschen in der Ecke des Pfarrhofs benutzten. Einmal in der Woche stand es auch denjenigen unter den Gemeindemitgliedern offen, die kein Badehaus ihr Eigen nennen konnten. Früher, dachte sie, früher sind alle einmal die Woche in den großen Zuber gestiegen, alle und jeder. Was haben wir gelacht und gescherzt, es gab gutes Essen, und der Wein war auch reichlich. Aber seit diese vermaledeite Franzosenkrankheit im Land ist, seitdem ist es aus mit den gemeinsamen Badefreuden. Obschon die meisten öffentlichen Badestuben nicht hatten schließen müssen, weil die Gäste ausblieben, dachte Gustelies: Hier in Frankfurt gibt es einfach keine mehr, in die ich freiwillig gehen würde. Heute schon gar nicht. Heute kann ich wirklich keine Zuschauer gebrauchen.

Am Mittag hatte sie bereits gründlich eingeheizt. Nun stand der Badezuber bereit für sie. Doch nach dem Auskleiden betrachtete Gustelies erst einmal ihr Gesicht in dem kleinen Handspiegel. Ich sehe müde aus, stellte sie fest. Müde. Und meine Haut ist fahl, fast ein wenig grau. Sie hielt ihre Hand kurz in das warme Badewasser und griff dann in die Schale mit dem feinen Flusssand. Damit rieb sie sich über das Gesicht, bis sie ihrem Spiegelbild ein anerkennendes «Schon besser» zuknurren konnte. Gustelies tauchte zwei kleine Leinenstücke in einen Sud aus Kamille und setzte sich auf die warme Stufe im Badehaus. Hier legte sie sich die beiden Läppchen auf die Augen. Gut eine Viertelstunde saß sie so da, wie sie an der Glocke der Kirchturmuhr hören konnte. Nach der Kamillenbehandlung wirkten ihre Augen viel frischer. Der Spiegel log ja nicht. «Oder doch?» Gustelies flüsterte es in die Stille. Die Hitze im Badehaus schien ihr nun erdrückend. Hastig griff sie nach ihrem Umhang und eilte zurück ins Pfarrhaus. In ihrer Schlafkammer stand der große Spiegel, den ihr verstorbener Mann als kostbare Morgengabe zur Hochzeit ins Haus hatte bringen lassen. Gustelies schloss die Fensterläden und zündete ein paar Kerzen an.

Mit einer nachlässigen Geste warf sie den Umhang aufs Bett und betrachtete sich nachdenklich in dem venezianischen Glas. War sie das wirklich, diese blasse Figur im flackernden Kerzenschein? Sie brauchte mehr Licht. So nahe war kein Nachbar, dass sie Blicke fürchten musste. Und wenn schon, dachte Gustelies. Heftig stieß sie die Holzläden wieder auf.

Was war das? Ihre Oberschenkel, das ganze Gesäß sah aus, als wäre ein Hagelsturm über ihre Haut gefahren. Ihre Oberarme hatten immense Ausmaße angenommen, und glatt waren auch die nicht mehr. Beinahe wäre Gustelies in Tränen ausgebrochen. Wie lange, dachte sie, habe ich mich nicht mehr im Spiegel angesehen? Wann bin ich alt geworden? Wann genau ist das passiert? Sie starrte ihr Spiegelbild an, als sähe sie ein Gespenst. Ganz nah kam sie, so nah, dass jedes Fältchen plötzlich doppelt so tief erschien. Was war mit ihrem Hals geschehen? Woher kamen die zwei senkrechten Falten zwischen ihren Augenbrauen? Und diese hellen Strähnen im Haar. Jetzt sah sie es genau. Die waren keineswegs von der Sonne gebleicht, sondern vom Leben. Waren nicht blond, sondern grau. Gustelies seufzte, ließ sich auf den Schemel vor dem Spiegel fallen und betrachtete ihr Gesicht. Ihr vertrautes Gesicht, ihren vertrauten Leib, der sie nie im Stich gelassen hatte. Ihr Leib, den sie liebte. Was machte es, dass er hässlich geworden war! Er gehörte zu ihr. Das war sie eben. So war sie eben. Daran ließ sich nun mal nichts ändern.

Ohne dass sie genau sagen konnte, wie es geschah, veränderte sich ihr Antlitz. Die müde Haut straffte sich, die Fältchen wurden zu feinen Linien, wie man sie in kostbarer Seide fand, die Augen glänzten. Die Zähne waren nicht mehr so weiß wie noch vor Jahren, aber sie hatten noch immer einen Glanz, der an Perlen erinnerte. Seide, Perlen. Ja, das war es. Sie war nicht mehr schön, nicht mehr frisch und nicht mehr prall. Nein, jetzt war sie kostbar. Ihre Haut war weich und nachgiebig wie Samt. Das Gesicht ziseliert wie ein wertvolles Silbergerät mit dem Schimmer von Seidenstoffen. Augen und Zähne wie Perlen. Sie lächelte sich ein wenig zu, und dann überkam sie eine große Zärtlichkeit für sich selbst. Die Frau im Spiegel gefiel ihr. Sehr sogar. Sie sah so verletzlich aus. Noch nie hatte Gustelies sich so gesehen. Älter, aber kostbar. Sie lächelte noch immer. Dann holte sie das Rosenöl aus dem Kästchen und stieg die Treppe hinab, um zurück ins Badehaus zu gehen.

Sie war gerade im Flur, als sie vor der Tür des Pfarrhauses aufgeregte Stimmen hörte. Stimmen, die ihr bekannt vorkamen. Gustelies schlang den Umhang fester um sich und seufzte. So gern wäre sie allein mit ihrer neuen, alten

Haut geblieben, hätte sich so gern weiter an sich gefreut, für kostbar gehalten, aber Hella und Jutta Hinterer kannten nun einmal kein Erbarmen.

Also öffnete Gustelies die Tür. «Kommt herein», sagte sie und verbarg das Rosenöl in der Umhangtasche.

Die beiden Frauen strebten schnurstracks der Küche zu, ließen sich auf die Bank fallen und schnappten laut nach Luft.

«Wollt ihr etwas trinken?»

Wortloses Nicken.

Gustelies holte Becher und einen Krug mit Apfelmost, schenkte ein und setzte sich. «Ihr wisst, dass ich heute nicht viel Zeit habe», erinnerte sie.

«Ja, ja, dein Stelldichein mit Arvaelo», meinte Hella. «Wir wissen davon, natürlich. Und wir sind auch gleich wieder weg.» Sie feixte, und Gustelies fand, dass ihre Tochter sich das gut hätte schenken können.

Jutta Hinterer dagegen sah Gustelies aufmerksam an. «Irgendetwas ist anders an dir», stellte sie fest.

«Wie anders?», fragte Gustelies.

«Ich weiß auch nicht. Irgendwie strahlst du so. So von innen. Du siehst sehr hübsch aus heute.»

Jetzt strahlte Gustelies auch außen. «Danke», sagte sie und hätte sich beinahe mit der Hand die Halsfältchen glatt gestrichen. «Jetzt sagt, warum ihr gekommen seid.»

«Der Kannengießer ist ein Betrüger!», platzte Jutta Hinterer heraus. «Das Goldklümpchen, welches er dir gestern verkauft hat, ist gar nicht echt.»

«Kein Gold?»

Jutta schüttelte den Kopf. «Ich habe es auf die Goldwaage gelegt, und siehe da, das Gewicht stimmte nicht. Also habe ich einige Versuche durchgeführt und dabei herausgefunden, dass das Klümpchen zum Großteil aus Messing besteht, dem ein bisschen Kupfer und ein bisschen Zinn beigemischt wurden.»

Sie sah Gustelies an. «Hmm», machte die und schlang den Umhang noch fester um sich. «Wahrscheinlich bist du nicht die Einzige, die festgestellt hat, dass dieser Mann ein Betrüger war.»

«Da hast du recht», bestätigte Jutta. «Die meisten Geldwechsler haben kein Klümpchen gekauft. Auch die Gold- und Silberschmiede ließen sich nicht lumpen. Ich glaube, mehr als ein Dutzend Frankfurter sind dem Betrüger auf die Schliche gekommen. Und dass die ganze Stadt in der Gerüchteküche tafelt, wissen wir ja. Es wissen also wohl alle Bescheid.»

Gustelies ließ sich an das andere Ende der Küchenbank sinken. «Das könnte bedeuten, dass sich jemand sein Geld hat wiederholen wollen. Und das wiederum heißt, dass sich der Kannengießer womöglich nicht selbst umgebracht hat, sondern ermordet worden ist. Von einem, der sich betrogen fühlte.»

Hella und Jutta Hinterer nickten.

«Eigentlich hätte ich es mir ja gleich denken können, dass an der Goldmacherei etwas faul war. Wann hätte jemals ein Mann freiwillig seine Kunstkniffe einfach so verraten und für vier Gulden an alle und jeden verkauft? Da musste doch ein Schwindel dahinterstecken. Obwohl ich es niemandem gönne, gemeuchelt zu werden, er hatte es vielleicht nicht anders verdient. Betrug bleibt nun einmal Betrug. Und ich bin ihm auch auf den Leim gegangen. Für kurze Zeit. Ich bin einfach noch immer nicht misstrauisch genug, den Männern gegenüber.»

Sie lachte und schüttelte den Kopf über sich selbst.

«Wenn aber der Kannengießer ein Betrüger gewesen ist, warum ist er dann in der Stadt geblieben und hat darauf gewartet, dass seine Täuschung entdeckt wird? Ich an seiner Stelle wäre sofort nach meinen Verkäufen auf dem Markt aus Frankfurt geflohen.»

Hella und Jutta sahen sich an, dann wanderten ihre Blicke zu Gustelies. «Natürlich», sagte Jutta. «Natürlich. So blöd war der Kannengießer nicht, dass er gewartet hätte, bis man ihm etwas nachweisen kann.»

«Wenn er aber fliehen wollte, so müsste es dafür doch Beweise geben», gab Hella zu bedenken.

Die drei Frauen sahen sich an. Dann standen Jutta und Hella auf. «Ich überprüfe das jetzt», sagte Hella.

«Warte, ich komme mit. Du solltest bei so etwas nicht allein unterwegs sein», antwortete Gustelies und klang dabei nicht gerade glücklich.

«Lass mal», beruhigte Jutta Hinterer sie. «Ich gehe mit. Du musst dir keine Sorgen machen. Ich werde deine Hella hüten wie meine Goldwaage. Mach du dir mal einen vergnügten Abend. Du hast es verdient.»

«Ja, Mutter, bleib hier. Jutta und ich werden schon alles in Erfahrung bringen.»

Ein zaghaftes Lächeln stahl sich auf Gustelies' Lippen. «Meint ihr?», fragte sie.

«Ganz sicher», bestätigten die beiden.

«Aber versprecht mir, dass ihr mich zu Hilfe ruft, wenn etwas ist, ja?»

Die Frauen nickten und wandten sich zur Tür. «Wartet», rief Gustelies ihnen hinterher. Sie verschwand in dem Kellergewölbe unter der Küche. Endlich kam sie zurück und drückte Jutta eine verstaubte Radschlosspistole in die Hand. «Da, nimm sie mit. Zur Sicherheit.»

«Mutter!» Hella fielen beinahe die Augen aus dem Kopf. «Woher hast du die denn?»

«Das ist jetzt nicht wichtig», stellte Gustelies klar. «Nehmt sie einfach mit und bringt sie mir morgen wieder.»

Jutta Hinterer hatte die Pistole schon in ihren Stoffbeutel gesteckt. Sie nahm Hella bei der Hand, die noch immer wie ein Mondkalb glotzte. «Hab einen schönen Abend», sagte sie, «und mach dir keine Sorgen.» Schon klappte die Tür hinter ihr und Hella zu.

Es war Donnerstag. Und der Donnerstag war der Gerichtstag. Heute stellte Richter Heinz Blettner dem gesamten Frankfurter Rat seine Fälle vor. Die ersten drei waren leichte Sachen: ein Diebstahl, der wegen des geringen Alters des Täters nicht mit Handabschlagen, sondern nur mit Auspeitschung bestraft werden sollte. Eine Beleidigung von Nachbar zu Nachbar, bei welcher der eine nicht besser als der andere war. Zum Dritten ein Unfall. Ein Reiter hatte die blinde Mutter eines Handwerkers niedergeritten. Die Frau war dabei erheblich verletzt worden, und der Reiter wurde dazu verurteilt, dem Medicus das Honorar zu zahlen.

Nun aber kam die heikelste Sache. Der Fall des Juweliers. Richter Blettner begann: «Wir fanden im Zeitraum von vor zehn bis vor sechs Tagen einzelne Stücke einer männlichen Leiche, deren Identität als die des Leipziger Juweliers Zerfaß aufgeklärt werden konnte. Zerfaß nächtigte im Roten Ochsen und war in Messegeschäften unterwegs. Der Wirt des Roten Ochsen gab zu Protokoll, dass der Juwelier dem Frankfurter Kannengießer Hannes Eisner das Zauberbuch ‹Doktor Faustus' dreifacher Höllenzwang› verkaufte. Am nächsten Abend sei der Kannengießer mit aufgestellten

Haaren zurück in die Herberge gekomen und habe den Juwelier einen Betrüger geschimpft, dem der Tod gebühre. Kurz darauf ist der Leipziger verschwunden, etwas später tauchten Teile seiner Leiche auf. Der Mann ist übrigens vermutlich mit einem stumpfen Schlag auf den Hinterkopf ermordet worden.» Heinz Blettner hielt eine Zeichnung hoch und erklärte das Hutkrempen-Phänomen. Dann kam er auf den Fall zurück. «Die Ermittlungen haben überdies ergeben, dass der Kannengießer, welcher das Buch gekauft hat, am Markttag gedruckte Auszüge des Werkes verkaufte, jeweils mit einem kleinen Klumpen Goldes. In derselben Nacht geriet sein Haus in Flammen. Er selbst wurde in der Ruine tot und verbrannt aufgefunden. Ich bin aufgrund der Aktenlage und der Ermittlungsergebnisse zu dem Schluss gekommen, dass der Juwelier vom Kannengießer Hannes Eisner ermordet wurde. Der Mörder verunglückte danach beim Versuch, weiteres Gold zu machen.»

Der Richter brach ab, sah auf die Ratsherren, die zustimmend nickten. Auch auf Krafft von Elckershausen fiel sein Blick. Der lächelte ihm zu, hob den Daumen der rechten Hand und tippte auf seine Ratskette. Was der Schultheiß damit wohl sagen wollte? Heinz konnte nur raten. Er holte tief Luft, schloss für einen Moment die Augen und fuhr dann fort: «Ich bin mir der Täterschaft des Kannengießers jedoch nicht so sicher, dass ich zu einem Urteil gekommen bin.»

Er brach ab, schluckte und schielte seitlich zum Schultheißen. Der schaute verkniffen drein und ließ mit kantigem Kinn die Zähne knirschen. Schnell wandte Heinz Blettner seinen Blick wieder ab.

«Darum ersuche ich die Syndici um Rechtsrat und Rechtsgutachten.»

Der Richter atmete auf. Ihm war soeben ein Stein vom Herzen gefallen. Er hatte geurteilt, wie es seinem Inneren und seinem Gewissen entsprach. Der Rüge und womöglich der Strafe des Schultheißen würde er ruhig entgegensehen. Beides konnte er verschmerzen. Aber ein falsches Urteil, bei dem vielleicht jemand zu Schaden kam? Heinz wollte nicht für alle Ewigkeit in der Hölle schmoren. Nicht wenn er gemeinsam mit seinem geliebten Weib die himmlischen Freuden hätte genießen können. Wie leicht war ihm nun ums Herz! Kaum konnte er es abwarten, bis der Gerichtstag geschlossen wurde und er zu seiner Hella zurückkehren konnte. Sie sollte erfahren, welcher Druck auf ihm gelastet hatte und wie seine Entscheidung ausgefallen war.

Fast hätte Heinz gelächelt. Gerade noch sah er, wie sich der Zweite Bürgermeister erhob.

Groß und breitschultrig kam er nach vorn, die schwere Ratskette wippte bei jedem harten Schritt. Krafft von Elckershausen musterte Richter Blettner von oben bis unten mit derselben Zuneigung, die man einem Mistkäfer entgegenbrachte. Dann schob er ihn mit einer energischen Armbewegung einfach zur Seite.

«Liebe Ratsbrüder. Ich bin der Schultheiß dieser Stadt. Ich bin der Herr über Recht und Gesetz, stehe über dem Richter. Ich bin es auch, der letztendlich die Urteile fällt. Und ich sage Euch dies. Der Kannengießer Hannes Eisner ist der Mörder des Juweliers.»

Er brach ab, sandte dem Richter einen giftigen Blick. «Als Beweis liegt die Aussage des Ochsenwirtes vor, der vor Zeugen behauptet hat, der Kannengießer habe den Juwelier töten wollen.»

Der Schultheiß richtete sich noch einmal ganz auf und

sah seinen Ratsherren einem nach dem anderen in die Augen. Niemand wagte einen Widerspruch. Bis auf einen. Es war der Zunftmeister der Kannengießer, ein Ratsmitglied der niedersten Bank. Er stand auf, hielt ein Klümpchen in die Höhe. «Dies ist das sogenannte Gold, welches der Kannengießer auf dem Markt verkauft hat. Natürlich ist es nicht echt, deshalb dürfte unser Zunftmitglied ein überaus großes Geschäft damit gemacht haben. Warum also hätte er den Juwelier töten sollen? Mag sein, dass er im ersten Augenblick des Zorns unbedachte Worte geäußert hat, doch wie man sieht, hat er sich letztendlich eines Besseren besonnen und aus dem vermeintlich falschen Zauberbuch das Beste herausgeholt. Er hatte keine Veranlassung mehr, den Juwelier zu töten, denn der Schaden war ja mehr als wettgemacht.»

Der Schultheiß stand starr. Seine Kiefer mahlten. Wütend starrte er auf den Richter neben ihm. Heinz tat, als bemerkte er das nicht, stand mit hinter dem Rücken gefalteten Händen da, den Kopf gesenkt, und betrachtete interessiert die Maserung der Bodendielen.

Nun stand auch der Zunftmeister der Goldschmiede auf und mit ihm der Zunftmeister der Jäger und Präparierer. Der Goldschmied bestätigte die Einwände des Kannengießermeisters, der Jäger und Präparierer rief den Ratsmitgliedern noch einmal die Bissspuren an der Leiche ins Gedächtnis.

Daraufhin entstand ein solches Gerede und Getöse, dass der Schultheiß schließlich dem Saaldiener ein Zeichen gab. Mit dem Glöckchen läutete er zum Ende der Versammlung. Ohne ein weiteres Wort verließ Krafft von Elckershausen den Saal. Richter Blettner wartete noch einige Augenblicke. Schließlich schloss er sich dem überaus kräftigen

Zunftmeister der Schmiede an und verließ im Schutze von dessen breiten Schultern das Rathaus.

«Zuerst gehen wir noch einmal in das Haus des Kannengießers», entschied Jutta Hinterer. «Ich kenne die Männer zur Genüge. Niemand kann mir erzählen, dass sie wirklich gründlich suchen. Alles muss doch immer husch, husch für sie gehen. Nur beim Wein und beim Würfeln, da haben sie alle Zeit der Welt. Und wenn es noch dazu dreckig ist, dann gehen sie wie die Störche im Salat und denken nur daran, sich bloß nicht zu beschmutzen. Kind, du kannst sagen, was du willst. Solange keine Frau die Geschäfte der Stadt führt, zu der nun einmal auch die Rechtsprechung gehört, solange wird es weiter drunter und drüber gehen. Männer sind einfach zu dumm. Manchmal kann ich es gar nicht fassen. Sie glauben, wir Frauen wären weniger wert, wären dümmer! Ha! Dass ich nicht lache! Noch dümmer als sie? Das ist doch überhaupt nicht möglich. Es gibt ja wohl nicht eine Hausfrau in dieser Stadt, die sich nicht hinter dem Rücken ihres Gemahls über ihn lustig macht. Und die Männer, die merken es nicht einmal! Eingebildet und geblendet von der eigenen Großartigkeit sehen sie nicht, was um sie herum vor sich geht. Frauen dagegen, meine liebe Hella, Frauen wissen sehr wohl, was geschieht. Aber ihr Platz ist in der Küche, sagen die Männer. Im Kochtopf rühren sollen sie. Ja. Und dabei sind die Frauen die, die eigentlich dafür sorgen, dass sich das Rad der Geschichte weiterdreht.»

«Hmm», machte Hella, ließ Jutta Hinterer weiter schwadronieren und versank ins Grübeln. «Wir sollten an der Postkutschenstation nachfragen», sagte sie schließlich. «Aber nicht nur dort. Auch bei den Warenkolonnen, von denen die ersten ja schon die Messe verlassen haben, sollten wir nachforschen.»

«Mal langsam mit den jungen Pferden. Zuerst gehen wir in dieses verfluchte Brandhaus.» Jutta Hinterer schüttelte sich allein bei dem Gedanken an den Gestank dort. «Und dann sehen wir weiter.»

Die Leiche war schon längst davongeschafft worden. In der Nähe der Brandruine lungerten ein paar Gestalten herum, die wohl zu gerne die Trümmer nach Brauchbarem abgesucht hätten. Aber noch wurde das Haus von den Bütteln bewacht, noch war kein Urteil gefallen. War der Kannengießer der Mörder, so stand sein Nachlass dem Henker zu. Niemand in dieser Stadt, nicht einmal das größte Schlitzohr, würde es sich ausgerechnet mit ihm verderben wollen, indem er etwas nahm, das dem Henker zustand.

Als sich die beiden Frauen näherten, rückten die Wächter zusammen. «Halt, das Gelände darf niemand betreten.»

Jutta Hinterer trat ganz dicht zu dem jungen Büttel heran und kniff ihn herzhaft in die Wange. «Und wer will mich daran hindern, Jüngelchen? Ich bin nicht zum Spaß hier, das kannst du mir glauben. Oder meinst du, eine ordentliche Frau würde sich freiwillig in diesen Saustall hier begeben? Antworte, Bub.»

Der Büttel schluckte. Es war ganz offensichtlich, dass er sich dieser Frau nicht gewachsen fühlte.

«Wenn ... wenn Ihr im Auftrag des Richters hier seid, dann ... dann kann ich Euch nicht daran hindern, die Brandstelle zu betreten. Schließlich seid Ihr ja in Begleitung der Richtersfrau.»

«Ganz richtig, mein Sohn. Und jetzt geh mal zur Seite. Wenn du noch Fragen hast, kannst du gern einmal zu mir kommen.» Jutta Hinterer war schon an dem Büttel vorbei.

Über die Schulter rief sie ihm zu: «Ach, Bub, und sieh zu, dass du uns die Gaffer vom Leib hältst, ja?»

«Jawohl, Herrin!», rief der Wächter.

Jutta kicherte. «Hast du das gehört? Herrin hat er zu mir gesagt.»

«Wie Ihr ihn angefahren habt, hätte ich Euch auch Herrin genannt und zum Herrn gebetet, dass er diesen Kelch an mir vorübergehen ließe.»

Jutta kicherte noch immer. Dann wurde sie ernst. «Das Wohnhaus lassen wir außer Acht. Dort haben andere schon gewühlt. Ich glaube nicht, dass wir dort etwas Neues finden. Wir sollten uns die Nebengebäude vornehmen.»

Sie schob einen halbverkohlten Stuhl, der mit den Beinen nach oben lag, zur Seite, drängte sich an einem herabgestürzten Balken vorbei, bückte sich nach etwas Metallenem, das sie gleich darauf wieder achtlos fallen ließ, und stand endlich auf dem Hof. An das Wohnhaus schlossen sich rechts und links zwei langgestreckte Nebengebäude an. Die beiden einstöckigen Häuser waren nicht besonders gut gepflegt. Links waren die Fensteröffnungen mit Brettern vernagelt, rechter Hand zogen sich fingerbreite Risse über den verrußten Putz.

«Na, wie das Zuhause eines Goldmachers sieht das hier wirklich nicht aus», stellte die Hintererin fest.

Jetzt kicherte Hella. «Er hat das Zauberbuch eben noch nicht lange genug gehabt.»

Jutta griff sich einen dicken Knüppel, der mitten auf dem Hof lag, und hieb geben die Holztür.

«Was soll das? Vielleicht ist die Tür ja offen.»

«Mag sein. Ich habe aber keine Lust, von Ratten angefallen zu werden. Deshalb mache ich Krach. Um sie zu vertreiben.»

Hella zog die Augenbrauen zusammen. Jutta Hinterer hatte Angst vor Ratten? Sie hatte nicht gewusst, dass es überhaupt etwas auf dieser Welt gab, das der Freundin ihrer Mutter Angst machen könnte.

Die Tür sprang auf und schlug krachend nach innen gegen die Wand. Jutta sah sich aufmerksam um, dann winkte sie Hella und betrat energisch das Nebengebäude. «Finster wie in einem Bärenarsch», stellte sie fest, hob eine Eisenstange vom Boden auf und hebelte fachgerecht an dem Brett, das das Fenster verdeckte, herum. Das Holz knirschte und splitterte, dann war das Fenster frei. Licht fiel herein und brachte den Staub zum Tanzen.

«Puh», stöhnte Jutta und wischte sich eine Spinnwebe von der Stirn. «Ich sage es ja. Männer sind Schweine. Guck dir nur mal an, wie es hier aussieht.»

Hella nickte und sah sich um. Überall lag der Staub fingerdick, Spinnen hatten ihre Netze von Balken zu Balken gezogen und sich auch die Ecken untertan gemacht. Beschädigtes Mobiliar stand neben zerbrochenen Tongefäßen und zersplitterten Weidenkörben. Dunkel angelaufene Zinngefäße dämmerten im Halbdunkel ihrem Zerfall entgegen, daneben standen Holztröge und Zuber.

«Sieht aus, als wäre das hier mal ein Lager oder eine zweite Werkstatt gewesen», urteilte Jutta Hinterer.

«Es hieß, der Kannengießer sei pleite gewesen», merkte Hella an. «Vielleicht steht das Gebäude deshalb leer.»

«Na, das erklärt doch einiges», befand die Geldwechslerin. «Jetzt verstehe ich, warum er so dringend Gold machen musste. Aua!» Die Geldwechslerin rieb sich das Knie. «Verflixt, was ist denn das hier?»

Hella kam näher. «Truhen», sagte sie. «Das sind eindeutig Reisetruhen. Und es liegt kein Staub auf ihnen.»

In aller Eile wühlten die Frauen die beiden Reisetruhen durch. Kleidung, Wäsche, ein wenig Silberzeug und eine in rotes Leder gebundene Bibel fanden sie in der einen. In der anderen entdeckten sie Werkzeug, Kolben, Tiegel und kleine Metallbarren.

«Jetzt steht es fest. Er wollte fort», sagte Hella.

«Und wohin er wollte, das erfahren wir in der Postkutschenstation. Wenn wir Glück haben.»

Die beiden Frauen hakten sich unter, grüßten die Büttel mit einem hochmütigen Kopfnicken und erfuhren wenig später an der Poststation, dass der Kannengießer einen Wagen samt Pferden gemietet hatte. Die Reise sollte ins Polnische gehen, heute, am frühen Morgen. Doch gekommen war niemand.

Wieder nickten sich die beiden Frauen zu. «Wir hatten recht. Er wollte sich aus dem Staub machen», sagte Jutta.

Hella nickte und fügte hinzu: «Aber wir haben das Buch nicht gefunden. Es war nicht in den Truhen. Entweder ist es im Haus verbrannt, was ich nicht glaube ...»

«Ich glaube es auch nicht», unterbrach sie Jutta. «Er wird das Buch im Polnischen benötigt und es sorgfältig verstaut haben ...»

«Und da es nicht da ist, wird noch vor den Brandlöschern jemand im Haus gewesen sein, der das Buch an sich genommen hat. Also müssen wir das Buch finden, um den Mörder zu finden», beendete Hella ihren Satz.

KAPITEL 15

«Ich muss mir dir sprechen, Heinz. Unbedingt.»
«Ich kann jetzt wirklich nicht, Arvaelo. Der Schultheiß hat mich zu sich rufen lassen.»
«Es ist aber wichtig. Sehr sogar.»
«Geht es um den Fall?»
«Nein, Heinz. Nicht um den Fall. Es ist ... es ist eher eine Angelegenheit des Herzens.»
«Des Herzens?»
«Ja.»
«Gut, Arvaelo. Warte hier auf mich. Ich bin in wenigen Augenblicken zurück. Dann gehen wir in die Ratsschänke.»
«Nein, nicht in die Schänke. Sie ist kein Ort für das, was ich dir sagen will.»
«Also gut, gehen wir eben zu mir nach Hause in die Fahrgasse.»
«In Ordnung. Es wäre gut, wenn auch Hella hören würde, was ich sagen möchte.»
«Du machst es spannend, Arvaelo.»
«Es ist mir sehr ernst, Heinz.»

«Also, jetzt raus mit der Sprache.»
Hella hob die Karaffe und schenkte Heinz und sich Wein ein. Arvaelo hatte auf Wasser bestanden. Sie rückte die

zweistöckige Silberschale mit dem Gebäck näher zum Gast und räusperte sich.

«Verzeiht, ich bin ein bisschen ungeduldig. Gleich erwarte ich meinen Onkel, Pater Nau. Und soviel ich weiß, seid Ihr heute Abend mit meiner Mutter verabredet», sagte sie. Hella war erst wenige Augenblicke vor Heinz und dem Sarazenen nach Hause gekommen und rang noch nach Atem.

«Genau darum geht es ja», erklärte Arvaelo. Er sprach, als hätte er einen trockenen Mund. Mit beiden Händen griff er nach dem Wasserglas und trank einen kräftigen Schluck. Dann räusperte er sich noch einmal und sagte dann feierlich: «Ich, Arvaelo Gram aus Samarra, bitte dich, Heinz Blettner, um die Hand deiner Schwiegermutter.»

Hella fiel die Kinnlade runter. Sie starrte Arvaelo mit großen Augen an.

«Was?», fragte Heinz, lächelte. «Was hast du gesagt?»

«Ich möchte Gustelies heiraten.»

«Gustelies?»

«Ja.»

«Du?»

«Ja.»

«Aha.»

Einen Augenblick lang herrschte Schweigen. Arvaelo räusperte sich erneut, Heinz blickte drein, als wäre der Blitz mitten in den Tisch gefahren. Hella lachte auf. Sie warf den Kopf in den Nacken, lachte und lachte, bis ihr die Tränen über die Wangen liefen. Gustelies, ihre Mutter, wollte der Sarazene heiraten? Er, ausgerechnet er, Arvaelo, in den sie selbst sich doch verliebt hatte, jedenfalls ein wenig? Wenn das nicht zum Lachen war!

«Ruhe jetzt!»

Heinz schlug mit der flachen Hand auf den Tisch. «Genug mit dem Lärm. Arvaelo hat eine Frage gestellt. Und er soll eine Antwort haben.»

Hella schloss den Mund und schluckte. Die Tränen liefen weiter über ihr Gesicht.

Heinz wandte sich an seinen Freund. «Gustelies ist Witwe. Sie kann selbst entscheiden, ob sie sich noch einmal verheiraten möchte. Du brauchst mich nicht zu fragen.»

«Du bist das Familienoberhaupt.»

«Aber Pater Nau ist älter.»

Arvaelo schüttelte den Kopf. «Familienoberhaupt kann nur sein, wer selbst eine Familie hat.»

«Ach so», erwiderte Heinz. «Aber hier gelten andere Regeln als im Morgenland. Du musst nicht mich fragen. Du musst Gustelies selbst fragen. Oder hast du schon mit ihr darüber gesprochen?»

Arvaelo wich zurück. «Um Himmels willen, nein. Wie kommst du darauf? Das würde ich niemals tun.»

«Na ja, das musst du aber. Sie entscheidet.»

Hella hatte sich unterdessen die Tränen von den Wangen gewischt und die Ellbogen auf den Tisch gestützt.

«Wo wollt Ihr leben mit ihr, wenn sie ja sagt?», fragte sie.

Arvaelo zuckte mit den Achseln. «Ich muss weiter nach Basel, zu Paracelsus. Und dann zurück in meine Heimat. Gute Ärzte werden dort gebraucht.»

«Und meine Mutter?»

Arvaelo lächelte. «Ich entstamme einer guten Familie. Wir sind reich. Sie wird in Samt und Seide gehen.»

«Aber wohin wird sie gehen? Und mit wem wird sie sprechen können? Sie wird keine Freunde und keine Verwandten dort haben.»

«Sie hat mich. Und meine Liebe. Was braucht sie mehr?»

«Ja?», fragte Hella. «Was braucht sie mehr?»

Bruder Göck blieb stehen und hob beide Hände. «Der Kannengießer ist tot. Ich sage dir, der Teufel hat ihn geholt, weil er den Juwelier auf dem Gewissen hat. Das ist Gottes Gerechtigkeit.»

«Aha!» Auch Pater Nau war mitten auf der Straße stehen geblieben. So vertieft waren die beiden Geistlichen in ihren Disput, dass sie gar nicht merkten, wie sich die Passanten in der engen Gasse um sie herumdrücken mussten. «Woher willst du wissen, dass das der Teufel war? Vielleicht war es ja Gott?»

«Niemals!», rief Bruder Göck mit gesträubten Haaren. «Gott ist barmherzig.»

«Aha», herrschte Pater Nau ihn an. «Wäre es nicht eine barmherzige Geste den Mitmenschen gegenüber, wenn der Mörder des Juweliers plötzlich tot wäre? Steht nicht in der Bibel ‹Auge um Auge, Zahn um Zahn›?»

«Willst du damit sagen, dass Gott und der Teufel Auge um Auge, Zahn um Zahn kämpfen?», fragte Bruder Göck schneidend.

«Gar nichts will ich sagen. Nur dass der Kannengießer vielleicht von einem Dritten gerichtet wurde. War das dann Gott oder der Teufel?»

Bruder Göck blieb still.

«Ich höre!», forderte Pater Nau und legte die linke Hand hinter das Ohr. «Na, wie lautet deine Antwort?»

Bruder Göck riss den Mund auf und holte tief Luft. Doch er wusste nichts zu sagen. Schließlich winkte er ab.

«Du gibst auf?», triumphierte der Pater.

Bruder Göck schwieg.

«Ha!», stieß Pater Nau hervor. «Ich hab's gewusst. Diese Runde geht an mich. Diesen Disput habe ich gewonnen. Du schuldest mir ein Fass Roten vom Winzer Schön aus Assmannshausen. Sieh zu, dass du das Fass bald hierherbekommst.»

Er stieß eine Faust in die Luft, dann hakte er sich beim betreten dreinblickenden Bruder Göck ein und zog ihn mit sich fort. «Aber zunächst werden wir den Weinkeller des Richters plündern, mein Lieber. Der Blettner, ich sage es dir, der ist beileibe kein Kostverächter.»

Gustelies lag im warmen Wasser und atmete den Duft des Rosenöls genüsslich ein. Sie war endlich allein. Sie seufzte und spielte unruhig mit den Händen. So aufgeregt wie heute war sie schon lange nicht mehr gewesen. In ihrem Bauch kribbelte es, als hätte sie Ameisen verschluckt. Sie konnte ihre Gedanken nur schwer beieinanderhalten. Und es war auch nicht leicht, sich auch nur für einen Augenblick nicht zu bewegen. Arvaelo. Sie dachte an ihn mit einer Mischung aus Vorfreude und Bangigkeit. Woher kam diese Furcht? Sie wusste es nicht zu sagen. Es war so, als fürchte sie, Arvaelo könne etwas in ihr wecken, von dem Gustelies nicht wusste, ob sie es kennenlernen wollte.

Der Sarazene war anders als alle Männer, die sie bisher gekannt hatte. «Heilige Hildegard», flüsterte sie, «ich bin über vierzig Jahre alt. Eine mehr als reife Frau. Andere in meinem Alter haben schon keine Zähne mehr im Mund. Mir fehlen nur drei Backenzähne. Das sieht niemand, außer, wenn ich wirklich herzhaft lache. Aber welche Frau in meinem Alter tut das schon?»

Fünfzehn war sie gewesen, als sie sich das erste Mal verliebt hatte. Ausgerechnet in den drei Jahre älteren Nachbarsjungen. Mit dem hatte sie als kleines Mädchen noch gespielt, bis man ihn nach Hamburg geschickt hatte, wo er bei einem verwandten Kaufmann die Kniffe des Überseehandels erlernen sollte. Eines Tages war er wieder da gewesen und der Junge zum Mann gereift. Unter dem Maibaum hatten sie miteinander getanzt. Und er hatte ihre Brüste beim Tanzen ganz leicht mit seinem Daumen gestreichelt. Wie selig war sie gewesen!

Wenige Wochen später hatte der Richter Kurzweg um sie geworben. Eine gute Partie. Sie konnte sich glücklich schätzen, das sagten alle. Und Gustelies war tatsächlich glücklich geworden. Später allerdings. Viel später.

Wie gern war sie von hinten an den Schreibtisch ihres Mannes getreten. Und er hatte sich umgedreht, hatte sie umarmt. Hatte eigentlich ihre Hüften umarmt und sein Gesicht an ihren warmen Bauch gepresst. Das war schön gewesen. Sie dachte oft daran, auch wenn es eher eine geschwisterliche Umarmung gewesen war. Trotzdem hatte sie sich sicher und geborgen gefühlt. War das nicht das Wichtigste im Leben? Das und Gottes Wohlgefallen?

Dann war Tom gekommen, der Gaukler. Ein schöner Mann, mit durchdringenden Blicken aus seinen dunklen Haselnussaugen. Sein schönes, weiches Haar, seine langen Finger, die so zärtlich über die Laute geglitten waren. Die raue und zugleich sanfte Stimme, mit der er sich in ihr Ohr geschmeichelt hatte. Wenn sie an Tom dachte, begann ihr Leib zu glühen. Ihr Mund wurde trocken, und sie musste schlucken. Das war ein merkwürdiges Gefühl. Ein wenig sündig und anziehend zugleich. Aber Tom war fort. Und er würde wohl auch nicht wiederkommen. Ein Gaukler war er, ein Fahrender. Nicht gemacht für Weib, Herd und Familie. Gustelies seufzte.

Und jetzt Arvaelo. Er war ganz anders. Seine Anwesenheit war so übermächtig, dass all die anderen plötzlich nicht mehr galten. Als hätte es sie nie gegeben. Arvaelo. Sein Geruch war der Geruch des Mannes schlechthin. Seine Augen schienen ihren Leib zu durchdringen, wie es Adam wohl bei Eva gemacht hatte. Ja, das war es. Arvaelo war Adam, der erste Mann, so wie Gustelies Eva war, das erste Weib, die Urmutter. Und jedes Wort, das Arvaelo sprach, schuf einen neuen Begriff. Jede Berührung brachte ein neues Ding zur Welt. Weltenschöpfer. Ja, vielleicht war er das. Ein Weltenschöpfer.

Von draußen klang die Vesperglocke des St.-Katharinen-Klosters. Es wurde Zeit. Gustelies erhob sich aus dem Wasser, trocknete sich ab und salbte sich mit Rosenöl. Ihre Hände taten alles, was sie tun sollten. Sie streiften Kleidung über Haut, ordneten Haar, rührten in Kochtöpfen. Aber ihre Gedanken flogen wie Samen von Pusteblumen umher. Fast schon spürte Gustelies seine Hände auf sich. Fast schon konnte sie seinen Duft erahnen. Fast schon fragte sie sich, ob es überhaupt nötig war, dass er kam. Dass er ihre Erinnerungen an ihn mit seiner Gegenwart störte. Sie lachte bei dem Gedanken, schalt sich einfältig, eine dumme Gans.

Da klopfte es an der Tür. Gustelies stolperte, verfehlte zwei Mal den Türknauf, wünschte «Guten Morgen», obwohl die Dämmerung schon durch die Gassen zog.

Mit dem Fuß stieß Arvaelo die Tür hinter sich zu und zog Gustelies in seine Arme. Hielt sie. Mehr nicht. Sie wartete. Auf einem Kuss, ein Wort, eine Berührung. Auf irgendwas. Aber nichts geschah. Er hielt sie. Sein Blick war auf ihre Augen gerichtet. Wie sollte sie gucken? Abwartend? Fragend? Überlegen? Verlegen? Sie wusste es nicht und sah über seine Schulter hinweg auf die weiß verputzte Wand. Warum musste er immer alles anders machen als andere Männer? Nie, niemals wusste sie, was er erwartete. Das war nicht gut. Das war nicht gut. Sie hatte doch nur gelernt, auf Erwartungen zu reagieren. Und jetzt war er da. Arvaelo. Dieser Mann, der anders war. Der Mann, der auf sie wartete. Auf das, was sie tat. Noch immer hielt er sie, ganz fest. Sie spürte seine Hände auf ihrem Rücken, seine Wärme, den sanften Druck. Sie fühlte sich von Augenblick zu Augenblick unbehaglicher. Was sollte sie seiner Meinung nach tun? Er ließ einfach nichts erkennen. Schließlich spitzte sie einfach die Lippen und presste ihren Mund auf den seinen. Fest, beinahe roh. Nicht aus Liebe. Nicht aus Begehren. Nicht aus Zärtlichkeit. Sie küsste einfach, weil sie nicht wusste, was sie sonst tun sollte. Und sie spürte seinen Mund unter ihren Lippen lachen.

Ihr Gesicht noch immer auf das seine gepresst, runzelte Gustelies die Stirn. Hätte sie Atem gehabt, so hätte sie wohl gefragt, warum er lachte. Lachte er sie aus? Hatte sie etwas falsch gemacht? Doch halt! Jetzt küsste er zurück. Er schmeckte so gut, so fremd. Süß und scharf zugleich. Sein Atem verbrannte und linderte in einem. Seine Hände beruhigten und erregten. Sie fühlte sich geborgen und so schutzlos wie nie.

«Komm!», flüsterte sein Mund an ihrem. Er löste sich langsam von ihr, nahm sie bei der Hand, zog sie mit sich. Am Fuß der Treppe blieb er stehen. «Nach oben?», fragte er. Einen winzigen Augenblick nur, weniger als einen Lidschlag lang, fragte sich Gustelies, was aus ihrem Essen werden mochte, aber dann waren sie schon oben, und sie fragte sich gar nichts mehr. Alles, was sie je hatte erfahren wollen, wusste sie plötzlich. Seine Hände, die über ihre Haut glitten und sie glätteten, die alles Alte, Schlaffe wegstreichelten und ihr die Jugend und Schönheit wiedergaben. Seine Lippen, der Gluthauch seines Mundes, der wie Wüstenwind über ihren Leib fegte und ihn unter Feuer setzte. Sie fragte sich, warum das Bett kein Feuer fing, wo doch ihre Haut glühte, ihr Schoß. Dann hörte auch das auf und sie spürte nur noch ihn. Arvaelo. Sie lagen Herz an Herz, Haut auf Haut. Seine Hände waren sanft, neugierig, hart, zärtlich, fordernd. Er spielte mit ihr, spielte mit ihrer Lust, bis sie sich selbst vergaß und neu geboren wurde in ihm. Neugeschaffen als liebende Frau, als Begehrende, Bedürftige, als Weib mit Haut und Haar und Herz. Als Urweib, als Eva, die nach dem Apfel griff, ihn nicht von der Schlange nahm, sondern Adam, ihrem Urmann, aus der Hand aß.

Der Abend wurde zum Abenteuer. Nichts war, wie Gustelies es sich gedacht hatte. Erschöpft lagen sie nebeneinander. Sie wollte die Decke über sich ziehen, doch Arvaelo hielt ihre Hand fest. «Frierst du etwa?», fragte er.

«Nein. Im Gegenteil. Mir ist heiß.»

«Warum willst du dich dann zudecken?»

Gustelies lachte verschämt. «Eine Frau sollte sich einem Mann nicht nackt zeigen.»

Arvaelo drehte sich auf die Seite, stützte den Ellbogen auf und den Kopf in die Hand. «Warum nicht? Schönheit darf man nicht verstecken. Niemand pflanzt Blumen im Keller.»

Er streichelte über Gustelies' Bauch, der auch im Liegen nicht ganz verschwand. «Du bist so weich, so warm, so anschmiegsam. Es ist, als könnte ich in dir versinken», raunte er.

Gustelies wurde rot. Sie sah an sich herab, betrachtete ihre Schenkel, hoffte, dass sie so, wie sie lagen, keine Dellen zeigten.

«Du bist schön», sagte er.

Gustelies lächelte und zog die Bettdecke über sich.

«Nein, halt. Sieh mich nicht so an. Lächle nicht so. Ich bin kein kleiner Junge, der seiner Mutter ein Kompliment machen will. Ich bin ein Mann. Ein Mann mit Erfahrung. Und ich finde dich schön, weil ich dich mit den Augen der Liebe sehe. Versteck dich nicht vor mir. Du beleidigst mich damit. Als wäre ich nicht in der Lage, zu sehen, was zu sehen ist. Du bist schön. Zeig dich mir. Nimm die Decke weg.»

Gustelieses Atem ging plötzlich schwer. Sie sollte sich nackt zeigen. Ihr mürbes, fahles Fleisch vorführen. Den Augen der Liebe.

Sie sah ihn an. Sah in die brennenden Augen, die gleich ihren Verfall zu Gesicht bekommen sollten. Und sie sah in den kirschschwarzen Augen etwas, das sie nicht benennen konnte. Dem Etwas war es egal, ob ihr Fleisch mürbe war und an manchen Stellen gar schon Falten schlug. Das Etwas sah darunter, dahinter, darüber, hindurch. Das Etwas sah nur ihren Kern. Sie lächelte, entspannte sich, schob die Decke weg.

Während Arvaelo sie betrachtete, fuhr sie mit dem Zeigefinger über seinen Hals, sein Gesicht. Sie sah die Linien, die das Leben in seine Haut gegraben hatte, und jede einzelne war ihr so wertvoll wie Gold. Sie sah die silbernen Fäden im ansonsten schwarzen Haar und hätte sich am liebsten einen Schmuck daraus geflochten. Und seine Finger glitten über sie, als wäre sie aus edlem, kühlem, glattem Stein. Als wäre sie ein Diamant.

Später saßen sie sich am gedeckten Tisch gegenüber. Das Fleisch zerfiel beinahe, das Gemüse war zerkocht, die Brotrinde zu hart. Aber sie hatte nie etwas Köstlicheres gegessen. Arvaelo tunkte das Brot in die Soße, führte es Gustelies an die Lippen, fütterte sie, als wäre sie ein Vögelchen. Sie trank den Wein aus seinem Mund und war vom ersten Schluck berauscht. Ihre helle Hand lag in seiner zimtfarbenen, die Finger verschlungen, als gehörten sie fortan zueinander, als wären sie Teil eines einzigen Körpers, für den es nichts Wichtigeres gab außer der Liebe.

«Ich möchte, dass du meine Frau wirst», sagte Arvaelo.

Gustelies lachte kehlig auf. «Ja, das werde ich», erwiderte sie. «Ich werde lernen, so zu tanzen wie die Frauen deiner Heimat. Ich werde tanzen, nur für dich. Und du wirst mich mit goldenen Münzen behängen.» Wieder lachte sie.

Da drückte Arvaelo ihre Hand, bis es schmerzte. «Ich meine es ernst. Heirate mich.»

Das Lächeln in seinem Gesicht erlosch, sein Mund leuchtete rot wie eine Wunde in seinem erblassten Gesicht. «Heirate mich!» Er drückte ihre Finger noch fester.

«Au!», sagte sie und zog die Hand fort, war auf einmal nicht mehr mit ihm verbunden, hatte wieder zwei Hände für den Tag und keine für die Liebe.

«Heirate mich!»

Sie stand auf, räumte Schüsseln und Teller hin und her, rückte Löffel gerade, brach Brot.

«Heirate mich! Und komm mit mir!»

Sie hielt inne, sah ihm in die Augen, in diese dunklen Augen, in denen das Etwas immer noch glänzte, und schüttelte langsam den Kopf. Alles wurde ihr schwer. Sie konnte kaum die Arme heben. Wenn sie sich jetzt auf den Stuhl fallen ließe, sie würde nie wieder aufstehen können. Ihre Beine waren schwer, die Füße ließen sich nicht heben. Die ganze Welt drückte auf ihre Schultern, beugte ihren Nacken.

«Warum nicht?» Arvaelos Stimme klang rau. Er schluckte. Sie wollte ihm einen Becher mit Wasser reichen, doch ihr Arm ließ sich nicht heben. Der Krug war zu schwer, der Becher zu weit entfernt.

«Warum nicht? Weil ich nicht so weiß bin wie du?»

Sie schüttelte den Kopf. «Mir ist egal, wie du aussiehst. Grün, blau, weiß, braun oder schwarz. Es ist mir gleich. Ich liebe dich, Arvaelo.»

«Warum kommst du dann nicht mit mir?»

Wieder schüttelte sie den Kopf. Ihr schien, als läge ein breiter Eisenreif um ihren Hals, der von Augenblick zu Augenblick enger geschraubt werde.

«Ich kann nicht.»

«Deine Tochter ist groß. Du hast keinen Mann. Willst du ewig deinem Bruder den Haushalt führen?»

Wieder schüttelte sie den Kopf. «Nein, das will ich nicht. Ich träume davon, mit einem Mann wie dir zu leben. Immer bei ihm zu sein. Ich sehne mich seit Jahren danach. Seit ich denken kann, suche ich nach dir.»

«Und trotzdem kommst du nicht mit mir? Das verstehe ich nicht.»

Arvaelo stand auf, streckte die Hand über den Tisch, wollte nach ihr greifen. Gustelies hob sehnsuchtsvoll ihre Hand. Ein Stück nur, eine halbe Elle reichte aus, dann wären sie wieder beieinander, hätten alle Hände voll Liebe. Aber sie ließ ihre Hand, wo sie war. Sie stand wie erstarrt, und so fühlte sie sich auch. Als ob alles vereist wäre. Gefroren, erstarrt, dass kein Frühling sie auftauen könnte. Wenn es überhaupt jemals wieder einen Frühling geben würde.

«Warum nicht, Gustelies? Warum nicht? Bitte. Ich liebe

dich. Ich will dein Mann sein. Du sollst meine Frau sein. Für immer.»

«Nein, Arvaelo. Das geht nicht. Mein Leben ist hier. Genau, wie dein Platz in deiner Heimat ist. Ginge ich mit dir, so würde ich ein falsches Leben führen. Nie würde ich erfahren, was für mich richtig gewesen wäre. Sicher, ich werde mich fragen, wie es in deiner Heimat geworden sein würde. Aber käme ich mit dir, wäre immer nur der Gedanke da, wie ich wohl leben würde, wenn ich geblieben wäre. Statt hier zu tun, was Gott für mich vorgesehen hat, wäre ich anderswo und täte Dinge, die andere eigentlich tun müssten. Gott hat mich hier geboren werden lassen. Und er will, dass ich hier lebe. Dich hat er am anderen Ende der Welt auf die Erde geschickt, und er hat dir Begabungen gegeben, eine Seele. Man muss gemäß seiner Seele leben. Für mich heißt das, dass ich nur hier leben kann. Für dich, dass du nur dort leben kannst, wo deine Begabungen gebraucht werden. Wir sind nicht zu unserem Vergnügen auf der Welt. Wir haben eine Aufgabe zu erfüllen.»

Gustelies' Stimme war leiser und leiser geworden. Nun flüsterte sie beinahe. Sie fühlte sich erschöpft und leer. Endlich sank sie auf den Stuhl und stützte den Kopf in ihre Hände.

Arvaelo kam um den Tisch herum, trat zu ihr, legte ihr den Zeigefinger unter das Kinn und hob es an. Lange sah er ihr in die Augen. Endlich küsste er sie auf die Stirn, zog Gustelies noch einmal an sich, drückte sie. Dann ging er. Leise schloss sich die Tür hinter ihm.

«Ihr, liebe Freunde, wisst, dass im nächsten Jahr die Wahl des Meisters ansteht.» Der Redner machte eine dramatische Pause, ließ seine Blicke über die Reihen gleiten, sah jedem der Männer für einen Moment in die Augen. «Und ihr wisst auch, was das bedeutet.»

Einige nickten, der Schultheiß und Zweite Bürgermeister Krafft von Elckershausen seufzte auf. Natürlich wusste jeder, was das bedeutete! Herrgott, Ziel eines jeden in der geheimen Loge Faustens war es doch, Meister zu werden. Denn nur der Meister hatte Zugang zu allen Schriften und damit zu den Geheimnissen dieser Welt. Aber um Meister zu werden, brauchte es mehr als den bloßen Willen.

Es brauchte vor allem eines, nämlich Geld. Geld, um das hermetische Kabinett einrichten zu können. Geld für die Gerätschaften des Laboratoriums, Geld für magische Steine, Geld für Bücher und Formeln. Krafft von Elckershausen hatte nicht genug Geld. Aber er hatte gute Verbindungen. In Frankfurt und im ganzen Reich. Und die würden bald nötiger sein als Geld.

Er sah auf. Der Redner hatte seinen Vortrag beendet, die Zuhörer applaudierten. Für heute war die geheime Sitzung vorbei. Der Schultheiß stand auf, wartete, bis die meisten gegangen waren, und trat dann zu einem Logenbruder. «Ich hörte, du hast das Zauberbuch gesehen.»

«Welches?»

«Du weißt genau, welches ich meine. ‹Doktor Faustus' dreifacher Höllenzwang›.»

Der andere schüttelte den Kopf. «Nie gesehen.»

Krafft von Elckershausen verzog das Gesicht, trat ganz nahe an den anderen heran. «Sei vorsichtig, mein Lieber», raunte er. «Pass auf, was du sagst, und pass auf, was du machst. Noch bist du nur auf Probe bei uns.»

Während Bruder Göck und Pater Nau sich beim Kirchenklatsch von ihrem Disput erholten und schon heimlich nach einem neuen schwierigen Thema suchten, saß Hella in ihrem Lehnsessel und hielt den Stickrahmen auf dem Schoß. Sie starrte ins Leere. Ihre Gedanken kreisten um den toten Kannengießer und das verlorengegangene Zauberbuch.

Heinz war ins Arbeitszimmer gegangen und saß am Schreibtisch. Vor sich hatte er alle Unterlagen zum Fall ausgebreitet. Jedes einzelne Blatt nahm er in die Hand, las, bedachte, grübelte und las wieder. Er betrachtete die zahlreichen Zeichnungen, brütete über Arvaelos Beschreibungen, aber er kam der Lösung des Falls keinen Schritt näher. Am meisten Kopfzerbrechen bereiteten ihm die Bisswunden. Josef war es nicht gewesen. Sein Abdruck stimmte nicht mit den Spuren an der Leiche überein. Aber wer war es dann und vor allem aus welchem Grund? Heinz stützte den Kopf in die Hände und starrte in die Kerzenflamme. Er hätte auch die kleine Öllampe entzünden können, doch beim Nachdenken hatte ihm schon immer Kerzenlicht geholfen. War der Mörder gleichzeitig auch der Menschenfresser? Oder war der Juwelier bereits tot in die Hände desjenigen gefallen, der ihm die Bisswunden beigebracht hatte? Aber wenn das ein Menschenfresser war, warum hatte er dann nur ein paar Mal zugebissen? Hatte ihm das Fleisch nicht geschmeckt? War er gestört worden? Oder sollten die Bisse etwas ganz anderes bedeuten? Heinz seufzte. An einen Menschenfresser, dem beim Essen der Appetit vergangen war, konnte er nicht glauben. Aber an einen Wüstling, der sich ausprobieren wollte, ebenfalls nicht. Die Bisse mussten etwas zu bedeuten haben. Aber was nur? Er stand auf, ging wie ein Gefangener auf und ab. Endlich riss er die Tür auf und rief nach seiner Frau.

«Was ist?»

«Ich stecke einfach fest. Mein Kopf ist leer. Du musst mir beim Denken helfen, Liebes.»

Hella war feinfühlig genug, sich ein Grinsen zu verkneifen. «Die beiden Streithammel da drüben sind wohl noch eine Weile beschäftigt», sagte sie. «Zumindest, solange noch genügend Wein in der Kanne ist.»

«Was fällt dir bei dem Gedanken an Menschenfresser ein?», fragte Heinz.

Hella lehnte sich zurück. «Ich habe dich zum Fressen gern.»

«Wie bitte?»

«Das sagt man so. Das ist ein Sprichwort. Wenn man jemanden sehr lieb hat, sagt man das. Ich habe dich zum Fressen gern.»

«Hhmm», brummte Heinz und sah seine Frau an, als hätte er sie noch nie zuvor gesehen.

«Oder, ich könnte dich auffressen vor Liebe.»

«Das sagt man auch?», fragte Heinz.

«Ja. Hast du das etwa noch nie gesagt?»

Heinz lächelte, sodass Hella verlegen den Kopf senkte. Ihre Wangen glühten. «Soll ich jetzt beim Denken helfen oder willst du nur ablenken?», fragte sie.

Heinz lächelte noch immer. «Die Richtigkeit von Sprichwörtern sollte hin und wieder überprüft werden. Was meinst du?»

«Pscht!» Hella sah zur Tür. «Hast du vergessen, was für Besuch wir haben?»

«Oh, du hast recht. Leider.» Heinz räusperte sich. «Zurück zur Tagesordnung. Du meinst also, die Bisswunden könnten ein Zeichen von Liebe sein?»

Hella zuckte mit den Achseln. «Ich weiß es nicht. Aber jemanden aus lauter Liebe aufzufressen, kommt mir irgendwie normaler vor, als jemanden zum Beispiel aus Habgier oder Neid mit dem Beil zu zerhacken. Beinahe jeder, den ich kenne, hat schon mal eines der beiden Sprichwörter gebraucht.»

Der Richter schüttelte den Kopf. «Ich weiß nicht. Für mich ist das keine Liebe, wenn jemand einen anderen auffrisst. Er verleibt ihn sich doch damit ein, macht ihn sich untertan, oder? Das ist ein Machtspiel, denke ich.»

«Du meinst, jemand wollte sich selbst den Toten noch untertan machen? Ihn sich einverleiben?»

Heinz nickte, und Hella sprach weiter: «Ja, selbst, wenn das heißt, den Toten noch einmal zu töten. Das klingt komisch. Aber vielleicht war es doch Liebe. Ein Unfall aus Liebe sozusagen», überlegte sie, doch sie zeigte sich von den eigenen Worten nicht sehr überzeugt. Heinz nahm eine Gänsefeder und ein Messer zur Hand und spitzte das Schreibwerkzeug.

«Irgendwas passt nicht. Der Juwelier kam aus Leipzig, war ein verheirateter Mann und ehrbarer Bürger. Wer sollte ihn in Frankfurt so sehr lieben, dass er ihn hier tötet und in sein Fleisch beißt?», sagte er.

Hella lachte. «Du musst nicht alles so wörtlich nehmen. Vielleicht ist der Juwelier weder der Geliebte noch der Liebende. Vielleicht sind die Bisswunden nur ein Symbol.»

«Also, das bringt uns nun auch nicht weiter.»

Hella blickte enttäuscht. Und irgendetwas klopfte leise, sehr leise, fast zaghaft an die Tür des Hinterstübchens in ihrem Kopf. Was war das nur? Was war das, was sie nicht hatte vergessen wollen?

«Als ich im Roten Ochsen war, da ist mir etwas aufgefallen. Etwas, das mir jetzt ungeheuer wichtig erschien. Wenn ich nur wüsste, was das war!»

Heinz sprang auf. «Hat es mit dem Fall zu tun?»

«Ja, da bin ich sicher.»

«Dann erinnere dich. Was hilft dabei? Möchtest du noch einen Becher Wein?»

Hella schüttelte den Kopf. «So viel ich auch darüber nachdenke, mir fällt es einfach nicht ein.»

KAPITEL 16

«Das hat ein Nachspiel, mein lieber Blettner. Ein Nachspiel, das schwöre ich Euch!»

Krafft von Elckershausen stand vor Heinz' Schreibtisch. Die Hände in die Seiten gestemmt, die Augenbrauen zusammengezogen, Zornesfalten auf der Stirn, sah er drohend auf seinen Richter hinab. «Was habt Ihr Euch eigentlich dabei gedacht?»

Heinz stand auf. Er mochte es nicht, wenn man auf ihn herabsah. Nun stand er seinem Vorgesetzten Auge in Auge gegenüber. «Ich habe nach meiner Ehre und nach meinem Gewissen gehandelt, Schultheiß. Genauso, wie ich es bei der Amtsübernahme geschworen habe.»

Der Schultheiß beugte sich ein wenig nach vorn, sodass Heinz seinen Atem im Gesicht spürte. «Ihr habt auch mir Treue geschworen. Habt Ihr das vergessen, Richter?»

Blettner nickte. «Ebendarum. Ich kann nicht zulassen, dass womöglich am Ende ein falsches Urteil gefällt wird. Mir geht es um Euer Seelenheil.»

«Wie rücksichtsvoll von Euch!» Krafft von Elckershausens Stimme klang so durchdringend, dass Heinz unwillkürlich ein Stück zurückwich. «Ihr solltet nicht vergessen, dass Euer irdisches Seelenheil von meinem irdischen Seelenheil abhängt. Ihr tut also gut daran, dafür zu sorgen, dass es mir auf Erden an Leib und Seele gutgeht.»

Heinz Blettner hatte verstanden. Doch er dachte nicht daran, seine Entscheidung rückgängig zu machen. «Wir müssen so schnell wie möglich den wahren Täter finden, Bürgermeister. Dann erfahrt Ihr die Ehre, die Euch zusteht, und alle sind glücklich.»

Heinz lächelte gewinnend.

Der Schultheiß kniff die Augen zusammen. «Ich warne Euch, Richter. Erhebt Euch nicht über mich. Nicht in Gedanken, nicht in Worten und schon gar nicht in Werken. Ich lasse Euch am ausgestreckten Arm verhungern, wenn ich nicht bald Ergebnisse habe. Mir kann keiner was, das solltet Ihr nicht vergessen. Den Letzten beißen die Hunde. Und dieser Letzte seid Ihr.»

Der Richter schluckte. Dann atmete er tief ein und nickte. Doch Krafft von Elckershausen hatte sich schon umgewandt, war durch den kleinen Raum gestiefelt und hatte die Tür so fest hinter sich ins Schloss geschmettert, dass die Butzenfenster leise klirrten.

Heinz blickte zu seinem Schreiber. Der hatte sich gerade noch rechtzeitig die Häme aus dem Gesicht gewischt. Nun räusperte er sich und zeigte mit dem Gänsekiel in der Hand zur Tür. «Draußen wartet noch einer, Herr Richter.»

«Was will er?»

«Euch sprechen.»

«Das dachte ich mir. Worüber, Mann, worüber?»

«Ich habe keine Ahnung. Es wäre wichtig, sagte er, und es hätte mit dem Kannibalen zu tun.»

«Und warum habt Ihr das nicht gleich gesagt?»

«Oh, ich wollte den Schultheiß nicht in seinen Ausführungen stören.»

«Aha.» Heinz Blettner sah seinen Schreiber an und

wusste wieder einmal nicht, ob der Mann verschlagen oder einfach nur dumm war.

«Dann ruft ihn jetzt herein.»

Blettner setzte sich und seufzte. Er steckte noch immer fest. Das Zauberbuch musste endlich gefunden werden. Dazu der Tatort, natürlich. Das Motiv. Und natürlich der Täter. Der ganz besonders. Wieder seufzte er und beschloss, gleich nachher Arvaelo aufzusuchen.

Doch jetzt musste er sich zuerst einmal um den Mann kümmern, der vor ihm stand und seine Mütze in den Händen drehte.

«Gott zum Gruße, Bürger.»

«Ja, Tach auch.»

«Was führt Euch zu uns ins Amt?»

«Schweine.»

«Bitte?»

«Ei, isch mein, isch hab Wutze in meim Gärtsche. Die mache mir die ganze Pflanze zur Sau.»

«Das tut mir sehr leid, das mit den Schweinen in Eurem Garten. Aber dafür bin ich leider nicht zuständig. Schweine fallen nicht unter die Constitutio Criminalis Carolina, unter die peinliche Halsgerichtsordnung.»

«Ei, de Förster hat misch geschickt.»

«Zu mir?»

«Wenn isch das saach.»

«Hmm.» Heinz Blettner kratzte sich am Kinn. Er kannte den Förster und hielt große Stücke auf ihn. Wenn der ihm den Mann geschickt hatte, dann mit Grund.

«Warum sollt Ihr zu mir kommen?»

«Ei, weil die Wutze im Wald hinterm Haus ä Loch gegrabe ham. Da habb isch Knoche gefunne.»

«Knochen?»

«Des sach isch ja.»

Richter Blettner fragte noch einige Male nach, bis er glaubte, den Mann verstanden zu haben. Zur Sicherheit fasste er noch einmal zusammen: «Ihr seid ein Waldhüter, der sein Haus am Waldrand stehen hat. Seit einiger Zeit zerwühlen Euch die Wildschweine den Garten. Aber nicht deswegen seid Ihr hier, sondern wegen einer Grube, die ihr unweit Eures Hauses auf einem Wildschweinwechsel entdeckt habt. In dieser Grube nämlich befindet sich eine aufgebrochene Kiste mit Knochen, die nicht unbedingt von Waldtieren stammen müssen. Ist das richtig?»

«Ja.»

Der Richter setzte seine Unterschrift unter das Protokoll des Schreibers und legte das Blatt dann dem Waldhüter vor. Der starrte drauf wie Heinz Blettner auf ein Stickmuster. Dann packte er mit harter Faust den Gänsekiel und kratzte drei Kreuze unten auf das Papier. «Kann isch jetzt gehe?»

«Ja, und vielen Dank. Wenn wir noch Fragen haben, dann wissen wir ja, wo wir Euch finden.»

Wenig später machte sich Heinz in Begleitung eines Büttels auf zu der Herberge, in der Arvaelo untergekommen war. Unterwegs vertraute ihm der Stadtknecht an, dass seine Schwiegereltern das Gasthaus führten und er selbst auch dort wohnte. Heinz staunte einmal mehr darüber, wie klein Frankfurt im Grunde war. Ob der Schreiber wohl bereits den Leichenbeschauer und den Henker angetroffen hatte? Die sollten ihn am Stadtwald treffen, hatte er ihnen ausrichten lassen.

Die Herberge Zur Eulenburg lag in einer kleinen Seitengasse nahe der Bornheimer Pforte. Der Gastraum lag still. Die Tische waren blank gescheuert, der Boden gekehrt und mit frischen Binsen bestreut. Heinz Blettner räusperte sich. Sogleich kam eine junge Frau mit freundlichem Lächeln aus der Küche gestürzt. Heinz kannte sie nicht, doch er vermutete, dass sie die Frau des Stadtknechtes war. Sie wischte sich die Hände an der sauberen Schürze ab, legte den Kopf ein wenig schief und fragte: «Wie kann ich Euch helfen?»

«Ich suche den Sarazenen. Arvaelo ist sein Name.»

Die junge Frau runzelte die Stirn. «Komisch, Ihr seid schon der Zweite, der heute nach ihm fragt. Die ganze Zeit über niemand, und heute gleich zwei. Zuerst eine Frau, dann ihr.»

«Und? Wo ist er?»

«Abgereist.»

«Wie? Abgereist? Das kann nicht sein. Wir haben doch erst gestern miteinander gesprochen.»

«Ich sage nur, wie's ist. Er kam gestern kurz bevor der Nachtwächter seine Runde gemacht hatte. Sprach kein Wort, trank keinen Becher, nichts. Saß nur da mit seiner Reisetruhe, bis ein Wagen kam und ihn abholte. Ach ja, den Wagen, den hatte ihm unser Laufjunge an der Poststation bestellen müssen.

Heinz Blettner konnte es noch immer nicht fassen. «Und wo ist er hin?»

Die junge Frau zuckte mit den Achseln. «Ich weiß es nicht. Wie gesagt, er hat kein Wort geredet. Wollte er nicht nach Basel?» Eine Magd kam herein, grüßte brav, stellte einen Eimer neben den Kamin und begann, die Asche zusammenzufegen.

«Nach Basel», wiederholte der Richter gedankenverloren. «Nach Basel zu Paracelsus, da wollte er hin.»

«Wieso Paracelsus? Der ist doch gar nicht mehr in Basel.

Er ist vor seinen Schmähern geflohen, im Elsass sitzt er nun», meinte die Magd.

Heinz Blettner starrte sie verständnislos an. Sie nickte eifrig. «Ihr könnt mir ruhig glauben, Herr. Das weiß ich, weil meinem Vater dort eine Schänke gehört. Ich komme aus Basel. Vor fünf Jahren schon ist der dort weg.»

«Hmm», brummte der Richter. Er wusste nicht viel über Paracelsus, nur, dass der ein berühmter Arzt war, den Arvaelo unbedingt treffen wollte. Und zwar in Basel. Aber das war jetzt ganz gleich. Arvaelo war weg, obwohl er hier so dringend gebraucht wurde. Und weg blieb weg, egal ob in Basel oder im Elsass. Er nickte der jungen Frau zu und wollte gerade gehen, da fiel ihm noch etwas ein: «Wer war eigentlich das Weib, das nach ihm gefragt hat?»

Die Frau hob die Schultern. «Nicht mehr jung, noch nicht alt. Nicht hübsch, unansehnlich aber auch nicht. Es gibt Dünnere, aber Dickere auch. Eine Frau eben. Eine Frau, wie man sie in Frankfurt alle Tage zu Dutzenden auf der Gasse trifft.»

Heinz Blettner nickte. Die Beschreibung war so beliebig, dass er ganz genau wusste, um wen es sich handelte. Sie hat eine Begabung, sich unsichtbar zu machen, dachte er mit einem Anflug von Bewunderung.

«Wusste sie von Arvaelos Abreise?»

«Na ja, sie schien etwas anderes erhofft, aber nicht ernsthaft erwartet zu haben.»

Richter Blettner hob die Hand zum Gruß und ging. Er wusste nicht, warum Arvaelo die Stadt verlassen hatte, aber er ahnte es. Doch die Familienangelegenheiten mussten warten. Jetzt stand der Knochenfund im Wald an erster Stelle.

Gustelies walkte den Teig mit einer Inbrunst, die ihresgleichen suchte. Das Kleid klebte ihr auf der Haut, unter dem nachlässig geschnürten Mieder zwischen den Brüsten rannen Schweißtropfen hinab. Auch auf der Stirn hatte sich Feuchtigkeit gebildet, doch Gustelies hatte keine Zeit, sich zu trocknen. Sie walkte den Sauerteig, als wollte sie damit zugleich auch die Liebe aus ihrem Herzen walken. Oder nicht die Liebe, sondern eher das Gefühl ihres Verlustes. Ja, sie hatte Arvaelo verloren. Und sie hatte es nur sich selbst zuzuschreiben. Sie selbst hatte ihn ja abgewiesen. Und es gab kein Zurück, jetzt wo er die Stadt verlassen hatte. Nein. Sie bereute es nicht, wie sie sich entschieden hatte. Sicher nicht. Ein Leben an Arvaelos Seite wäre einfach nicht das Leben gewesen, welches Gott für sie bestimmt hatte. Das ahnte sie nicht nur, dessen war sie ganz sicher. Trotzdem schmerzte der Verlust. Arvaelo war wirklich der Mann gewesen, von dem sie immer geträumt hatte. War ich feige?, fragte sie sich. Vielleicht bin ich hier geblieben, weil ich nicht genügend Mut für die Liebe hatte. Vielleicht. Braucht Liebe Mut? Waren das nur Ausreden, das mit Gott und dem richtigen Platz und dem richtigen Leben?

Gustelies schluckte.

Sie richtete sich auf, drückte das Kreuz durch und wischte sich mit dem Handrücken über die feuchte Stirn. Sie fühlte Tränen in sich aufsteigen, spürte eine große Leere. Gestern noch hatte sie sich als Teil dieser Welt, dieses Reiches, dieser Stadt, dieses Hauses gefühlt. Jetzt glaubte sie sich allein und verlassen. Gehörte zu niemandem. War ausgeschlossen. Und sie selbst war schuld daran. Sie hatte Arvaelos Liebe von sich gewiesen. Ach was! Von sich gestoßen hatte sie sie. Sie war nun ausgestoßen aus dem Reich der Liebenden. Und nun? Nun war sie ärmer als der geringste Bettler. Dabei war sie gestern noch reich gewesen, reicher als alle Fürsten und Herren der Welt. Einen Abend lang. Einen wunderbaren Abend hatte sie gehabt. Und nun war all ihr Reichtum zerstoben, sie selbst in Einsamkeit gestürzt. Gustelies holte tief Luft und blinzelte, kämpfte mit den Tränen. Wer sollte sie auch trösten? Und war sie nicht vernünftig gewesen? War das nicht Trost genug? Ihre Hände krampften sich in den Teig, als wäre er das Einzige, das sie auf dieser Welt noch halten konnte. Dann verließ sie ihre Kraft. Gustelies schluchzte auf, ließ den Teig Teig sein und sank zu Boden. Mit ausgebreiteten Röcken hockte sie auf den Küchenfliesen, die teigigen Hände im Schoß, und heulte wie ein Tier.

Der Henker stand an einen Baum gelehnt, die Arme verschränkt, und sah hinauf in die Wipfel der Bäume. Trotz der spätsommerlichen Wärme trug er schwere Lederstiefel, in denen seine braunen Raulederhosen steckten. Er hatte eine lederne Jacke an, die an den Ellbogen speckig glänzte, darunter ein einfaches Leinenhemd. Vorne, im Gürtel, steckte noch ein Paar Lederhandschuhe.

«Wollt Ihr nicht auch einmal schauen?», rief Richter Blettner ihm zu.

Der Henker schüttelte den Kopf. «Knochen sind nicht mein Gebiet. Ihr hättet besser den Abdecker holen sollen.» Er lachte rau, holte ein schmales Messer aus seinem Stiefelschaft und begann, sich damit die Fingernägel zu reinigen.

Heinz Blettner wandte sich ab. Es war ein Kreuz mit dem Henker. Schon immer gewesen. Wahrscheinlich lag das an dem Beruf, aber er hatte noch nie einen Scharfrichter erlebt, der sich etwas hätte sagen lassen. Noch nie.

«Und?», fragte der Richter jetzt und wandte sich an Eddi Metzel.

«Na ja, ein Tierknochen ist das nicht. Ich schätze, das hier», er hob einen grau-weißen Knochen hoch, «sind Elle und Speiche. Das hier», er deutete auf etwas, das noch auf dem Boden lag, «könnte ein Schenkelknochen sein. Wenn wir genau suchen, finden wir womöglich noch ein paar Splitter von der Hand. Ansonsten haben die Schweine alles aufgefressen. Selbst die zarten Knöchelchen von den Fingern. Die besonders.»

Heinz Blettner staunte über den Leichenbeschauer. Nicht so blass wie sonst, sondern ruhig und aufmerksam versah er seine Arbeit. Er hatte sogar ein selbstgebautes Maßband dabei, einen Hanfstrick, an den in regelmäßigen Abständen bunte Bänder geknotet waren. «Hier», erklärte er und zeigte auf das erste bunte Band. «Das ist ein Fuß. Das Blaue Band bezeichnet eine Elle. Ich kann so messen, wie lang der Knochen ist. Dieser hier hat ungefähr die Länge wie der Armknochen, den man auf dem Römer gefunden hat. Es könnte also sein, dass beide Arme zu ein und demselben Körper gehören. Aber genau weiß ich es nicht. Dazu müsste man die Leiche schon obduzieren.» Er sah den Richter aufmerksam an.

«Obduzieren?», fragte der. «Und das während der Messe?» Eddi Metzel schüttelte den Kopf. «Ich glaube nicht, dass uns das erlaubt wird. Der Schultheiß höchstpersönlich wird sich dagegen sträuben. Und wenn erst der Erzbischof davon erfährt! Der Leib, wird er sagen, der Leib ist heilig. Und dann hat es sich damit. Dann sind die Einzigen, die obduziert werden, wir. Weil wir den Täter immer noch nicht haben.»

Der Leichenbeschauer lachte, doch Heinz war nicht zum

Lachen zumute. Langsam schritt er die ganze Lichtung ab und musterte den Boden Zentimeter für Zentimeter. An einer Stelle war die Erde besonders aufgewühlt. Heinz hockte sich hin, nahm ein Bröckchen zwischen die Finger, zerbröselte es, schnupperte. Der Geruch kam ihm bekannt vor.

«Henker!», rief er. «Ich brauche Euch hier.»

Ohne Eile verstaute der Henker sein Messer, zog die Hosen zurecht, spuckte aus und kam allmählich näher.

«Riech mal an der Erde hier.»

Der Henker bückte sich und tat, wie ihm geheißen. «Blut», sagte er dann. «Eindeutig Blut.»

«Das denke ich auch.» Heinz nickte und ließ seine Blicke über den Boden huschen. «Was meint Ihr, ist der Juwelier hier umgebracht worden?»

«Kann sein, kann nicht sein. Nur frische Leichen bluten noch.»

«Was wollt Ihr damit sagen, Scharfrichter?»

«Vielleicht wurde er anderswo umgebracht. Und dann hier zerstückelt.» Mit diesen Worten erhob sich der Henker, schlenderte zurück zu seinem Baum, lehnte sich dagegen, verschränkte wieder die Arme und sah hinauf in die Wipfel.

«Also ist es möglich, dass es zwei Tatorte gibt. Dort, wo der Mord geschah, und da, wo die Leiche zerlegt wurde.» Heinz hätte am liebsten laut geflucht. Der Fall wurde immer kniffliger.

Er starrte auf den Boden, als stünde dort die Lösung. «Aber wie gelang es dem Mörder, den Juwelier in den Wald zu kriegen? Ganz gleich, ob tot oder lebendig?»

Gustelies spürte, wie ihre Augen zuschwollen. Sie suchte nach ihrem Schnäuztuch und wischte sich die Tränen aus dem Gesicht. Einen Eimer mit eiskaltem Brunnenwasser wünschte sie sich, um ihr Gesicht zu kühlen. Doch da klopfte es an der Tür. Gustelies zog die Nase hoch, bedeckte ihr Gesicht mit beiden Händen.

«Es ist niemand da!», rief sie und hoffte, der Besucher würde wieder gehen. Doch statt sich entfernender Schritte hörte sie ein Lachen. «Mutter, ich bin es. Mach mir auf. Ich weiß ja, dass du da bist.»

Gustelies seufzte schwer. Hella konnte sie nun gerade wirklich nicht gebrauchen. Eine Freundin, die ja. Die Tochter nicht. Liebe war kein Thema zwischen Mutter und Tochter. Jedenfalls nicht, wenn es darum ging, dass die Mutter verliebt war, noch dazu unglücklich. Das geht einfach nicht, dachte Gustelies. Es ist zwar auch nicht gut, dass Hella mich immer nur als Mutter sieht und nie als Frau, aber mit meiner Tochter meine Liebesangelegenheiten besprechen? So weit käme es noch. Gustelies schnaubte verächtlich.

«Ich komme», rief sie. Und öffnete die Tür.

«Wie siehst du denn aus?», fragte Hella verblüfft und betrachtete ihre Mutter. «Du hast geweint, nicht wahr?»

Gustelies nickte.

Hella nahm sie beim Arm, schloss die Tür hinter sich und führte ihre Mutter wie eine Kranke in die Küche.

«Was ist passiert?», fragte sie.

«Ach, nichts.»

«Arvaelo?»

Gustelies nickte. Schon wieder stiegen ihr Tränen in die Augen.

Hella strich mit dem Zeigefinger sanft über die Wange ihrer Mutter, stoppte eine Träne in ihrem Lauf. «Ich will nicht, dass du weinst.»

«Er ist fort», flüsterte Gustelies.

«Fort? Für immer?»

Sie nickte.

«Warum?»

«Ich habe ihn weggeschickt.»

«Warum denn das?»

«Gestern glaubte ich noch zu wissen, warum. Heute weiß ich nichts mehr. Gar nichts mehr.»

Sie sah die Tochter an. In ihrem Blick lag eine solche Verlorenheit, dass Hella sie in die Arme zog und wiegte, gerade so, wie sie früher von der Mutter gewiegt worden war.

Nach einer Weile machte Gustelies sich los, setzte sich gerade hin. «Vielleicht habe ich ihn weggeschickt, weil ich Angst vor der Liebe habe», sagte sie.

«Angst vor der Liebe? Aber du hast doch schon geliebt.»

«Ja. Deinen Vater. Aber das war eine einfache Liebe. Die hat nichts von mir verlangt, was ich nicht selbst geben wollte. Verstehst du?»

Sie wartete die Antwort nicht ab, sondern sprach einfach weiter. «Arvaelos Liebe war fordernder, umfassender. Mir schien, als wäre seine Liebe so groß, dass für nichts anderes mehr Platz wäre. Das hat mir Angst gemacht.»

Hella nickte.

«Vielleicht», sagte Gustelies leise, «muss man die Liebe lernen. Ich habe immer nur so geliebt, dass es mich nichts gekostet hat. Vielleicht war das falsch. Es muss immer etwas geben, das das Wichtigste im Leben ist. Und vielleicht habe ich dieses Wichtigste versäumt. Aus Feigheit und Bequemlichkeit. Eine große Liebe ist das Gegenteil von bequem.»

Die Frauen schwiegen. Gustelies hatte ihre Hand auf den Tisch gelegt. Hella starrte darauf. Sie sah die kurzgeschnittenen Nägel, die erste Rillen aufwiesen. Sie sah die blauen

Adern, die sich wie Regenwürmer über den Handrücken zogen. Sie sah auch die beiden Altersflecken. Noch blass, aber schon deutlich sichtbar. Sanft legte sie ihre Hand auf die Hand ihrer Mutter und streichelte sie. Lange saßen sie so und sprachen nichts. Nie waren sie einander näher gewesen als in diesem Augenblick. Sie waren zwei Frauen mit Bedürfnissen und Sehnsüchten, nicht Mutter und Tochter.

KAPITEL 17

Noch immer befand sich Heinz Blettner im Wald. Die anderen, der Henker, der Leichenbeschauer und die Büttel waren längst gegangen. Er saß auf dem Boden unter dem Baum, an dem der Henker gelehnt hatte, und grübelte. Er dachte nicht über den toten Juwelier und den Kannengießer nach, sondern über Zauberei. Gab es so etwas überhaupt? Hella hatte von einer Geheimloge berichtet. Er, Heinz Blettner, glaubte nicht daran. Was genau war eigentlich eine Geheimloge? Wurden da Stühle gerückt und den Toten Fragen gestellt? Machte man dort Gold? Warum sollte Gott manchen Menschen die Fähigkeit verleihen, mit Geistern zu reden, und anderen nicht? Andererseits: Warum konnten manche Menschen singen und andere nicht?

«Hmm.» Er kratzte sich am Kinn. So kam er nicht weiter. Er schlug die Beine am Knöchel übereinander, verschränkte die Arme vor der Brust, lehnte den Kopf an den Stamm und schloss die Augen. Er war jetzt der Juwelier Zerfaß aus Leipzig in Sachsen. Er war nach Frankfurt zur Messe gekommen. Warum eigentlich? Um Waren zu kaufen und zu verkaufen. Hatte er Juwelen bei sich gehabt? Oder war die Messe nur ein Vorwand gewesen, um hier unauffällig das Zauberbuch verkaufen zu können? Ein Juwelier, der ein Zauberbuch verkauft. Das war glaubhaft.

Wahrscheinlich hatte er behauptet, aufgrund des Zauberbuches zu Reichtum gekommen zu sein. Aber er war im Roten Ochsen abgestiegen. Nicht unbedingt die erste Adresse in Frankfurt. Wieder kratzte sich der Richter am Kopf.

Kannte der Juwelier den Kannengießer schon vorher? Wie verkaufte man überhaupt so ein Zauberbuch? Bestimmt nicht auf einem Fass in der Buchgasse sitzend. Das heißt, jemand musste dem Juwelier Interessenten vermittelt haben. Und wo fand man solche Interessenten? Natürlich bei einem Geheimbund, so es einen solchen überhaupt gab. Richter Blettner sprang auf. Er hatte einen Einfall. Doch dazu brauchte er Hilfe. Er klopfte sich die Sachen sauber und machte sich auf den Weg in die Stadt.

«Wie das duftet, wie das duftet!» Heinz Blettner spürte erst jetzt, wie hungrig er war. Er sah an sich hinab. Ja, das Gefühl hatte ihn nicht getrogen. Er hatte abgenommen. Die Hose saß verdammt locker, und auch das Wams schlackerte ein wenig. «Dieser verflixte Fall hat meine Aufmerksamkeit so in Anspruch genommen, dass ich schon beinahe das Essen vergessen habe.»

Hella saß in der Küche ihrer Mutter auf der Bank und sah verlegen auf die Tischplatte. Sie machte sich Vorwürfe. Nicht wegen des Falls hatte ihr Heinz dermaßen an Gewicht verloren, sondern weil sie das Haus verlassen, ihn allein und ohne Essen gelassen hatte.

Gustelies, deren Gesicht noch immer ein wenig rotfleckig und leicht verschwollen aussah, winkte mit der Hand ab. «Das macht gar nichts. Dich päppeln wir schon wieder auf. Heute zum Beispiel gibt es ein Gericht, das dir ganz bestimmt gut schmecken wird. Setz dich nur neben deine

Frau, es ist genug für alle da. In einer halben Stunde sind die Lammbissen fertig.»

Hella, noch immer mit ganz schlechtem Gewissen, fragte eifrig: «Mutter, wie kocht man das?» Sie warf Heinz dabei einen Blick zu, der besagte, dass er von nun an niemals mehr Hunger leiden müsse.

«Och, das ist ganz einfach. Du kaufst auf dem Markt ein gutes Stück Lammhals aus der Mitte. Vier Pfund für uns alle. Dann kaufst du noch alles, was du für eine gute Brühe brauchst. Ich nehme Sellerie, Mohrrüben, Lauch, Zwiebeln, Majoran, Thymian und ein paar Stängel Petersilie dazu. Das Ganze lasse ich knappe zwei Stunden köcheln. Eine halbe Stunde bevor das Essen gut ist, gebe ich gehackte Minzblätter und ein Viertelchen Weißwein hinzu.»

Während sie sprach, holte sie eine Kanne aus der Vorratskammer und goss den abgemessenen Wein in den Kessel.

«Nachher werde ich das Fleisch herausnehmen und in der Kochkiste warm halten. Ich quirle zwei Eigelbe in die Brühe, rühre kräftig und lasse alles schön eindicken. Je nach Laune gebe ich nun entweder noch ein wenig Safran an die dicke Soße. Im Winter krümele ich auch gern einen Lebkuchen hinein. Dann schneide ich das Fleisch in Stücke, gebe die dicke Soße darüber und serviere alles mit einem kräftigen Roggenbrot.»

«Hmm», hatte Hella alle Augenblicke gemacht. «Ja», «Hmm», und so getan, als wäre ihre ganze Aufmerksamkeit auf die Lammbissen gerichtet. Aber das war nicht so. Sie spürte, dass Heinz wie auf heißen Kohlen saß. Irgendetwas arbeitete in ihm. Aber er war zu höflich, um damit noch vor dem Mittagessen herauszuplatzen.

Erst danach, als Hella und ihre Mutter in der Küche den

Abwasch erledigten und Heinz mit Pater Nau bei einem Glas süßem Wein im Pastorenzimmer saß, brach er sein Schweigen.

«Schwager, ich benötige deine Hilfe.»

Pater Nau reckte sich. «Es geht um einen deiner Fälle?»

Heinz nickte. «Ich weiß, du bist ein Mann der Kirche. Mit Ermittlungen sollte ich dich nicht behelligen.»

Er hielt inne und schielte zu Pater Nau. Als er sah, wie dessen Augen flackerten, sprach er weiter. «Zumal nicht, wenn diese gefährlich sind.»

Der Pater räusperte sich und rutschte auf seinem Stuhl nach vorn.

«Aber du bist ja ein Mann, der keine Angst kennt. Deshalb wende ich mich mit meiner Sorge an dich. Es geht um eine Überwachung. Jemand muss in den Roten Ochsen gehen und dort ganz unauffällig nach einem Zauberbuch fragen.»

Der Pater hatte die Augenbrauen zusammengezogen. «Und warum gehst du nicht selbst?»

«Man kennt mich da. Der Wirt des Roten Ochsen war bei mir im Malefizamt. Auch Hella ist dort schon gesehen worden. Und Gustelies kann ich schlecht beauftragen. Du verstehst?»

Pater Nau lachte keckernd. «Und ob ich verstehe. Sie steckt schon ohne Aufforderung ihre Nase andauernd in Dinge, die sie nichts angehen. Wie sollte das erst werden, wenn sie den Auftrag dazu hätte? Außerdem ziemt es sich nicht für eine Frau ihres Standes. Eine ehrbare Witwe hockt nicht allein in Gasthäusern herum.»

«Du siehst also ein, dass die Lage schwierig ist.»

«Natürlich, mein lieber Heinz. Das ist immer so. Du weißt doch: Das Leben ist ein Graus und die Erde ein Jammertal.» Pater Nau verzog den Mund. «Ich muss heute noch einen Handwerker beerdigen und die Totenmesse lesen. Danach könnte ich.» Er beugte sich nach vorn. «Sag, Heinz, ist der Auftrag wirklich gefährlich?»

Heinz wiegte den Kopf hin und her. «Lebensgefahr besteht wohl nicht. Aber aufpassen musst du schon.»

«Nun, immerhin geht es ja wohl darum, einen Mörder aufzuspüren.»

Der Richter konnte sich ein Grinsen kaum verkneifen. «Was willst du also noch?»

Pater Nau faltete fromm die Hände vor seinem Bauch und zog ein Gesicht wie ein Engel hinter der Harfe. «Ich nehme meinen Freund und Ermittlungsgehilfen Bruder Göck mit.»

«Also gut. Bruder Göck auch noch. Zumindest misstraut euch niemand. Außerdem seid ihr Geistlichen ja dafür bekannt, dass ihr euch für Alchemie interessiert.»

«Den Stein der Weisen und so», erklärte Pater Nau kennerhaft.

Er sah auf das Stundenglas, dann teilte er dem Richter mit: «Ich habe jetzt leider keine Zeit mehr; ich muss Bruder Göck informieren. Gleich nach der Abendmesse werden wir zum Roten Ochsen aufbrechen. Möchtest du noch heute Abend unseren Bericht?»

«Ja, gewiss. Und ich wüsste es sehr zu schätzen, dass ihr mir den Bericht nach Hause liefert.»

Pater Nau verzog den Mund, aber schließlich nickte er.

Der Schultheiß schlich wie geprügelt durch das Rathaus, mit schleppenden Schritten, eingezogenen Schultern und geducktem Kopf. Heute war nicht sein Tag, und es schien ihm besser, möglichst unsichtbar zu sein. Am Morgen hatte sein Weib ihm offenbart, dass ihre Schwester samt Kindern in Kürze zu Besuch kommen würde. Eine Unterredung sollte stattfinden, bei der er, der Zweite Bürgermeister, sagen musste, warum er im Hurenhaus gesehen worden war. Von der Nachbarin hatte es seine Frau erfahren müssen, ausgerechnet von dieser Klatschbase, der alten Vettel, hatte sie getobt. Ob sie ihm vielleicht kein gutes Weib sei? Ob er etwas an ihr etwas auszusetzen habe?

Mit zusammengepressten Lippen und heißen Ohren hatte er sich das alles anhören müssen, bis es ihm gelang, etwas von einer dringenden Sondersitzung im Menschenfresserfall zu murmeln und ins Rathaus zu fliehen.

Dort war er ausgerechnet dem Ersten Bürgermeister in die Arme gelaufen. Der hatte ihn gleich beiseite genommen und sich besorgt gezeigt. Ob alles in Ordnung sei? Verlegen hatte er gemurmelt, er als der Zweite Bürgermeister wirke in letzter Zeit, nun ja, wie sollte man sagen, so abwesend. Und dann ausgerechnet diese Menschenfressersache! Er sei doch seinen Aufgaben gewachsen, hoffentlich? Er sei ja noch jung und die Bürde des Amtes vielleicht ein zu schweres Joch. Wie auch immer, Ergebnisse wollte der Erste Bürgermeister sehen. Und das lieber heute als morgen. Denn ob es sich eine Bürgerschaft wie die der Freien und Reichsstadt Frankfurt auf Dauer leisten konnte, einen Schultheißen zu beschäftigen, der sich nicht um frei laufende Mörder scherte, das stünde doch sehr im Zweifel. Und es gäbe einige, die warteten nur auf die Gelegenheit, sich beweisen zu können. Krafft von Elckershausen hatte nur schwach nicken können. Dann war er in seine Kanzlei geschlurft, hatte dort einige Akten studiert, sie zur Seite gelegt, den Schreiber zum Teufel geschickt, den Kopf in die Hände gestützt und gegrübelt.

Wo sollte er, Herrgott im Himmel, den verdammten Mörder hernehmen? Warum hatte dieser Blettner nicht die Klappe halten können? Dann wäre es eben der Kannengießer gewesen und die Sache hätte sich erledigt. Dieses vertrackte Zauberbuch. Davon gab es doch nur dieses eine Exemplar. Und gehörte das nicht eigentlich dem Geheimbund Faustens? Hatte also ein Logenbruder die Hand im Spiel, war in den Mordfall verwickelt, hatte vielleicht gar den Kannengießer auf dem Gewissen? Wenn das so war, musste er ihn dann nicht der Gerichtsbarkeit ausliefern? Aber dann war es endgültig Essig mit dem Goldmachen, dann könnte er den Traum von unermesslichem Reichtum in den Kamin schreiben. Und wenn er nun reinen Mund bewahrte? Wenn das herauskam, wenn er keine Lösung des Falls beibrachte und das hurtig, dann würde die Amtskette des Ersten Bürgermeisters gleich neben dem Traum vom Gold hängen. «Mist! Verfluchter Mist!»

Krafft von Elckershausen schlug mit der Faust auf den Tisch, dass das Tintenfass hüpfte. Er beschloss, dem Richter einen Besuch abzustatten. Es musste doch möglich sein, diesem Kerl Beine zu machen. Bis morgen Mittag hatte der ihm einen Mörder zu bringen. Wie der Richter das anstellte, war nicht Sache eines Krafft von Elckershausen. Doch kaum hatte der Schultheiß seine Amtsstube verlassen, da legte die Angst sich wie eine Last in seinen Nacken. Der gerade noch so forsche Schritt wurde schleppend. Er blieb stehen. Ihm war schlecht. Eine Hand auf den Magen gepresst, schlurfte er den Gang entlang. Um die Ecke schoss eine Gestalt und warf ihn fast um.

«He, was soll das! Seid Ihr verrückt, Mann?»

Ein Bote blieb stehen, senkte den Blick. «Entschuldigt vielmals, Herr. Die Sendung, sie eilt.»

Er hielt ein Päckchen hoch, und der Schultheiß reckte sich, um den Namen darauf lesen zu können.

«Richter Blettner?»

Der Bote nickte. «Jawoll. Es eilt.»

«Ihr könnt mir die Sendung geben. Ich bin ohnehin auf dem Weg zu ihm.»

Krafft von Elckershausen streckte die Hand bereits aus, doch der Bote trat einen Schritt zurück. «Die Sendung soll ich persönlich übergeben», sagte er. «So ist es mir aufgetragen worden.»

Der Schultheiß ärgerte sich. Er vergaß seine Übelkeit, trat ganz dicht vor den Mann, sodass seine Nasenspitze um ein Haar die des Boten berührte. «Ihr wisst wohl nicht, wer ich bin, was?», schnauzte er. Der Bote erstarrte, schüttelte nur den Kopf und schluckte, dass sein Adamsapfel auf und nieder hüpfte.

«Ich bin der Schultheiß und Zweite Bürgermeister dieser Stadt, Mann. Der Vorgesetzte des Richters. Her mit dem Päckchen!»

Er riss es dem Boten aus der Hand. Der schluckte erneut, öffnete den Mund, klappte ihn wieder zu.

«Ist noch was?», bellte Krafft von Elckershausen.

«Nein, nichts», stammelte der Bote. «Ihr übergebt doch die Sendung, nicht wahr? Ich kann mich darauf verlassen?» Die Stimme des Boten klang ein wenig blass und piepsig.

«Misstraust du etwa dem zweithöchsten Mann dieser Stadt?»

«Nein! Nein, nein.» Der Bote hob beide Hände in die Höhe, drehte sich um und sah zu, dass er Land gewann.

Der Schultheiß betrachtete das Päckchen. Es war nicht groß, hatte gerade mal die Maße von einem Viertel Käse. Es war ordentlich verpackt und sorgsam versiegelt. Mit geraden, gestochen scharfen Buchstaben war in schwarzer Tinte der Name des Richters darauf gemalt. Der Schultheiß schüttelte die Sendung, doch er hörte nichts. Dann roch er daran, befühlte sie von allen Seiten, aber noch immer hatte er keine Ahnung, was darinnen sein mochte. Auch ein Absender fand sich nicht. «Hmm», brummte der Schultheiß. «Warum lässt sich der Richter seine persönliche Post ins Rathaus schicken? Oder handelt es sich hierbei um Dienstpost?»

Er hatte plötzlich neuen Mut gefasst. Mit gestrafften Schultern und forscheren Schritten ging er den Gang hinab bis zum Zimmer des Richters. Ohne anzuklopfen trat er ein, warf das Päckchen schwungvoll auf den Schreibtisch, ließ sich auf den Stuhl davor fallen und befahl: «Macht das Päckchen auf, Richter. Ich will sehen, was darinnen ist. Ein Bote brachte es gerade.»

Heinz Blettner sah zu seinem Schreiber. Der zuckte mit den Achseln. Dann drehte Heinz die Sendung hin und her. «Ich befürchte, es handelt sich um eine private Angelegenheit», sagte er dann und machte Anstalten, die Sendung in einer Schublade zu verstauen.

«Halt, halt!», rief der Schultheiß. «Holt sofort das Ding wieder heraus. Das Päckchen ist ins Amt gebracht worden, also handelt es sich dabei um Amtspost. Und ich als Euer Amtsvorgesetzter befehle Euch, es auf der Stelle zu öffnen.» Krafft von Elckershausen verschränkte die Arme vor der Brust und lehnte sich bequem zurück.

«Ich habe die Schrift erkannt, Schultheiß. Ihr könnt mir glauben, es ist ein Päckchen ganz privaten Ursprungs, bestimmt für meine Schwiegermutter.»

«Aufmachen!»

Richter Blettner seufzte. Lieber Gott, betete er in Gedanken. Mach, dass Arvaelo nur ein paar Süßigkeiten geschickt hat.

Langsam und so umständlich, wie es ihm nur möglich war, schnitt Heinz das Siegel ab und wickelte das Kästchen aus seiner Papierhülle. Darunter war es ein zweites Mal eingeschlagen. Wieder in Papier. Ein Brief, dessen Schrift Heinz sofort erkannte.

«Lest vor!», befahl der Schultheiß. «Von wem ist der Wisch?»

«Von Arvaelo Garm aus Samarra.»

«Ah, der Sarazene. War er nicht in die Ermittlungen eingebunden? Also ist dies hier Amtspost.»

Richter Blettner nickte. Unauffällig wollte er den kurzen Brief in eine Schublade gleiten lassen, doch der Schultheiß war auf der Hut.

«Vorlesen!»

«Lieber Freund», las Heinz, «verzeih mir meinen überstürzten Aufbruch. Aber in einer Stadt, in der meine Liebe verschmäht wird, kann ich nicht bleiben. Bitte übergib Gustelies dieses kleine Geschenk von mir. Immer der Eure, Arvaelo.»

«Und weiter?»

Heinz ließ das Papier sinken. «Nichts weiter. Das war es. Der Rest ist das Geschenk für meine Schwiegermutter.»

Er nahm das Päckchen von Tisch und wollte es in seiner braunen Ledermappe verstauen, doch der Schultheiß richtete sich auf, deutete mit dem Zeigefinger darauf und befahl: «Aufmachen!»

«Aber das ist für meine Schwiegermutter.»

«Das ist Post fürs Amt. Aufmachen!»

Der Schultheiß blickte in Blettners Augen und erkannte,

dass der in seinem Herzen das Schwert blankzog. Er grinste hämisch, erhob sich, stand breitbeinig vor dem Schreibtisch und bellte: «Aufmachen, habe ich gesagt. Aber hastig.»

Der Richter rührte sich noch immer nicht.

«Wollt Ihr's drauf ankommen lassen?»

Am liebsten hätte Heinz genickt. Aber er sah, dass mit dem Schultheiß heute wahrhaftig nicht gut Kirschen essen war. Seufzend reichte er das Päckchen über den Tisch.

«Macht Ihr es auf, Schultheiß.»

Krafft von Elckershausen ließ sich nicht zweimal bitten. Ungeduldig zerrte er an dem säuberlich verknoteten Bindfaden, der ein weiteres Einschlagpapier zusammenhielt, ruckelte, zerrte wieder und hielt endlich ein Etui in den Händen, das mit schwarzem Samt überzogen war. «Hat der Sarazene Eurer Schwiegermutter gar Nähnadeln geschickt?», lästerte der Schultheiß und sah beifallheischend zu dem Schreiber, der tatsächlich in meckerndes Lachen ausbrach.

Er öffnete das Kästchen, starrte mit offenem Mund hinein und brach in schallendes Gelächter aus.

Richter Blettner stellte sich hinter seinem Schreibtisch auf Zehenspitzen, um in das Kästchen spähen zu können. Blattgold. Etliche Lagen, fein säuberlich durch Trennpapier geteilt. Blattgold! Für einen Augenblick war er gerührt. Arvaelo wusste also, wie wichtig der Sieg beim Kuchenwettbewerb der Liebfrauengemeinde für Gustelies war. Beinahe hätte er dem Schultheiß das Kästchen aus der Hand gerissen. Doch der bleckte gerade die Zähne zu einem breiten, bösen, siegesgewissen Grinsen. «Wisst Ihr, was das ist, Richter?», knurrte er.

Der Richter nickte. «Natürlich. Das ist Blattgold. Maler und Holzschnitzer arbeiten damit.»

«Aha. Die Maler und Holzschnitzer. Ich wusste gar nicht, dass die Haushälterin des Pfarrers auch den Altar bemalt.» Die Stimme des Schultheißen triefte vor Häme. «Soll ich Euch sagen, wie das für mich aussieht?»

Der Richter hätte zu gerne den Kopf geschüttelt, doch er wagte es nicht.

«Für mich», sagte der Schultheiß langsam und geradezu feierlich, «für mich sieht das so aus, als ob wir unseren Mörder gefunden haben.»

«WAS?» Heinz Blettner klappte die Kinnlade runter.

«Was? Was?», äffte der Schultheiß ihn nach. «So sieht das für mich aus. Arvaelo hat den dreifachen Höllenzwang und macht nun Gold. Arvaelo hat das Zauberbuch, Arvaelo ist der Mörder.»

Vor Überraschung ließ sich Heinz auf seinen Stuhl fallen. Er rang nach Atem, die Wangen so bleich, dass der Schreiber aufsprang und nach einem Becher Wasser rannte. Als der Richter getrunken hatte, kehrte ganz langsam die Farbe in sein Gesicht zurück. Er schüttelte den Kopf und sah den Schultheiß verständnislos an. «Ihr glaubt wirklich, Arvaelo sei der Mörder?»

Der Zweite Bürgermeister nickte. «Natürlich ist er das. Und Ihr müsst Euch fragen lassen, wieso Ihr noch nicht darauf gekommen seid. Der Fremde hat sich in die Ermittlungen eingeschlichen. Warum eigentlich? Habt Ihr ihn je danach gefragt?»

«Er sagte, er wäre Gelehrter der Medizin und dieser Fall von Kannibalismus von großem Interesse für ihn.»

«Oder um von seiner Täterschaft abzulenken, nicht wahr?»

Heinz Blettner konnte sich zu keinem Ja durchringen.

«Er war an allen Ermittlungen beteiligt. Er wusste auch

von dem Zauberbuch, nicht wahr? Und ist es nicht so, dass die Sarazenen von Haus aus ein Interesse an Gold haben? Und woher, mein lieber Richter, hat er nun plötzlich so viel Geld, kann Eurer Schwiegermutter Blattgold schicken, wenn er es nicht selbst hergestellt hat? Könnt Ihr mir diese Fragen beantworten?»

«Nein», erwiderte Heinz. «Nein, das kann ich nicht.»

KAPITEL 18

Wir müssen zum Roten Ochsen. Eigentlich wollte ich meinen Fuß nie wieder da hineinsetzen, aber es muss wohl sein. Dort hat der Juwelier gewohnt. Dort hat alles seinen Anfang genommen.»

«Aber allein gehst du mir nicht, Mädchen!» Gustelies hatte die Stirn in Falten gezogen. «Das kommt überhaupt nicht in Frage.»

Sie nahm ihren Umhang vom Haken und verließ hinter Hella das Pfarrhaus. Draußen blieb sie stehen und schnupperte die Luft. «Es riecht nach Herbst.» Sie lächelte, aber es war ein trauriges Lächeln. Ein Lächeln, das man an Poststationen antraf und auf Friedhöfen. «Der Sommer ist vorüber. Ich sehe es am Licht, ich rieche es.»

Hella schnüffelte ebenfalls in der Luft herum. «Es riecht wie immer», befand sie. «Und die Sonne scheint auch wie immer. Außerdem ist es noch ziemlich warm.»

Sie zog ihre Mutter am Arm. Gemeinsam stiegen sie hinter dem Liebfrauenberg die schmale Gasse bis zum Roten Ochsen hinauf. Vor der Tür zögerte Hella noch einmal. «Eigentlich möchte ich wirklich nicht hier hinein.»

«Warum bist du plötzlich so störrisch?», fragte Gustelies.

«Ich möchte nicht, dass die Leute schlecht über die Frau des Richters reden. Dass sie sagen, ich würde im Gasthaus sitzen. Es ziemt sich einfach nicht.» Sie sah die Straße hinab, packte Gustelies' Hand und zog sie heftig in eine kleine Nische, die zwischen zwei Häusern lag und in der sich der Abfallgraben befand.

«Pass doch auf, mein Kleid wird ganz schmutzig», schimpfte Gustelies und machte sich los. «Ich möchte überhaupt wissen, was in dich gefahren ist. Warum ziehst du mich hier in den Dreck?»

«Pscht jetzt!», befahl Hella in einem Ton, der Gustelies sofort verstummen ließ.

Hella presste sich mit dem Rücken an die Hauswand und spähte ganz vorsichtig auf die Gasse. Dann raunte sie ihrer Mutter zu. «Ich glaube es nicht. Der Schultheiß ist eben in den Roten Ochsen gegangen.»

Gustelies schüttelte den Kopf. «Der Zweite Bürgermeister? Nein, Kind, du musst dich täuschen. Was sollte der denn im Roten Ochsen?»

«Vielleicht ermittelt er dort.»

«Und wir? Was machen wir jetzt?»

Hella tippte sich mit dem Zeigefinger an die Nase. «Wir sehen uns da mal um, aber wir gehen durch die Hintertür.»

«Ich glaube es einfach nicht. Arvaelo ist kein Mörder.» Seit der Schultheiß mit dem Blattgold unter dem Arm das Amtszimmer des Richters verlassen hatte, summte es in Heinz' Kopf wie in einem Bienenstock. «Nein, Arvaelo, das glaube ich einfach nicht.» Heinz Blettner hob die Weinkanne zum Zeichen, dass das Schankmädchen sie neu füllen möge. Seit einer halben Stunde saß er nun schon in der Ratsschänke, aber der Wein hatte ihn nicht beruhigt. Ganz im Gegenteil. Heinz presste die Hände an die Schläfen. In seinem Kopf summte und brummte es, die Gedanken krabbelten übereinander, wimmelten überall hin und her und wie es schien, ohne Ziel. Nur an eines konnte sich Heinz halten. Eines stand fest. Arvaelo war kein Mörder. Der nicht. Er, Heinz Blettner, würde das beweisen. Und wenn es ihn sein Richteramt kostete. Heinz sprang auf.

«Ich muss weg», rief er dem Schankmädchen zu, «ich zahle später. Oder gleich morgen.» Schon war er aus der Ratsschänke hinaus, eilte durch die Gassen, bis er an die Herberge kam, in der der Sarazene gewohnt hatte. Dort traf er auf den Büttel, der sich auf einen gemütlichen Feierabend freute.

«Komm mit!» Heinz machte es kurz. «Du willst dir doch etwas dazuverdienen, oder nicht?»

Der Büttel nickte. Er war heilfroh, dem Richter einen Gefallen tun zu können. Denn dass Arvaelo aus Samarra der vermeintliche Mörder des Leipziger Juweliers und der Brandstifter des Kannengießerhauses war, hatte sich längst auch bis zu ihm herumgesprochen. Und er hatte einem Mörder Unterschlupf geboten!

Er holte sogar noch seinen Neffen, einen breitschultrigen jungen Mann, der als Auflader im Hafen arbeitete, dazu. Zu dritt machten sie sich auf den Weg in den Wald, dorthin, wo die Kiste mit den Knochenresten gefunden worden war.

«Grabt, Männer», bat der Richter und bezeichnete eine Stelle, die ungefähr so groß war wie eine Bettstatt für Eheleute. «Grabt. Und wenn Ihr etwas findet, so ist Euch nicht nur der Lohn, sondern obendrein noch eine Kanne guten Weines in der Ratsschänke sicher.»

«Was suchen wir überhaupt?», wollte der Büttel wissen.

Der Richter zuckte mit den Achseln. «Ich habe keine Ahnung. Ich weiß nur, dass Arvaelo ganz gewiss nicht der Mörder war.»

Der Büttel nickte. Dann spuckte er in die Hände und griff nach dem Spaten. Auch sein Neffe packte mit an. Während sie gruben, rutschte Heinz auf den Knien über die Lichtung. Er betrachtete jeden Grashalm und jedes Blatt, zerkrümelte Erde zwischen den Fingern, schaufelte an einer Stelle ein wenig davon in sein Schnupftuch, schnitt mit einer Schere ein Dutzend Grashalme ab, stellte einen Zweig und zwei Farnwedel sicher. Hin und wieder schaute er auf.

«Habt Ihr was?», rief er den beiden Männern zu.

«Nein!» Der Büttel ließ die Schaufel sinken, zog sich Kittel und Leinenhemd aus. Mit nacktem Oberkörper grub er weiter, während sein Neffe sich aus dem Weinschlauch bediente, den er mit den Geräten zusammen gegriffen hatte, als sie zum Wald aufbrachen.

Endlich bückte sich auch der junge Mann wieder nach der Schaufel. Er stutzte, schaute genauer hin und hob dann etwas Rundes auf, das in der Abenddämmerung leuchtete. «Isch han ebbes, Onkel», sagte er. Der Büttel warf nur einen flüchtigen Blick darauf und winkte bereits dem Richter. Zu dritt betrachteten sie das kurze Knochenstück mit der glatten Kante an der einen Seite und einer runden Verdickung an der anderen. «Das muss von der Schulter sein.» Heinz war sich sicher. «Hier unten ist das Beil durch. Und als der Rumpf abtransportiert wurde, war das Fleisch an der Wunde schon so von den Maden zerfressen, dass das Schultergelenk einfach aus der Pfanne gerutscht ist. Gut gemacht.»

Der Richter legte den Knochenrest sorgfältig zu seinen übrigen Funden. «Schaut doch, ob ihr noch etwas findet. Alles kann helfen, den Fall endlich aufzuklären.»

Nach einem weiteren Schluck Wein machten sich der Büttel und sein Neffe wieder an die Arbeit.

Einmal kam ein altes Weib über die Lichtung. Sie trug einen Weidenkorb auf dem Rücken, in dem ein wenig Bruchholz stak. «Was tut Ihr denn hier, Herr?», fragte sie Heinz neugierig.

«Nichts, nichts, gute Frau», erwiderte der Richter zerstreut und schritt weiter über die Lichtung, den Blick fest auf den Boden gerichtet.

«Hier, Herr, hier ist was. Wir haben etwas gefunden!»

Das alte Weib blieb stehen, lud den Weidenkorb vom Rücken, holte einen Kanten Brot aus der Rocktasche und nagte daran herum. Es schien ihr durchaus recht zu sein, auf ihrem Weg durch den Stadtwald solch ein Schauspiel geboten zu bekommen. «Geht weiter, geht weiter. Hier gibt es nichts zu sehen!», scheuchte der Richter sie auf.

Dann ging er zu der Grube, die die beiden Männer gegraben hatten.

«Also, was habt Ihr da?»

«Hier!»

Der Büttel streckte dem Richter seine Hand hin. «Sieh an», sagte Heinz, «sieh mal einer an. Das hätte ich wahrlich nicht vermutet.»

Mit spitzen Fingern griff er nach dem verschnörkelten Metallstück, strich die verklumpte Erde ab und schaute genauer hin.

Dann nahm er den großen Schlüssel, hielt ihn hoch und sagte nachdenklich: «Er sieht ganz so aus wie der Schlüssel für einen Weinkeller, nicht wahr?»

«Bei Gott, Herr. Ihr habt recht», bestätigte der Büttel, und sein Neffe nickte dazu.

Richter Blettner schickte die beiden Gehilfen nach Hause, versprach jedoch, für jeden eine Kanne Wein in der Ratsschänke zu zahlen. Dann verließ er das Waldstück, schlenderte gedankenverloren quer durch die ganze Stadt bis hinüber zur Mainzer Pforte.

In der Vorstadt begann er, leise zu pfeifen. Sein Schritt wurde schneller. Als er vor dem Haus des Henkers stand, war er beinahe schon wieder guter Dinge.

Er reichte dem Unerbittlichen die Leinensäckchen, in denen sich auch die Knochensplitter befanden.

«Wollt Ihr selbst?», fragte der Henker und deutete auf das Nebengebäude, in dem die Leiche lag. Der Richter konnte sich noch zu gut an den Gestank erinnern und schüttelte den Kopf. «Macht Ihr das und sagt mir dann, was Ihr herausgefunden habt.»

Der Henker zog verächtlich die Nase hoch, packte den Knochen und verschwand. Heinz spazierte derweil auf dem Hof herum, ging nach links, nach rechts und schaute den Hühnern zu. Die standen gut im Futter. Erstaunt sah der Richter, dass eine der Hennen zwar auf dem Boden scharrte, aber ein goldenes Weizenkorn achtlos liegen ließ. «Gott zum Gruße, Richter», hörte er hinter seinem Rücken. Heinz wandte sich um.

«Euch ebenfalls einen guten Tag.» Er war in Plauderstimmung. «Eure Hühner, sie stehen gut im Futter, nicht wahr?»

Die Henkersfrau lachte. «Sie bekommen auch nur das Beste. Seht Euch die Eier an, groß wie eine Kinderfaust. Soll ich Euch welche davon mitgeben?»

Heinz wollte gerade nicken, da kam ihm ein schrecklicher Verdacht. «Sagt, Henkerin, Ihr verfüttert doch nicht etwa die Toten an das Vieh?»

Er schluckte, sah das schneeweiße Huhn jetzt mit ganz anderen Blicken. Die kleinen, schmalen Hühneraugen kamen ihm bösartig vor, die gelben Füße wirkten wie Klauen, und der rote Kamm des Hahnes schien ihm mit Blut getränkt.

«Was fragt Ihr da?», wollte die Henkersfrau wissen. «Ob wir das Viehzeug mit Leichen füttern?» Sie lachte dröhnend. «I wo, Herr. Mein Bruder ist Fischer. Wir füttern, was er auf dem Markt nicht verkauft. Dazu gibt es Körner, so viel die Biester nur wollen. Na, wie wäre es mit ein paar Eiern?»

Heinz schluckte. Er aß für sein Leben gern Eier. Aber auf diese hier hatte er keinen Appetit. «Lasst gut sein, Henkerin. Ich wette, die Meine war heute auf dem Markt. Sie schätzt es gar nicht, wenn ich mich im Haushalt einmische.»

«Kann ich verstehen», lachte die fröhliche Henkerin, winkte ihm noch einmal zu und verschwand im Haus.

Kurz darauf war auch der Henker wieder zur Stelle. Er schüttelte den Kopf.

«Passt es nicht?», fragte der Richter.

«Die vielen Maden! Ihr hättet sie sehen sollen. Bin immer wieder erstaunt, wie schnell so ein Leib zerfällt.»

Heinz wich einen Schritt zurück. Er hätte wetten können, dass der Mann auf einmal eigenartig roch. Auch seinen Händen, die sauber wirkten, mochte er nicht zu nahe kommen.

«Passt es denn nun?»

«Es passt!» Der Henker nickte. «Das Protokoll bekommt ihr morgen.»

«Also ist die Waldlichtung der Zerstückelungsort. Ist er aber auch der Tatort?»

Der Henker zuckte mit den Achseln. «Was weiß ich? Kann sein, kann nicht sein. In den Erdkrümeln ist Blut. Ich habe sie genau untersucht. Und Leichen bluten nicht mehr besonders stark.»

Pater Nau und sein Antoniterfreund saßen derweil im Roten Ochsen und hatten eine Kanne Wein vor sich stehen.

Bruder Göck hob seinen Becher, trank einen Schluck und verzog das Gesicht. «Pfui Teufel! Schmeckt wie Essig. Schon allein wegen des Weins gehört der Mann ins Verlies.»

Die Schankwirtin hatte den Unmut des Mönchs bemerkt. «Ist alles zu Eurer Zufriedenheit?», fragte sie.

Bruder Göck schüttelte den Kopf. «Der Wein ist so sauer, da wird jede Alte wieder zur Jungfrau.»

Isolde bedauerte. «Mein Mann hat den Schlüssel zum Weinkeller verlegt. Und der Schlosser ist noch nicht so weit. Kommt nächste Woche wieder, und ich verspreche Euch ein Weinchen, nach dem Ihr Euch alle zehn Finger leckt.»

Die letzten Worte gingen in einem ohrenbetäubenden Geschrei unter, das vom Hof erschallte. Zwei Männerstimmen waren zu vernehmen, die sich lauthals stritten.

«Was ist denn das für ein Gezeter?», fragte Pater Nau die Wirtin, die mit einem Mal ziemlich unruhig wirkte.

«Ich weiß nicht. Das kommt sicher vom Nachbarhof. Bei uns ist alles in Ordnung.»

«Aha.» Pater Nau stand auf. «Der Abtritt ist ebenfalls im Hof, oder?», fragte er. Die Wirtin nickte und sah ihm seufzend nach.

Draußen war es bereits dunkel. Nur eine einzelne Pechfackel erhellte den Hof. Pater Nau blieb stehen und sah sich um. Obwohl er nichts sah, meinte er, die Anwesenheit eines anderen Menschen zu spüren. «Ist da jemand?», rief er leise und wagte sich zwei Schritte vorwärts. Er legte die linke Hand hinter das Ohr und lauschte. Da! War das nicht ein Rascheln? Vorsichtig, Schritt für Schritt, ging er dem Geräusch entgegen. Ein eiskalter Hauch in seinem Nacken ließ ihm den Mut sinken. Dann krallten sich kalte, dünne Finger um sein Handgelenk.

«Aaaaah!» Der Pater schrie.

«Iiiih!», schrie eine andere Stimme.

Dann herrschte einen Augenblick lang Stille.

«Bist du das?», fragte schließlich der Pater.

«Ja. Und bist du das?», erwiderte Gustelies.

«Heute wollte eigentlich der Schultheiß den Gerichtstag abhalten», erklärte der Stadtschreiber, als die Turmuhr die achte Morgenstunde und den Beginn des Gerichtstages verkündete. «Sollen wir noch warten?»

Richter Blettner zuckte mit den Achseln. «Nicht länger als bis zum nächsten Turmuhrschlagen.»

Er hatte erst am Morgen erfahren, dass Krafft von Elckershausen heute selbst den Gerichtstag leiten wollte. Und er ahnte auch, warum. Der Schultheiß wollte endlich den Fall abschließen und Arvaelo als den Mörder bezeichnen. Dabei hatte er natürlich Furcht, Richter Blettner könne ihm ins Handwerk pfuschen.

Aber wo blieb der Schultheiß? Es war mehr als ungewöhnlich, dass der sich verspätete. Man kann über ihn sagen, was man will, dachte der Richter, aber er hält viel auf Pünktlichkeit. Das sind doch nur Lästermäuler, die behaupten, diese Pünktlichkeit sei eigentlich seine Angst, irgendetwas zu verpassen. Einen Gerichtstag hat er jedenfalls noch nie nach der Zeit begonnen.

Heinz rieb sich die Hände. Es war kühl heute Morgen. Einerseits war es ihm nicht ganz unrecht, dass der Zweite

Bürgermeister nicht kam. So kann er wenigstens nicht Arvaelo als Mörder darstellen, dachte der Richter. Für einen winzigen Augenblick stellte er sich aber vor, wie es wäre, wenn Krafft von Elckershausen doch noch käme. Der Fall wäre innerhalb einer Stunde gelöst, er selbst müsste sich wegen eines Fehlurteils keine Sorgen machen und alles wäre gut. Doch dann schüttelte er sich und verbannte diese verführerischen Gedanken aus seinem Kopf. Er war angetreten, um für Recht und Gesetz in dieser Stadt zu kämpfen. Und Arvaelo war kein Mörder. Das konnte Heinz zwar nicht beweisen, aber sein Herz sagte ihm, dass er sich in dem Sarazenen nicht getäuscht haben konnte. Zumindest hoffte er das. Oder war es doch ganz anders? War es nicht wirklich merkwürdig, dass Arvaelo genau an dem Tag auftauchte, als der Arm auf dem Römerberg gefunden wurde? Und wo war der Sarazene eigentlich gewesen, als das Kannengießerhaus gebrannt hatte? Der Richter versuchte sich zu erinnern. Nein. Er war sich ganz sicher. Arvaelo hatte er in der Brandnacht nicht gesehen. Wieso eigentlich nicht? Dafür war es der Sarazene gewesen, der am nächsten Tag den Toten als Brandopfer erkannt hatte. Heinz zog die Luft zwischen den Zähnen ein. Hatte er sich doch in seinem Freund getäuscht? Und woher hatte er das Blattgold, welches Krafft von Elckershausen beschlagnahmt hatte?

Vom Bartholomäus-Dom schlug die Turmuhr. Der Gerichtstag begann, auch ohne den Schultheißen. Heinz legte den Ratsherren einen Fall von Diebstahl vor. Anschließend berichtete er über eine Sau, die ihrem Besitzer davongelaufen und auf dem Markt einen gehörigen Schaden angerichtet hatte. Im Gasthof Zur Eiche hatte ein Tagelöhner einen Streit mit einem Handwerker angefangen, und die Schlägerei war in Windeseile auf die ganze Schankstube übergegriffen. Und im Haus Zum heißen Stein hatte jemand mit falschen Würfeln gespielt. Der Rat stimmte den Urteilen zu, die der Richter vorschlug. Und dann war die Mordsache an der Reihe.

«In diesem Falle gibt es keine Neuigkeiten», teilte Richter Blettner mit.

Da erhob sich der Erste Bürgermeister. «Wieso gibt es keine Neuigkeiten?», fragte er.

«Nun, es sind keine neuen Fakten hinzugekommen. Nur eine Ahnung. Ich bin sicher, dass in den nächsten Tagen eine Verhaftung ins Haus steht, aber, wie gesagt, neue Beweise habe ich nicht.»

Der Erste Bürgermeister schob seinen massigen Leib aus der ersten Ratsbank. Mit schweren Schritten kam er zum Pult, baute sich bedrohlich vor dem Richter auf. «Gestern», sprach er mit seiner Donnerstimme, die selbst, wenn er flüsterte, noch wie ein Grollen klang, «kam der Schultheiß zu mir und teilte mir mit, dass der Fall gelöst sei. Arvaelo aus Samarra ist der Mörder und flüchtig, sagte er, und dass der wahrscheinlich im Elsass stecke. Als Beweis legte er mir ein Kästchen mit Blattgold vor. Unter dem Deckel klebt der Firmenzettel eines Goldschmieds in Straßburg.»

Der Bürgermeister wühlte in seinem Wams und legte die schwarzsamtene Schachtel aufs Pult. «Ein Auslieferungsersuchen wollte er an die Amtsbrüder in Straßburg stellen, noch heute. Nun, was sagt Ihr dazu, Richter?»

Heinz seufzte. «Was soll ich schon dazu sagen? Arvaelo ist kein Mörder. Er hat meine Schwiegermutter um ihre Hand gebeten, ist abgewiesen worden und hat deshalb die Stadt verlassen. Ohnehin wollte er nach Straßburg, um den berühmten Arzt Paracelsus dort zu treffen.»

«Dass Eure Schwiegermutter ihn abgewiesen hat, ist beileibe kein Grund, ihn nicht zu verdächtigen.»

«Ja, schon. Aber er hat unsere Ermittlungen mit seinem Wissen vorangebracht. Ohne ihn wären wir lange noch nicht so weit.»

«Wirklich?», fragte der Erste Bürgermeister.

Das fragte sich auch Heinz. Er dachte an all das, was Arvaelo ihm beigebracht hatte.

«Das Hutkrempen-Phänomen», sagte er triumphierend. «Arvaelo hat uns gesagt, wie der Juwelier zu Tode kam.»

Der Bürgermeister verzog das Gesicht. «Das wird er als Mörder ja am allerbesten wissen. Wollt Ihr mich an der Nase herumführen?», fragte er und sah den Richter drohend an.

Er trat vor die Ratsbänke, zeigte mit dem Finger auf einen Zunftmeister in der letzten Bank und fragte: «Ihr da, sagt mir, wie Ihr einen Mann zu Tode bringen würdet?»

Der Handwerker überlegte nicht lange. «Erschlagen würde ich ihn. Einen Knüppel nehmen. Was sonst?»

Der Bürgermeister drehte sich um. «Nun?»

Richter Blettner schluckte. Dann senkte er den Blick. «Trotzdem», murmelte er. «Meine Ahnung hat mich noch nie getrogen.»

Der Bürgermeister schob ihn zur Seite. «Mir stellt sich die Sache folgendermaßen dar. Arvaelo Garm aus Samarra im Morgenland hat den Leipziger Juwelier Zerfaß im Streit um das Zauberbuch, welches dieser ihm nicht überlassen wollte, weil er es eben schon verkauft hatte und nicht sagen wollte, an wen, erschlagen. Die Leiche hat er zerstückelt. Vielleicht ist das ja im Morgenland so üblich. Hannes Eisner kam am nächsten Tag in den Roten Ochsen, um das Buch zu reklamieren. So erfuhr Arvaelo, dass der Kannengießer nun das Buch besaß. Einen Tag darauf stand der auf dem Römerberg und verkaufte Goldklümpchen. Jetzt war der Sarazene endgültig überzeugt, dass Eisner im Besitz des Faust-Buchs war. Am Abend folgte er dem Kannengießer, tötete ihn und brachte das Buch in seinen Besitz. Um die Spuren zu beseitigen, setzte er das Haus in Brand. Alsdann floh er aus der Stadt, um der hiesigen Gerichtsbarkeit zu entgehen.»

Der Erste Bürgermeister machte eine kunstvolle Pause. «Das herauszubekommen, wäre Eure Aufgabe gewesen, mein lieber Richter.»

Heinz Blettner blickte zu Boden. Die Argumentation des Stadtobersten schien auf den ersten Blick stimmig zu sein. Trotzdem war sich der Richter noch immer sicher, dass er sich in Arvaelo nicht getäuscht haben konnte.

«In Anbetracht dessen, dass der Schultheiß fehlt», fuhr der Erste Bürgermeister fort, «verurteile ich den Arvaelo Garm aus Samarra in seiner Abwesenheit wegen Mordes zum Tode. Die Hinrichtung wird bis zur Auffindung des Verurteilten ausgesetzt. Die Versammlung ist geschlossen.»

Die Ratsherren verließen nacheinander den Saal, doch Heinz konnte sich nicht zufriedengeben. Er trat vor den Bürgermeister. «Lasst nach dem Schultheiß suchen», bat er. «Es ist noch nie vorgekommen, dass er eine Ratssitzung versäumt hat. Er soll vor dem Rat aussagen, was er über Arvaelo weiß. Wartet mit der Ausfertigung des Urteils, bis Ihr ihn gehört habt.»

Der Bürgermeister schnaubte durch die Nase. «Ihr seid ein Plagegeist, Richter», fand er. «Aber gut. Ich gebe Euch zwei Tage.»

KAPITEL 19

«Und?», wollte Hella wissen. «Wie war es?»
Sie saß im Pfarrhaus auf der Küchenbank und blickte ihrem Mann entgegen.

Der ließ sich neben sie fallen, schenkte Wein in einen Becher, trank ihn in einem Zug aus und winkte ab. «Arvaelo soll es jetzt gewesen sein.»

«WAS?», schrien Gustelies und Hella gleichzeitig auf. «Wieso denn das?»

Heinz schluckte und sah seine Schwiegermutter von unten herauf an. «Er hat dir Blattgold geschickt. Allerdings nicht zu dir ins Pfarrhaus, um dich nicht in Verlegenheit zu bringen, sondern zu mir ins Amt, damit ich es dir bringe. Der Schultheiß hat das Päckchen abgefangen und alles dem Ersten Bürgermeister erzählt. Für den nun steht jetzt fest, dass Arvaelo nach dem zweiten Mord am Kannengießer mit dem Zauberbuch geflohen ist. Er hat ihn heute in Abwesenheit zum Tode verurteilt, während der Schultheiß es vorgezogen hat, den Gerichtstag zu schwänzen.»

Hella und Gustelies sahen sich an, dann blickten beide zu Pater Nau. «Also», sagte der. «Der Schultheiß, ja, der ... der Schultheiß ...» Er brach ab.

«Was ist mit ihm?», fragte der Richter. «Und überhaupt. Warst du nicht gestern mit Bruder Göck im Roten Ochsen? Was hast du herausgefunden?»

Wieder räusperte sich Pater Nau und warf seiner Schwester einen hilfesuchenden Blick zu. «Na ja, im Ochsen war es recht ruhig. Das Übliche eben, ein paar Würfelspieler, ein paar Trinker, zwei oder drei Messfremde.»

«Und weiter? Ich merke doch, dass ihr mir etwas verheimlicht. Hella, Gustelies. Was ist gestern geschehen?»

Hella begann zu kichern, dann berichtete sie. «Zufällig, rein zufällig ging ich mit meiner Mutter gestern Abend am Roten Ochsen vorbei. Da sahen wir den Schultheiß, wie er die Schänke betrat. Wir gingen, ebenfalls zufällig, zum Hintereingang der Herberge und bekamen auf dem Hof mit, wie der Wirt Schorsch mit dem Schultheiß stritt.»

«Zufällig also.»

Hella nickte heftig.

Jetzt sprach Pater Nau weiter. «Es war schon dunkel, da hörten Bruder Göck und ich den Streit bis in die Gaststube hinein. Ich stand auf und ging hinaus auf den Hof, um zu erfahren, was da vor sich ging, aber als ich in die Mitte gelangte, traf ich nur auf Hella und Gustelies.»

Pater Nau schaute so betreten, dass Heinz beinahe gelacht hätte. «Ihr seid mir schöne Ermittler, die sich gegenseitig auflauern», stellte er fest. Dann aber fiel ihm etwas anderes ein. «Wo war der Schultheiß?»

Pater Nau hob die Schultern. «Ich weiß es nicht.»

Auch Hella schüttelte den Kopf. «Keine Ahnung.»

Der Richter sprang auf. «Schnell, geht zum Rathaus und schickt die Büttel. Bernhard, wir gehen zum Roten Ochsen. Ich glaube, der Schultheiß ist in großer Gefahr.»

«Wo ist es? Sag mir einfach nur, wo es ist.»

«Warum willst du das wissen? Du stirbst jetzt. In der Hölle kannst du mit diesem Wissen nichts anfangen.»

Krafft von Elckershausen nickte in die Dunkelheit hinein. Eine einzige Kerze flackerte neben der Tür. Ihr Licht reichte kaum bis zur Mitte des Raums. Hier, in dieser Ecke, wo er gefesselt saß, herrschte schwarze Nacht. Aber was er nicht sah, konnte er fühlen. Seine Handgelenke brannten. Die Schnüre saßen so fest, dass ihm schon vor einer ganzen Weile die Finger taub geworden waren. Sein Hals fühlte sich rau an, und die Kehle schmerzte beim Sprechen. Aber das war auszuhalten. Seine Blase, die Blase hingegen! Die würde sicher bald platzen. Vor Stunden schon hatte er es dem Mann gestanden, den er nur als Schatten vor sich sah. «Was kümmert's mich», war die Antwort gewesen, «mach dir doch in die Hosen.» Dieses Schwein. Der hatte seinen Spaß daran, ihn zu quälen. Wie jetzt.

«Wenn ich schon sterben muss, kannst du mir wenigstens sagen, warum.»

«Das kannst du dir doch denken. Ich stecke dir das Zauberbuch unters Hemd.» Ein genüssliches Lachen erschallte. «Du weißt ja, wer ‹Dr. Faustus' dreifachen Höllenzwang› hat, der muss der Mörder des Kannengießers sein.»

Der Schultheiß nickte. «Das hast du dir sauber ausgedacht.» Ihm brach der Schweiß aus. «Lass mich laufen», bat er. «Der Richter wird herausfinden, dass du es warst. Er lässt dich nicht davonkommen. Du wirst gehängt werden.»

«Ja, das werde ich wohl, wenn es herauskommt. Aber gehängt werde ich ohnehin, habe ja schon zwei auf dem Gewissen. Also, warum soll ich dich verschonen?»

«Weil ich dir helfen kann, aus der Stadt zu kommen, wenn du mir mein Leben lässt.»

«Was soll ich außerhalb der Stadt?»

«Ein neues Leben beginnen.»

Der Mörder lachte. «Ich brauche kein neues Leben. Mir gefällt das, was ich habe. Bald wird es wieder so sein wie früher. Bald wird es so sein, wie ich es mir wünsche. Nein, ich brauche kein neues Leben.»

Wieder pfiff der Knüttel durch die Luft. Ein patschendes Geräusch, als hätte der Mörder die Waffe mit der Hand abgebremst. Ein zufriedenes Grunzen. Krafft von Elckershausen zitterte am ganzen Leib. Und nun konnte er seine Blase auch nicht mehr länger halten. Heiß floss es an seinen Beinen herab. Er spürte, wie ihm das Blut ins Gesicht stieg. Ich sterbe gleich, dachte er, und doch schäme ich mich, hoffe, dass mich niemand so sieht. Ich will nicht sterben.

«Nein», wimmerte er, «lass mich leben, bitte, lass mich leben.»

Wieder dieses Pfeifen. Unwillkürlich duckte er sich, spürte einen Luftzug. Seine Stimme schien ihm ganz fremd, ganz klein. Er hörte sich flehen. «Lass mich, ich bitte dich. Lass mich doch leben.»

Trotz der Dunkelheit presste der Zweite Bürgermeister die Augen zu. Das war nicht er, der da so flehte. Er war ein Mann. Und als solcher wollte er auch sterben. Er gab sich einen Ruck und lag nun ganz still. Irgendwo draußen war ein Rufen zu hören.

«Du hast Glück», sagte der Mörder. «Ich werde gebraucht. Aber ich komme wieder. Bald schon.» Dann lachte er schrill und ging davon. Hinter der Kerze schloss sich quietschend die Tür.

Nun war es ganz dunkel. Der Schultheiß atmete auf. Im nächsten Moment schossen ihm die Tränen in die Augen. Krafft von Elckershausen weinte. Er weinte vor Erleichterung. Und vor Angst.

Kaum hatte Heinz mit dem Pater das Pfarrhaus verlassen, machten sich auch Hella und Gustelies auf den Weg. Beinahe gleichzeitig mit ihnen trafen auch vier berittene Büttel, die beiden Wächter aus dem Verlies, der Richter und der Schreiber vor dem Roten Ochsen ein.

«Ihr bleibt hier!», befahl Heinz den Frauen. «Wehe, ich erwische Euch im Haus!»

Hella und Gustelies versuchten gar nicht erst, durch die Butzenscheiben irgendetwas zu erkennen. Der Lärm gab ihnen genügend Auskunft über das Geschehen. Stühle fielen polternd zu Boden, Männer brüllten und fluchten, barsche Anweisungen ertönten, Krüge und Gläser gingen klirrend zu Bruch. Nach wenigen Augenblicken war alles vorbei. Die Stadtknechte brachten Schorsch heraus, banden dem Wirt die Hände auf den Rücken und führten ihn ab. Auch Johann, der Gehilfe, musste mit, ebenso die Wirtin, der Hausknecht und sogar die Spülmagd. «Bringt sie auf das Amt», ordnete der Richter an. «Und passt mir ja auf, dass sie nicht miteinander reden.» Die Büttel nickten.

«Und Ihr beide, Ihr geht jetzt nach Hause. Sofort.» Hella und Gustelies kannten diesen Ton. Wenn Heinz so sprach, dann war er ganz Amtsperson. Folgsam nickten sie. Heinz drohte ihnen noch einmal mit dem Finger und folgte dann den Wachleuten. Zwei Stadtknechte und der Schreiber blieben zurück, um das Wirtshaus zu durchsuchen.

Kaum waren die Männer verschwunden, betraten auch Gustelies und ihre Tochter den Gasthof.

«Lass uns nach oben gehen. Dort, wo die Wirtsleute und der Gehilfe ihre Zimmer haben. Die Büttel werden zuerst die Gästezimmer durchsuchen.» Gustelies nickte zu den Vorschlägen ihrer Tochter. Immerhin kannte sie sich hier aus.

Langsam stieg sie hinter Hella die Treppen hinauf. Seit Arvaelo weg war, fühlte sie sich alt und erschöpft.

Hella hatte schon unter den Strohsack des Gehilfen geschaut, die wenigen Kleidungsstücke am Nagel und seine Truhe durchsucht. «Hier ist nichts», stellte sie fest, schaute sich aber doch noch einmal um.

Gustelies zerrte die Truhe von der Wand, bückte sich und richtete sich triumphierend auf. In der Hand schwenkte sie ein Buch.

«Das ist es?» Hella war verblüfft.

Gustelies nickte. «Der Staub hat es mir verraten. Schau hier, die Truhe ist vor kurzem schon einmal bewegt worden.»

Hella strahlte. Gerade wollte sie ihrer Mutter um den Hals fallen, als es in der Gaststube wieder laut wurde. Flugs eilten sie die Stiege hinab.

«Was ... was geht denn hier vor?» Hella starrte auf den Schultheiß, der sich die Handgelenke rieb. Geflissentlich übersah sie die tropfnasse Hose.

«Wir haben ihn im alten Badehaus gefunden», meldete einer der Büttel. Er versuchte gar nicht erst, sein hämisches Grinsen zu unterdrücken.

KAPITEL 20

Heinz Blettner war verzweifelt. «Es ist nichts herausgekommen. Verstehst du, Hella. Ich kann förmlich die Lösung des Falls riechen, so nahe ist sie mir, aber ich kriege sie einfach nicht zu fassen. Mir ist, als hätte ich etwas vergessen. Etwas ganz Wichtiges. Aber, bei Gott, ich komme einfach nicht drauf.»

Hella saß ihrem Mann gegenüber. Morgen würde der letzte Tag der Messe sein. Vor ein paar Tagen war es noch so heiß gewesen, dass die Frankfurter und ihre Gäste unter der Hitze stöhnten. Heute aber hatte die Magd zum ersten Mal den Kamin angezündet. «Es ist Herbst geworden», sagte Hella leise. «Die Zeit des großen Sterbens beginnt.»

«Was sagst du da?», fragte Heinz.

«Ach nichts», antwortete seine Frau. «Mir kommen jetzt manchmal solche Gedanken. Sprich weiter, wie ist es dir bei den Vernehmungen ergangen?»

Heinz stöhnte leise auf. «Die Spülmagd weiß von nichts und greint schon, wenn ich sie nur scharf angucke. Ich habe sie gehen lassen. Der Hausknecht ist eine alte Saufnase. Den interessiert eigentlich nur der Verbleib des Weinkellerschlüssels. Das Wohl und Wehe seiner Arbeitgeber ist ihm herzlich egal.»

«Und der Gehilfe? Du weißt, dass er der Liebste der Wirtin ist?»

«Ja. Der Gehilfe. Er beschuldigt den Wirt, und der Wirt beschuldigt ihn. Es steht Aussage gegen Aussage.»

«Hast du den Schultheiß befragen können?»

Heinz schüttelte den Kopf. «Dem ist die Sache nicht gut bekommen. Er sitzt nur da und starrt und starrt. Dann zittert er für eine Weile und jammert leise. Dann starrt er wieder. Ruhe braucht er, sagt der Stadtarzt. Ruhe und viel Schlaf. Vielleicht ist unser Zweiter Bürgermeister in ein paar Tagen wieder ansprechbar. Vielleicht.»

Hella nickte. Sie stand auf und sah aus dem Fenster. «Komm her, Heinz», rief sie. «Ich habe das erste gelbe Blatt gesehen.»

Der Richter stellte sich neben sie, legte den Arm um ihre Hüfte und zog Hella an sich. «Was im Sterben gesät wird, hat lange Bestand, oder?», fragte sie und schmiegte sich an ihn.

«Wie meinst du das?», fragte Heinz zurück, doch er bekam keine Antwort. Ohnehin war er in seinen Gedanken noch immer bei dem Fall. «Einer muss es gewesen sein. Entweder der Schankwirt oder der Gehilfe. Der Beweggrund ist in beiden Fällen vorhanden. Der Schankwirt wollte das Buch, um damit Gold zu machen. Der Gehilfe wollte den Wirt los sein, um mit der Wirtin leben zu können.»

«Aber nur einer kann der Mörder sein», gab Hella zu bedenken und begann ein Lied zu summen.

Sie fröstelte, kuschelte sich eng an ihren Mann. «Ich bin müde», wisperte sie. «Aber ins Bett möchte ich noch nicht. Lieber vor dem Kamin sitzen und ein wenig ins Feuer schauen.» Sie küsste Heinz auf die Wange, ging zum Armlehnstuhl und ließ sich darin niedersinken. Sie zog die Beine an, schlang die Arme um die Knie und sah in die Flammen.

«Ich gehe in mein Arbeitszimmer», sagte Heinz. «Ich möchte die Unterlagen noch einmal durchsehen. Mir ist, als hätte ich etwas Wichtiges übersehen.»

Hella nickte. Heinz schien es, als hätte seine Frau ihm nicht richtig zugehört. Ihr Blick war abwesend, aber so heiter wie bei einer Mutter, die ihrem Kind beim Spielen zusieht.

In seinem Arbeitszimmer wendete er Blatt für Blatt der umfangreichen Akten. Doch er fand nichts, was ihn auf eine Spur brachte.

Unterdessen war es Hella vor dem Kamin langweilig geworden. Sie kam, gehüllt in eine weiche Decke, ins Arbeitszimmer und setzte sich ihrem Mann gegenüber.

«Ihr habt das Buch im Zimmer des Gehilfen gefunden, nicht wahr?», fragte Heinz.

Hella nickte.

«Ich gehe davon aus, dass er es war. Er wollte den Wirt loswerden, um die Wirtin zu heiraten.»

«Aber warum hat er dann den Juwelier umgebracht?», wollte Hella wissen. «Ich kann da keinen Zusammenhang sehen.»

«Hmm.» Heinz' Blick verlor sich in der Ferne. «Ein Gehilfe ist in der Regel kein reicher Mann. Und um eine Frau wie die Wirtin zu heiraten, braucht er Geld. Also wird er das Zauberbuch gewollt haben, um damit Gold zu machen.»

«Und wenn die Wirtin ihn auch so liebt? Wenn ihr gleichgültig ist, ob der Gehilfe Geld hat? Welches Motiv hat er dann?»

«Hmm», brummte Heinz wieder. «Hier kommen wir also nicht weiter. Jetzt der Schankwirt. Der wollte seine Frau zurück und gedachte, dafür das Zauberbuch zu benutzen.

Oder er wollte sie mit Gold behängen. Vielleicht war auch die Schänke pleite. Der Juwelier hatte ihm vielleicht das Zauberbuch versprochen. Dann hat er es, entgegen der Abmachung, dem Kannengießer verkauft. Daraufhin ist der Wirt so wütend geworden, dass er ihn erschlagen hat. Vielleicht war es so.»

«Ja. Vielleicht», stimmte Hella zu. «Aber für die Bisse an den gefundenen Körperteilen ist das alles noch keine Erklärung.»

Beide seufzten und schwiegen. Heinz betrachtete seine Frau. Irgendwie schien sie ihm verändert. Ihr Gesicht so weich, ihr Blick so mild, die Wangen so rosig, der Mund wie eine Rosenblüte in ihrem Gesicht. Er stützte das Kinn in die Hand, schaute Hella an, und zum ersten Mal seit vielen Tagen wurde ihm leicht ums Herz.

Seine Frau schien noch immer ganz in Gedanken versunken. Sie griff nach dem Zauberbuch, blätterte scheinbar ziellos darin herum, brummte etwas. Sie blickte auf, zog die Stirn in Falten und senkte den Blick wieder auf das Buch. Heinz sah, wie ihre Lippen Worte formten, aber er hörte nichts. Schließlich sah Hella wieder auf und reichte ihm das Buch, deutete auf etwas darin.

Quer über der Seite siebenundfünfzig war etwas in einer schlecht lesbaren Handschrift geschrieben. Noch bevor er die Worte entziffern konnte, sagte Hella: «Der Gehilfe war es nicht. Er ist nicht der Mörder.»

«Warum nicht?», fragte Heinz. Jetzt endlich hatte er die Schrift entziffert. «Dieses nutzlose Buch», las er laut, «mit den falschen Rezepten hat mir der Herbergsvater des Roten Ochsen zur Herbstmesse des Jahres 1532 verkauft. Er ist ein Betrüger, und das Buch das Papier nicht wert, auf dem es gedruckt ist.»

Heinz sah auf. «Verstehe ich das hier richtig?», fragte er. «Nicht der Juwelier hat das Buch dem Kannengießer verkauft, sondern der Herbergsvater? Der an den Juwelier und dieser, anstatt mit dem Buch zurück nach Leipzig zu fahren, hat es sogleich wieder loswerden wollen. Ich vermute, zurück an Schorsch. Aber da war er an der falschen Adresse, und da kam der Kannengießer als zweiter Käufer ins Spiel. Siehst du das auch so?»

Hella nickte. «Genauso verstehe ich das auch. Und der Juwelier musste sterben, als er herausbekam, dass das Buch nichts taugt. Der Auftritt vom Kannengießer im Roten Ochsen, wo er dem Juwelier gedroht haben soll, galt vielleicht in Wahrheit auch dem Wirt – der hatte doch beiden das Buch angedreht.»

«Aber woher weißt du, dass es nicht doch der Gehilfe war?»

Hella lachte. «Ganz einfach. Der Gehilfe kann weder lesen noch schreiben. Als ich im Roten Ochsen war, sah ich, wie er einen Lieferzettel mit drei Kreuzen unterschrieb. Und er hat allen Grund, dem Wirt Schlechtes zu wünschen. Schließlich hat er ein Verhältnis mit Isolde, der Wirtsfrau.»

Sie schlug sich mit der Hand leicht vor die Stirn. «Das war es, wonach ich die ganze Zeit in meiner Erinnerung gesucht hatte. Irgendwas war mir im Roten Ochsen aufgefallen. Der Gehilfe kann nicht schreiben! Der Eintrag hier muss vom Kannengießer stammen. Der Juwelier aus Leipzig hätte doch neben der Herbstmesse noch den Ort erwähnt. Der Hannes Eisner ist, war Frankfurter. Für den gab es nur die eine Herbstmesse. Nämlich unsere. Und schwarz auf weiß hat er notiert, wer der Mörder ist. Als du angefangen hast, nach dem Buch zu fragen, hat Schorsch es einfach seinem Gehilfen untergeschoben. Zum Glück ohne vorher noch einmal hineinzusehen. Mit diesem Eintrag überführst du ihn.»

KAPITEL 21

«Ja», gestand der Gehilfe am nächsten Morgen. «Ich habe den Mord am Juwelier beobachtet. Zerfaß wollte den Wirt wegen Betrugs anzeigen. Da hat Schorsch ihn erschlagen. Später, als die Schänke geschlossen war, hat er die Leiche in einen alten Wandteppich gehüllt und auf einem Pferd in den Stadtwald gebracht. Dort zerstückelte er die Leiche, da sie nicht in die zuvor dort deponierte Kiste passte.»

«Warum die Kiste?», fragte der Vernehmer, Richter Heinz Blettner. «Und wie ist die überhaupt in den Wald gekommen?»

«Wisst Ihr es nicht? Jeder Wilderer hat eine Kiste im Wald, um das Wild darin zu verbergen. Was glaubt Ihr wohl, warum es im Roten Ochsen so oft Wildbret zu essen gab? Aber nun hat er die Kiste wegen der Wildschweine gebraucht. Die hätten die Leiche ausgegraben. Aber womöglich hätten sie sie bis auf das letzte Knöchelchen gefressen, und die Untat des Wirtes wäre niemals heraus gekommen.»

«Ihr habt die Leiche also wieder ausgegraben?»

Der Gehilfe nickte. «Ausgegraben und die Körperteile nacheinander in der Stadt verstreut.»

«Warum?»

«Ich wollte, dass ermittelt wird.»

«Und die Bisse? Habt Ihr in das tote Fleisch gebissen?»

Johann Lofer schüttelte sich. «Niemals, nein! Wofür haltet Ihr mich? Nein, das war ich nicht. Das war ein Tanzbär.»

Richter Blettner schüttelte den Kopf. «Aber warum das denn?»

«Ich wollte, dass die Frankfurter Bürger davon erfahren. Nur, was die ganze Stadt bewegt, kann nicht verschwiegen werden. Aber einer wie ich kann sich den Behörden nicht ohne weiteres anvertrauen.»

«Hast du so wenig Zutrauen zu den Ermittlungsbehörden?», fragte der Richter.

«Wie sollte ich nicht? Immerhin bin ich ein Schlitzohr. Als ich auf Wanderschaft war, machte ich Schulden. Ich brauchte neues Werkzeug. Ja, ich habe gestohlen, und deshalb hat man mir das Ohr geschlitzt. Sagt selbst, hättet Ihr einem wie mir denn Glauben geschenkt?»

«Trotz allem wäre es deine Pflicht gewesen, dich bei uns zu melden.»

Der Gehilfe zog die Schultern hoch. «Der Schultheiß verkehrte bei uns in der Wirtschaft. Alle zwei Wochen trafen sich ein paar Männer im Weinkeller, dann im Badehaus. Was immer sie dort taten, ich weiß es nicht. Aber der Schultheiß und der Wirt, die taten dick befreundet, hatten immer etwas zu tuscheln. Ich war mir sicher, dass er davonkommen würde, wenn ich nichts unternahm. Und dass er geschnappt wird, war für mich das Wichtigste. Mord ist Mord.»

«Und der Kannengießer?»

Johann Lofer zuckte mit den Achseln. «Das weiß ich nicht. Danach müsst Ihr den Wirt schon selber fragen. Ich vermute, er war es, der das Haus angesteckt hat.»

KAPITEL 22

«Jetzt ist es genau eine Woche her, dass ich den Mörder gefasst habe», erklärte der Richter.

«Wer hat den Mörder gefasst?», fragte Hella nach.

«Ich ... äh ... wir. Na, egal, Hauptsache hinter Schloss und Riegel.»

Dann nahm er sich noch eine dicke Scheibe von Gustelies' Schmorbraten, obwohl er die vorherige noch gar nicht aufgegessen hatte.

«Zu welcher Strafe werdet ihr morgen den Gehilfen verurteilen?», wollte Gustelies wissen und tat ihrer Tochter das Randstück auf, nach dem auch Pater Nau und Heinz schon gespäht hatten.

«Ich denke, ich werde die Ausweisung aus der Stadt für ihn beantragen. Immerhin hat er die Totenruhe gestört und ein Verbrechen verschwiegen.»

Hella fuhr auf. «Aber dann kann er ja gar nicht mit Isolde zusammen sein. Die beiden lieben sich doch wirklich!»

«Ja, ja.» Der Richter tätschelte seiner Frau die Hand. «Das weiß ich doch. Die Wirtin hat heute das Aufgebot für sich und den Gehilfen bestellt. Alles wird wohl darauf hinauslaufen, dass dem Johann Gnade gewährt wird. Wahrscheinlich kommt er mit dem Ausstreichen davon.»

Richter Blettner sah auf den Teller seiner Frau. Dort lag das Randstück unberührt.

«Was ist eigentlich mit meinem Blattgold?», fragte Gustelies und hatte die Gabel ihres Schwiegersohnes, die über dem Randstück schwebte, fest im Blick.

«Dein Blattgold?», fragte der.

«Ja. Du weißt, ich brauche es beim Kirchenfest. Bei der heiligen Hildegard, noch einmal schlägt mich die ‹gute Haut› nicht im Kuchenwettbewerb.»

«Das werde ich dir wohl morgen nach der Gerichtssitzung mitbringen.» Er wollte die Gabel niederstoßen, doch Gustelies hielt ihm die Hand fest.

«Was soll denn das?», empörte sich Heinz, wandte sich zu seiner Schwiegermutter, während Pater Nau die Gelegenheit beim Schopfe packte und sich das Randstück auf den Teller lud.

«Wo ist eigentlich Bruder Göck?», versuchte der Richter abzulenken. «Oder sind euch etwa die Themen zum Disputieren ausgegangen?»

Pater Nau grinste säuerlich. «Er ist in einer Weinlache ausgerutscht und über seine Kutte gestolpert. Nun liegt er im Krankenzimmer seines Ordens. Aber der Bruder Medicus ist sich ganz sicher, dass Bruder Göck bald wieder auf die Beine kommt.»

Polternd fiel ein Stuhl zu Boden. Hella war aufgesprungen, schaffte es gerade noch bis zum Spülstein, in den sie sich erbrach. Betreten sah sich die Tischrunde an. Heinz fragte besorgt: «Kann ich etwas für dich tun, Liebes? Ist dir etwas nicht bekommen, hast du dir den Magen verdorben?»

Hella schöpfte Wasser aus dem Eimer neben dem Herd, wusch ihr Gesicht und spülte sich den Mund aus. Langsam wandte sie sich um. «Tut mir leid, Mama. Das lag nicht am Essen. Weißt du, Heinz, Frauen erbrechen sich nicht nur, wenn sie sich den Magen verdorben haben.»

NACHWORT

Dieser Roman ist aus Sicht des 21. Jahrhunderts geschrieben und richtet sich an Leser und Leserinnen des 21. Jahrhunderts. Deshalb habe ich mir erlaubt, die Figuren des Romans so reden, denken und handeln zu lassen, dass auch der/die heutige Leser/Leserin sich in sie hineinversetzen kann. Ich versichere jedoch, dass ich mich bemüht habe, die historische Kulisse so korrekt wie möglich zu zeichnen.

Der vorliegende Kriminalfall beruht auf historischen Tatsachen, die ich aus dramaturgischen Gründen abgewandelt habe. So wurden tatsächlich Leichenteile während der Messe in Leipzig gefunden. Mit Flugblättern, die noch heute im Max-Planck-Institut für europäische Rechtsgeschichte in Frankfurt aufbewahrt werden, wurde damals nach der Identität des Mannes geforscht (siehe Seite 7). Es handelte sich um einen Juwelier.

Auch das erwähnte Buch, ‹Dr. Faustus' dreifacher Höllenzwang›, existiert tatsächlich und kann in der Deutschen Nationalbibliothek eingesehen werden.

An dieser Stelle danke ich Herrn Professor Dr. Karl Härter vom o. g. Institut für seine Hilfe.

Wie immer waren mir auch die Mitarbeiter des Instituts für Stadtgeschichte Frankfurt eine große Hilfe.

Herr Dr. Michael Schmidt, Kronberg, stand mir für Fragen aus dem medizinischen Bereich helfend zur Seite, Hella Thorn und Julia Kröhn beantworteten die theologischen Fragen.

Meine Testleser Andrea Kammann und Hella Thorn haben auch diesmal hervorragende Arbeit geleistet; Frau Susanna Ingenhütt war mir bei der Überarbeitung eine große Hilfe.

Abschließend möchte ich all denen danken, die mir außer den o. g. Anregungen gegeben haben: Eva Baronsky, Gudrun Ebel, Heinz Eisenbletter, Ernst Göckert, Ako Lolo, Thomas Menzel, Bernhard Naumann, Angelika (Judy) Schleindl.

Den größten Dank jedoch schulde ich meinem Agenten Joachim Jessen, der so ist, wie man sich einen Agenten wünscht, und meiner Lektorin Sünje Redies, der es immer wieder gelingt, meine Romane ein Stück besser zu machen, und meinem Mann, der so ist, wie man sich einen Ehemann wünscht.

Mein ganz besonderes Anliegen ist es diesmal, auch denjenigen zu danken, die sich sehr für diesen Roman engagiert haben, allerdings hinter den Kulissen: Dr. Marcus Gärtner, Marion Bluhm, Josefine v. Eisenhart, Richard Heumüller, Andrea Huckenbeck, Oliver Lange, Sabine Mang, Harald Mrfka, Martina Panzer, Andreas Radzioch, Traugott Schreiner, Viola Schröder, Markus Wenske, Sabine Wieländer, Julia Napp, Regina Steinicke, Heidemarie Sinowski, Sylvana Dilewski, Edgar Illert.

Herzlichen Dank allen Helfern!

Ines Thorn, 28. Januar 2009

Ines Thorn
Galgentochter
Die Verbrechen von Frankfurt

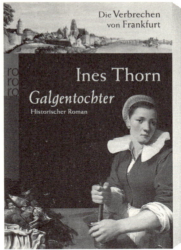

rororo 24603

Im Schatten des Galgens lauert das Verderben

Als auf dem Frankfurter Gallusberg die Leiche einer Hure gefunden wird, steht für Richter Blettner sofort fest: Es war Selbstmord. Doch seine junge Frau Hella sieht das anders. Und es dauert nicht lange, da liegt ein zweiter Toter am gleichen Ort: der verschwundene Gewandschneider Voss. Hella und ihre Mutter, die Witwe Gustelies, beschließen, dass es höchste Zeit ist für eine ordentliche Ermittlung. Die Spur führt sie hinauf in die oberste Riege der Frankfurter Zünfte und tief hinab in die dunkelsten Winkel der Reichsstadt.

Die Pelzhändlerin

Frankfurt, 1462: Kürschnerin Luisa verliebt sich in den Arzt Isaak Kopper, doch sie muss einen Meister heiraten, wenn sie ihre Kürschnerei behalten will. Wie wird sie sich entscheiden? Und welches Geheimnis verbirgt sie, vor dessen Entdeckung sie sich so fürchtet? rororo 23762

Ines Thorn
Historische Romane bei rororo

Die Silberschmiedin

Leipzig, 16. Jh.: Eva, die Tochter der Pelzhändlerin Luisa, will das Imperium ihrer Mutter weiter ausbauen. Sie kauft sich in Silberminen ein, gründet eine Gold- und Silberschmiede und verlobt sich mit einem Kaufmann. Doch dann taucht der junge Silberschmied David auf und zieht Eva in seinen Bann ... rororo 23857

Die Wunderheilerin

Leipzig, Anfang des 16. Jh.: Priska heiratet den Arzt Adam, obwohl Adam sie niemals lieben wird. Sie flüchtet sich in die Arbeit als Gehilfin Adams, und schnell eilt ihr der Ruf als Wunderheilerin voraus. Doch damit gewinnt sie nicht nur Freunde. Besonders ihre Zwillingsschwester neidet ihr das Leben an Adams Seite ... rororo 24264

Weitere Informationen in der Rowohlt Revue *oder unter* www.rororo.de